동경에서 보내는 찬샘이야기

김 창 진

새미

序文

가만히 따져 보니 내 나이가 우리 나이로 70이 되어간다.

나도 모르는 사이에 알게 모르게 착실히 나이를 주워 먹어온 것이다.

사람이 이승에서 한평생을 살다가 사라지기 전에 무언가 살다간 흔적을 남기고 싶은 건 누구나의 바램이라고 생각한다.

시대를 잘 타고 났는지 잘못 타고 났는지는 몰라도 내가 살아 온 시대가 우리나라의 전통문화가 사라지고 새로운 문화가 형성되는 과도기여서, 내가 어릴 때 경험했던 우리의 전통적인 풍습이라던가 전통놀이 등이 이제는 사람들의 기억에서 많이 사라져가고 있다는 것을 느끼며 살아오고 있었다.

외국에서 혼자 지내기 때문에 고국의 시대변화에 따르지 못하고 언제나 어릴 때의 기억 속에서 헤어나지 못하는 생활을 하면서 지난 날 경험했던 일들이 그때그때 떠오를 때마다 무딘 글재주이지만 내 세대에서 사라져가는 것들을 기록으로 남겨보고 싶은 생각에 한 줄, 두 줄 적어두었다. 이 글들을 자주 드나드는 인터넷카페에 올리면 글을 읽으신 분들 가운데 나이 드신 분들께서는 자기들의 어린 시절을 회상할 수가 있어서 좋았다는 댓글을 달아 주셨다. 반면에 젊은 분들은 책에서만 보던 그런 일들을 직접 경험했느냐고 하면서 먼 옛날이야기를 읽는 것 같은 감각으로 생각했다. 나는 이런 분들이 있어서 한편으로는 반갑고 한편으로는 놀라곤 했었다.

나는 이곳 일본에 살면서 과거 여러 가지 경로로 유출 된 우리 문화재를 접할 때마다 울분을 느끼곤 했었다. 그 중에 내 고향의 석탑이 불법적으로 이곳으로 유출 되었다는 소식을 듣고 그 석탑의 현 소재지를 찾아내 반환운동을 제기하였다. 현재 내 고향에서 이 운동이 활발히 전개가 되고 있는 가운데, 작가이신 강현우 여사님께서 그 석탑을 소재로 한 작품 집필을 기획하시는 과정에서 만나 뵙게 되었다. 그분과 대화를 하던 중에 그간 모아온 잡글들을 출판 해보고 싶은 생각에 잘 알고 계시는 출판사를 소개 해달라고 부탁 드렸다.

처음에는 그저 지나가는 이야기로 시작 한 것이 강 여사님의 강력

한 권고와 격려에 힘입어 이렇게 책으로 햇빛을 보게 되었다.

　컴퓨터 속에 저장 해 두고 나 혼자서만 가끔씩 꺼내 읽을 때는 괜찮았지만 이렇게 책으로 출판되어 여러 사람들에게 읽히게 되니 못난 자식을 여러 사람 앞에 내세운 것 같은 기분에 부끄러운 생각이 앞선다.

　잘 쓰지는 못한 글들이지만 나이 드신 분들이 이 글을 읽으시면서 "그려, 그려 내가 어릴 때도 똑같은 경험을 했었어." 하시면서 고개를 끄덕이며 지난날의 추억을 떠올리는 소재가 되었으면 하는 마음과, 먼 옛날이야기로 이해하시는 젊은 분들에게는 지난날의 기록이 되었으면 하는 바램이다.

　본국에서는 오래 전에 멸종 한 조선시대 사람 같이 시대에 걸맞지 않은 양반행세를 하여 매사에 사사건건 힘들게 만드는 나를, 그래도 남편이라고 지금까지 함께 살아 준 일본 김씨 시조인 집사람과, 어려운 환경 속에서도 모두 박사학위를 취득해준 세 딸들에게 고맙다는 말을 하려고 하니 상당히 쑥스러운 기분이 든다.

끝으로 나에게 이 책을 출판하도록 많은 격려와 여러 가지 지도를 해주신 강현우 여사님께 진심으로 고마운 마음을 전하며, 국학자료원 / 새미 출판사의 김성달 이사님께도 감사드린다. 또 잘 쓰지도 못한 글에 분에 넘치는 평을 해주신 문오주 선생님께도 진심으로 감사드린다.

2013년 추운 겨울날
東京의 우거에서 찬샘 김창진

차례

내가 **살던** 고향은

배추 고갱이와 배춧국

가을이 깊어져서 가을걷이도 한 고비 넘기면 농촌엔 겨울이 성큼 다가온다.

봄부터 늦가을 까지 농사짓느라고 뼈골 빠지게 일만하던 농부들도 조금은 짬이 나게 마련이다.

이맘때가 되면 동네 아낙네들이 서로 모여 다니며 품앗이 김장들을 담근다. 동네 아낙들이 4~5명 모여서 아침나절부터 시시덕거리며 배추를 씻는다, 양념을 준비한다 하면서 벅서글 한다.

요즈음은 시도때도없이 신선한 야채가 값싸게 손에 들어오기 때문에 군둥내가 난다고 하면서 옛날 같이 김장을 많이 담그지 않지만, 내가 어릴 때는 이듬해 햇 푸성귀가 날때까지 거의 반 년간을 김장김치만으로 지내야 했기 때문에 반양식이라고 하면서, 양도 많았지만 종류도 가지가지였다.

지금은 고무장갑이 있어서 살얼음이 얼 정도로 찬 물에 절인 배추를 씻을 때도, 배추에 양념을 넣을 때도, 손 걱정을 하지 않고 할 수가 있지만 내가 어릴 때는 고무장갑이라는 게 없었다.

그래서 배추를 씻으려고 일꾼에게 소금에 절인 배추를 지게에 지워 냇가로 씻으러 갈 때면, 의례히 땔감도 함께 가지고 가서 냇가에 불을 지펴 놓고 손을 녹여 가며 배추를 씻었고, 또 배추 속을 박을 때는 모두들 손들이 매워 몹시 고생들을 했다. 그래서 김장을 끝낸 후 여인들의 손은 며칠이고 벌겋게 물이 들어 있었다.

그러나 조무래기인 나에겐 아낙네들의 고생 같은 건 생각할 겨를이 없다. 그저 관심이 있는 건 어떻게 하면 배추고갱이를 하나라도 더 얻어먹나 하는 것과 저녁때 김장이 끝나고 난 뒤의 그 구수한 배춧국에 온 정신이 팔려 있다.

김장을 담는 아낙네들 옆에 붙어 앉아서 가끔씩 싸주는 배추 고갱이의 그 맵고 싱싱한 맛, 그건 가히 천하일미였다.

너무 먹으면 배탈이 난다고 어머니는 많이 먹지 못하게 하셨지만, 어린 나는 나중에 배탈이 나는 것 보다 지금 그 맛있는 배추고갱이를 어떻게 하면 조금이라도 더 얻어먹을까 하는 궁리만 하곤 했다.

그래도 걱정이 되는 건 일을 도와주러 온 동네 아낙네들의 아이들이 떼로 몰려와서 배추고갱이를 너무 먹어 버리면 김장이 적어지지 않을까 하는 놀부 같은 생각을 하곤 했다.

저녁때가 되어 김장이 끝나면 구수한 배춧국에 저녁밥을 먹는다.

배춧잎을 넣고 배추 밑동(우리 고장에서는 배추꼬리를 이렇게 불렀다)을 넣어서 끓인 배춧국 맛은 역시 가을이 아니면 맛볼 수 없는 계절의 진미가 아닌가 생각된다.

또, 배추 밑동은 겨울동안의 군것질 감으로도 그만 이었다.

무 구덩이에 넣었다가 꺼내서 까먹는 것도 싱싱해서 좋았고, 시들시들 말려서 까먹는 맛도 또한 잊을 수 없는 어린 시절의 추억이다.

시대의 흐름에 하나둘 사라져가는 시골의 지난날 구수한 인정과 풍습, 언제까지나 잊고 싶지 않다.

봉숭아

어린 시절을 시골에서 자란 나는 지금도 아련히 떠오르는 여러 가지 아름다운 추억을 소중히 간직하고 있다.

그 가운데 하나가 손톱에 빨갛게 물들이는 봉숭아와 뒷마당에서 동네 여자들이 모여서 다리미질을 하던 추억이다.

온종일 대지를 지글지글 볶아대던 태양이 서산에 지고 나면 집집마다 마당에 멍석을 펴고 매캐하게 모깃불을 피우고 모여 앉아서 얘기들을 하며 시간을 보낸다.

그 때쯤이면 누님들은 부지런히 손톱에 봉숭아물 들일 준비를 한다.

무슨 이유인지는 잘 몰라도 봉숭아의 잎과 꽃을 따다가 장독에 널어서 시들시들하도록 조금 말려야 색깔이 곱게 든다고 저녁나절부터 한 움큼씩 따다가는 장독위에 널어놓고는 백반을 준비한다, 소금을 준비 한다 부산을 떤다.

그맘때면 고모님도 저녁을 드시고 우리집에 오셔서 누님들이 부산 떠는 걸 곁눈으로 보시며 어머님과 함께 동네 여자들을 모아서 할 다리미질 준비를 시작 하신다.

어머님은 으레 동네사람들이 모이기 전에 유성기를 내어놓고, 밤참으로 대접할 옥수수 찐거랑, 참외 등을 준비하고 사람들을 기다리신다.

지금과는 달리 그 시절 다리미질이라는 게 재미가 있다.

다리미질할 빨래를 뒤꼍 풀밭에 널어서 축축하게 한 뒤에 조선다리미라고 하는 둥그런 무쇠로 만든 다리미 위에 숯불을 피워 올려놓고 때때로 부채로 부쳐가면서 한사람은 두 손으로 빨래를 붙잡고, 한사람은 왼손과 발가락으로 빨래를 붙잡고 오른손으로 잽싸게 다리를 건다.

기술적으로 하지 않으면 다리미의 불똥이 빨래에 뛰어서 옷에 구멍을 내므로 퍽 조심을 하지 않으면 안 되었다.

지금과는 달리 그 당시에는 삼베, 모시, 광목 등 모든 옷감이 다리미질을 하지 않으면 안 되는 옷감이었기 때문에 여자들의 고생이 지글지글하게 많았으나 누구하나 군소리 없이 잘 지냈다고 생각한다.

초저녁에는 누님들과 내가 할일이란 끊임없이 유성기를 돌리는 것인데 이게 수월찮게 사람을 귀찮게 한다.

쉴 새 없이 태엽을 감아야하고 때때로 바늘을 갈아 끼워야 소리가 제대로 나며, 또 한 면에 한 곡밖에 없으므로 열심히 판을 갈아 끼워야 하기 때문에 꽤나 사람을 성가시게 한다.

멍석 귀퉁이에 벌렁 드러누워서 유성기 소리를 듣거나 동네 여자들의 얘기소리를 들어가면서 밤하늘의 찬란한 별을 올려다보는 게 무엇보다도 재미있었다.

견우와 직녀 얘기랑, 별똥이 채 사라지기전에 머리카락을 하나 뽑으며 소원을 빌면 이루어진다는 얘기랑.

밤이 이슥하여 다리미질이 끝나면 으레 찐 옥수수랑 참외를 깎아먹어가며 이런 얘기 저런 얘기들을 하다가 하나둘씩 자기 집으로 돌아가면 누님들의 봉숭아물 들이기가 시작된다.

봉숭아꽃과 잎을 백반과 소금을 넣고 함께 찧어서 손톱위에 올려 놓고 아주까리 잎으로 싸고 실로 칭칭 동여매면 되었다.

고모님도 봉숭아물을 들이면 저승길이 밝다고 누님들에게 손가락을 내밀며 들여 달라고 하시며 싱긋이 웃으신다.

덩달아서 나도 들여 달라고 하면 누님들은 사내놈이 무슨 봉숭아냐고 핀잔을 주면서도 잘도 들여 주었다.

그래서 나는 중학교 다닐 때까지 새끼손가락에 봉숭아물을 들였고 여름방학이 끝나고 학교에 가면 으레 계집애라고 놀림을 받곤 했지만, 손톱위에 봉숭아물을 들이고 잠을 험하게 자면 안 된다고 하여 내일 아침에 어떻게 물이 들었을까 하고 가슴 두근두근 해가며 기대하는 재미에 매년 봉숭아물을 들이곤 했다.

몇 년 전인가 집의 애들에게 봉숭아 얘기를 해주며 손톱에 물을 들여 주었더니 퍽 신기해하기에 큰딸에게 금년에도 또 들여 줄까 물어 봤더니 색깔이 칙칙해서 싫단다.

현대적인 원색에 숙달된 애들에게는 칙칙한 색깔로 뵈겠고, 손톱에 들인 색깔만이 아닌 봉숭아에 얽힌 낭만을 설명해본들 이해가 될 리가 없다.

이러구러 60여 년의 세월이 흐른 지금, 저승길이 밝으라고 열심히 봉숭아물을 들이시던 고모님도 옛날에 돌아가시고 꿈 많고 잘도 지껄이며 뛰어 놀던 누님들도 이젠 환갑, 진갑들이 넘어서 손주들이 주렁주렁하게 되었다. 시골 인심도 달라져 옛날 풍습은 죄다 사라져버려 쓸쓸하기가 꼭 도시와 같다고 하시며, 즐거웠던 옛날의 추억을 곱

씹어가면서 저승길이 밝으라고 매년 봉숭아물을 들이시던 어머님도
고모님도 모두 돌아가시고 남은 건 지난날의 추억뿐.

축음기(유성기)

오늘 근처 진자神社에서 마쓰리가 있어 어슬렁어슬렁 놀러 갔다가 돌아오는 길에 고물상이 있어 평소의 버릇대로 기웃기웃 하다가 구석에 놓여 있는 축음기를 발견하고는 어릴 때 집에 있던 모델(콜롬비아)과 같은 것이었다. 하도 반가워서 직접 틀어보니 소리가 좀 시원찮았지만 그래도 옛날에 듣던 소리라 감격스러워 판을 3장 끼워서 사 가지고 돌아왔다.

집에 가지고 와서 처에게 무슨 대단한 보물이라도 손에 넣은 양 의기 양양해하며 보여주니, 처는 무슨 불필요한 잡동사니를 또 사가지고 와서 저렇게 수선을 떠나 하는 얼굴로 몇 번이고 반복해가면서 축음기를 돌리고 있는 나를 물끄러미 바라본다.

아무렴, 이해 못 하는 게 당연하지 당연하고말고.

지금도 귓전에 아련히 남아 있는 남인수, 고복수, 이난영씨들의 애절한 노래라던가, 사발가 등 경기 잡가의 민요 장단에 얽힌 내 어린 시절의 추억을 처가 알기나 하겠는가?

내가 축음기에 대한 남다른 추억을 가지고 있는 건 어릴 때 집에 축음기가 있어서, 그 소릴 들으며 자랐기 때문에 어린 시절 추억 속 한 부분을 이루고 있기 때문이다.

항상 하는 말이지만 어릴 때 시골에서 자란 나는 여러 가지 귀중한 추억을 가지고 있는데 축음기에 대한 추억도 그중에 하나이다.

여름밤이면 뒷마당에 멍석을 펴고 모깃불을 피워놓고 다리미질을 하면서 축음기소리를 듣던 이야기는 전에 했으니까 생략을 하고 이번엔 겨울밤 이야기를 하자.

기나긴 겨울밤이 되면 저녁을 마친 동네 여자들이 거의 매일 축음기 소리를 들으러 마실들을 온다.

판이라야 20여 장 밖에 없으니까 매일 듣는 소리가 그 소리인데도 모두들 물리지도 않고 좋아 했다.

밤이 이슥하도록 남포불 밑에서 인기 있는 남인수씨, 고복수씨 그리고 이난영씨의 노래를 몇 번이고 되풀이 해 들으면서 손으로는 열심히 목화의 티를 고른다.

그때 내 역할은 쉴 새 없이 태엽을 감는 일과 판을 갈아 끼우거나 닳아버린 바늘을 갈아 꼽는 일이었다.

목화 티를 고르는 일이라는 게 참으로 손이 많이 가고 귀찮기 짝이 없는 일인데도 모두들 열심히 손들을 놀린다.

밤이 늦어서 동네 사람들이 돌아갈 시간이 되면 으레 식혜라던가 엿과 같은 밤참을 그네들에게 대접해서 보낸다.

동네사람들이 돌아갈 때 대문을 잠그려고 나갔다가 올려다 본 겨울 하늘의 그 찬란하던 별들을 지금도 잊을 수가 없고, 먼 데서 달을 쳐다보며 짖어대던 동네 개들의 개 짖는 소리가 아직도 귀에 쟁쟁한 것 같은데 속절없는 세월은 많이도 흘러갔다.

축음기 덕분에 며칠은 또 어릴 때의 추억 속을 헤매게 생겼고, 이제 부터는 서울에 가면 골동품가게를 열심히 돌아다니며 옛날 축음기판을 구해와야 하겠다.

어릴 때의 추억을 되살려가면서 망가진 목걸이의 알들을 하나하나 실에 꿰어가는 심정으로. ♣

샘막(새보기)

　여름방학이 거의 끝날 무렵인 늦여름, 올벼가 익어가기 시작할 무렵이면 참새들의 극성이 대단하여 여름내 애써 지은 농사를 참새들에게 먹혀 버릴 수가 없어 집집마다 논 귀퉁이에 샘막을 지어 놓고 새들을 본다.

　특히 자채라고 하여 우리고향 이천의 특산인 올벼가 익을 즈음에 새를 보지 않으면 농사가 엉망이 되기 때문에 여기저기 새보는 소리가 야단스레 들려온다.

　논에 새끼줄을 늘이고 거기에 깡통을 매달아서 흔들기도 하고 탈기라고 하여 짚과 닥나무 껍질로 채찍과 같이 꼬아서 만든 걸 머리위에 빙빙 돌리다가 잡아채면 총소리 비슷한 소리가 나는데 이걸 가지고 새를 본다.

　그런데 이놈의 새보기가 여간 싫증이 나는 게 아니다.

　그렇지 않아도 잠시를 가만히 않아있지 못하는 성미인데 이놈의 새보기는 딴 짓을 하고 있으면 우리 논에만 참새들이 모여서 잔치를 벌이게 마련이니 큰일이고, 그렇다고 딴 짓을 하지 않고 열심히 새를 보자니 말할 수 없이 지루하다.

　그래서 갖가지 이유를 만들어서 도망을 갈 궁리를 하는 나에게 어머니가 새를 보러가라고 동부를 넣은 밀개떡이나 술 냄새가 물씬 나는 빵을 만들어 주시며 살살 달래시므로 마지못해 새를 보러 가게 마련이다.

한손엔 공부를 한답시고 책이랑 공책을 들고, 한 손엔 먹을 것이든 보자기를 들고 새막에 가서 새를 보기 시작을 하면 한 시간도 못되어 좀이 쑤셔대기 시작 한다.

온지 얼마 되지도 않아서 교대 하러 온다던 누나가 오지 않나 집 쪽만 쳐다보면서 지루함을 달래다가 공연히 두리번거리면 산골짝에서 연기가 모락모락 피어오르는 게 보인다.

틀림없이 누군가가 새보다가 지루해서 콩청대를 해 먹고 있는 거다.

그걸 보고서 안 달려갈 재주가 있나?

나중에 야단 맞을 일은 뒷전이고 새고 뭐고 팽개쳐 버린 채 한달음에 뛰어가 보면 벌써 동아리들 몇 명 입 가장자리가 새카맣게 되어 있다.

한참 신이 나서 나무를 더 준비한다, 남의 밭에 들어가서 콩을 더 뽑아온다, 하면서 법석을 떨며 정신없이 먹다보면 나도 모르게 입가장자리가 새카맣게 된다.

꿈과 같은 시간이 얼마를 흐르고 배도 어느 정도 부르고 싫증도 날 무렵이면 멀찍이서 밭주인이 소리를 지르며 쫓아온다.

걸음아 날 살려라하고 도망 쳐 샘막에 와 보면 더 큰일이 기다리고 있다. 할아버지가 오셔서 새를 보시고 계시는 거다.

"네 이놈 새 보러 온 놈이 새는 안 보고 어디 갔다 오느냐"고 호통을 치시면 진복이네 샘막에 공부하러 갔었다고 금방 탈로가 날 거짓말로 둘러 댄다.

그렇지만 입 가장자리가 새카맣게 되어 온 놈이 공부는 무슨 공부인가, 거짓말은 금방 탄로가 나고 또 그런 짓을 하고 다니겠느냐고 하시며 피가 나도록 종아리를 때리신다.

그래도 그 다음날이면 어제의 다짐은 까맣게 잊어버리고 또 좀이 쑤시고 궁둥이가 근질거려 가만히 있지 못하고 돌아다니던 어린 시절의 추억.

지금도 귓가에 쟁쟁한건 "우여라 워이 워이" 하며 애절하게 새를 쫓던 처녀들의 목소리이고, 눈에 선한 건 저녁나절 집집마다 저녁 짓는 연기가 피어오르고, 한 짐 잔뜩 꼴짐을 지고 소를 몰고 돌아오는 농부들의 모습과 붉게 타오르는 저녁노을 아래 초가지붕에 널어 말리던 새빨간 고추와 하늘 가득히 날던 고추잠자리의 추억이다.

여치집

　요즈음은 보리농사를 짓는 농가가 없기 때문에 시골엘 가도 보리밭을 볼 수가 없지만 내가 어릴 때 보리농사는 벼농사 다음으로 중요한 농사였다.

　봄이 되면 밭에 파란 보리싹들이 자라나고 하늘엔 종달새가 높이 떠서 지저귀곤 했다. 그러나 보리농사란 생각만 해도 끔찍할 정도로 일이 많고 힘이 드는 농사였다.

　그 가운데에서도 특히 더운 여름에 하는 보리타작은 정말로 힘이 드는 작업이었다.

　그 작업은 장마가 시작되기 직전에 해야 하기 때문에 조금이라도 늦장을 부리다가는 그냥 장마를 맞이하면 보리에 싹이 나게 마련이어서 여간 신경 쓰이는 게 아니었다.

　보리타작은 벼 타작과는 달라서 탈곡기로 할 수가 없어 폭양아래 땀투성이가 되어 절구를 마당에 가져다 쓰러뜨려 놓고 거기에 태질을 한다, 도리깨질을 한다, 까래기를 뒤집어쓰고 풍구를 돌린다, 좌우간 말도 못할 고역이었다.

　그러나 어린 나는 일꾼들의 그런 고역 보다는 샛노란 보릿짚에 갖가지 물감을 들여 여치집을 만들기 위해 어서 빨리 보리타작을 하지 않나하고 기다려지곤 했다.

누나들과 누가 더 예쁜 여치집을 만드나하는 내기를 하면서 열심히 만들어 그 속에 넣을 여치를 잡으러 뒷밭으로 나간다.

어렵지 않게 몇 마리 잡아가지고 새로 만든 여치집에 넣고는 상추 잎을 넣어주고 풍경처럼 마룻가에 매달아 놓고 여치가 울어 주기를 기다린다. 그런데 이놈의 여치란 놈이 내가 바라는 대로 그렇게 잘 울어 주지 않는다.

허기야 넓은 들판을 마음껏 뛰어 돌아다니던 놈을 졸지에 좁디좁은 감옥 같은 여치집 속에 잡아넣고는 어서 울어라 어서 울어라 하고 기다리니 그게 마음대로 될 리가 없는 거다.

하루나 이틀이 지나고 보면 영락없이 여치가 죽어 버린다. 그러면 또 다른 놈을 잡아다 넣고는 울기를 기다린다. 그 중에는 제법 며칠간이나마 좁디좁은 감옥 같은 곳에 갇혀서도 곧잘 울어주는 놈이 있었다.

무덥고 지루한 여름, 뒤 헛간에 보릿짚을 쌓아 놓으면 그 속에 굴을 뚫고 들어가서 벌렁 드러누우면 까래기가 깔낄깔낄하지만 그래도 퍽이나 시원하게 느껴졌다.

그래서 그곳은 보릿짚이 아궁이로 옮겨지기까지의 며칠간 내 비밀 아지트가 되곤 했다.

여름이 되니 불현듯 여치집 생각이 나서 갖가지 공작용품을 파는 도큐한즈에 가서 보릿짚을 파느냐고 했더니 그런 건 팔지 않는다고 한다.

그냥 돌아오기도 뭣하고 하여 점내를 두리번거리고 돌아다니다가 가느다란 철사에 종이를 감아놓은 것이 있는데 생김생김이 꼭 보릿짚과 같이 생겨서 꿩 대신 닭이라고 보릿짚 대용이 되겠다 싶어 그걸 사가지고 집에 돌아와 애들에게 재미있는 거 만드는 법을 가르쳐주 겠다고 했더니 모두들 흥미를 느낀다.

방에다 재료를 벌여 놓고 옛 기억을 되살려 애들과 함께 여치집을 만들며 마음은 옛날로 돌아가 아이들에게 여치집 내력을 애기해 주니, 듣고 있던 막내가 아니 이렇게 좁디좁은 공간에 여치를 잡아다 넣으면 너무 잔인한 게 아니냐고 하며 눈을 동그랗게 뜬다.

뭐든지 합리적으로 생각하려고드는 현대 아이들이 애비가 어렸을 당시의 정취를 알 수 있도록 납득시킨다는 건 불가능 할 것이다. 그래도 애들이 좀 더 커서 애비가 뭘 같이 하자고 할 때 도망 가기 전에 내가 알고 있는 재미있던 장난들을 하나라도 더 가르쳐줘야 할 텐데 가능할까 모르겠다. 🐾

왕골 돗자리

지금은 흔적조차 없이 자취를 감추고 말았지만 내가 어릴 때 우리 집에서는 논 한 귀퉁이에 왕골을 심어서 해마다 돗자리를 짜서 친척들에게 돌리곤 했다.

봄에 못자리를 할 때 왕골씨를 뿌려 정성을 들여 가꾸면 여름에는 약 2미터 정도로 자란다.

여름방학이 시작되어 재미있게 놀 갖가지 계획을 세우고 있는데 난데없이 할아버지가 왕골을 까라고 하신다.

이루 말할 수 없이 더운 앞마당에서 뙤약볕 아래 누나와 둘이 마주 앉아서 왕골을 쪼개다 보면 왜 그리 졸리는지 모르겠다.

왕골을 쪼개다가 졸면 일정하게 쪼개지지 않아서 못쓰게 되어 버리곤 해 정신을 바싹 차리곤 하지만 몇 분만 지나면 또 꾸벅꾸벅 졸게 마련이다. 일정하게 쪼갠 왕골을 햇빛에 말리면 노란색의 돗자리 원료가 되는 거다.

왕골이 완전히 마르면 그 다음엔 자리틀을 대문간 시원한 곳에 차려 놓고 돗자리 짜기를 시작 한다.

돗자리 짜는 방법은 두 가지가 있는데 한 가지는 강화도 지방의 특산인 화문석을 짜듯이 고드레 돌로 한 올 한 올 엮어가는 방법과 또 한 가지 방법은 가마니 짜는 식으로 돗자리 틀을 차려 놓고 짜는 방법이다.

물론 돗자리 짜는 방식에 따라서 왕골을 쪼개는 방법도 달라질 수밖엔 없지만 대개 우리 집에서는 가마니 짜는 식으로 짜는 돗자리를 많이 짰기 때문에 아주 좁게 쪼개 말려 썼다.

그러나 돗자리를 짜는 데는 기술이 있어야 되기 때문에 함부로 설치다가는 모두 망치게 되므로 손을 대지 못하게 하신다. 그래도 어른들이 안 계실 때면 틈틈이 혼자 짠다고 함부로 설치다가 혼이 나곤 했다.

새로 만든 돗자리에 벌렁 드러누워서 냄새를 맡아보면 향긋한 풀내가 나는 게 그렇게 좋을 수가 없었다.

지금도 그때 그 냄새가 코끝에 아련하다.

그러나 돗자리 하면 더욱 기억에 새로운 것은, 할아버지가 계시는 사랑에는 더운 여름에 언제나 방바닥에 돗자리를 깔고 지내시곤 하셨다. 어릴 때 사랑에서 할아버지께 한문을 배울 때 돗자리위에 꿇어앉으면 무릎이 몹시 아파서 혼이 나곤 하던 것이 잊히지 않는다.

돗자리하면 또 생각이 나는 게 노끈이다.

사랑에 가면 할아버지가 총올치(칡넝쿨을 얇게 쪼개서 말린 것)로 노끈을 꼬신다. 한쪽 끝을 기둥에 매달아 놓고 네 손가락으로 잽싸게 노끈을 꼬시는 걸 보면 참 재주도 좋구나하고 감탄을 했었다.

그러나 이제는 왕골도, 돗자리 짜는 광경도, 그리고 노끈을 꼬는 광경도 모두 옛날 얘기가 되어 버렸다.

지금도 시골집에 가면 그때 만든 돗자리가 한 닢 남아 제사나 명절 때 차례를 지낼 때 꺼내 쓰곤 한다.

그것마저도 없어져 버리면 우리집 돗자리는 영영 추억의 세계로 사라져 버리고 마는가보다 싶어 쓸쓸한 생각을 한다.

고사떡

　계절이 바뀌어 전깃줄에 앉아서 지저귀던 제비떼들도 모두 강남으로 떠나가 버리고 나무들은 모두 낙엽이 지고 나면 눈코 뜰 새 없이 바쁘던 가을걷이도 끝 나고 집 앞의 논에 살얼음이 어는 초겨울이 시작이 되는 거다.

　이른 봄부터 뼈 빠지게 바쁘기만 하던 농가도 조금은 한가해지기 시작 한다.

　초가지붕도 새로 해 얹고 김장도 담그고 나면 시골에서 남은 건 고사 지내는 일만 남은 거다.

　일 년간 무사하게 지나게 해준 터주 귀신과 그 밖의 모든 귀신들에게 햇곡으로 떡을 쪄서 고마움을 표시하고 또 앞으로의 무사안일을 기원하는 거다.

　고사를 지내는 날이 되면 아침 햇살이 퍼지자 곧 동네 여자들이 모여서 절구에 떡방아를 빻는다.

　요즈음 같이 방앗간에 가지고 가서 돈을 주고 빻는 게 아니라 절구에 빻아서 체로 쳐야 하기 때문에 손이 많이 갔다.

　어릴 때 고사를 지내는 날은 그렇게 좋을 수가 없었다.

　지금과 같이 주전부리가 흔하지 않았었고, 일 년 가야 몇 번밖에 집에서 시루떡을 만들지 않으므로 고사떡을 하는 날은 공연히 마음이 들떠서 사내놈이 가만히 앉아 있지 못하고 뒤 헛간에 가서 절구질하는데 참여 해보고 부엌에도 들여다보곤 했다.

오전부터 시작한 일이 저녁을 먹고 나서야 이윽고 부엌에서 떡을 찌기 시작 한다.

커다란 시루에 백설기, 찰떡, 호박꼬지를 넣은 떡, 무를 넣은 떡, 콩을 넣은 떡 등등을 켜켜로 넣고 찌는데 정성이 보통 아니다.

아랫목이 뜨거워 앉지 못할 정도로 아궁이에 불을 때기 때문에 아랫목에는 대야에 물을 떠다 놓고 걸레에 물을 적셔서 방바닥을 식히지 않으면 장판이 시커멓게 타버린다.

밤이 이슥해 떡이 쪄지면 우선 터주가리에다 터주귀신에게 일 년간의 평안과 풍년을 할머니가 정성껏 빌고 나서는 각방과 부뚜막, 우물, 헛간, 광, 외양간 심지어는 변소에까지 떡을 가져다 놓고 일 년간 무사하게 지낼 수 있게 보살펴준데 대한 고마움을 표시함과 동시에 가내의 안녕을 빈다.

이게 끝이 나면 동네 집집마다 떡을 돌린다.

이 무렵이면 우리집만이 아니라 동네 집집마다 날을 받아서 고사떡을 하기 때문에 거의 매일 떡이 흔하다.

저녁을 먹고 한참 지나서 구진해질 때 쯤 대문이 삐걱하는 소리가 나고 동네사람이 고사떡을 가져 왔다고 하면 우선 잘 먹겠다고 인사를 한 다음 예방이라고 해서 떡을 한 귀퉁이 떼어 마당에 버리고 떡을 먹는다.

이렇게 구수한 인정과 인심이 넘치던 고향도 이젠 쓸쓸해지고 인심도 점점 각박해져 가기만 한다.

땜쟁이

지금은 시골에도 모두 전기가 들어가기 때문에 집집마다 전기밥솥을 사용하고 있지만 내가 어릴 때는 상상도 못할 일이었다.

매일 무쇠로 만든 솥에 밥을 하던 시골집의 부엌 부뚜막에는 반질반질하게 윤이 나게 손질이 된 무쇠 솥이 크기대로 나란히 걸려 있는 광경이 지금도 눈에 선하게 떠오른다.

솥은 용도에 따라 크기가 각각 다르게 마련이고 어느 집이나 대개 2~3개씩은 있게 마련이었다.

추운 겨울 물을 데울 때 쓰는 커다란 가마솥, 언제나 식구들의 밥이 주발에 담겨진 채 들어 있던 중솥. 그리고 부엌 가장자리에 걸려 있는 조그만 옹솥 등이 있었다.

새로 솥을 사 오면 들기름으로 녹을 닦아내고 반질반질 윤이 나도록 손질을 하여 정갈하게 사용 한다.

그러나 오래된 솥은 구멍이 나게 마련이다.

구멍이 작을 때는 솜으로 막아서 쓰지만 점점 구멍이 커 지면 그렇게는 못하고 결국은 땜쟁이에게 솥을 때우거나 새로운 솥으로 갈아 걸지 않으면 안 된다.

구멍이 날 때마다 새 솥으로 갈아 걸다 보면 부담이 크기 때문에 대개는 땜쟁이에게 때워서 다시 쓴다.

　내가 자란 고향 마을에는 땜쟁이가 있어서 어릴 때 그 집에 가면 솥 때우는 걸 볼 수가 있었다.

　동네 사람이 구멍 난 솥을 가지고 와서 때워 달라고 하면 싫다 소리 없이 곧 준비를 시작 한다.

　우선 화덕에 불을 지피고 석탄을 넣고 아이들에게 풍구질을 하라고 시키고는 장도리로 솥을 두드려 구멍 난 곳을 찾아 구멍을 커다랗게 키우고는 벌겋게 피워진 화덕에 흑연으로 만든 도가니를 얹어 놓고 그 속에 무쇠를 넣어 녹인다.

　한참 만에 무쇠가 엿같이 녹으면 그걸로 구멍 난 곳을 때우고 된장을 쓱쓱 바르면 벌겋게 달았던 무쇠에서 흰 김이 피어오르고 퀴퀴한 된장 냄새가 진동 하게 마련이다.

　몇십 년이 지난 지금도 그 당시를 회상하면 그 퀴퀴한 된장 냄새가 코에 밴 듯한 느낌이 든다.

　솥을 다 때우고는 솥에 물을 부어 새지 않는가 검사 해가며 새 솥보다 손때 묻고 길이 든 헌 솥이 몇백 배 좋다고 하며 은근히 자기 기술을 자랑하던 봉춘이 김 서방의 ,술에 절어서 빨간 눈이 생각 난다.

　지금 생각하면 별거 아니지만 어릴 때는 땜장이의 동작 하나하나가 재미가 있었다. 물이 줄줄 새던 솥이 감쪽같이 메워지는 게 신기하여 땜쟁이네서 솥만 때운다면 열심히 구경을 하곤 했다.

　지금 같이 구경거리가 많지도 않았고 워낙 밴댕이 콧구멍 마냥 조그만 동네라서 한 바퀴 돌아보고 나면 금방 심심해지던 시절, 기나긴 날 심심함을 참아가며 동네 구석구석 기웃거리며 돌아다니다가 쪼그리고 앉아서 솥 때우는걸 보는 재미. 너무 많이 구경을 하다 보니 지금도 솥을 때우는 동작 하나하나가 모두 기억나고 재료만 있으면 지금이라도 할 수 있을 정도로 훤하게 기억 하고 있다.

나의 어린 시절은 그렇게 지냈었다.

땜장이 하면, 술만 먹으면 언제나 술주정이 심했던 봉춘이 김 서방, 똥방 원식이 윤 서방, 세상에 법이 없어도 상관이 없을 정득이 오 서방, 그리고 솜씨가 좋았던 맹서방 등이 있었다.

휴전 후 어디에선가 흘러 들어와서 잠시 살다가 어디론가 떠나버린 후 소식이 없어진 맹 서방. "군대에 갔더니 사회의 모든 기술은 모두 써먹을 수가 있지만 솥 때우는 기술만은 아무짝에도 써먹을 데가 없더라"며 사람들을 웃기던 그는 생사를 모르지만, 그 이외는 모두 고인이 되었다.

내 추억 속에 아로 새겨진 옛날의 정답고 재미있던 주민들, 초가지붕들이 머리를 맞대고 옹기종기 모여 있던 내 어린 시절의 비성거리 내 고향이 다시금 그립다.

참외

나는 어떻게 된 셈인지 여름만 되면 밥보다도 참외를 더 좋아해서 아예 우리 집에서는 매년 밭에 참외를 몇 두렁씩 심어서 따 먹곤 했다.

참외가 익으면 일꾼을 시켜서 지게로 따다가 동네 사람들을 불러 나누어 먹었다. 지금과 같이 냉장고가 없던 시절이라 우물에 담가 놓았다가 깎아먹는 참외의 맛은 뭐라고 표현할 수 없을 정도로 기막히게 좋았다.

지금은 씨가 말라버린 골참외, 개구리참외, 감참외, 청참외 등 생각만 해도 입에 침이 괴는 참외들이 많았었다. 지금도 여름만 되면 그 당시의 참외 맛이 그립다.

지난번에 귀국 해보니 요즈음은 비닐하우스 덕분에 시도 때도 없이 참외가 흔하고 우리나라보다 훨씬 따뜻한 중국에서 수입한 참외가 판을 치고 있다고 한다.

누님들도 내가 참외를 좋아하는걸 알고 매일 참외를 사다가 주시고, 나도 옛날 생각을 하고 틈만 있으면 참외를 사다 먹어 보았지만 어릴 때의 맛이 아니다. 입이 고급이 되어서 그렇다고 하면 할 말이 없지만 그게 아니다.

군것질거리라고는 없던 시절 여름 한 철 그것도 아주 짧은 기간만 먹을 수 있던 참외의 맛을 지금에 와서 운운한다는 것 자체가 부질없

는 짓이겠지만 역시 참외는 삼복지경에 우물에 담갔다 먹던 맛이 가
장 좋았던 것 같다.

참외가 익으면 신이 나서 한 동안 밥도 먹지 않고 참외만 먹으면서
지내다 보면 금방 처서가 되어 참외 덩굴을 걷고 그 자리에 김장을
심는다.

그때의 섭섭함이란 이루다 표현 할 수가 없다.

어른들에게 떼를 써서 한 두렁만 참외 덩굴을 걷지 않고 그냥 둬
보지만 때라는 게 있어서 역시 신통하게 열리지 않고 꼬부라진 개똥
참외만 열린다.

참외를 생각하면 빼놓을 수가 없는 게 참외서리가 아닌가 생각된다.
참외가 익어갈 즈음이면 동네 꼬맹이들이 모여 어느 골에 누구네 밭
에 가면 언제쯤이면 참외가 익을 테니, 언제쯤 서리를 가면 좋을 거
라는 둥 계획들을 짠다.

저녁을 먹고 모두들 모여서 신작로에서 진도리도 하고 술래잡기도
하면서 왁자지껄하게 시간을 보내다가 밤이 이슥해지면 악동들만 모
여서 참외서리를 간다.

밤이슬에 발을 적셔가며 조용조용 목표한 참외밭 근처까지 가면
원두막에 주인이 자고 있는지 불도 꺼지고 괴괴하다. 모두가 밭고랑
을 살살 기어들어가 손으로 더듬더듬 익었을만한 참외를 딴다.

대개는 주인이 모르고 넘어 가는 수가 있지만, 간혹 인기척에 잠에
서 깬 주인이 큰소리로 어느 놈이 남의 밭에 참외서리를 왔느냐고 호
통을 치면서 "이놈들아 참외 덩굴은 밟지 말고 따가거라" 하고 소리
를 지른다. 그러면 지금까지 밭고랑에서 숨을 죽이고 있던 조무래기

들이 후다닥 뛰어 도망을 간다.

대낮에도 밭고랑을 뛰어 다니는 건 힘이 드는 일인데 잘 보이지도 않는 밤에, 그것도 발이 젖어서 신발이 미끈거리는 판에 도망을 가자니 제대로 뛰어질 리가 없다.

엎어지고 넘어지고 긁히면서도 손에든 참외는 버리지를 않고 들고 도망을 하다보면 옷은 흙투성이고 몸에는 상처투성이다.

그래도 나중에 모두 한군데 둘러앉아서 들고 온 참외를 먹어보면 크기만 컸지 맹탕일 때가 있다.

그래도 즐겁던 어린 시절. 그때 같이 참외서리를 하러 다니던 동무들 중에 몇 명은 벌써 모두 고인이 되었다. 🍉

개똥벌레

좀 점잖은 말로는 반딧불이라고 하지만 내가 어릴 때 우리 고장에서는 모두가 개똥벌레라고 불렀다.

신비한 빛을 내면서 날아다니는 조그만 곤충 이름이 하필이면 지저분한 개똥벌레가 되었는지는 내 알 바가 아니고 나도 남들이 부르는 대로 개똥벌레라고 부르며 자랐다.

논에 벼들이 힘차게 자라고 울타리 호박 덩굴에 노란 꽃이 필 무렵이면 더위도 절정에 이른다.

이 무렵이면 사람이나 짐승이나 기진맥진하게 마련이고, 특히 똥개들은 혀를 대자오치나 빼어 물고는 주인의 눈치를 슬금슬금 보면서 조금이라도 시원한 곳을 찾아서 설렁거린다.

농부들의 힘든 김매기 일도 일단락이 되고 또 낮에는 워낙 더워서 밖에 나갈 엄두도 못 내고 있다 뒷간 지붕위의 박꽃이 하얗게 피기 시작 하는 저녁만 되면 집집마다 마당구석에 매캐하게 모깃불을 피워놓고 멍석을 깔고 식구마다 모여서 땀들을 들인다.

남정네들은 남정네들끼리 모여서 새끼도 꼬고, 맷방석도 만들고, 부녀자들은 부녀자들대로 모여서 다리미질도하고 수다들도 떨면서 시원한 한때를 보낸다.

저녁만 먹으면 동네 조무래기들은 신이 나서 신작로에 모여 진돌

이도 하고 술래잡기도 하면서 동네가 시끌시끌하도록 떠들며 뛰어 놀다가, 밤이 이슥해져야만 하나 둘 자기 집으로 돌아가기 마련이다.

밤만 되면 논 위로 개똥벌레가 신비한 빛을 반짝거리며 하늘하늘 날아다닌다.

개똥벌레를 많이 잡아가지고 호박꽃에 넣어서 호롱불이라며 가지고 놀기도 하고, 잔인한 장난이지만 개똥벌레의 빛이 나는 꽁지 부분을 끊어서 얼굴에 바르면 잠시 동안 형광등처럼 빛이 나게 되는데 재미있어서 언제나 그 짓을 하곤 했다.

공해라는 단어조차 모르던 시절에 올려다보던 하늘의 수많은 별의 그 영롱한 아름다움은 이젠 한낱 옛날 얘기가 되어 버리고 말았다.

요즈음엔 시골에도 농약을 하도 많이 써서 개똥벌레가 모두 멸종되다시피 되었다고 한다. 개똥벌레 뿐만 아니라 모기, 개구리 등 논에 살던 생물들이 모두 없어져 버렸다고 한다.

이런 죽음의 논에서 생산 되고 있는 쌀을 주식으로 하고 있는 인간들은 모두 자기들도 모르는 가운데 죽음을 향하여 한걸음씩 다가가고 있는 것이 아닐까 생각된다.

요즈음 내가 관리를 하고 있는 공원에 어린이들과 함께 만든 도토리 연못과 실개천에 개똥벌레를 번식을 시키기 위한 활동을 하고 있다. 언제가 될는지 모르지만 공원에서 개똥벌레들이 신비로운 빛을 발하며 날아다니고 그것을 보기 위해서 많은 사람들이 모여드는 날을 기다리며 열심히 노력을 한다.

도심에서 자라는 아이들에게 자연의 신비를 직접 보여주어 그 아이들이 어른이 된 후에라도 마음속에 잊히지 않는 어린 시절의 추억

을 만들어 주기 위해서 나를 비롯한 지역의 청소년건전육성회의 멤
버들은 '콘크리트 정글에서 자라는 아이들의 마음속에 고향의 정취
를 심어주자'는 캣치프레스 아래 활동을 하고 있다.

　비록 내 고향은 아니지만 그래도 내가 지금까지 간직 하고 있는 것
과 같은 고향에 대한 갖가지 추억을 이곳 어린이들의 마음속에도 심
어주고 싶은 것이다.

분꽃

　무더운 여름철과 가을에 걸쳐서 오랫동안 시골 초가집 마당가에 수줍은 듯 피는 꽃이 분꽃이 아닌가 생각된다.

　근래에 들어온 화초들 같이 색깔이나 꽃 모양이 화려하지도 않고 그렇다고 향기가 좋은 것도 아니고, 그저 그냥 마당 한구석에 터줏대감과도 같이 지켜 내려오고 있는 꽃이라고 생각된다.

　분꽃이라는 이름의 유래는, 지금처럼 여인들의 화장품이 흔하지 않을 때 이 꽃의 씨앗을 받아서 씨앗 속에 들어 있는 흰 가루를 분처럼 얼굴에 발랐다고 해 분꽃이라고 한다고 들었다.

　나는 어릴 때 봄만 되면 누나들과 마당에 열심히 화단을 만들었다.

　시골이라 땅이 넓어 자기 마음대로 크기를 정해 돌을 날라다가 경계를 쌓고 땅을 일구고 퇴비를 잔뜩 가져다 넣고 화초씨를 뿌린다.

　말로는 그다지 대단한 일이 아니라고 생각할지 모르지만 애들이 하는 일이고, 또 잘 만들려고 너무 욕심을 부리다보면 다 만들기도 전에 싫증이 나서 도중에 팽개치고 말게 된다.

　그래도 봄만 되면 어김없이 또다시 화단을 만들고 갖가지 화초씨를 뿌리곤 했다. 그때 어김없이 뿌리는 화초씨가 백일홍, 과꽃, 봉숭아, 채송화, 맨드라미 그리고 분꽃 등이었다.

　그 가운데도 분꽃은 키가 크기 때문에 항상 화단의 맨 뒤에다 뿌리게 마련이었다. 여름이 되어 갖가지 꽃들이 일제히 피기 시작하면 분꽃도 덩달아서 피게 마련이다. 분꽃이 피기 시작하면 열심히 씨를 받아서 그 씨에서 흰 가루를 빼어내어 누나들 몰래 그걸 물에 개어 얼굴에 발라보곤 했다.

이와 같이 추억이 많은 분꽃이 지금 내가 살고 있는 동네 여기저기 잡초 마냥 자라서 꽃을 피우고 있다.

이곳은 우리나라와 달라 겨울에 그다지 춥지 않기 때문에 분꽃의 씨앗이 땅에 떨어졌다가 그 다음해에 또 자라고하여 한번 분꽃을 심어두면 그 다음해부터는 주체 할 수 없을 정도로 분꽃이 퍼지게 마련이다.

포기도 옛날에 우리집에서 키우던 것에 비교 되지 않을 정도로 크고 꽃도 아주 많이 핀다. 그 씨앗을 하나 따서 손톱으로 벌리고 속을 보니 역시 하얀 가루가 나온다. 손가락에 묻은 흰 가루를 보며 또 옛 생각을 해본다. 🌸

천렵

이글거리는 태양아래 사람도 똥개도 모두가 헐떡거리는 삼복이 되면 워낙 더워서 대낮에는 들에 나가 일을 할 엄두도 내지 못한다.

바쁜 농사일에 눈코 뜰 새 없이 바쁘던 농촌의 청년들도 잠시 짬이 나서 한낮에는 시원한 나무 그늘에서 낮잠을 자거나 원두막에서 장기를 두면서 소일 하게 마련이다.

이맘때가 되면 으레 마을의 젊은 축들은 천렵을 하기 위해 모여 숙덕숙덕 의논들을 시작한다.

누구네 집 개가 크기가 적당하니 그놈으로 결정을 하자느니, 술은 얼마나 받아오면 된다느니, 아무래도 예산이 많이 부족하니 누구와 누가 동네에서 밥술이나 먹는다는 사람의 집에 가서 기부를 받아와야 한다는 등 각자의 역할이 결정 된다.

이맘 때가 되면 죽어나는 게 시골에서 기르는 똥개들이다. 개들도 더위에 지쳐서 비실비실 혀를 대자 오 치나 빼어 물고 그늘에서 사지를 뻗고 헐떡거리기만 한다. 그 정도로 끝나면 좋으련만 까딱 잘못하다가는 목숨이 없어질 지경이니 여름이라는 계절은 이래저래 똥개들에게는 수난의 계절이 틀림없다. 때가 되어 먹이를 주어도 주인의 눈치나 슬슬 살피며 전혀 원기가 없다. 아마도 똥개들도 삼복을 넘길 걱정에 식욕마저도 없어져 버리나보다.

이런 똥개들의 걱정과는 아랑곳도 없이 천렵을 하기로 결정이 된 날이 되면 지개에 솥과 각종양념 그리고 물고기를 잡을 두레박이랑 각종 도구들을 챙겨 지고는 주인에게 사정사정하여 싸게 산, 안 가려고 발버둥질 치는 똥개를 억지로 끌고 산골짜기로 향해서 간다.

예정된 장소에 도착 하면 한패는 물고기를 잡으러 웅덩이로 가고 한패는 똥개를 잡으러 개울가로 간다.

한참 벅석대다 보면 점심 때가 되고, 이맘 때가 되면 솥에는 개장국과 생선 끓는 냄새가 구수하게 나기 시작 하고, 성미가 급한 사람은 우선 맛을 봐야 한다고 하며 숟가락을 들고 설치기 시작 한다.

농촌에서 뼈가 빠지게 농사만 짓던 청년들도 이날 하루만은 그야말로 신선이 되는 거다.

입에 당기는 음식이 있고, 술이 있고, 물이 있고, 그늘이 있으니 이게 바로 천국이라며 온종일 먹고 마시고 떠들고 나중엔 술에 취해서 싸움까지 하다보면 어느새 긴긴 여름해도 저녁 때가 된다.

지금은 옛날에 천렵을 하던 골짜기에는 공장이 들어서고, 개를 잡던 개울에는 공장폐수가 흐르고, 물고기들은 농약 때문에 씨가 말라버렸다.

이제 얼마 더 있으면 천렵이라는 말 자체가 사어死語가 되어 버리는 게 아닌가 생각되고, 오랫동안 내려오던 우리나라 농촌의 풍습이 나의 대代에서 사라져 버린다는 아쉬움이 머리에 가득하다. 🌸

옥수수대

요즈음은 시골 아이들도 단것에 물려 그런 짓을 하지 않지만, 내가 어렸을 때 시골에서는 이맘때 동네 아이들 누구나 길다란 옥수수대를 가지고 다니며 겉껍질을 벗기고 속을 질경질경 씹다가 퉤하고 뱉어 버리곤 했다. 그래서 애들이 놀다 간 마당에는 옥수수대 씹어 뱉어 놓은 게 어지럽게 널려있게 마련이었다.

이맘때가 되면 대개 옥수수도 모두 따다 삶아 먹었고 또 김장을 갈기 위해 옥수수대를 뽑기 마련이었다.

군것질에 굶주린 아이들에겐 옥수수대의 달짝한 맛도 맛이려니와, 심심해서 죽을 지경에 그나마 심심풀이를 할 수 있어 너도나도 모두 마침 한 걸 골라 가지고 씹기 시작 한다. 그런데 이놈의 옥수수대의 껍질을 잘못 벗기다보면 입술을 베게 마련이어서 피가 벌겋게 묻은 옥수수대를 씹기도 한다.

무덥고 기나긴 여름 방학도 이젠 지루하기 시작 하고, 조금 더 있으면 논에 새를 보아야 해서 이맘때가 애들이 맘 놓고 재잘재잘 떠들고 놀 수 있는 그야말로 황금과도 같은 기간이다.

낮에는 웅덩이에 가서 미역을 감거나 개울에 가서 미꾸라지를 잡으며 시간을 보내다가 해가 설핏한 저녁나절이 되면 동네마당에 하나 둘 옥수수대를 가지고 모여들기 시작 한다.

맨땅에 앉아서 꼬누를 두기도 하고, 땅뺏기, 사방치기, 다마치기, 딱지치기 등등 갖가지 놀이에 열중하다 지치면 처마 밑에 일렬로 늘 어서서 옥수수대를 씹기 시작 한다.

그래서 조무래기들이 놀다가 간 뒤에는 마당이 말도 못하게 지저 분해져 주인이 아주 질색을 하지만, 매일매일 이런 일이 반복을 하게 마련이다.

허구한 날 아침에 마당을 깨끗하게 쓸어 놓아도 저녁때만 되면 또 다시 지저분하기가 이루 말할 수 없게 되니, 하루 이틀도 아니고 참 으로 견디기 힘든 일이라고 생각한다.

그러나 애들은 어른들이 아무리 야단을 쳐도 조금만 지나면 또 모 여서는 옥수수대를 씹어 대다가 그 짓도 지치면 또 다른 놀이를 찾아 서 우르르 몰려가곤 했다.

숲거리로 가서 매미나 집게벌레를 잡거나 답사리 비로 잠자리를 잡아서 꽁지를 자르고 풀을 끼워 날려보내기도 하고 개구리를 잡아 서 누구 것이 멀리 뛰어가나 내기를 하기도 한다.

매일같이 아침부터 저녁까지 노는 데만 정신을 팔고 돌아다니다 보니 가뜩이나 운동신경이 둔한 터라 온몸이 상처투성이가 되어, 매 년 정월보름날 부스럼 생기지 말라고 열심히 부럼 깨문 것이 아무 소 용도 없이 여기저기가 곪아서 부스럼투성이가 된다.

부스럼은 사정없이 짜야 된다고 붙잡아 놓고 짜주시고 그 자리에 밀떡을 만들어서 붙여주시던 고모님도 오래전에 돌아가시고 이젠 그 때의 상처 흉터만이 남아 있다.

맹꽁이

매년 장마 때가 되면 생각나는 것 가운데 하나가 맹꽁이다.

보통 때는 물기하나 없이 뽀송뽀송하던 뒤 헛간 뒤쪽의 도랑에 장마 때가 되면 물이 고이기 마련이고, 그러면 어디서 오는지 모르지만 맹꽁이들이 모여서 맹꽁맹꽁하고 시끄럽게 울어댄다.

한 놈이 맹꽁하고 선창을 하면 곧 여러 놈이 뒤를 따라서 맹꽁맹꽁하고 복창을 하는데 이게 보통 시끄러운 게 아니다. 가뜩이나 비가 와서 밖에 나가 놀지도 못하고 방에서 속을 썩히고 있는데 이놈들마저 울어대면 울화가 치밀게 마련이다.

작대기를 가지고 풀섶을 뒤지며 잡으려고 찾아보지만 어디에 숨었는지 한 놈도 잡을 수가 없다.

허탕을 치고 방에 들어오면 곧 뒤따라서 맹꽁맹꽁하면 비웃듯이 합창을 해댄다. 약이 바싹 올라서 도랑가에 숨어서 기다리면 한 놈 두 놈 풀섶에서 기어 나와 도랑물에 머리만 내어놓고 또다시 울어대기 시작 한다. 잽싸게 몇 마리 잡아 가지고 마당에 놓고 작대기로 배를 두드리면 이놈의 배가 겁도 없이 커지기 시작 하는 거다.

뒤에 책에서 읽은 이솝 동화에 나오는 개구리 부자 이야기와 같이 뻥뻥하게 커져 가지고는 도망도 못가고 뒤룩뒤룩하는 게 재미가 있어서, 비에 옷이 젖는 것도 잊은 채 시간 가는 줄도 모르고 신이 나서 두드린다.

　한참 그 짓을 하다가 지루해지면 해방을 시키고 방에 들어와서 누워 있으려면 또다시 지루해지기 시작 한다.

　등이 시커멓고 배가 빨간 맹꽁이.

　지금은 뒤 헛간도 새마을 사업 바람에 없어지고 도랑도 없어져서 맹꽁이가 시끄럽게 울어댈 장소마저 없어져 버리고 말았다. 아니 그보다도 농약공해로 말미암아 맹꽁이가 전멸을 해 버렸는지도 모르는 일이다.

　그래도 요즈음에도 비가 내리는 날이면 어렸던 시절 그 맹꽁이의 시끄럽던 울음소리가 그리워진다.

돌절구

어린 시절의 많고 많은 기억 가운데 하나가 옛날 집에 있던 돌절구의 기억이다.

모두가 가난했던 지난 시절, 시골 아낙네들의 온갖 애환이 서려 있던 절구. 그 돌절구에 추억이 서려 있다면 다소 이상하겠지만 나에게 있어서 돌절구란 주전부리를 만들어 주는 요술단지 같은 존재였다.

요즈음과 같이 가루를 쓸 일이 있으면 돈을 주고 방앗간에서 빻아다가 쓰는 게 아니고, 옛날엔 누구네 집에든지 절구가 있어서 가루를 만들거나 떡을 할 때면 양의 적고 많음에 관계없이 으레 아낙네들이 절구질을 하곤 했다.

봄에 보리 이삭이 누릇누릇 할 때면 보리 풋바심을 하여 보리떡을 만들어 주었고, 인절미, 시루떡 등등 온갖 떡이란 떡은 모두 절구질을 하지 않으면 안 되었다.

내가 워낙 떡을 좋아해서 시도 때도 없이 떡을 해달라고 하면 어머니는 곧잘 인절미를 해 주시곤 했다.

그 인절미란 게 따뜻해서 누굴누굴 할 때도 맛이 있지만 그보다도 다락에 두어 조금 말렸다가 냄비에 기름을 넣고 볶아 먹는 맛이란 가히 천하 일미였다.

가끔 다락에 감추어 두었다가 잊어버리고 며칠 지나면 파랗게 곰

곰팡이가 슬어서 못 먹게 되어 아까운 걸 버리곤 하던 일이 그립기 그지없다.

지난번에 귀국을 했을 때 백화점의 식품부에 들렀더니 각종 떡이 있어서 욕심껏 사다 먹어 봤지만, 옛날 절구에서 어머니가 만들어 주시던 그 맛이 아니다. 내 입이 고급이라서가 아니라 만드는 이의 정성이 담겨있지 않아서 그런게 아닌가 혼자서 생각을 해본다. 나이가 먹어 가면서 점점 그리워지는 건 어릴 때의 그 정다운 맛이 아닌가 한다.

계절적으로 이맘때가 되면 고사떡을 만들 시기이다.

고사떡을 하려면 동네 아낙들이 떼로 몰려와서 절구질을 한다, 체질을 한다, 아침부터 떠들썩하기 마련이다. 돌절구에 무쇠로 된 절굿공이를 가지고 땀을 뻘뻘 흘려 가면서 절구질을 하던 그 정답던 동네 아주머니들도 이젠 거의가 고인이 되어 버리고 남은 건 추억뿐이다.

지난번에 고향 집에 들렀더니 그 돌절구가 마당 한구석에 반쯤 흙에 묻힌 채 쓸쓸히 놓여 있었다. 요즈음엔 돌절구를 쓸 일이 없단다. 그렇다고 버리기는 아까워서 장식으로 마당가에 놓아두었다고 한다. 손질을 하지 않고 그냥 비바람에 내버려두니 돌도 삭아서 부실거리고 절구확속에는 빗물이 고여 썩어 있다. 사람이나 물건이나 소용이 다하면 저렇게 되는 건가 하고 바라다보니 저절로 쓸쓸해지는 마음을 금할 길 없었다.

지금은 마당 한 모퉁이에 쓸쓸히 버림받는 돌절구지만 내 마음은 그 돌절구 주위에서 동네 아낙네들의 떠들썩한 웃음소리가 들려오는 듯한 착각에 잠겨본다. ✿

번데기

　지난번에 일본 친구들을 데리고 고향엘 갔다가 서울에 돌아와서 관광을 할 때 남대문시장에 들렀더니 번데기 장수가 있었다. 내 딴에 퍽이나 반가워서 일행들에게 "이게 누에의 번데기인데 맛이 고소하니 먹어보겠느냐"고 하니 깜짝 놀라며 저만치 도망을 간다.

　옛날 국민학교 다닐 때 양정여고 강당에서 본 영화 가운데 몬도가네라는 영화가 있었다. 그 영화 중에 세계 각국의 진기한 식생활을 소개하는 장면이 있었는데 내가 꼭 그 꼴이 된 듯 했다.

　번데기하면 어릴 때 집에서 누에를 쳐 가지고 뒤 헛간에 솥을 걸고 물을 끓여 가면서 거기에 누에고치를 넣어서 명주실을 뽑을 때 그 솥 옆에 앉아서 물리지도 않고 주워 먹던 생각이 간절하다.

　명주실을 뽑으려면 아낙네들의 잔손질이 퍽 많이 간다.

　뒤 헛간에 솥을 걸고 물을 끓여 가면서 거기에 누에고치를 넣고 익혀 가면서 한편으로는 물레로 실을 뽑아 올리는데 이게 아무나 하는 게 아니고 기술이 필요한 것이다.

　우리집에서 명주실을 뽑으려면 언제나 솜씨 좋은 진복이 엄마를 불러다가 하는데 온종일 옆에서 보아도 싫증나지 않는다.

　쉴 새 없이 번데기가 나오니 그걸 얻어먹는 재미에 시간이 가는 줄도 모르고 먹다가 입이 깔깔해서 밥도 못 먹고 혼이 나곤 하지만 그래도 번데기의 그 고소한 맛에 언제나 과식을 하게 마련이다.

번데기에 정신이 팔려 있는 나와는 달리 실을 뽑는 아낙네의 신경은 언제나 곤두 서 있게 마련이다.

솥에 넣는 누에고치의 양에 따라 실의 굵기가 다르게 마련이라 언제나 일정한 양이 되도록 신경을 써가면서 한손으로는 쉴 새 없이 물레를 돌린다. 그렇게 해서 명주실이 되면 그걸 베틀에 걸어서 명주를 짠다.

명주란 원래 실이 가늘어서 온종일 짜보아야 몇 센티도 못 짠다. 그래도 옛날 아낙들은 온종일 힘든 들일을 하고서도 밤이면 명주랑 무명을 짜느라 잠 잘 틈도 없는 생활을 잘도 견뎠다고 생각한다.

명주와 함께 생각이 나는 게 무명이다.

목화를 심어 씨아에 넣어서 목화씨를 빼고는 물레에 걸어 실을 뽑아가지고 명을 놓는데 이걸 하려면 넓은 뒷마당에 왕겻불을 피워 놓고는 풀비로 쓸어 가면서 몇 사람이 어울려서 작업을 한다.

가끔 옆집 베틀에 사람이 없을 때 베를 짠다고 서둘다가는 망쳐놓고 혼이 나던 일이 아직도 기억에 생생한데 그게 아련한 옛날얘기가 된다는 게 영 실감 나지 않는다.

지금도 집에는 내가 돌때 깔고 앉았다고 하는 손으로 짠 명주가 한 필 있다.

언젠가 고향에 들렀더니 어머니가 어릴 때의 기념품이라고 주시기에 지금은 보물 마냥 간직을 하면서 가끔 꺼내 얼굴에 대고 냄새도 맡아 보고 따뜻한 감촉을 즐기기도 한다.

그러면 언제나 마음은 어릴 때로 돌아가 어머니에게 안긴 것 마냥 포근한 기분이 들곤 한다.

쓰르라미

　매미들도 사는 지역에 따라 종류가 다른 것인지 이곳 동경의 매미들의 울음소리는 도대체 단조롭기 짝이 없다. 요즈음처럼 불같이 더운 날에는 밍밍 거리는 매미소리가 공연히 귀에 거슬린다.

　매미란 참매미, 유지매미, 쓰르라미 등등 여러 종류가 있게 마련이지만 왜 이곳엔 내가 어릴 때 듣던 쓰르라미가 없는지 모르겠다.

　밍밍거리는 이곳 매미소리 보다는 어릴 때 늘상 듣던 시원하게 울어 젖히는 쓰르라미 소리가 그립기만 하다.

　내가 자란 시골에선 이맘때가 되면 논농사도 조금 짬이 나게 되어 한나절 불볕더위에는 온 동네가 오수에 취한 듯 고즈넉하게 마련이다.

　이따금씩 신작로를 지나가는 자동차의 흙먼지가 켜켜로 쌓인 대문간에 야전 침대를 놓고 드러누워 눈을 게슴츠레하게 뜨고선 누구라도 좋으니 같이 놀아 줄 동무가 오지 않나하고 기다린다.

　그러나 이맘때가 되면 친하게 지내던 동무들도 모두 어디서 무얼 하는지 한 놈도 코빼기를 보이지 않는다.

　신작로가 미루나무에선 연신 쓰르라미가 쓰름쓰름하고 목청을 돋워가면서 울어 젖히고, 동네는 쥐죽은 듯 괴괴하기만한데 짜증만 나고 도대체가 시원한 일이 하나도 없다.

　혼자 지내기에 갑갑해지면 맥고자를 푹 눌러 쓰고는 온 동네를 한 바퀴 돌아본다.

동네라야 워낙 코딱지 같이 조그만 동네니까 금방 한 바퀴 돌지만 동무들은 한 놈도 만날 수 없다. 그렇지 않아도 더위에 짜증이 있는 대로 나는데 공연히 헛걸음 한 걸 생각하면 심통이 나서 남의 집 울타리에 호박이 있으면 말뚝이나 박고, 혀를 대자오치나 길게 빼어 물고 헐떡거리는 개가 있으면 공연히 작대기로 후려치기나 하면서 심통을 부린다.

한 낮에는 이렇게 괴괴하던 동네가 저녁때가 되면 조금씩 활기를 띠기 시작 한다.

집집마다 굴뚝에선 저녁 짓는 연기가 피어올라서 동네 위를 띠처럼 감돌고, 남자들은 지게에 풀을 한 짐씩 베어 지고 집으로 돌아온다.

이맘때가 되면 하루 중에 가장 귀찮은 일이 나를 기다리고 있다. 다름 아닌 쇠 풀뜯기는 거다. 하루 종일 불볕 아래서 고생 하던 소를 끌고는 풀이 있는 곳으로 다니면서 배불리 풀을 뜯겨야 하는데 이게 보통 귀찮은 게 아니다.

소배가 뻥그렇게 불어나도록 풀을 뜯겨야 되겠는데 풀이 그렇게 많은 곳도 없고 또, 한눈을 팔다 보면 남의 집 벼를 뜯어 먹으니 한눈을 팔수도 없다.

나 같이 잠시도 가만히 있지 못하는 성미가 소 궁둥이나 졸졸 따라 다니며 풀을 뜯기자니 열불이 나게 마련이다.

그래도 중학교 졸업할 때까지 그 일을 줄곧 혼자서 했으니 지금 생각해도 신통방통하기 그지없다.

소몰이꾼

　소몰이꾼이란 말 자체가 지금은 완전히 사어死語가 되어 옛이야기에 등장하는 소리가 되어 버렸지만 내가 어릴 때 장날 아침이면 소몰이꾼이 소를 4∼5마리씩 길게 끌고 장으로 가는 풍경을 보았다.

　요즈음에도 시골장에 쇠장이 서는지도 모르겠고, 트럭을 이용하면 간단하게 한꺼번에 많은 소를 이동 시킬 수가 있으니까 소몰이꾼이란 완전히 옛날이야기가 되어 버렸다고 생각 한다.

　내가 태어나서 자란 마을이 행정지명으로는 신하리라고 하지만 옛날부터 내려오는 구수한 우리말 지명이 비성거리라고 하는 마을이었는데, 집 앞으로는 신작로가 있어서 장날이면 아침부터 소란스럽기 짝이 없었다.

　지금도 가끔씩 생각이 나는 게 기다랗게 소를 매어 끌고 가는 소몰이꾼의 맵시 있게 회초리를 휘두르며 솜씨 좋게 소를 모는 풍경이다. 겨울 추운 날이면 소의 코에서 흰 김을 뿜어대며 입에는 기다랗게 고드름이 달리고, 소몰이꾼들의 개가죽 모자에는 성애가 하얗게 낀 채 부지런히 소를 몰고 걷는 광경이 눈에 선하게 떠오른다.

　하루에 몇백 리씩 걷는다는 소들은 다리가 아파서 찔둑찔둑 거리고 소몰이꾼들은 정해진 시간에 쇠장에 대 들어 가려고 사정없이 회초리를 휘두르며 "이랴이랴"를 연실 외치면서 씩씩거리며 열심히 소를 몰아댄다.

우리 동네에는 마방이 몇 집 있었고, 그중에 하나가 가장 친한 친구인 진복이네 집이라서 가끔 장 전날 진복이네 집엘 가면 외양간 가득히 소를 매고도 모자라서 마당, 뒷동산 되는 대로 소를 매어 놓고 방마다 소몰이꾼들이 가득 앉아서 담배를 피워 가면서 소에게 신길 짚신을 삼는다, 술추렴을 한다 하며 떠들썩하다.

나는 워낙 얘기를 좋아해 가끔씩 그들의 구수한 이야기를 듣는 재미에 담배 냄새, 몸냄새, 발꼬랑내, 기타 코가 아프도록 지독한 냄새 나는 목노방에 끼어 박혀 그들의 이야기 소리에 귀를 기울이기도 했었다.

지금 생각을 하면 모처럼 술추렴을 하면서 음담패설이라도 할 요량으로 모여 앉아 있는데 웬 동네 꼬맹이 하나가 턱살을 치받치고 앉아서 자기들의 이야기에 귀를 기울이고 있으니 소몰이꾼들도 어지간히 귀찮았으리라고 생각 한다.

그래도 저리가라고 야단을 치는 것이 아니라 어린 나도 알아들을 수 있을 정도의 재미나는 이야기를 해 주다가 가끔씩 "애, 재미있니?"하고 묻곤 해서 "예, 재미있어요"하고 대답을 하면 "옛날 말에 이야기 듣기 좋아하면 나중에 가난해 진다고 하더라 이제 그만 나가서 놀아라"고 하면 이제 내쫓는구나싶어 일어서 나오곤 했었다.

할머니가 생존해 계실 때, 겨울이면 밤에 우리집에 와서 안방 가득히 모인 노인네들을 상대로 구수한 목소리로 한껏 감정을 잡아가면서 이야기책을 읽어주던 동네 사람도 소몰이었다.

그의 이야기로는 멀리 경상도까지 내려가서 쇠장수가 사준 소를 받아서 서울까지 끌어다 주곤 했다고 한다.

　연말을 맞이해서 이 생각 저 생각 하다가 고국이 요즈음 퍽 춥다는 소릴 듣고 나니 장날이면 아직 날도 밝기 전에 흰 김을 뿜어대는 소를 몰고 장으로 가던 소몰이꾼들이 생각나서 또 몇 마디 끄적여 본다.

이야기 책

아득한 옛날이야기로 지금은 없어지고 말았지만, 내가 어릴 때 시골에 가면 이야기책이라는 게 있었다.

장날마다 장바닥에 몇 권씩 이야기책을 벌려 놓고 파는 사람에게 빌려다가 보고 다음 장날 또 다른 책과 바꾸어 보곤 하는 거다.

장화홍련전이니, 춘향전, 유충렬전, 사씨남정기 등등 심심해서 읽어보려고 들춰 보면 띄어쓰기도 없이 내리다지로 써져 있고, 모두가 옛날 말투로 적혀 있어서 도저히 읽을 마음도 나지 않을 뿐더러 내용 자체도 흥미가 없었다.

아주 조악한 종이에 인쇄를 한 책으로 두께가 얄팍한데 겉장에는 이야기책의 내용을 천연색으로 그린 그림이 인쇄 되어 있었는데 많은 사람들이 빌려 보았기 때문에 헐어서 너덜너덜 했었다.

그런 이야기책이 머리에 떠오른 건 다름이 아니라 머칠 전에 소설을 읽다가 이야기책 이라는 말을 읽고 문득 어릴 때 집 안방에서 할머니가 들으시던 이야기책 생각이 머리에 떠오른 거다.

어릴 때 할머니가 오랫동안 병환으로 자리에 누워 계셨던 까닭으로 겨울밤만 되면 이야기책을 구성지게 잘 읽는 사람을 집으로 불러 책을 읽히고 그걸 들으시는 게 커다란 즐거움이셨다.

우리 동네에도 동규라는 사람이 있어서 이야기책을 아주 구성지게 감정을 잡아 가며 잘 읽는 사람이 있었다. 그는 겨울만 되면 가끔씩 우리집에 불려 와서 희미한 남포불 밑에서 목청을 돋궈가며 신이 나게 이야기책을 밤이 이슥하도록 읽는다.

안방에는 매일 할머니를 비롯하여 고모님 등 마실을 온 동네 나이 든 아주머니들이 한방 가득 모여 손으로는 목화의 티를 고르며 이야기책 읽는 소리를 들으면서 "올커니" "끌끌 저런 몹쓸 놈 봤나" "에구 가엾어라"하며 추임새를 넣어 가면서 흥을 돋군다. 그러면 책을 읽는 사람도 덩달아서 점점 흥이 나서 한층 더 목소리가 커져서 한껏 감정을 잡아 가며 입에 침을 튀기며 열심히 읽어 댄다.

한참씩 읽히고 나서는 이제 목이 마를 테니 쉬었다 읽으라고 책 읽는 것을 중단 시키고 막걸리 한잔씩 따라 주곤 했었다. 이렇게 책 읽는 것이 중단이 되면 으레 모인 사람들을 위해서 떡이랑, 식혜랑, 엿 등을 밤참으로 대접 한다.

지금도 그때 그 시절의 추억들이 어제의 일인 양 선명하게 머리에 떠오르건만 세월이 변하여 지금은 이야기책을 읽던 사람도 저 세상으로 가 버렸고, 또 그 소리를 들으며 희희낙락하시던 할머님도, 고모님도, 어머님도, 또 그때 우리집에 마실을 오던 동네 사람들도 모두가 저 세상으로 가 버리셨다.

그때 우리집 안방에 모였던 사람들을 하나하나 머리에 그려 본다. 시절이 변하여 이제는 그런 시골의 인심이 아주 사라져 버린 것이다. 얼마 있으면 이와 같은 옛 추억마저도 영영 잊혀버리는 게 아닌가 생각 하면 공연히 마음이 심란해 진다.

언제까지나 남겨 두고픈 시골의 정다운 인정이며 추억인데……

매사냥

서울의 친구에게서 온 이메일을 보니 지금 서울에는 눈이 많이 내리고 있다고 한다.

눈……

어릴 때 퍽이나 좋아하던 눈. 그 눈이 펑펑 내린다고 하는 거다.

친구들의 메일을 보고 눈 내리는 서울거리를 머릿속에 떠올리며 혼자서 방안에 앉아서 컴퓨터를 두들기자니 걷잡을 수 없는 고향생각에 마음이 심란해진다.

많고 많은 겨울 추억 속에 눈 얘기가 나오니까, 어릴 때 딱 한번 쫓아가 본 매사냥이 머리에 떠오른다.

매사냥을 하려면 소수의 인원으로는 어림도 없어서 한동네 청년들이 모두 총동원 된다. 눈이 하얗게 내려 쌓인 산을 10~20명의 청년들이 산을 포위하고 몽둥이로 나뭇가지를 탁탁 치면서 꿩을 쫓는다. 그럴 때 매받이(매를 가진 사람)는 산장 등 제일 높은 곳에 서서 한손에 매를 치켜들고 매날리라는 소리가 날 때만 기다리고 있다.

몰이꾼들이 꿩을 튀기다가 꿩이 날아가면 커다란 소리로 "매날리쇼"라고 고함을 친다. 그러면 산장 등에 서있던 매받이는 하늘높이 매를 날린다. 매는 하늘 높이 날라 올라 갔다가 꿩 쪽으로 쏜살 같이 내려꽂힌다. 그러면 몰이꾼이나 매받이는 그쪽을 향하여 달려간다.

한참 후에 보면 매가 꿩을 잡아가지고 뜯어 먹으려고 하고 있는 게 보인다.

그러면 몰이꾼들이 "매받으쇼"라고 소리를 지르고 그 소리를 들은 매받이가 허둥지둥 그곳으로 달려가서 우선 매와 꿩을 끌어안는다. 그리고는 남자들이 셋이 나란히 앉아서 그중에 한 사람이 미리 준비해 가지고 다니는 꿩 날개쪽지를 매의 눈앞에 어른어른하면 매가 이번에는 제가 가지고 있던 꿩을 놓고 그 날개쪽지를 움켜쥔다. 그때 재빨리 한사람이 꿩을 집어 꿩의 머리를 입으로 깨물어 매에게 꿩의 골을 먹인다.

그게 끝이 나면 또 매받이는 매를 팔위에 올려놓고 산장 등으로 가서 서고, 몰이꾼들은 또다시 꿩을 쫓으러 일제히 뛰어 가는 거다.

글로 표현 하면 그저 그런가 싶지만 실제로 쫓아다니면 온몸이 땀으로 미역을 감고 되고 아주 힘 드는 일이었다.

겨울동안 할 일 없이 빈둥빈둥하던 청년들이 할 수 있는 최고의 오락이고 체력단련이 아닌가 생각한다.

이젠 매사냥이라는 사냥방법 자체가 사라져 버렸을 게고 또 그런 놀이를 즐기는 사람들도 남아 있지 않을 거다.

온 마을 사람들이 총 동원 되어 서로 협력하며 즐기는 놀이. 그리고 사냥 방법 중에 가장 고전적이면서도 가장 남성적이라고 일컫는 매사냥이 완전히 사라져버린 거다.

지금 생각 해 봐도 어릴 때 단 한 번일망정 그런 놀이에 직접 참가해볼 수 있었다는 게 얼마나 다행한 일인지 모르겠다.

철없이 뛰어 다니던 시절, 그리고 도시가 아니고 시골이었기 때문에 맞볼 수 있었던 갖가지 추억들, 내가 자랄 때의 시골이란 지금에 비하면 참으로 힘이든 시절이었지만 그래도 그 시절을 지냈다는 걸 나는 퍽 다행이라고 생각 하면서 살고 있다.

모두가 내 代에서 끊어져 버리는 옛 풍속, 놀이 등이 억수로 많지만 이제 한낱 추억 속에 묻어두어야 한다고 생각 하면, 지금 자라는 아이들에게 어떤 형태로라도 남겨주고 싶은 심정이다. 하지만 그들은 그다지 흥미를 느끼지 못하는 것 같다.

하기는 추운 겨울에 밖에서 뛰어다니면서 하는 놀이 보다는 따뜻한 방안에서 텔레비전을 보거나 컴퓨터게임을 하는 것이 훨씬 재미가 있을지도 모른다. 부모들도 밖에 나가면 감기 걸린다고 될 수 있는 대로 아이들을 밖에 내보내지 않으려고 한다.

그러나 내가 어릴 때 어른들은 아이들이 밖에 나가서 놀아야 되는 거라고 하면서 방안에서 웅크리고 있기만 하면 "안악군수가 되려고 그러느냐?"면서 밖에 나가서 힘껏 뛰어 놀으라고 밖으로 내보내곤 하셨다.

세월이 변하면 생각하는 것도 달라지는가 보다.

송홧가루

봄이 되어 공원의 밭에 가지묘를 심다가 걸리적거리는 소나무를 올려다보니 노란 송홧가루가 보인다.

송홧가루!

손으로 건드려보니 노란 송홧가루가 바람에 흩어진다. 바람에 흩어지는 송홧가루를 보니 어릴 때 큰일이 있으면 송화다식을 만들어서 쓰곤 하던 생각이 간절하다. 지금 젊은 사람들은 송화가 무엇인지, 송화다식이라는 게 어떤 것인지 잘 모르리라고 생각 된다.

송화란 소나무의 화분으로, 봄이면 소나무의 수꽃에서 노란 가루가 바람에 흩어져서 암꽃에 닿아 수분이 되면 솔방울이 되는 거다.

내가 어릴 때, 이른 봄이 되면 소나무의 아직 완전히 피기전 수꽃을 따다 안방 아랫목 따뜻한 곳에 깨끗한 종이를 펴고 놓아두고 며칠 지나면 노란 송홧가루가 나오는데 함부로 다루면 바람에 모두 흩어져 버리기 때문에 아주 정성이 보통이 아니었다.

정성껏 화분을 모아서 물에 풀고 그 위에 바가지를 띄워 놓으면 바가지 밑에 송홧가루가 붙는다. 그러면 그 걸 떼어서 말리면 송홧가루가 되는데 이건 눈에 보이지도 않을 만치 작은 것이기 때문에 많이 모으려면 손이 보통 많이 가는 게 아니었다.

그렇게 모은 송홧가루로 설이나 큰일 때 송화다식을 만든다.

송홧가루에 조청을 섞어서 눅진눅진하게 해 가지고 다식틀에 넣고 누르면 다식이 되는 건데 색깔이 노란 게 아주 먹음직하게 생겼다.

그러나 그 다식이라는 게 먹어보면 생김생김 보다는 별로 맛이 없는 게 떫고 씁쓸하지만 워낙 군것질 거리가 없던 시절이라 그것도 더 못 먹어 걸근거렸지만 많이 먹으면 변비가 된다고 어른들이 많이 주시지 않았다.

우리 집에서 큰일 때가 되면 언제나 고모님이 오셔서 고모부님이 만드신 다식틀로 다식을 만드시던 모습이 지금도 눈에 선하다.

나도 어릴 때 다식 만드는 게 재미가 있고 또 가끔씩 얻어먹거나 어른들 눈을 피해서 얼른 한 개 입에 넣고 훔쳐 먹는 재미에 집안의 큰일 때면 다식 만드는 일을 돕곤 했었다.

이젠 시대가 변해 잔손이 많이 가는 송화다식을 만드는 집도, 만드는 방법을 알고 있는 사람들도 없을 거다.

다식 생각을 하다 보니 문득 산자와 강정도 생각난다.

이것도 우리집 특별한 과자로 어릴 때 고모님과 어머님이 만드시는 걸 곁에서 많이 보았기 때문에 어떻게 만드는지 모두 기억 하지만, 이젠 고모님도 어머님도 모두 돌아가셔서 아마 내가 죽을 때까지 집에서 만든 송화다식이나 산자, 강정 같은 우리나라 고유의 과자들을 먹어볼 기회가 없겠구나 생각하니 쓸쓸하기 짝이 없다.

다만 내 어릴 때 추억 속에서만 존재하는 송화다식, 산자, 강정이 모든 게 내 대에 와서 사라져 버리다니…….

종이장수와 창호지

요즈음은 종이가 필요하면 문방구에 가면 사시사철 원하는 종이가 손에 들어오는 세상이 되었지만 내가 어릴 때는 그게 아니었다.

매년 늦여름, 초가을이 되면 경상도에서 올라온 사투리를 몹시 쓰는 종이 장수들이 동네 집집마다 돌아다니면서 종이를 팔곤 했었다. 그들이 짊어지고 다니면서 파는 종이라는 게 닥나무로 만든 한지인 거다.

시골에서 농사를 지어 가면서 부업으로 만들었다고 하는 종이를 잔뜩 등에 지고 시골을 돌아다니면서 파는데, 현금은 물론이려니와 가내기라고 해서 가을에 추수가 끝나면 쌀을 주기로 하고 외상으로도 팔곤 했었다.

매년 동네로 팔러 오니까 집에서도 누구네 종이가 질기고 좋았다는 것을 기억을 하고 언제나 그 장수에게만 사들였기 때문에 초가을이면 찾아와서 주문을 받아가기도 했었다.

우리집에서도 여러 가지 용도의 종이를 축으로 사곤 했었다.

우선 가장 필요한 게 방문을 바르는데 쓰는 창호지, 그 다음이 방구들을 뜯어서 다시 놓고 도배를 새로 할 때 쓰는 초배지, 그리고 사랑에서 한문 공부를 할 때 습자연습을 하는 고사지라고 하는 얇은 종이 등 종류도 다양하다.

우리 집은 나를 비롯한 동생들이 우당탕 쿵탕하고 매일 난리법석을 떠는 집이니 창호지는 수도 없이 땜질 하게 마련이다.

그리고 1년을 지난 창호지는 색깔도 거무틱틱하고 우중충하기 때문에 날이 좋은 날을 정해 집안의 문이란 문은 전부 떼어다가 묵은 창호지를 떼어내고 난 다음에 문살을 물걸레로 닦아내고 하얗고 깨끗한 새 창호지를 발랐다.

집안의 여자들이 총 동원이 되어 걀(순수한 우리말로 풀을 칠할 때 쓰는 솔을 말한다고 들었다)로 엷게 창호지에 풀칠을 해서 문틀에 바르는데 이게 아주 어렵다.

창호지가 젖어 있기 때문에 조금만 힘을 주어도 구멍이 나기 마련이어서 반듯하게 문살에 대지 않으면 삐뚤어지게 되고, 삐뚤어진 것을 바로 잡는다고 조금만 잡아 다니면 또 구멍이 나게 된다.

두 명이서 마주 잡고 하는데 두 사람의 호흡이 일치하지 않으면 제대로 되지 않는다. 젖은 창호지를 문살에 대고 마른 수건으로 토닥토닥해가며 문살에 제대로 붙도록 한 후 입에 물을 한입 물고 방금 바른 창호지에 확 뿜는다. 그러고 나서 햇빛에 말리면 반듯하고 쭈글쭈글 한 곳 없이 팽팽하게 완성 되는 거다.

이때면 누나들은 자기들 방의 방문에는 코스모스 잎과 꽃을 따다가 아름다운 문양을 넣어서 치장을 하곤 했었다.

한 번은 잘한답시고 사랑 방문에 코스모스로 문양을 넣었다가 할아버지에게 점잖지 못하다고 다시 바르도록 야단맞고 다시 바른 적이 있다.

새로 창호지를 바른 문을 가만히 보고 있노라면 구멍을 뚫어보고 싶은 놀부 심보가 발동한다. 며칠 동안은 잘도 참아내지만, 결국은 유혹에 넘어가서 동생들과 나란히 앉아서 손가락에 침을 묻혀서 창호지에 구멍을 뚫어놓고서 어머니에게 야단을 맞곤 했다.

이젠 머리에 수건을 쓰시고 땀을 흘리며 식모와 누나들을 데리고 창호지를 바르시던 어머님도 훨씬 전에 돌아가셨고, 코스모스로 자기 방문 치장을 하던 누님들도 모두 할머니들이 되셨고, 나란히 앉아서 손가락에 침칠을 해서 구멍을 뚫던 동생 중에 하나는 순서를 무시하고 저 세상에 먼저 가 버렸다.

과객 過客

　요즈음에는 영화에서나 볼 수 있는 옛날의 광경이 되어버리고 말았지만 내가 어릴 때만 해도 우리집에는 저녁때가 되면 가끔 지나가는 과객이 밥 한술만 달라고 들어오거나 하룻밤만 재워달라고 찾아들곤 했었다.

　집이 국도 3호선이라고 해서 서울에서 충주를 지나서 경상도 상주로 내려가는 도로변에 있었기 때문에 지나가는 사람들이 많았고, 그때는 지금과 달리 버스라던가 하는 교통을 이용하는 사람들이 별로 없었다. 특히 가난한 사람들은 걸어 다니는 사람들이 많았었다.

　저녁나절 해가 뉘엿뉘엿 넘어가려고 할 때쯤이면 남루한 복장에 피로에 절은 과객이 찾아들곤 했었다. "지나가는 과객인데 하룻밤만 신세 좀 질수 있습니까?"하고 들어와선 지팡이에 몸을 의지하곤 힘없이 말을 한다.

　한 달이면 몇 명씩 이런 사람들이 들어오기 때문에 집에서도 숙달이 되어 들어오라고 해서 소반에 꽁보리밥과 반찬이라곤 푸성귀와 고추장등 아주 보잘것없지만 저녁밥을 대접한다.

　저녁을 아주 달게 먹곤 일꾼들 방에서 하룻밤을 끼어서 자고는 아침 일찍 일어나서 넓은 바깥마당을 말끔하게 쓸어놓고는 고맙다는 인사를 하고는 또다시 길을 떠난다.

아침을 들고 가라고 하면 염치가 없어서 안 된다고 그냥 가는 사람들도 있었다. 그야말로 방랑시인 김삿갓 영화에서나 볼 수 있는 광경인거다. 그러나 이건 영화의 한 장면을 이야기 하는 게 아니라 내가 어릴 때 직접 경험 하고 보아온 광경을 말하는 거다.

불과 50여 년 전의 우리나라의 시골 인심은 이렇게 푸근했었다.

나도 고등학교 때 무전여행이라고 해서 배낭 하나만 짊어지고 강릉 경포대까지 여행을 해본 경험이 있다.

절대로 하면 안 되는 짓이지만 열차도 무임승차를 하고, 때가 되면 그 마을에서 가장 번듯한 집에 들어가서 서울의 학생으로 무전여행 중인데 밥 좀 얻어먹자고 구걸해서 먹어도 보고 하면서, 20여 일 놀다 들어온 경험이 있다.

지금도 기억에 남는 건 강릉 오죽헌 바로 앞집인 권씨댁 할머니께 아주 신세를 많이 졌었다는 기억이다. 귀찮을 텐데도 불구하고 젊은 학생들이 고생이 많다고 하시며 밥도 많이 주시고 재워주기까지 하시던 그 인정을 지금도 잊을 수가 없다. 그때는 지금 보다 훨씬 가난했었다. 그러나 인정만큼은 지금보다 훨씬 푸근했었다고 확신한다.

국가 경제가 윤택해지고 개인의 살림이 풍요해지면서 따라서 잃어서는 안 될 우리 민족 고유의 미풍양속이 하나둘 사라져 가고, 그 대신에 개인주의, 물질만능주의, 이기주의, 배금주의 등 좋지 않은 풍조가 만연하는 세상이 되어 버리고 말았다.

아마도 지금은 남의 집에 가서 하룻밤을 재워달라고 하면 정신병자 취급을 받을 거고, 밥 한술 달라고 하면 재수 없다고 내쫓을 게 뻔하다.

우리 민족 고유의 그 푸근한 인정을 어디에 가면 다시 경험해 볼 수가 있을까?

남포

우리고장에서는 내가 어릴 때 램프를 남포라고 불렀다.

저녁나절이면 매일 얇은 유리로 된 남포의 등피(램프의 유리) 닦는 것이 일과가 되었다(이걸 우리 동네에서는 호야라고 불렀다).

하룻밤만 켜도 그을음에 새카맣게 되기 때문에 매일 닦지 않으면 불빛이 흐려서 매일 닦아야 되는데, 어른들은 모두 바쁘니까 이런 일은 으레 아이들의 몫으로 우리집에선 누나들과 내가 맡아서 했었다.

방마다 켜야 되는 남포를 주욱 내어 놓고 석유를 보충을 하고는 등피를 빼어서 기다란 막대기에 걸레를 감아서 닦는데 잘못하다가는 깨트리게 된다.

여벌로 사다둔 등피가 있으면 다행이지만 그렇지 못한 날에는 등피를 사러 읍내까지 10리길을 갈 수 없어 남포를 켜지 못하고 등잔불이나 촛불을 켜야 되는데, 이게 도대체 흐려서 불편하기 짝이 없는 거다.

등피를 사가지고 오는 방법이 또 재미가 있다.

얇은 유리로 만든 것을 10리길을 들고 오려면 오다가 또 깨트리기 때문에 등피에 새끼를 꿰어 등에 둘러메고 오는 거다. 나만 그러는 게 아니라 그 당시 등피를 사오는 사람들은 모두 그런 식으로 등에 둘러메고 오곤 했었다.

등피를 닦는 게 여름 같으면 그래도 견딜만하고 또 불을 켜는 시간이 짧으므로 등피가 그다지 더러워지지 않기 때문에 하루쯤 건너뛸 수도 있지만, 겨울에는 긴긴밤 불을 켜야 하기 때문에 하룻밤만 지나도 등피가 새카매져서 매일 닦아야 하는데 날은 춥고 귀찮기 짝이 없는 일이었다.

찬물에 손을 담그면서 시린 손으로 마음만 급해서 설치다보면 영락없이 등피를 깨뜨리게 된다. 그러면 우선은 안방이나 사랑방 그리고 수를 놓거나 공부를 한다고 하는 누나들 방엔 남포를 준비하고 만만한 내방은 등잔불로 지낼 수밖엔 없는 거다.

추운 겨울밤에 이불에 들어가서 머리만 내어놓고 공부를 한답시고 엎드려서 어두우니까 바로 코앞에 등잔불을 켜놓고 책을 보다가 그냥 잠이 들어서 앞머리를 불에 태우기도 하고, 이불에 불이 붙어서 불에 타서 죽을 뻔한 적이 수도 없이 많다.

참 용케도 비명횡사하지 않고 지금까지 살아 있구나 하고 생각하면 신통하구나 하는 생각이 들어가기도 한다.

전기라는 게 없으니까 전기제품이란 건 생각할 수도 없었고, 집에 있는 것이라고는 겨우 태엽으로 듣는 유성기와 밧데리로 듣는 라디오 밖에는 없었다.

라디오라는 것도 A전지 B전지라고해서 전지가 대단히 큰 걸 매달아서 쓰는 진공관식 라디오였다.

어릴 때 듣던 라디오 연속 방송극 "청실홍실"이라던가 엄익채, 한국남, 조흔파 박사 등이 나오던 스무고개, 또는 노래자랑 같은 건 지금도 기억에 아련하다.

겨울에는 밤만 되면 방에 가득히 동네 사람들이 마실와서 유성기나 라디오를 들어가면서 남포불 밑에서 목화의 티를 고르는 일들을 하거나, 씨아라고 하는 것으로 목화에서 씨를 바르는 일들을 하곤 했었다.

그렇지 않으면 목청 좋은 사람을 불러다가 남포불 아래서 이야기책을 읽히고는 방안 가득히 모인 사람들이 고개를 끄덕거려 가면서 열심히 듣곤 했었다.

이게 아주 오래전에 있었던 이야기가 아니라 불과 50년 전의 우리나라의 시골의 풍경이다. 그때에는 남포불빛과도 같이 시골의 인심도 푸근했었다고 생각 된다.

지금도 내방에는 어릴 때의 갖가지 추억이 어린 등잔과 남포가 장식으로 있다. 그걸 볼 때마다 어린 시절의 추억들이 새로워지곤 한다.

서낭당

내가 어릴 때 우리 고장에서는 성황당을 서낭당이라고 불렀다.

산길을 가다보면 장등머리엔 으레 서낭당이 있었고 서낭당엔 붉은 헝겊, 푸른 헝겊들이 매달려 있는 게 음침하기 짝이 없고 붕긋한 돌무더기가 있어서 어릴 때 퍽이나 무서웠다.

그러나 거길 지나지 않고는 갈 수가 없으니 무서운 걸 참으면서 근처에서 주먹만 한 돌을 하나 주워 가지고 서낭 앞에 가서 왼발로 세 번 땅을 구르고 침을 세 번 뱉고는 가지고 간 돌멩이를 돌더미 위에 던진다. 그러지 않으면 서낭귀신이 해코지 한다고 해서 어릴 때 산길을 가다가 서낭당만 보기만하면 으레 그 짓을 하곤 했다.

어릴 때 한번은 동네 애들이 일요일에 서낭당이 있는 산으로 여우를 잡으러 가자고 꼬신다. 여우를 어떻게 잡느냐고 했더니 여우굴에 나무를 가져다가 불을 놓고 연기를 굴속으로 부채질을 하면 여우가 매워서 견디지 못하고 뛰어나오니까 잽싸게 잡으면 된단다.

원채 놀기를 좋아하는 내가 그런 꼬임에 안 넘어가는 재주가 있나? 동네 고만고만한 꼬맹이 10여 명이 손에 작대기를 하나씩 꼬나 쥐고 산으로 갔다.

산이라야 별로 높지도 않고 길을 잃어버릴 염려도 없는, 마을에서 빤히 보이는 산이니까 마음 놓고 동무들과 재깔거리며 산길을 걸으며 진달래를 따먹고, 송기를 만들어 먹어 가면서 신나게 걸어갔다.

산속을 한참 가다가 그럴듯한 굴을 하나 발견하고 이게 틀림없이 여우굴이니까 여기에다 불을 놓자고 해서 나무를 준비하고 풀을 뜯어와 굴 앞에 쌓아놓고 성냥으로 불을 붙이고 모두가 삥 둘러앉아서 웃웃으로 굴 안으로 연기를 부쳐 댔다.

그러기를 한참을 해도 도무지 아무 소식도 없는 거다. 그러자 꼬마대장이 하는 소리가 이놈의 여우가 지금은 딴 곳에 가서 없기 때문이니까 기다리자고 한다. 그래서 지금까지 불을 때던 흔적을 말끔히 청소를 하고 근처에 숨어서 여우가 돌아오기만 기다렸다.

그러나 거기가 정말로 여우 굴이었는지도 모르는 일이고, 또 설사 여우 굴이었다고 하더라도 정신이 제대로 박힌 여우라면 거기로 되돌아 올 리가 없는데도, 어린 마음에 해가 설핏하도록 거기에서 기다렸다.

긴긴 봄날 배는 고프고 목도 말랐지만 배가 고프면 진달래를 따먹고 목이 마르면 개울물을 마셔 가면서도 여우를 잡겠다는 일념으로 모두들 잘도 참고 기다렸다.

이윽고 해는 저물어 가는데 여우란 놈은 코빼기도 보이지 않고, 긴긴날 점심을 굶었으니 배는 고파 죽겠고 죽을 맛이다. 동무들 보고 이제 돌아가자고 하니까 여우 잡을 때까지 돌아가지 않는다고 한다. 이젠 여우고 뭐고 우선 집에 가고 싶은 마음에 꼬마대장에게 사정사정해서 모두가 돌아가기로 했다. 그런데 밝을 때는 그렇지 않았는데 날이 어두워지기 시작하니 어디로 가야 되는 건지 방향을 잡을 수가 없었다. 무조건 낮은 곳으로 가다보면 어느 동네고 동네가 나올 거라고 하면서 더듬더듬 내려오다가 보니까 낮 익은 서낭당이 보인다. 그때 만치 서낭당이 반가워 보기는 처음이었다. 모두가 삥 둘러서서 침을 퉤퉤퉤 하고 뱉으면서 돌멩이를 집어 던졌다.

지금은 옛날의 산길을 가보지 않아서 그 서낭당이 그대로 남아 있는지 없어졌는지는 모르지만, 고향집에서 가장 가까운 곳에 있던 자리를 멀리서 바라보면 옛날 산길이 있던 곳은 모두 개발되어 버려서 가보나마나 서낭당은 없어져 버렸으리라고 짐작된다.

서낭당도 없어졌고 그때 여우를 잡겠다고 함께 산에 갔던 동무들 중에도 고인이 된 동무가 많다.

이렇게 해서 세월은 흐르고 추억은 쌓여 가게 되는 거다.

석류

　어릴 때 할아버지께서 화초를 좋아하셔서 마당에 여러 가지 나무를 심었는데 석류나무도 할아버지께서 아끼시는 나무 중에 하나였다.
　내가 자란 고향 이천은 겨울에 춥기 때문에 석류나무를 그대로 두었다가는 겨울에 얼어 죽게 된다. 그래서 늦가을이 되면 석류나무 곁을 깊게 파고는 석류나무를 땅에 묻곤 했다. 그게 보통 귀찮은 일이 아니다. 그것도 나무가 어릴 때는 그다지 힘 드는 일이 아니지만 점점 나무가 커 갈수록 손이 많이 가고 힘이 들기 마련이다.
　그렇지만 그냥 두었다가는 틀림없이 겨울에 얼어 죽기 때문에 매년 귀찮기 짝이 없는 그 일을 반복 하곤 했었다. 그래서 할아버지께서는 서리가 내릴 무렵이 되면 손수 일꾼들을 데리고 석류나무를 땅에 묻곤 하셨다. 그리고 다음해 이른 봄이 되면 또 다시 땅을 파고 석류나무를 일으켜 세우고 각종 거름을 듬뿍 주곤 하신다. 그러면 초여름에 여자들의 연지 빛깔이 나는 꽃이 피게 되고, 가을이면 어른들의 주먹보다도 큰 석류열매가 몇 알 열리곤 했다.
　가을이 깊어 석류가 입을 벌리고 안의 하얀 씨앗이 보일 무렵이면 할아버지께서는 석류알을 따서 사랑 문갑위에 올려놓으시고 안의 하얀 씨앗이 검게 변할 때까지 며칠간을 친구분들과 함께 감상 하시곤 하셨다.

그러나 내 불만은 그 아까운 석류알을 왜 먹지도 못하게 하시며 감상하시나 하는 점이었다.

내가 어릴 때는 지금과 달라 참으로 단것에 굶주리면서 자랐다. 그래서 조금이라도 들핏한 것이 있으면 허겁지겁 먹곤 했는데, 잘 익은 석류알은 시지만 조금 들핏하여 군침의 대상이 되곤 했다. 그러데 석류 열매 중에서 가장 못생긴 것만 나에게 주시고 잘 생기거나 흠집이 없는 것은 앞에 말한 대로 감상의 대상이 되곤 해서 그게 불만이었었다.

석류는 중국인들이 다복多福 다남多男의 상징이라고 해서 좋아한다는 이야기를 어려서 할아버지께 들어 왔고, 또 커서는 실크로드 위글 지방의 사람들이 좋아 한다는 것을 텔레비전을 통해서 알았다.

요즈음 과일점에는 중국에서 수입을 한 석류가 팔리고 있어서 어릴 때를 회상해 가면서 가끔 사다 먹는다. 🖤

닭서리

어린 시절 촌에서 자란 나는 이 나이가 되었어도 서리라는 말만 들어도 가슴이 뛰기 시작한다.

자랑은 아니지만 어릴 때 참으로 개구쟁이였고 과붓집 수캐모양으로 사흘도리로 일을 벌이기 좋아하면서 자랐다.

서리라면 여러 가지 서리가 있지만 오늘은 상당히 머리가 커진 후에 딱 한 번 해봤던 닭서리에 관해서 써 볼까 한다.

미리 말해 두지만 이제부터 까발리는 이야기는 호랑이 담배 피우던 시절의 이야기로 엄연한 도둑질이니까 절대로 흉내 내면 안 된다는 것을 말해둔다.

중학교 졸업하고 서울에 고등학교로 진학한 후 겨울방학에 고향에 가서 산막(겨울에 산에 나무를 베어가지 못하도록 지키기 위해서 산속에 지어놓은 오두막집으로 동네 청년들이 모여서 놀기가 십상 좋다)에 모여 놀다가 오늘은 닭서리를 해 먹자는 공론이 돌았다.

8명의 악동들이 모였었는데 그날 닭을 못 훔쳐온 사람이 술값을 전부 내기로 하자는 약속을 하고 목표로 한 마을을 향해 갔다.

나는 그때까지 다른 서리라면 도가 틀 정도로 해 봤지만 닭서리란 처음이었다. 남의 집 울안으로 들어가서 훔쳐와야 되는 완전한 도둑질이고, 또 잘못해서 잡히는 날이면 **뺨따귀** 몇 대 정도로 용서를 받을 수가 없다는 걸 생각을 하니 은근히 캥기기 시작을 했다. 하지만 사내자식이 도중에서 나는 그만둔다고 할 수도 없는 노릇이어서 암담하기 짝이 없는 기분으로 동무들 뒤를 따라 갔다.

우리 동네에서 5리쯤 떨어진 동네 어귀에 도착하여 제각기 맞춤한 집을 골라 들어가서 닭을 훔쳐오기 위해서 뿔뿔이 흩어졌다.

나는 그때 겁이 나서 얼른 집으로 뛰어 가서 닭장에서 한 마리 잡아다가 훔쳐왔다고 그럴까 생각했다. 하지만 그랬다가 만약에 발각되면 두고두고 놀림감이 될 거고, 이것도 나중에 귀중한 경험이 되겠다고 싶어서 마음을 다잡아먹고 한집으로 숨어 들어갔다.

발자국 소리를 죽여 가면서 뒤 헛간으로 다가가서 보니 컴컴한 가운데 닭장 문이 보인다. 닭장 문을 열고 가만히 들어가서 얼른 한 마리 잡아 가지고 돌아서니 헛간 앞에 누군가가 서 있는 게 보였다. 나는 함께 닭을 훔치러 들어간 동무인줄 알고 목소리를 잔뜩 낮추어서 "야! 여기 닭이 많다. 또 한 마리 훔칠까?"했더니 그 애가 "임마 한마리만 가지고 빨리 나와"라고 소근 거린다.

훔친 닭을 두 손으로 감싸 쥐고 엉거주춤하고 나오는데 별안간 그놈이 내 팔을 움켜잡으면서 내 얼굴에 플래시를 비춘다. 그때에서야 그놈이 함께 간 동무가 아니라 그 집 주인이란 걸 깨닫고 이거 큰 망신을 당했구나 하는 생각에 오줌을 찔끔할 정도로 간이 철렁했다.

이미 얼굴은 밝혀진 거고 뿌리치고 도망을 간다고 해서 될 일이 아니라고 생각하여 무조건 잘못했다고 빌면서 닭을 도로 가져다 놓겠다고 했더니 그놈이 한다는 소리가 "야! 임마, 너 나 몰라? 자식 하필이면 우리집에 들어올게 뭐냐?"하면서 이번에는 플래시로 자기 얼굴을 비춰 보인다.

그는 중학교 동창으로 친하지는 않았지만 서로 아는 놈이었다. 자다가 오줌을 누려고 변소에 나왔다가 내가 닭 도둑질을 하러 들어온 걸 보게 되었다고 한다.

내가 "미안하다 너네 집인 줄 모르고 들어 왔으니 한번만 용서해주라 그 대신 닭은 제자리에 도로 갖다 놓을게"했더니 그가 한다는 소리가 "빈손으로 가면 되냐? 그놈 그냥 가지고 가라 그 대신 너네 닭도 아마 좀 피해가 있을거다"라고 한다.

내일 우리집 닭을 모두 가져 오라고 해도 그 자리에서 뭐라고 대꾸할 수가 없는 상황이라서 알았다고 하며 고맙다고 코가 땅에 닿도록 절을 하고 나왔다. 서둘러 동무들과 약속한 집합 장소에 와 보니 동무들은 모두 모여서 내가 오지 않는다고 걱정들을 하고 있었다.

그날 밤의 수확은 닭이 세 마리 토끼가 한 마리였다. 그날은 흥분한 탓으로 닭고기 맛이 어떤지도 토끼고기 맛이 어떤 줄도 모르고 그냥 넘겼다.

그 이후 우리집 닭들은 근처 동네 장난꾼들의 집중포화를 받아서 상당한 피해를 보았지만 뻔히 아는 도둑놈을 나무라지도 못하고 손해를 많이 보았다.

지금 생각하면 엄연한 절도범으로 형사처벌 받을 짓이지만 내가 어릴 때는 도를 넘지 않는 한 그냥 젊은이들의 장난으로 치부하고 지냈다.

지난 연말에 고향에 들렀다가 그 친구와 술을 마실 기회가 있었다. 그 자리에서 옛날 얘기를 한다고 하면서 그때 이야기를 했더니 그놈

한다는 소리가 자기는 닭 한마리만 잃어버리고 툭하면 닭고기를 먹
을 수가 있어서 참으로 좋았었다고 하며 껄껄 웃는다.
　역시 뛰는 놈 위엔 나는 놈이 있는 거다.

까마귀 사촌

어릴 때 말도 못할 개구쟁이로 자란 나는 겨울만 되면 손이 터지곤 해서 고생을 했다.

옛날에는 지금과 같이 집안에 목욕탕이 있는 것도 아니어서 겨울이면 부엌에 드럼통을 들여놓고 가마솥에 물을 데워 목욕을 하곤 했는데, 그것도 자주하는 게 아니라 겨우내 두어 번 하면 잘하는 편이다.

그리고 매일 세수라고 해야 코끝에 물만 찍어 바르는 식으로 끝내고 하니 자연 손에 때가 덕지덕지 끼어서 터지곤 하는 거다. 그러면 어머니가 잡아놓고 대야에 더운물을 떠다 놓고 손을 담그고 불려 가지곤 베 헝겊으로 때를 벗기는데 이게 사람 잡을 만치 아픈 거다.

그래서 겨울만 되면 될 수 있는 대로 어머니에게 손을 보이지 않으려고 빼지만, 어머니도 한수 위라 대개 1주일 내지 열흘에 한 번씩은 손등 검사를 하시곤 손에 때를 벗겨 주시곤 하는 거다.

봉당 양지쪽에 대야를 내놓고 더운물을 담아 놓고 두 손을 대야 물에 넣어 불리고 하곤 다른 일을 하러 그 자리를 떠나신다.

잠시도 가만히 있지 못하는 성미인데 두 손을 대야 속에 담그고 가만히 있으려니 온통 열불이 날 것 같지만 도망 갔다가는 나중에 종아리를 맞아야 했기 때문에 성질을 죽여 가면서 앉아 있는 거다.

만약에 이때에 누군가가 곁에 와서 내 성미를 건드리기만 하면 용서 없이 대야의 물을 끼얹곤 했었다.

한참 지나서 이만하면 때가 불었으리라고 생각 될 때쯤이면 어머니가 베수건을 들고 봉당으로 나오시는데 그 모습만 보아도 이젠 죽었구나 하는 감이 들곤 했었다.

우선 비누칠을 해서 애벌 때를 빼내고는 손에 베수건을 감고 때를 밀기 시작하신다. 더러운 얘기지만 국수발과 같은 때가 밀리는데 보통 아픈 게 아니다. 아프니까 살살 좀 하시라고 앙살을 부리면 누가 이렇게 때가 끼도록 내버려 두라고 했느냐고 군밤을 먹이시곤 하셨다. 아프다느니 참으라느니 해가며 한참 소란을 부리고 나면 양손이 새빨개지고 얼얼해서 한참동안 고생을 해야 했다.

양손에 때를 모두 벗긴 후에 누님들의 크림을 조금 발라주시곤 하지만 그날이 저물기도 전에 또 양손은 때 빼기 전과 같은 상태로 되돌아가곤 했었다.

딱지치기를 하든가 썰매를 타러 가서 논두렁에 불을 놓고 놀다보면 금방 때를 뺀 손이 검정으로 시커멓게 되곤 하는 거다.

지금 이글을 쓰면서 가만히 손등을 들여다보면서 이 손이 옛날에 그렇게 지저분하고 때투성이었지 하고 생각을 하니 이상한 생각이 들어간다.

내가 관리를 하고 있는 공원에 놀러오는 아이들은 남자 놈들이 모두 여자애들과 같이 깨끗한 차림인데 그 가운데 조금 개구쟁이로 언제나 손이나 옷에 흙칠을 하고 노는 아이가 하나 있다.

나는 그 애를 볼 때 마다 옳거니 모름지기 사내놈이란 개궂하게 커야 되는 법이다 생각을 하면서 친근감 어린 눈으로 바라보고, 그녀석도 나만 보면 뛰어와서 한참씩 어리광을 부리곤 한다.

아마 말로서는 표현을 할 수 없지만 서로 일맥상통하는 걸 느끼는 모양이다.

그렇지만 그놈의 손등은 나의 어릴 때와는 달리 깨끗하기만 한걸 보면서 넌 아직 멀었구나 하는 감을 느끼며, 그 방면에선 내가 이겼구나하는 묘한 승리감을 느끼곤 한다.

연싸움

    요즈음 아이들은 겨울이 되어도 연날리기를 그다지 하지 않지만 내가 어릴 때는 겨울 놀이로 썰매타기, 연날리기, 팽이치기가 3대 놀이였다.

    점점 사라져 가는 우리나라의 민속놀이 중 연싸움이라면 잘 모를 사람들도 있을 것 같아서 자세히 설명하기로 하겠다.

    연이라고 하면 정월 초하룻날부터 날리기 시작해서 정월 보름날이 되면 연에 생년월일을 적어서 날려 버리고 그 이튿날부터는 연 날리기를 하지 않는 거다. 그러니까 연을 날리는 건 단지 보름밖에 되지 않아 그 사이에 갖가지 재미있는 장난들을 하는 거다.

    연 날리기 중에서 가장 재미가 있는 건 연싸움인데 연을 하늘높이 올려놓고 옆의 동무와 서로 연 줄을 걸어서 상대방 연줄을 끊게 하는 장난이다.

    상대방 연 줄을 끊게 하려니까 연 줄에 '갬칠'이라고 하는 것을 한다. '갬칠'이란 유리나 사금파리를 잘게 부순 것을 연 줄에 바르는 것으로 초겨울이 되면 어머니를 졸라서 재봉틀 실을 두 타래쯤 얻는다(내가 써본 실 중에서는 재봉틀 실이 가늘고 가벼워서 연이 높이 올라가고, 또 질겨서 가장 좋다).

    그 다음에는 동네방네 다니면서 사금파리나 유리조각을 주워 다가 아주 잘게 부숴 가지고 밀가루로 풀을 쑬 때 함께 넣고 쑨다.

그 다음부터가 대단히 번거롭고 잔손이 많이 가기 때문에 혼자서는 절대로 할 수가 없다. 그렇다고 동네 다른 동무들에게 내 비밀을 드러낼 수가 없어서 고종사촌형들이나 동생들을 꼬셔서 함께 작업을 한다.

우선 옛날 무명을 놓을 때 하는 식으로 마당에 기다랗게 왕겨불을 피워 놓고 한쪽에서 실을 풀고 한쪽에서 실을 당기면서 그 사이에 사금파리와 유리가루가 섞인 풀 속으로 실을 통과 시키면 실에 그것들이 묻게 된다.

그 다음에는 왕겨 불 위로 그 실을 통과시키면서 풀이 마르도록 한다. 그때 잘못 실을 손으로 만지면 손이 베여 아주 조심해야 하는 거다.

이때 작업을 하는 사람들 손이 맞지 않으면 실이 늘어져서 불에 타버리고 또 너무 서둘다 보면 제대로 풀이 마르지 않아서 실이 얼래에 엉겨 묻곤 한다.

그래서 이 일을 할 때는 넓은 뒷마당에서 아침부터 저녁때까지 소란을 떨면서 일을 해야 하기 때문에 동생들이 도중에 지쳐서 도망가려고 내 눈치만 슬슬 살피곤 했다.

이렇게 야단을 떨면서 연 줄에 갬칠을 먹여서 얼래에 감아놓고 어서 설날이 오기만을 기다리는 거다. 물론 그 사이에 어릴 때 할아버지에게서 배운 대로 근사하고 커다란 방패연도 만들어 놓고 말이다.

드디어 기다리던 설날이 되어 이른 아침부터 조상님들께 차례를 올리고 어른들에게 세배를 하고 산소에 성묘를 하는 등 한나절을 보내고는 곧바로 뒷동산으로 올라가서 연 날리기를 시작 한다.

그때쯤이면 동네 애들도 몇 명 올라와서 연들을 날리기 시작하는 거다. 한참 혼자 날리다가 금년의 연 줄 상태를 점검도 해볼 겸 옆의 동무에게 연싸움 하자고 하면 덤빈다.

연싸움이란 연을 높이 띄워 놓고 서로 연 줄이 교차 되도록 해서 얼래로 연 줄을 감았다 풀었다 하며 상대방 연 줄을 끊는 경기이다.

팽팽하던 연 줄이 끊어져 상대방 연이 바람에 떠내려가는 것을 보는 쾌감은 말로 표현 할 수 없을 만치 통쾌하다.

그렇지만 내 연 줄이 끊어져서 연이 바람에 떠내려 갈 때의 비애와 패배감은 당해보지 않으면 모를 거다.

연싸움은 동네 애들과도 하지만 대개는 이웃동네로 원정을 가서 이웃동네 애들과 연싸움을 하는 경우가 많았다. 대개 조무래기들이 10여 명 옆 동네까지 원정을 가서 연싸움을 하곤 했었다.

처음에는 연싸움으로부터 시작해서 애들 패싸움으로 번져서 한참 패싸움이 벌어져 뒹굴다 보면 여기저기 터져서 피를 흘리곤 했었다. 그렇지만 연싸움에 이겨서 의기양양해서 동네로 돌아올 때는 개선장 군과도 같은 심정이 되곤 했었다.

이렇게 재미있는 연 날리기도 정월 보름날이 되면 액막이 연이라 고 해서 연에다가 자기의 주소와 생년월일을 적어서 하늘 높이 띄워 놓고 연줄을 끊어서 날려 보낸다.

이럭저럭 반세기라는 세월이 흐르고 보니 옛날 우리들이 하던 놀이는 모두 사라져 간다.

우리나라의 전통적인 갖가지 놀이가 요즈음 어린애들과는 소위 휠링이 맞지 않는 것 같고, 또 재미있는 놀이기구가 많은데 하필이면 추운데 밖에 나가서 놀려고 하지 않는 모양이다.

내 나이 세대가 어렸을 때 연날리기뿐만 아니라 갖가지 우리나라 전통 놀이를 제대로 해본 마지막 세대가 아닌가 생각하니 서글픈 생각이 머리에 떠오른다.

흰떡과 식혜

흰떡을 어릴 때 우리 동네에서는 가래떡이라고 불렀다.

요즈음 같이 음력설이 가까워지면 여기저기 방앗간에서 추운날씨에 흰 김을 무럭무럭 내며 여인네들이 가래떡을 만드느라고 줄을 서서 웅성거리면서 수다들을 떨던 모습이 지금도 눈에 선하다.

내가 워낙 떡을 좋아해서 겨울만 되면 가래떡 타령을 하기 때문에 우리집에서는 설이 되기도 전부터 가끔씩 방앗간에 가서 가래떡을 만들어오곤 했었다.

이 떡은 금방 만들어 따뜻할 때에도 맛이 좋지만 내가 가장 좋아하는 건 조금 말려서 간장을 발라서 화롯불에 구워먹는 것이다.

가래떡을 해오면 썰기 좋을 정도로 꾸덕꾸덕하도록 두었다가 떡국을 끓이기 위해서 썰고 나머지는 윗방에 항아리를 들여 놓고 물을 부은 후에 가래떡을 그 항아리에 넣어서 보관한다.

요즈음 같이 냉장고가 있는 것도 아니고 그냥 내버려두면 딱딱하게 말라 버리거나 파랗게 곰팡이가 나서 먹을 수가 없으므로 가래떡을 보관하는 방법은 물속에 넣어서 보관하는 거다.

내가 가진 수많은 별명 중에 하나가 떡보이므로 이 무렵이면 풀방구리 쥐 드나들듯 윗방에 가서 항아리 속에 들어 있는 가래떡을 한 가래씩 꺼내다가 화롯불에 구워먹곤 했다.

이때 참기름을 발라 구워 먹으면 가장 맛이 좋지만 참기름은 귀중품이라서 손쉽게 꺼내 먹을 수가 없으므로 간장을 발라서 구워가지고 꿀을 찍어 먹거나 간장에다가 설탕을 넣어서 찍어 먹곤 했었다.

하라는 공부는 하지 않고 아침만 뚝딱 먹으면 얼음판으로 나가서 썰매를 타거나 팽이치기, 연날리기, 딱지치기, 구슬치기, 제기차기 등등 갖가지 장난을 하다가 춥고 출출해지면 집으로 뛰어 가서 윗방 항아리에 보관한 가래떡을 꺼내 화롯불에 구워먹곤 하는 거다.

대개 이맘때가 되면 안방에는 언제나 따뜻한 화롯불이 있어서 밤을 구워 먹거나 떡을 구워먹기가 십상 좋았다.

추운 밖에서 들어와서 온돌방 아랫목에 펴놓은 처네에 발을 집어넣고 화로위의 석쇠에 올려놓은 떡이 익기를 기다리던 추억.

두 손이 추위에 잔뜩 얼어 들어오면 할머니가 따뜻한 손으로 두 손을 쥐어서 녹여 주시며, 추운데서 너무 오래 놀지 말라고 이르시면서 떡이 익으면 벽장 보관 되어 있는 꿀단지에서 꿀을 한 종지 떠서 찍어 먹으라고 주신다.

가래떡과 함께 생각나는 것 중에 식혜가 있다.

겨울만 되면 커다란 동이에다가 식혜를 만들어서 대청구석에 놓아두면 이게 추위에 살얼음이 얼어서 차고 기가 막히게 맛이 좋다.

밖에 놀러 나갈 때나 밖에서 놀다가 방에 들어올 때는 반드시 식혜동이를 열고 바가지로 식혜를 떠서 마시곤 했다.

이 나이가 되어도 어릴 때 입맛이 변하지 않고 워낙 좋아하니까 집사람이 가끔 이곳의 한국식료품점에 갈 때는 언제나 가래떡을 사다주기 때문에 꾸덕꾸덕 하게 말려서 토스터에 구워 먹곤 한다.

내가 그러니까 딸애들도 덩달아서 구진하기만 하면 떡을 구워먹곤 한다.

또 식혜도 일부러 본국에 갈 때마다 엿질금을 가져다가 전기밥솥에 남은 밥을 조금 넣고 엿질금 물을 넣어 하룻밤 재우면 근사한 식혜가 되곤 해서 자주 만들어 먹는다.

그렇지만 가래떡도 식혜도 도무지 어릴 때 맛이 나지 않는다.

만드는 사람의 정성이 없어서 그런가보다고 마누라에게 타박을 했더니 그런 소릴 하면 두 번 다시 식혜를 만들어주지 않는다고 눈을 부라리면서 야단을 치는 바람에 이젠 타박도 하지 못하고 그저 만들어주는 것만 고마워서 아무 말 없이 얻어먹는 요즈음이다.

섣달 그믐날

오늘이 섣달 그믐날이다.

어릴 때 설날을 기다리는 마음에 섣달이 되기만 하면 하루가 24시간이 아니라 48시간이 되어버린 듯 지루하기만 했다. 매일 아침 일어나기만 하면 이젠 몇 밤만 자면 설날이구나 하고 날짜를 꼽아보곤 하면서 어머니가 밤늦도록 만들어주신 바지저고리 설빔을 하루에도 몇 번씩 장농에서 꺼내 입어보곤 하지만 날짜는 지겹게도 더디 가기만 했다.

그렇게 지루하기만 하던 날짜가 지나가서 드디어 섣달 그믐날이 되면 "까치까치 설날은 오늘이구요, 우리우리 설날은 내일이래요"하는 노래를 부르면서 동네방네 뛰어다니며 놀던 기억이 삼삼하다.

요즈음 같이 뭐든지 풍부한 시절이 아니었기 때문에 설날이나 추석 같은 명절은 아이들에게 연중 가장 신이 나는 때였다.

추석도 좋기는 좋지만 설날보다 덜 좋은 건 추석이 지나면 농촌은 곧바로 가을 추수 때문에 바빠지기 때문에 마음 놓고 제대로 놀 수가 없었다. 반면에 설날은 아무것도 할 일이 없이 매일 놀 수가 있었다.

또 썰매타기, 팽이치기, 연날리기, 제기차기, 구슬치기, 딱지치기, 참새잡기 등등 추석 때와는 비교도 할 수 없을 정도로 재미있는 놀이가 많았다.

일 년 내내 새 옷을 못 얻어 입던 아이들도 설빔이라고 해서 새 옷을 얻어 입을 수 있고, 설날만은 주전부리 거리가 풍부한데다 더욱 신이 나는 건 세뱃돈을 받기 때문이다.

내가 어릴 때는 정기적으로 받는 용돈 같은 건 꿈도 꾸지 못할 때여서 갖고 싶은 장난감은 이루 말할 수 없을 정도로 많지만 사 달라고 조르지도 못하고 지내다가, 설날 세뱃돈이 손에 들어오면 그동안 군침만 흘리면서 바라보기만 하던 장난감을 살 수가 있으니 얼마나 신이 나는 일인가?

드디어 내일이면 이렇게 좋은 일만 기다리고 있는 설날이니 오늘 같은 그믐날은 공연히 마음이 들떠서 진득하니 있지 못하고 사내놈이 여기저기 기웃거리곤 한다.

어머니와 일하는 부엌아줌마 그리고 동네 여자들이 모여서 부침질을 하거나 인절미 등 설 음식을 만드는 부엌에도 기웃 거리면서 이것저것 참견도 해본다. 또 사랑방에 들어가서 할아버지께서 내일 차례에 쓸 생율을 치고 계시는 곁에 앉았다가 할아버지 눈치를 살펴 가면서 밤을 몰래 집어 먹다가 야단을 맞기도 하고, 밤을 몇 톨 얻어 가지고 안방에 돌아와서 화로에 구워 먹기도 하면서 지루한 날이 저물기를 기다린다.

저녁때가 되어 저녁을 먹고 난 후에는 오늘은 일찍 자면 눈썹이 하얗게 된다고 누님들이 일찍 잠을 자지 말라고 한다.

여자들이야 만두를 빚는다, 음식장만을 한다 할일이 많지만 나 같은 사내애들은 할일이 없다. 할일이 없어서 매일 동무들이 모여서 노는 방에 마실을 가도 마음이 안정 되지 않아 진득하니 놀 수 없는 거다.

보통날보다 일찍 집에 돌아와서 여자들이 만두를 빚는 옆에 앉아서 이것저것 참견을 하기도 하고 유성기 태엽을 감는 역할을 맡아서 하거나, 처네에 발을 집어넣고 따뜻한 온돌방에 번듯이 누워서 라디오를 듣기도 하면서 시간을 보낸다.

지금도 그 무렵에 듣던 라디오 프로그램들이 생각이 난다.

엄익채, 한국남, 안의섭, 조풍연 박사들이 출연을 하던 스무고개라든지 노래자랑, 그리고 청실홍실 같은 연속방송극 등등.

잠을 자지 않으려고 안간힘을 써보지만 나도 모르게 맨 방바닥에서 꼬박거리고 졸면 누님들이 건넛방에 건너가서 이불속에 들어가 자라고 타박을 한다.

그때마다 안 졸린다고 버티곤 하지만 결국은 나도 모르게 잠이 들어버리면 다 큰놈을 어머니가 안아다가 이불속에 재워 주시는 거다.

그러면 누님들은 만두를 빚던 밀가루를 눈썹에 발라서 설날 아침에 일어나 보면 눈썹이 하얗게 되곤 했었다.

이젠 그런 아기자기하던 설날 풍습이 남아 있는지 없어져 버렸는지 모르지만 추억만은 언제까지나 생생하게 남아 있다. 🌸

정월 대보름날

정월 대보름날 아침은 일 년 내내 부스럼이 나지 말라고 부럼을 깨무는 일로 시작된다.

아침에 이불에서 기어 나오자마자 머리맡에 놓여 있는 밤이나 땅콩을 깨물어서 창문을 열고 "부럼 나가라"고 소리를 지르며 밖으로 내 던진다.

그러면 일 년 내내 부스럼이 나지 않는다고 하지만 나에게는 효력이 없이 언제나 여름만 되면 부스럼으로 고생을 하곤 했다.

아침을 먹고 나서는 곧장 동네로 더위를 팔러 나가는 거다.

더위를 판다는 것은 이날 아침에 동무의 이름을 불러서 그가 멋모르고 대답을 하면 "너, 내 더위 사가라"하고 파는 거다. 그러면 나는 여름에 더위를 먹지 않는다고 해서 열심히 팔러 다니지만 동무들도 집에서 부모들에게 교육을 단단히 받아서, 내가 이름을 부르면 대답을 하는 게 아니라 곧바로 "내 더위 사가라"고 대꾸를 한다. 그러면 오히려 내가 그의 더위를 사는 꼴이 되는 거다.

작년에는 장난끼도 동하고 어릴 때 생각도 간절하고 심심 하길래 서울에 있는 국민학교 여자 동창들에게 전화를 하여 한껏 정겨운 목소리로 상대방의 이름을 부르니까 아무 주저감도 없이 대답을 한다.

커다란 목소리로 "내 더위 사가라"라고 했더니 처음에는 무슨 소린지 모르다가 설명을 하니까 깜짝 놀라며 잊어버린 말을 오래간만에 들었다면서 깔깔대고 좋아한다.

오전 중에는 더위를 팔러 돌아다니거나 지금까지 날리며 놀던 연에 주소와 이름을 적어 연줄을 끊어 날려 보내는 액맥이 연을 날려 보낸다, 하면서 보내고 오후가 되면 망월(望月 : 우리고장에서는 망우리라고 했다) 준비와 이웃동네 아이들과 석전石戰 준비를 하는 거다.

망우리란 금년 첫 번째 보름달이 뜰 무렵 동네 뒷산에 올라가서 횃불을 밝히며 노는 놀이로, 그때 쓸 횃대를 짚과 마른 나뭇가지 등으로 만드는데 제 나이만큼씩 매듭을 묶어서 만든다.

내 것과 동생들의 것을 하나씩 만들고 또 헌 깡통을 구해다가 구멍을 숭숭 뚫고 철사로 끈을 달아 준비 해두고는 동무들과 오늘밤에 벌어질 석전을 대비해서 돌멩이들을 여기저기 비밀 장소에(무기고라고 불렀다) 모아두기 위해 커다란 삼태기를 하나씩 들고 이웃동네와의 경계선 가까운 산에 가서 우리들만이 알 수 있는 곳에 돌멩이들을 모아놓는 작업을 한다.

저녁을 먹고 날이 어두워지면 동네 아이들이 모두 제각기 횃대를 하나씩 들고 그리고 깡통을 가지고 뒷동산에 올라가서 어서 달이 뜨기를 기다리며 오늘밤에 벌어질 석전의 작전회의를 한다.

이윽고 달이 뜨면 달을 향해서 횃대에 불을 붙여가지고 소원성취하게 해달라고 빌며 절을 하는데, 나는 매년 공부를 잘하게 해달라고 빌었지만 이것도 별로 효력을 보지 못 한 것 같다.

횃대가 다 타면 깡통에 불씨를 넣어서 빙글빙글 돌리면서 노는데 지방에 따라서는 이것을 쥐불놀이라고 부르는 곳도 있는 것 같다.

달도 높이 뜨고 횃불 놀이도 싫증 날 때쯤 되면 오늘밤의 하이라이트인 석전을 하기 위해서 이웃동네와의 경계선으로 몰려갔다. 이때 따라오겠다고 하며 집에 가기 싫다고 우는 어린 동생들은 위험하니까 집으로 쫓아버리고 머리가 제법 큰놈들만 몰려가는 거다.

이미 이웃 마을과는 전부터 이날 밤에 석전을 하자고 약속이 되어 있으므로 상대방 동네 애들도 저편 산잔등에서 이쪽을 바라보면서 고래고래 목청껏 야유를 시작하고 있는 거다.

조그만 계곡을 사이에 두고 한참 동안 서로 야유를 주고받다가 기운이 무르익으면 돌팔매질을 하면서 싸움이 시작이 된다.

팔매질도 손으로 하면 멀리 가지 못하므로 짚으로 새끼를 꼬아서 팔매줄이라는 것을 만들어서 거기에 돌을 끼워서 빙글빙글 돌리다가 한쪽 끈을 놓으면 멀리 날아가는 기구를 만들어 서로 돌멩이들을 날리는 거다.

이때 어두운 곳에서 돌멩이를 찾을 수가 없기 때문에 재빨리 돌팔매질을 하기 위해서 낮에 돌멩이를 모아둔 것이다.

서로 돌팔매질을 한참 하다가 우우하는 소리를 지르면서 공격을 해 들어가면 상대방들은 뿔뿔이 후퇴하게 되고 우리들은 그들을 뒤쫓아서 추격전을 벌인다.

그렇지만 주머니에 넣었던 돌멩이와 손에 쥐었던 돌멩이를 모두 소모해 버리면 더 이상 공격을 할 수 없게 되고, 이때쯤 되면 오히려 지금까지 후퇴하던 상대방이 반격적으로 나서고 이편은 후퇴하게 된다.

이렇게 서로 밀고 밀리는 접전이 계속이 된 후에 열세인 아이들이어서 자기네 동네까지 밀려가게 되면 승부가 나는 것이다.

물론 달빛 아래서 서로 팔매질을 해 대는 거니까 재수가 없으면 돌에 맞아서 상처를 입곤 하는 거다.

그렇지만 이날 석전을 하다가 돌에 맞아 상처가 났어도 그건 아이들 끼리 장난 하다가 난 것이므로 나중에 치료비고 뭐고 하는 이야기가 전혀 없는 거다. 만약에 나중에 치료비 물어 달라고 했다가는 아예 바보 취급 받고 그 다음부터 그놈은 아예 노는데 끼워주지도 않는거다.

생각하기에 따라서는 원시적이고 야만적인 장난이라고 말할지 모르지만 아이들의 단결심과 상무정신을 키우는 데는 그 이상의 놀이가 없으리라고 생각된다.

이 놀이도 내가 조금 커서 내 동생들이 그 장난을 할 때가 되니까 어른들이 위험하다고 말리는 바람에 우리 고장에서도 슬며시 없어지고 말았다.

나는 장남으로 내 위로 형이 없어서 항상 동네에서 형뻘이 되는 애들과 함께 놀았기 때문에 지금은 사라져 버린 우리나라의 전통놀이를 접할 기회가 많았다.

지금도 나는 어릴 때 이런 장난을 하면서 자랐다는 것을 항상 자랑스럽게 생각한다.

지금 와서는 옛날 얘기에서나 들어 볼 수 있는 놀이들이기 때문에…….

나이떡

지금은 사라져 버리고 말았지만 내가 어릴 때 우리집에서는 음력 이월 초하루가 되면 나이떡이라는 걸 해 먹었다.

나이떡이란 설날 떡국과 마찬가지로 이걸 먹어야만 정식으로 나이를 한살 더 먹는 거라고 해서, 이날 나이 숫자대로 송편을 먹는 것으로 어릴 때는 나도 얼른 나이를 먹어 나이떡을 많이 먹었으면 하는 생각을 매년 하곤 했었다.

어린 애들은 나이대로 먹을 수가 있지만 어른들은 나이만큼 도저히 먹을 수 없어서 음력 정월 그믐이 되면 어머니는 쌀을 퍼다 놓고 식구의 나이대로 쌀을 숟가락으로 퍼서 떡쌀을 담그신다.

어릴 때부터 심술궂기로 유명한 나는 열심히 숫자를 세고 계시는 어머니 옆에 앉아서 자꾸만 말을 걸어 헛갈리게 훼방을 놓다가 저리 가서 혼자 놀라고 군밤을 얻어맞곤 하던 것이 기억이 난다.

떡쌀이 불면 요즈음 같이 방앗간에 가서 빻아 오는 게 아니라 동네 여자들을 불러 절구로 쌀을 빻기 시작을 하는데 이게 보통일이 아니다.

뒤 헛간에 놓인 돌절구 주위에는 동네 여자들로 시끌버끌하면서 추운 날씨인데도 땀을 흘려가면서 절구질을 하고 한편에서는 체로 치고 해서 곱게 빻는 거다.

지금도 눈만 감으면 그 당시의 여자들 웃음소리와 걸걸한 이야기

소리가 들리는 듯한 착각에 빠질 때가 많다.

그 다음에는 반죽을 해서 송편을 만드는데 나중에 떡을 찔 때 쓰려고 어머니는 일꾼에게 산에 가서 솔잎을 뜯어오라고 하신다.

물론 작년 추석 때 쓰던 솔잎을 남겨 두었다가 쓰지만, 헌 솔잎만으로 송편을 만들면 솔잎 향기가 적기 때문에 섞어 쓰기 위해서 새로운 솔잎을 뜯어오라고 하시는 거다.

일꾼은 산에 가서 솔잎을 뜯어오기가 귀찮으니까 아예 지게를 지고 산으로 가서 소나무 가지를 낫으로 잘라다가 방안에서 솔잎을 뜯어서 쓰곤 한다.

초하룻날 아침이 되면 부엌에서는 송편을 찌느라고 부엌아줌마와 어머니가 부산하게 움직이고 떡시루에서는 흰 김이 무럭무럭 나면서 송편 냄새가 나기 시작하면 어서 먹고 싶은 생각에 방안에서 진득하니 기다리지 못하고 부엌에 나가서 이것저것 참견 하곤 했다.

송편이 쪄지면 물에 넣어서 솔잎을 뜯은 후에 기름을 발라 식구대로 접시에 담아 나누어 주시는데, 그때 나이가 아직 어리기 때문에 내 나이 숫자대로의 떡을 금방 다 먹어버리곤 더 먹으려고 걸터듬질을 하면서 어른들은 좋겠구나 생각 했다.

우리식구만이 먹는 게 아니라 어제 부터 떡방아를 빻아준 동네집에도 골고루 돌리는 거다. 내가 어릴 때만 하더라도 시골에서는 이런 풍습이 퍽 많이 남아 있었다.

가난했었지만 마음만은 넉넉하고 훈훈했던 시절, 지금은 완전히 사라져 버린 우리나라 시골 고유 풍습이 그리워진다. 🌸

장날

우연히 눈길이 간 달력을 멀끔히 쳐다보다가 아하! 오늘이 이천 장날이구나 하는 생각이 머리에 떠올랐다. 그렇다 이천 장날은 2일과 7일이었다.

지금은 고향엘 가도 도시와 같이 변해 버려서 옛날의 정취란 어디에도 찾아볼 수가 없을 뿐 아니라 장날이 되어도 장에 가는 사람들이 없어졌지만, 내가 어릴 때 장날만 되면 가장 깨끗한 옷을 입은 남정네들이 모여 이야기들을 하면서 걸어가거나, 머리에 물건은 인 흰옷을 입은 여인들이 장을 보러 집 앞 신작로를 걸어가곤 했었다.

그 당시에는 버스가 없었기 때문에 장꾼들은 모두 걸어서 장 나들이를 가곤 했다.

아무리 소소한 물건을 구하려고 해도 꼭 장날 장엘 가야 했었고, 호미를 벼르거나 낫을 벼르러 가도 꼭 장날에 가야만 했었다. 또한 장에 가면 서로 떨어져 사는 친구들이 만날 수 있는 날이기도 해서 오래간만에 만난 친구와 막걸리를 한잔 마시고 기분이 좋아 자반고등어를 한손 사들고 흥얼거리면서 돌아오기도 하는 날이었다.

장날만 되면 이른 아침부터 소몰이꾼들의 소모는 소리가 장날을 알려주는 듯 부산하게 들려왔다.

추운 겨울 이른 아침에 대문밖에 나가 보면 흰 콧김을 뿜는 소들이 입에 고드름을 매단 채 기다랗게 줄을 서서 신작로가를 묵묵히 걷고, 소몰이꾼들은 개털모자를 깊숙이 눌러쓰고 열심히 소를 몰고 걸어가는 모습을 자주 볼 수 있었다.

옛날에는 소장수들이 경상도지방까지 내려가서 소를 사 소몰이꾼들에게 맡기면 그들은 몇 백리 길을 걸어서 약속한 기일에 약속한 장에까지 걸어 소를 운반해주는 것이었다.

장날이 기다려지는 건 장날 학교에서 돌아오는 길에 운이 좋으면 장바닥에서 어머니를 만날 수 있었기 때문이다. 장바닥에서 어머니를 만나면 그렇게 좋을 수가 없었다. 우선 군것질거리를 사주시니까 좋았고, 10리 길을 어머니와 함께 걸어올 수 있어서 좋았다.

보통 때는 그렇게도 지루하고 힘들던 귀가 길이건만, 어머니와 함께 오는 날은 신이 나서 언제나 함께 다니는 동무와 큰소리로 노래도 부르곤 했었다.

또, 장날은 운이 좋으면 우리집과 같은 방향으로 가는 마차를 얻어 탈수가 있었다. 빈 마차는 마음 좋게 타라고 하지만, 동네사람들의 장짐을 가득 싣고 돌아오는 마차는 소가 힘이 드니까 타지 말라고 말리지만 책가방을 마차에 싣고 뒤에서 밀어 준다고 하며 미는 척 하다가 슬슬 눈치를 보며 슬며시 올라타곤 하는 거다.

이젠 세월이 변해서 언제나 시장에 가면 물건들을 구할 수 있어서 부득이 장날 장에 가는 사람들도 없어졌고, 간혹 간다고 해도 모두 버스를 타고 다니기 때문에 옛날 같이 걸어 다니는 사람은 한사람도 없어졌다.

그러나 내 머릿속에는 흰옷을 입은 여인들이 머리에 물건을 이고

수다들을 떨어가면서 장엘 가는 모습이, 시끌버끌한 장바닥의 풍경
과 함께 지금도 확실하게 기억된다.

산막

얼핏 듣기에 산막이라고 하면 옛날에 부모님께서 돌아가셨을때 효자가 자기 부모 산소 옆에서 초막을 짓고 3년간 시묘侍墓를 하는 곳으로 착각을 할지 모르지만 그게 아니라 겨울에 산에서 나무를 지키기 위해서 지어놓은 움막을 말하는 것이다.

이 산막이라는 말도 이젠 아는 사람이 별로 없어진 단어가 되어 버렸지만 내가 어릴 때는 산 임자들이 겨울에 자기 산에 나무를 지키기 위해서 산막을 짓고 나무들을 지키곤 했었다.

지금이야 촌에 가도 모두 난방용 연료를 연탄이나 기름으로 바꾸었기 때문에 겨울에 산에 가서 나무를 베는 일이 없어 나무를 지킬 필요가 없어져 버렸지만, 내가 어릴 때는 모든 집이 밥을 짓고, 난방하는 것 모두가 아궁이에 나무를 때어 해결 했었다.

봄이 되면 사방공사라고 해서 집집마다 부역을 나오게 해서 산에 나무를 심곤 했지만 그 나무들이 채 자라기도 전에 겨울만 되면 모두 아궁이의 연료로 사라져 버리곤 했기 때문에 해마다 막대한 예산을 들여 나무를 심어도 언제나 산은 새빨갛게 헐벗은 채로 있었다.

정부에서는 산에 나무를 베지 못하게 하기 위해서 입산금지 산림녹화 등 지금은 생소한 표어들을 눈에 띄는 장소에 세워 두곤 했었다.

그러나 가난한 촌사람들이 매일 부엌에서 음식을 만들거나, 또 추운 겨울날 얼어 죽지 않기 위해서는 아궁이에 불을 때지 않으면 안되었기 때문에 정부 시책 같은 것은 아랑곳없이 어느 집이나 산에 가서 나무들을 베어오곤 했었다.

그래서 산 주인들은 자기네 산의 나무를 베어가는 것은 지키기 위해 산에다가 간단하게 흙벽돌로 움막을 짓고 밤이면 그곳에서 자면서 나무를 지키곤 했었다.

이 산막이라는 게 바닥에 온돌을 놓고 멍석을 깔아서 안에 들어가면 제법 따뜻한 게 청년들이 놀기에는 아주 안성맞춤이었다.

무엇보다도 인가에서 멀리 떨어져 있는 산속에 있어서 어른들의 눈을 피할 수가 있었기 때문에 고성방가를 해도 아무도 욕 할 사람이 없었다. 그래서 아직 나이 때문에 동네사람들 눈에 띄는 곳에서는 함부로 술을 마실 수 없는 청년들이 모여서 술잔치를 벌이고 밤늦도록 목청껏 높은 소리로 노래를 부르곤 하는 장소로 이용이 되기도 했고, 동네 처녀 총각들이 모여 밤늦도록 히히덕거리며 노는 장소로도 이용 되곤 했었다.

그러나 가장 곤란한건 겨울이면 농촌에서 창궐하는 도박 장소로 이용이 되곤 했기 때문에 어떤 의미에서 산막이라고 하면 못된 짓을 하는 소굴로 지칭되어, 산막에 드나든다고 소문이 난 청년은 동네에서도 이상한 눈으로 보곤 했었다.

나도 고등학교 때 겨울방학에 고향집에 돌아가면 가끔 동네 동무들과 산막에 가서 못된 장난들을 하곤 했다.

언젠가 까발린 닭서리도 이 산막에서 벌어지는 장난이었고, 어른들의 눈을 피해서 술판을 벌이는 곳도 이 산막이었다.

시골에서 농사를 짓는 친구들은 그맘때 이미 술, 담배를 아주 능숙하게 즐기며 아직 학생 신분인 나에게도 반 강제적으로 권해서 체질적으로 술을 마시지 못하는 나는 아주 혼이 나곤 했었다.

한번은 친구들이 그 당시 가장 싼 담배였던 파랑새라는 담배를 권하길래 겁도 없이 깊숙이 빨았다가 천지가 빙글빙글 돌아가는 바람에 한참동안 혼이 난적이 있었다.

그러면서도 밤만 되면 부모님의 눈을 속여 가면서 산막으로 놀러 가곤 했던 그 시절이 몹시 그립다.

그때 놀러 다니던 산막이 있던 산에는 지금 공장이 들어서 완전히 변해 버려 상전벽해라는 옛말을 실감하고 있다.

지난번에 시골에 갔을 때 그때 산막에서 함께 놀던 이웃동네 친구를 만나서 산막 이야기를 하며 지난날 젊었을 때를 회상해 보았다.

뻐꾸기

진달래가 피고 쑥이 자라고 하니 이젠 완연한 봄 구색이 갖추어 졌지만 한 가지 빠진 것이 있다.

그게 바로 뻐꾸기의 울음소리이다. 내 고향에는 봄만 되면 아침 일찍부터 뻐꾸기가 종일 처량하게 울고 때로는 밤에 울곤 했다.

그 뻐꾸기 소리를 들으며 동무들과 들로 산으로 쏘다니면서 놀던 어린 시절, 긴긴 봄날 허기가 져서 진달래를 따먹고, 송기를 만들어 먹던 기억이 생생하게 떠오른다.

그래서 나에게 봄철의 고향을 연상하라고 하면 가장 먼저 머리에 떠오르는 것이 뻐꾸기 소리인거다.

잿빛 초가집들이 모두 오수에 취해 있을 때 산에서는 연신 뻐꾸기의 울음소리가 들려오고 마당엔 갓 내린 샛노란 병아리들이 어미닭과 모이를 찾아서 쪼르르르 뛰어 다니는데, 하늘엔 이 병아리들을 노리는 소리개가 소리도 없이 맴을 돌고 있다.

이게 내 머릿속에 확고부동하게 자리 잡고 있는 봄철의 시골 풍경인거다. 무슨 연유에서인지는 몰라도 이곳에서는 뻐꾸기 소리를 들을 수가 없다.

뻐꾸기와 비슷한 시기에 우는 꾀꼬리 소리는 봄만 되면 공원에서 들을 수가 있는데 뻐꾸기 소리는 한 번도 듣지를 못했다.

일본에는 뻐꾸기가 없느냐고 했더니 일본에도 시골에 가면 있다고 한다. 그런데도 지금껏 그 소리를 듣지 못하고 지내온 거다.

그러고 보니 이곳에 와서 살게 된지가 30여 년, 그동안 자주 고향에 들리기는 하지만 어찌된 까닭인지 봄철, 뻐꾸기가 우는 계절에 고향에 들려본 적이 없었다는 것이 머리에 떠오른다.

그래서 나는 30여 년간을 그 그리운 뻐꾸기 소리를 제대로 듣지 못하며 지내온 거다.

시골에는 사계절마다 귀에 익은 정해진 소리가 있다.

봄이면 뻐꾸기, 종달새의 울음소리, 까투리를 찾는 장끼의 울음소리, 여름이면 밤새도록 귀찮게 울어대는 개구리들의 울음소리, 매미들의 단조로운 울음소리, 시원하게 내리 쏟아지는 소낙비 소리, 가을이면 풀벌레들의 애절한 울음소리, 집집마다 자채논에 새보는 소리, 겨울이면 참나무 숲을 지나가는 바람소리, 부엉이 울음소리, 문풍지 소리, 다듬이질소리 등등.

지금 위에 쓴 소리들 중에 남은 것이 과연 얼마나 될까?

아마 지금쯤 내 고향에는 봄이 되어도 뻐꾸기가 온종일 처량하게 울지 않을지도 모른다.

개발이라는 이름 아래 산이란 산들은 모두 파헤쳐 버렸으니 뻐꾸기가 찾아오지 않게 되어 버렸는지도 모른다.

그러나 내 머릿속에는 언제나 봄만 되면 뻐꾸기소리가 들려오는 착각에 빠지곤 한다. 🌳

장다리

　지금도 어린 아이들 사이에서 불리고 있는지는 모르지만 '장다리도 봄이라 노래하잔다.' 하는 동요가 있으니까 말은 들어 보았을는지 모르지만, 도시 사람들은 실제로 장다리를 직접 본적이 없어서 모르는 사람들이 많으리라 생각된다.

　봄이 되어 온 천지에 활기가 가득하고 산에 가면 진달래가 지천으로 피어서 시골 개구쟁이들은 입술이 파랗도록 꽃잎을 따 먹으면서 돌아다니는 때면 밭 귀퉁이에 심겨져 있던 장다리 생각이 난다.

　지금이야 농작물의 씨앗은 종묘상에 가서 구입을 해다가 뿌리지만 내가 어릴 때는 집집마다 자기 집에서 쓸 씨앗은 자가채종이라고 해서 직접 씨를 받아서 쓰곤 했었다.

　이른 봄에 무씨를 받으려고 무를 몇 포기 밭 귀퉁이에 심어 두면 엷은 보랏빛 꽃이 피고 꼬투리가 맺어져 이게 익으면 무씨가 되는 것이다.

　밑에는 꼬투리가 맺혀 있고 위에는 꽃이 피어 있는 걸 장다리라고 하는데 아직 꽃이 피기 전에는 장다리를 통째로 꺾어서 껍질을 벗기고 씹어 먹고, 꽃이 피기 시작을 한 후에는 아직 여물지 않은 꼬투리를 따 먹으면 조금 매큼하면서도 들핏하고 싱싱한 맛이 있어서 남의 밭에 들어가서 양쪽 주머니에 하나 가득 따 넣고 다니며 먹곤 했었다.

이 장다리라는 건 그 자체가 야채나 농작물이 아니고, 양도 그리 많이 필요하지 않아 밭 귀퉁이 걸리적거리지 않는 곳에 몇 그루 심어 두면 그해 심을 씨앗을 확보를 할 수 있기 때문에 누구네 밭에나 흔하게 볼 수 있었다.

이 장다리 꼬투리만 보고는 무슨 무인지 알아 볼 수가 없으므로 밭두렁을 걸어 가다가 장다리를 보게 되면 우선 들어가서 한 개 따서 입에 넣고 시식을 해 본다. 매큼하면서도 들핏한 맛이 나면 한주머니 가득 따 넣고 다니면서 먹고, 매워서 먹을 수가 없으면 퉤퉤퉤 뱉어 버리고 다른 밭을 찾아 가곤 했었다.

그래도 어린 마음에 양심은 조금 남아서 대여섯 명의 동무들과 함께 가다가 심심해져서 장다리 따 먹자는 공론이 돌아도 한곳에 들어가서 모조리 작살을 내는 짓은 하지 않았다.

이곳저곳 밭을 돌아다니면서 꼬투리를 따다보면 때로는 맛이 좋은 것도 있고, 재수가 없으면 맵기만 맵고 맛이 없는 게 걸리는 수가 있다. 내 경험으로는 왜무의 장다리는 맛이 연하고 물이 많아서 좋았지만 재래종 무의 꼬투리는 맵기만 하고 맛이 없었다.

특히 내 고향 이천에서만 볼 수 있는 게걸이 무가 있는데 이 무의 꼬투리는 너무 매워서 먹을 수가 없었다.

이 게걸이 무의 장다리는 워낙 매우니까 아무도 따 먹지 않아 탐스러운 꼬투리가 많이 달려 있는 것도 모르고 멋모르고 하나 따서 씹다가 눈물이 날 정도로 매워 혁혁하면서 퉤퉤퉤 뱉으며 죄 없는 밭주인 욕을 드립다 해대며 돌아다니던 어린 시절.

근처 산에서는 뻐꾸기가 연실 울어대고, 새파랗게 뻠가웃이나 자란 보리밭엔 노고지리가 하늘 높이 떠서 지저귀던 어린 시절의 내 고향, 그때 함께 몰려다니며 놀던 동무들이 몹시 그립다.

원두막

내가 원채 참외를 좋아해서 여름만 되면 밭에 참외를 심어놓고 따 먹곤 했다. 그러나 그냥 따다 먹는 것만으로는 성이 차지 않아 밭가에 언제나 원두막을 지어놓고 더운 여름 한 철을 원두막에서 지내곤 했다.

여름방학을 해서 학교에 갈 일이 없어면 내가 자란 동네가 워낙 코딱지만 할일이 없어지고 마는 거다.

매일 하릴없이 빈둥거릴 생각을 하면 끔찍하기까지 해서 어른들에게 원두막을 지어 달라고 조르기 시작한다.

아직 참외도 익지 않았는데 원두막은 무슨 원두막이냐고 야단을 치시지만 대개 이맘때가 되면 어른들도 덥고 심심하기는 매일반이라 마지못해 짓는 척하고 일꾼들에게 원두막을 짓도록 시킨다.

원두막이라야 큰 재료, 즉 기둥 등은 모두 작년에 쓰던 재료를 헛간에서 찾아 쓰고 자잘한 것은 새로 산에 가서 나무를 베어 오고, 지붕은 보릿짚으로 이엉을 엮어서 만드는 간단한 것이라서 어른들 두 사람이 한나절이면 근사한 원두막을 지어놓는다.

새로 원두막을 지어 바닥을 높직하게 만들어 바람이 잘 통하도록 멍석을 깔아놓고 어머니에게 고사를 지내야 참외가 많이 달린다고 주장해서 기어이 참외밭 머리에서 빈대떡을 부치게 해 동무들을 모아놓고 함께 낄낄거리며 먹는 재미란 경험해보지 않은 사람은 모를 것이다.

아직 참외는 익지도 않았는데도 원두막에서 지내는 것이 집안에서 지내는 것보다 몇 배 시원하고, 또 집에 있다가 할아버지 눈에 띄기만 하면 사랑으로 들어오라고 하셔서 한문을 억지로 가르치시니까 허구한 날 밥만 먹으면 원두막으로 피난을 가서 때가 되어 밥 먹으러 내려오라고 소리를 질러야 내려와 밥을 먹고 또 원두막에 가서 지내곤 했었다.

아주 가끔 할아버지가 한문책을 가지고 한 손에 회초리를 드시고 원두막까지 원정 오셔서 한문공부를 시키실 때는 아주 질색이지만 대개는 원두막은 여름 내내 내 독점물이곤 했다.

위로 누님이 두 분 계시지만 여자들이라 원두막엔 별로 오지 않았고, 밑으로 동생이 둘 있었지만 아직 어려서 원두막 사다리를 타고 오르내리는데 위험하다고 오기만하면 집으로 내쫓으니까, 자연히 원두막은 나만의 독점물이 되곤 했었다.

공부 합네하고는 하지도 않을 책들을 원두막에 가져다 놓았다가 소나기에 몽땅 적시기도하고, 동무들을 데려다가 툭하면 참외 파티를 하면서도 밤에는 남의 집 참외 밭에 참외서리를 갈 음모를 하는 곳도 대개는 원두막에서였다.

신작로의 가로수에선 쓰르라미가 신나게 울어대는 오후가 되면 우물에 미역을 감으러 갔던 동무들이 하나둘 모여 되지도 않은 유행가를 목이 터져라 부르며 놀았다.

요즈음도 전우의 시체를 넘고 넘어, 굳세어라 금순아, 이별의 부산

정거장, 신라의 달밤 등을 들으면 어릴 때 원두막 생각이 간절해지곤
한다.

가끔 본국에 가서 시골 어딘가에서 원두막을 보면 그렇게 반가울
수가 없다.

자리끼

요즈음 완전히 사어死語가 된 말 중에 자리끼라는 말이 있다.

자리끼란 요즈음과 주택환경이 달랐던 옛날 추운 겨울밤에 자다가 일어나서 목이 마를 때 물을 마시러 부엌에 가기 대단히 힘이 들었던 시절에 저녁을 먹고 나서 설거지를 끝낸 다음 대접에 숭늉, 또는 찬물을 한 대접 떠다 방에 놓고 밤중에 목이 마르면 마시곤 하던 음료수를 일컫는 말이다.

요즈음에야 밤에 자다가 깨어 목이 마르면 전깃불을 켜고 같은 실내에 있는 부엌에 가서 물을 마시면 되지만 옛날에야 방과 부엌이 떨어져 있었고, 추운 겨울에 방을 나가서 캄캄한 부엌에 간다는 것은 생각만 해도 진저리 쳐지는 일이었다.

그래서 저녁 설거지를 끝내고 부엌문을 닫고 들어올 때 식구 숫자에 따라 대접 또는 양푼에 물을 담아 들어와서 윗목에 놓아둔다.

그 당시에는 겨우내 반찬이라야 김치짠지가 전부였는데 절약을 한다고 소금을 많이 넣었기 때문에 김치가 대단히 짜서 조금만 많이 먹었다하면 틀림없이 밤에 목이 마르게 마련이었다.

저녁을 먹을 때면 어머니가 짜게 먹지 말라고 하는데도 그게 제대로 지켜지지 않는 거다.

또 방이라는 게 방바닥은 군불을 때어서 따뜻하지만 외풍이 심해서 이불 밖으로 코를 내 놓으면 코끝이 시릴 정도로 춥다.

아침에 일어나서 윗목에 떠다놓은 자리끼가 얼었나 안 얼었나 보고 그날 추위를 짐작하곤 했었다.

아침에 잠이 깨어서 이불 밖으로 얼굴을 내밀고 윗목의 자리끼가 얼었나 안 얼었나 살펴보고, 안 얼었으면 이불 밖으로 나와 옷을 입고 방을 나서지만 자리끼가 얼었으면 일어나기가 싫어 또다시 이불 속으로 웅크리고 들어가 배배적 거리다가 어머니 재촉을 듣고서야 겨우 일어나곤 했었다.

우리집에서는 내가 중학교 다닐 무렵부터 나는 방을 따로 썼지만 겨울에는 내 방이 외풍이 심하기 때문에 장손이 춥게 자면 안 된다고 할머니가 걱정을 하시는 까닭에, 겨울에는 할 수 없이 동생들과 함께 안방에서 할머니와 함께 자곤 했었다.

밤이 이슥하도록 동무들 집에 마실가서 떠들고 놀다가 잠을 자러 집에 돌아와서 우선 대청 구석에 있는 동이에서 얼음이 버적거리는 식혜를 한바가지 떠서 먹고 방에 들어가면 그때까지 안 주무시고 등잔불을 켜놓고 기다리고 계시던 할머니는 추운데 어딜 돌아다니다가 이제 오느냐고 하시며, 요 밑에서 마른 밤을 꺼내 주시거나 화로에 인절미를 녹이고 벽장에서 조청이나 꿀을 꺼내 찍어 먹으라고 주시곤 했었다.

밤에 자다가 오줌이 마려워 눈이 떠지면 우선 요강을 찾아 오줌을 깔기고 그냥 자기가 섭섭하니까 윗목으로 기어가서 자리끼를 찾아서 벌컥벌컥 마시고 자리로 돌아와서 다시 자곤 했었다.

그때 마시던 자리끼 중에 잊히지 않는 것이 저녁에 팥밥을 한 날

밤에 마시던 팥밥 숭늉의 그 구수한 맛이다.

지금도 가끔 고향에 가면 워낙 내가 숭늉을 좋아하는 걸 아는 제수님이 일부러 팥밥숭늉이나 콩밥숭늉을 만들어서 주시곤 한다.

요즈음은 시골집들도 모두 현대식으로 지었기 때문에 부엌이 집안에 있어서 귀찮게 자리끼 같은걸 떠다 놓을 필요가 없어져, 이젠 자리끼라는 말 자체가 들어볼 수 없는 지난날의 이야기가 되어 버렸다.

간이 여인숙

어릴 때 내가 자란 동네가 신작로가에 있었다.

우리 동네에는 쇠장수(소장사)들을 위한 마방이 한 집, 그리고 장꾼들을 대상으로 한 간이 여인숙이 한 집, 그리고 화물트럭을 대상으로 한 간이 여인숙이 한 집 있었는데 제각각 특색이 있어서 재미있었다.

그들 여인숙은 정식으로 허가를 받고 영업을 하는 게 아니고 그냥 사랑과 같은 방에 서너 명씩 함께 들어와서 묵었다가 떠나는, 흡사 옛날 조선시대의 주막과도 같은 형태지만 묵는 대상이 괴나리봇짐을 진 행인이 아니라 쇠몰이꾼이나 시골 장터를 돌아다니는 장돌뱅이들, 그리고 화물트럭의 운전수나 화주들이었다는 것이 다른 점이라고 볼 수 있다.

그 가운데에서 오늘은 화물트럭을 대상으로 하는 간이 여인숙에 대해 쓰려고 한다.

그 당시에는 통행금지가 있어서 밤 12시 부터 새벽 5시까지는 일체의 통행이 금지되던 시절에 경상도 지방에서 생산된 화물, 특히 농산물을 서울로 운반하는 화물트럭이 서울의 새벽장을 보기 위해서 트럭에 짐을 잔뜩 싣고 생산지에서 밤에 출발해 대개 12시경 우리 동네까지 와서 간이 여인숙에서 잠깐 눈을 붙였다가 새벽 5시에 통행금지가 해제되면 새벽장을 보기 위해서 서둘러서 출발 하곤 했었다.

우리 동네에서 서울까지 70킬로 정도 떨어져 있어서 그 당시 고물 트럭으로 2시간이면 갈수 있는 거리여서 매일 두세대의 화물트럭이 잠깐씩 눈을 붙였다 떠나곤 했다.

왜 서울의 시장에서 더 가까운 곳에서 시간을 보내지 않는지 궁금해서 물어 봤더니, 생산지에서 저녁에 짐을 실기 시작을 하면 늦게 출발하게 되기 때문에 12시까지 올 수 있는 곳이 바로 우리 동네라고 했다.

새벽 4시 반쯤에 일어나서 간단한 요기를 하고 5시만 되면 서둘러서 떠나가는 화물트럭의 시중을 드는 간이 여인숙의 주인도 매일 밤 잠을 설치게 마련이다.

이런 간이여인숙을 하는 집이 바로 내 동무 집이었기 때문에 가끔 놀러 가면 예상외로 일찍 도착한 트럭의 운전수나 화주들의 이야기를 들을 기회가 있곤 했었다.

내가 원래 이야기라면 사죽을 못 쓰는 출신이라서 그들이 묵는 봉노방에 끼어 앉아서 경상도 사투리가 심해서 반은 알아듣고 반은 못 알아듣는 그들의 이야기를 듣곤 했었다.

그런 풍경도 내가 농사를 짓기 시작한 1960년대 후반부터는 화물트럭에 한해서 야간 통행이 허가가 되어 우리 동네에서 머물 필요가 없어져서 자연 폐업을 하게 되었다.

지금도 고향에 가서 고향친구와 만나서 당시 이야기를 하다보면 밤에 잠을 못자고 트럭운전수들 시중을 드는 게 그렇게 싫었다고 이야기 한다.

논바닥 그라운드

내가 자랄 때 시골에는 어느 동네를 가더라도 아이들이 마음 놓고 공을 찰만한 번듯한 공터가 없었다. 있다고 해야 겨우 동네 타작마당 같은 거였지만 크기가 워낙 손바닥만 해 그곳에서 공을 차다가 조금만 세게 차면 논이나 밭, 그게 아니면 남의 집 울안으로 들어가서 재미가 없다.

그래도 우리 동네는 다른 동네와 달리 동네 앞에 신작로가 있어서 신작로에서 공을 차거나 다른 놀이들을 하다 자동차가 오면 임시로 휴식을 하고 있다가 자동차가 지나가면 또 계속하곤 했는데 그런 공간마저도 없었던 다른 동네 아이들에게는 선망의 대상이 되곤 했었다.

요즈음 같이 교통량이 많은 간선도로에서는 감히 상상도 못할 일이지만 내가 어릴 때 동네 앞 국도 3호선인 신작로에는 그 당시 오고가는 차량이라는 게 한 시간에 서너 대 정도밖에 없을 때여서 신작로가 그대로 우리들의 놀이터가 되곤 했었다.

그러나 신작로에 아주 가끔이기는 하지만 차가 지나가는 동안 쉬는 게 여간 김이 빠지는 일이 아니었다. 한참 신이 날 때쯤이면 차가 지나가게 되고, 그때마다 쉬었다가 다시 시작하면 게임의 흐름이 변해 재미가 없어지고 마는 거다.

그래서 벼를 베고 난 후의 동네 앞 널찍한 마른 논은 겨우내 동네 아이들의 그라운드로 변신을 하는 거였다.

처음에는 벼 포기가 남아 있고 여기저기 발자국 등이 남아 있기 때문에 울퉁불퉁해서 불편하지만, 그것도 동네 아이들이 매일 밟고 놀기 때문에 얼마간 지나면 아주 평탄한 그라운드로 변하고 마는 거다.

논 주인이야 논두렁이 망가지고, 논이 단단해 진다고 야단치지만 아이들이야 그런 것은 염두에 없고, 신작로와 같이 게임 도중에 임시로 쉬지 않고 줄기차게 할 수 있기 때문에 좋기만 한 거다.

그래서 봄부터 가을까지 신작로에서만 놀던 아이들은 가을에 벼만 베면 곧바로 논을 말려서 널찍한 논바닥 그라운드를 만들어서 공도 차고, 자치기도 하며 장치기, 찜뽕이라고 하는 야구를 변형시킨 놀이들을 하면서 놀았다.

아마 요즈음 아이들은 찜뽕이라는 놀이와 장치기라는 놀이를 잘 모를 것 같아서 조금 설명하면, 야구는 투수가 던진 공을 타자가 방망이로 치고 나가는 것이지만, 찜뽕은 주자가 혼자서 제 손으로 공을 치고 1루로 뛰어 가는 것으로 그 다음 방식은 야구와 흡사했다.

아마도 누군가가 야구를 보고 배워 오기는 했지만 글러브도, 베트도 없는 상태에서 야구를 즐기려니까 물렁물렁한 공을 주자가 혼자서 제 손으로 치고 뛰는 식으로 변형이 된 게 아닌가 생각해 본다.

그리고 경기 인원도 9명으로 제한하는 게 아니라 거기에 모인 아이들 숫자에 맞추어서 할 수 있었다.

용어도 아주 재미있었다. 예를 들면 파울을 빵울로, 아웃을 죽었다고 했으며, 투수가 공을 던지는 게 아니니까 스트라이크도 볼도 없는 단순한 경기였지만 이웃동네 아이들과 편을 갈라서 시합을 할 때는 정말 흥분들을 하곤 했었다.

논바닥 그라운드에서 하던 또 하나 장치기라는 경기가 있었다.

이것은 필드하키와 비슷한 경기로 지팡이 같이 생긴 나무 작대기를 하나씩 손에 들고 나무 특히 소나무의 옹이같이 단단한 나무를 둥글게 깎아 만든 공을 작대기로 쳐서 상대방 쪽의 금 밖으로 넘겨버리면 이기는 게임이었다.

재미있기야 장치기가 찜뽕보다는 몇 배 재미있었지만 이 경기는 상대편과 인원이 맞아야 되고, 또 하나 기구(작대기라고 불렀다)를 준비해야 했기 때문에 번거로웠다.

또 이 경기는 경기 자체가 상대방 선수와 몸싸움을 하기 때문에 자연히 흥분하게 되어 경기 도중에 작대기로 상대방을 때려서 경기가 끝난 다음에 싸움이 벌어지곤 하는데, 이때도 어김없이 그 작대기로 때려 상대방을 다치게 하다고 해서 어른들이 말리곤 했었다.

요즈음이 벼를 다 베고 날도 추워지는 계절이라서 동네 앞의 닷마지기 논바닥 그라운드에서 아이들이 시끄럽게 놀 시기인데 하고 생각하며 눈만 감으면 그때의 아우성소리가 들리는 것 같은 착각에 빠지곤 한다.

돼지 오줌통

요즈음이야 축구공이라든지 그 밖의 장난감들이 아주 쉽게 손에 들어오는 세월이지만 내가 어릴 때는 그럴 정도의 여유가 없었다.

전에 말한 논바닥 그라운드에서 놀 때도 찜뿅을 할 때는 정구공만한 조그만 고무공도 그런대로 재미가 있었다. 하지만 축구를 하려면 이렇게 조그만 공은 성이 차지 않는 거다.

가을이면 동네 아이들이 논에 떨어진 벼이삭 등을 주워 모아 돈을 만들어 축구공을 공동으로 구입하곤 하지만 이게 그리 오래가지 못했다. 그래서 궁여지책으로 만드는 것이 새끼로 축구공만한 공을 만들어서 그놈을 차고 놀곤 했었다.

그러나 새끼로 만든 이 공은 탄력성도 없고 한참 차고 놀다보면 너덜너덜 해져 재미가 없어지곤 했었다.

그럴 때 동네에서 돼지를 잡는 소리가 나면 지금까지 뛰어놀던 애들이 모두 돼지 잡는 곳으로 몰려가서 돼지 잡는 구경도 하고 돼지 오줌통(방광)을 달라고 돼지 잡는 사람에게 부탁하곤 했다.

이 돼지 오줌통을 얻어서 밀집으로 바람을 빵빵하게 넣고 실로 동여매면 훌륭한 축구공이 되는 거다.

탄력성도 없고 무겁기만 하던 짚으로 만든 공을 차고 놀던 때에 비하면 가볍고 탄력성이 있는 돼지 오줌통공은 몇 배나 재미가 있는 거다.

너무 세게 차거나 발로 밟으면 터져버리기 때문에 처음에는 아주 조심조심 하면서 차지만 30분도 못되어 바람이 빠져 너덜너덜 해지고 탄력성도 나빠져 흥분한 놈이 발로 뻥하고 심하게 차면 퍽 터져버리게 된다. 그럼 자 이제 부터가 야단이다.

모처럼 귀한 돼지 오줌통을 얻어서 재미있게 놀다가 터쳐 버렸으니 그런 놈을 그냥 내버려 둘 리가 없는 거다. 너 때문에 그렇게 되었으니까 빨리 물어내라고 야단이지만 매일 돼지를 잡는 것도 아니고 새 돼지 오줌통을 어디 가서 구해오란 말이냐.

결국은 그놈이 벌칙으로 그해 겨울이 다 가기 전에 참새를 몇 마리 잡아와야 된다거나, 술래잡기할 때 술래를 며칠간 도맡아해야한다거나 하는 벌칙을 부여 받고서야 용서 받을 수가 있었다.

요즈음 아이들이 들으면 이해하기 힘들지 모르지만 내가 자라던 시절에는 우리 동네뿐만 아니라 모두가 그렇게 자랐다.

언젠가 이곳에서 사귄 연배가 비슷한 사람과 어릴 때 자라면서 놀던 이야기를 하다가 오줌통과 새끼줄로 묶은 공으로 축구를 했다고 했더니 그도 똑같은 경험을 하며 컸다고 아주 반색을 했다. 자란 고장은 다르지만 하고 놀던 장난은 비슷하구나 하는 감을 느꼈다.

그런 가난했던 시절에 자랐기 때문에 어릴 때의 추억이 더더욱 그리워지는지도 모른다.

엿 만들기

일전에 어느 분의 카페에 들어가 봤더니 엿 고는 광경이 있었다. 그걸 보니 불현듯 어릴 때 집에서 엿 고던 기억이 머리에 떠올라서 써 본다.

우리 집에서는 대개 수수와 싸래기로 엿을 고왔다.

가을걷이도 다 끝나고 지붕도 새로 해 얹고, 김장도 끝내고, 고사떡마저 해 먹고 나면 농촌에서도 할일이 없어진다. 이 때쯤이면 어머니와 고모님, 그리고 부엌아줌마는 엿 고을 준비를 하기 시작한다.

우선 엿질금이라고 해서 보리 싹을 티워 말린 것을 맷돌에 타서 뜨듯한 물을 부어놓고, 수수와 싸레기 등 재료를 물에 불려 솥에 넣고 솥바닥에 타지 않도록 조심 해가며 가열을 한다. 재료가 익으면 엿질금 풀은 물을 넣고 삭히기 시작한다.

이때 맷돌에 돌려서 분쇄를 하는 수도 있지만 대개는 그냥 솥에서 퍼내어 다른 그릇에 넣어서 뜨듯한 상태로 삭히면 재료 속에서 당분이 빠져 나와서 흐물흐물 해진다.

이렇게 되면 자루에 넣고 짜서 건더기(엿 지게미라고 했다)는 따로 짐승들 먹이로 하고 물만 솥에 넣고 계속 불을 때서 수분을 증발시킨다.

이때도 조금만 한눈을 팔면 솥밑에 눌어붙어서 못쓰게 되기 때문에 아주 공을 들여야 하는 거다.

대충 엿이 꿀처럼 되면 조청이라고 해서 따로 단지에 담아 두고 음식을 할 때 단맛을 내는데 쓰거나, 벽장에 넣어 두고 가끔 할머니가 떡을 찍어먹으라고 내주시는데 쓴다.

그리고 나머지는 계속 수분을 증발시켜 커다란 쟁반에 밀가루나 콩가루를 뿌리고 거기에 한 국자씩 떠놓고 추운 밖에 놓아두었다가 한참 지나 꾸덕꾸덕해지면 손으로 얄팍하게 늘려 딱딱하게 굳히는데 이것을 갱연이라고 했다.

이때에 참깨, 땅콩, 검정콩 등을 넣으면 깨엿, 콩엿이 되는 거다.

그리고 엿을 전부 푼 다음에 솥바닥에 눌어붙은 엿이 뜨거운 열 때문에 지글지글 끓는데 여기에 소다(중조)를 조금 넣으면 옛날 국민학교 담장 밑에서 팔던 달고나와 비슷한 것이 되는데 이게 굉장히 맛이 좋다.

이렇게 만든 엿이 딱딱하게 굳으면 커다란 항아리에 콩가루를 묻혀서 켜켜로 담아 부엌 헛간에 넣어두고 겨우내 마실오는 사람들에게 밤참으로 내놓는 거다.

어릴 때 금방 만든 빛깔이 붉은 갱엿을 가지고 누나들과 마주 앉아서 흰엿을 만든다고 손으로 계속 늘였다 뭉치기를 반복을 하면 엿장수가 파는 엿과 같이 희게 되곤 하는 게 재미있어서 많이 만들어 먹었다.

이때 엿이 묻어 끈적끈적한 손을 처음에는 대접에 물을 떠다 놓고 가끔씩 물을 묻히지만 너무 물을 많이 묻이면 엿이 눅눅해 지기 때문에 나중에는 손에 침을 조금씩 뱉어가면서 했다. 그러면 더럽다고 남이 만든 것을 먹지 않기 때문에 누나들에게 빼앗기기가 싫어서 일부러 침을 튀튀 뱉어가면서 만들기도 했었다.

역시 놀부는 어려서도 놀부였었던 것이다.

이젠 시골집에서도 엿을 고지 않게 된지 40년 이상이 되었기 때문에 영영 사라져 버린 우리집의 겨울 풍물시가 되어 버렸다.

아아 그 시절이 그립다.

집에서 만든 그 조청, 갱엿 맛이 그립다.

아니 그보다도 엿을 만드시던 할머니, 어머니, 고모님이 더더욱 그립다.

재봉틀

　내가 어릴 때 우리집에 있던 최초의 재봉틀은 옛날 유명하던 인장 표라는 재봉틀이었는데 6·25동란 때 피난가면서 잿간에 땅을 파고 커다란 독을 묻은 후 거기에 재봉틀 대가리와 사진 등 중요한 것들을 묻고 피난을 갔다 오니 누군가가 깨끗이 파가서 없어져 버렸다고 들었다.

　그 이후에 어머니가 계속 재봉틀 노래를 하니까 당시로서는 거금을 주고 새로 장만한 게 일제 미쓰비시라고 하는 재봉틀이라고 한다. 그 까닭에 나는 새로 산 재봉틀에 관한 기억밖엔 없다.

　그 재봉틀은 당시 유행하던 발로 밟아서 움직이는 발틀이 아니라 오른손으로 돌리는 손틀이었다.

　모두들 발틀이 편리하다고 발틀로 고치라고 하였지만 어머니는 손에 익은 손틀이 좋으시다고 끝까지 손틀을 고집을 하셨기 때문에 지금도 집에 가면 거실 한 모퉁이에 유성기와 함께 보물과 같이 놓여 있다.

　어릴 때 아버지가 입으시던 헌 와이셔츠를 뜯어서 우리들 옷을 만들어 주시거나 명주와 같이 엷은 천에 솜을 놓은 것을 곱게 박아서 누비저고리를 만드시던 어머니가 재봉틀을 돌리시는 모습을 방바닥에 벌렁 드러누워서 보곤 했었다.

누비저고리는 겉을 엷은 옥색으로 염색을 한 명주로 하고 속은 무명으로 하는데, 여기에 엷게 솜을 놓았으니 이게 일그럭 거려서 제대로 재봉틀이 나가지를 않았다. 더구나 발로 미싱을 돌리면서 두 손으로 여며 가면서 하는 게 아니라 오른손은 연실 재봉틀을 돌리면서 왼손으로 조정을 해가면서 박아야하기 때문에 일정한 간격으로 똑바로 박는다는 게 보통 힘이 드는 게 아니었다.

그렇게 힘이 들고 손이 많이 가던 누비저고리를 완성하여 입어 보시면서 환하게 웃으시던 어머니의 모습이 지금도 눈에 선하다.

허구한 날 낮이면 새벽부터 식구 많은 집의 살림살이를 하랴 눈코 뜰 새 없이 바쁘게 움직이면서도, 밤이면 재봉틀질을 하던 어머니는 당신은 그래도 남들처럼 밭을 매거나 길쌈을 하지 않는 것만도 얼마나 다행인지 모른다고 말씀을 하시는 걸 가끔 들은 적이 있었다.

요즈음도 고향집에 가서 거실에 놓여 있는 어머님의 재봉틀을 보면 옛날 학교 다닐 때 생각이 머리에 떠오르곤 한다.

그 당시 겉멋이 들어서 멀쩡한 청바지를 콘크리트에 문질러서 무릎에 허옇게 구멍 나게 만들어서 재봉틀로 누벼 입는 게 유행이었었다.

내가 청바지를 재봉틀에 누비고 있으면 어머니가 돋보기를 쓰시고 "내가 해주랴"고 하시곤 했다. 솜씨 좋으신 어머니가 언제나 간격이 일정하게 꼼꼼히 박아 주시지만 그건 멋이 없다고 내가 되나마나 박아서 입곤 했었다.

지금은 아무 역할도 하지 않는 채 거실 한 모퉁이에 장식품으로 놓여 있는 재봉틀을 보고 있으면 어머니가 돌리시던 달달달하는 재봉틀 소리가 귀에 들려오는 것 같은 착각에 빠지곤 한다. ✿

어흠과 거시기

사람이 나이를 먹어가는 징조 중의 하나가 사물의 이름을 정확하게 말하지 않고 "그거…, 저거…," 하는 말을 많이 쓰는 현상이라고 한다.

요즈음 부쩍 이야기를 하려면 그거…, 저거…, 표현이 많아져 가고 있다. 그래도 내 주위의 사람들은 내가 그거, 저거 해도 모두들 잘들 말귀를 알아 들어주니 고맙기 짝이 없는 거다.

요즈음 그런 생각을 하다가 어릴 때의 기억이 머리에 떠올랐다.

어릴 때 사랑에서 할아버지가 조금 시장 하시면 긴 장죽으로 놋쇠로 된 재떨이를 땅땅 두드리면서 어흠하고 헛기침 소리를 내신다. 그러면 부엌에서는 진지를 재촉하시는구나 하고 벼락 같이 준비해서 상을 사랑으로 가져가야 하는 거다.

또 약주가 한잔 생각이 나실 때도 어흠 하면서 재떨이를 두어 번 두드리시면 어머니는 금방 알아들으시고 조그만 상에 약주와 안주를 준비해서 사랑으로 가지고 가신다.

가끔 친구 분이 사랑에 오시면 틀림없이 어흠 소리와 재떨이 소리가 나는 거다. 이때 어머니가 딴 일을 하시느라고 헛기침 소리를 못 들으시고 금방 주안상을 사랑으로 대령하지 않으시면 곧 재차 헛기침 소리와 전보다 조금 더 큰소리로 재떨이를 장죽으로 두드리시는 거다.

이때도 안에 아무도 없어서 듣지 못하면 이번에는 큰소리로 "안에 아무도 없는게냐?"하고 조금 역정 섞인 소리로 찾으신다.

어릴 때 할아버지께 한문을 배우는데 죽기보다도 싫어서 아침을 먹고 나서도 안방에서 배배적 거리면서 사랑으로 나가지 않으면 어흠 하는 헛기침 소리와 재떨이 소리가 들린다. 이는 나보고 빨리 나오라는 말씀인거다.

그 소리가 나면 어머니와 할머니가 빨리 사랑으로 가서 공부하라고 재촉 하셨다.

말은 한 마디도 하지 않는데 의사가 서로 소통이 되는 게 하도 신기해서 한번은 어머니에게 "엄마는 어떻게 어흠소리와 재떨이 소리만으로 할아버지가 원하시는 걸 전부 알아듣느냐?"고 물었더니 "자연히 알게 되는 거다"고만 하신다. 그래서 내가 "그러지 말고 말로 밥상 가져 오거라 거나 술상차려 오거라, 빨리 나와서 공부하거라 하면 좋지 않느냐"고 했더니 어머니께서 하시는 말씀이 "양반은 그러는 거다"고 하신다.그래서 내가 "난 이담에 양반 안 할란다"고 했는데 말이 씨가 되어 나는 그러고 싶어도 못 그러는 시대가 되었고, 신세가 되었다.

그런데 이 어흠이란 헛기침은 그밖에도 여러 방면으로 참으로 편리하게 두루 쓴다.

남의 집에 가서 인기척을 할 때도 어흠하면 되었고, 뒷간에 가서 안에 누가 있나 없나를 확인하는데도 밖에서 어흠하면 되니 일일이 손으로 노크하는 것 보다 훨씬 편리한 거다.

그리고 안에 있는 사람도 한참 일을 보다가 손으로 문을 두드려서 응답하는 것 보다 입으로 어흠하는게 훨씬 수월한 거고, 또 시골의 뒷간이라는 게 판자로 된 문이 달린 집 보다는 거적때기를 한 장 내리쳐둔 집이 많으므로 손으로 두드릴 곳도 없는 게 현실이었다.

생각해 보면 우리 조상님들은 참으로 편리하게 사셨구나 하는 생각을 하게 된다.

이야기가 좀 지저분한 곳으로 흘러 버렸는데, 이 어흠과 같이 두루 흔하게 쓰이는 말이 '거시기'라는 말이 있다.

요즈음에야 거시기라고 하면 야한 것을 지칭하는 말로 쓰이지만, 지금도 충남지방이나 전라도지방의 시골에 내려가서 나이가 좀 드신 분들 이야기를 들어보면 이 말이 참으로 편리하고 뜻이 무궁무진한 말이로구나 하는 생각을 안 할 수가 없게 될 것이다.

아마도 외국인이 이 말의 뜻을 모두 터득하려면 상당한 시일이 걸리리라고 생각을 하면서 옛날에 우리 조상님들만큼 말을 아낀 민족은 드물다고 생각해 본다.

이제 어흠하는 헛기침 소리도 재떨이 두드리는 소리도 모두 세월과 함께 사라져 버리고 남은 것은 거시기만 남았다.

그러나 이 거시기 마저도 세월의 흐름과 함께 우리들 주변에서 사라지리라고 생각하니 왠지 아쉬운 생각이 들어간다.

뒤둠바리

뒤둠바리라는 말은 우리고장에서 잘 뛰지 못하고 뒤뚱거리며 잘 넘어지는 놈을 일컫는 말이다.

같은 남매지간인데도 불구하고 누님들은 모두 운동신경이 발달해서 중학교 때나 고등학교 때 육상선수생활을 했지만, 나는 스스로 까발리기에는 부끄러운 이야기이지만 어릴 때 개굿하게 커서 장난은 이루 말할 수 없이 심하게 하면서 자랐지만 운동신경은 참으로 둔하기 짝이 없었다. 그래서 매일 넘어져 무릎을 까곤 해서 언제나 무릎에 빨간약(아까징끼라고 불렀다)을 시뻘겋게 바르고 다녔고, 정월 대보름날이면 부스럼나지 말라고 부름을 열심히 깨물었지만 전혀 효험이 나타나지 않아 여름만 되면 부스럼이 곪아서 고생을 하곤 했었다.

국민학교 다닐 때 학교에서 대운동회 때면 달리기를 해 1, 2, 3등에 입상하면 상으로 공책도 주고 연필도 주곤 했었다.

그런데 이 상품의 공책엔 상賞이라는 고무인이 큼지막하게 찍혀 있는데 나는 창피한 이야기지만 상자가 찍힌 공책이 탐이 나서 죽을 지경이지만 제 재주로는 손에 넣을 방법이 없었다.

누님들이 국민학교에 다닐 때는 누님들에게 얻으면 되었지만 누님들이 국민학교를 졸업을 하고나니 상자가 찍힌 공책의 공급원이 두절이 되고 만 거다.

할 수 없이 동무들과 물물교환을 하였다. 예를 들면 공책 두 권을 줄 테니 상자 도장이 찍힌 공책 한권과 바꾸자는 등 상을 많이 타 가지고 자랑을 하는 동무들에게 빌붙곤 했었다.

그러나 이놈들도 유세를 부리고 잘 바꾸어 주지를 않는다. 할 수 없이 집에서 고구마에 근사하게 상이라는 글자를 파서 그놈으로 새 공책 겉장에 꽉 찍어 가지고 다니곤 했었다.

그 공책을 가지고 학교에 가면 다른 놈들이 내 공책을 보고 "어! 이 도장 글씨가 좀 이상하다"고 소리를 지르면 내가 한다는 말이 "이놈들아 네놈들이 가진 건 학교에서 받은 거고 내가 가진 건 내가 나에게 준거니까 다를 수 밖에 없지 않느냐? 할 말 있어?"하면 기가찬지 그냥 웃어버리곤 했었다.

그래도 개중엔 말귀를 못 알아듣고 끝까지 깐죽거리는 얄미운 놈이 한두 놈 꼭 있다. 그러면 한대씩 쥐어박기도 하고, 그러다가 반대로 얻어터지고도 하고…….

지금도 가끔 고향에 가서 그 당시의 동무들을 만나면 어김없이 그 얘기가 튀어 나와서 사람을 주눅 들게 만들곤 한다.

지난 연말에 국민학교 동창회 망년회에 갔더니 한 놈이 한다는 소리가 "이 새끼 이거 제가 제 놈에게 상주는 놈이다"고 해서 내가 "야 임마 이 세상의 모든 범죄에는 시효라는 게 있는 법이다. 그런데 네 놈은 50년 이상이나 된 걸 가지고 자꾸 사람 주눅을 들게 할꺼냐?" 했더니 그놈이 한다는 소리가 "딴 건 다 시효가 성립이 되지만 너는 외국에서 살기 때문에 네놈에게는 시효가 성립이 안 된다. 그러니까 넌 죽을 때까지 어쩔 수 없는 거다"고 한다.

참 억울하기 짝이 없는 거다.

어릴 때 얼마나 그 공책이 가지고 싶었으면 그 짓까지 했겠는가를 생각해 주지는 못할망정 내가 죽을 때까지 그걸 빌미로 나를 놀려 먹겠단다.

에이 몹쓸 놈. 그놈은 내가 아무리 사정을 해도 공책을 바꿔주지 않던 놈이다.

그래도 만나면 가장 정답고 재미있는 어릴 때의 동무들 이다.

꼼배와 선소리꾼

품앗이란 농촌에서 농작업을 할 때 자기 논에서 혼자서만 일을 해봐야 능률도 제대로 나지 않으니까 동네 사람들이 편을 짜서 한 사람의 농사일을 거들어 주고 다음날은 다른 집의 농사일을 거들어 주는 것을 말한다.

지방에 따라서는 이것을 두레라고 부르는 곳도 있는 모양이지만 우리 고장에서는 품앗이라고 불렀다.

이 품앗이에는 여러 가지 규칙이 있기 마련인데 아직 나이가 어려서 장정 한사람 몫의 일을 제대로 못 하는 사람은 품앗이 패에 끼워 주지를 않는 거다. 또 나이가 꽤 들고 일도 장정들의 일을 거의 할 나이가 되어도 정식으로 동네 남정네들이 인정 해 주지 않으면 품앗이 패에 낄 수가 없다.

그러면 농사를 짓는데 큰일이니까 머리 큰 청년을 가진 부모들은 자기 아들도 품앗이 패에 끼워 달라고 정월 그믐 때, 그러니까 아직 농사철이 시작이 되기 전에 부락의 선소리꾼에게 부탁을 해서 남정네들을 집에 불러 술과 음식을 대접한다.

이것을 우리 고장에서는 꼼배라고 불렀는데 이 꼼배를 얻어먹으면 그해부터 당사자 청년을 품앗이 패에 끼워주어야 되기 때문에 술과 음식을 대접한다고 해서 무조건 좋아할 일만은 아니었다.

청년네 집에서 청한다고 무조건 응하는 게 아니라 일단 부탁을 받으면, 동네의 선소리꾼이라고 해서 일을 할 때 지휘자 역할을 하는 사람이 상일꾼들과 의논을 하며 품평을 하게 된다.

즉 그 당사자는 금년에 나이가 몇 살이 되었는데 짐을 얼마나 질수가 있으며, 일은 얼마나 할 수가 있으며, 가장 중요한 것은 그를 하루 불러 일을 하게하고 그 대신 자기들이 그 청년네 집에 가서 하루 일을 해줘도 손해가 아닐까를 꼼꼼히 생각해서 만약에 안 되겠다 싶으면 청년의 부모에게 좋은 소리로 금년에는 아직 이르니까 다음해에 하자는 둥, 봄에는 아직 이르니까 가을에나 하자는 둥 하면서 미룬다.

청년네 집에서도 자기 아들은 능력이 있으니 무리하게 끼워 달라고 부탁을 할 수도 없는 노릇이라 아무 말도 못하게 되는 거다.

그러나 실제로는 가을 수확 철같이 바쁜 시기에는 꼼배에 관계없이 불러다가 일을 시키는 경우도 가끔 있게 마련이다.

그렇게 꼼배도 하지 않고 슬며시 끼어들게 되면 그해 겨울에 적당한 날을 잡아서 정식으로 꼼배의식을 해야 다음해 봄부터 정식으로 품앗이에 끼게 되는 거다.

대개 이럴 때 결정권을 가진 것은 동네 일꾼들 중에 우두머리 역할을 하는 선소리꾼이라는 사람으로 다른 것은 모르지만 그 동네의 농사일에 관해서는 어느 날 누구네 일을 하고 어느 날은 누구네 일을 한다는 결정권을 가지고 있다.

그렇다고 해서 하루 품값을 더쳐서 주는 것은 아니지만 그에게 밉보이게 되면 농사작업을 항상 뒤늦게 해야 되기 때문에, 그의 권한은 상당한 것이라서 다른 것은 몰라도 농사일에 관해서만은 그의 의견에 따라야 되는 거였다.

요즈음은 농촌에서는 농사일을 돈으로 품을 사서 한다고 한다. 우리나라 농촌 고유의 품앗이 습관이 사라져 버렸고 선소리꾼이라는 게 없어져 버렸다고 한다.

요즈음이 음력으로 정월하순. 이제 곧 못자리판을 만들거나 겨우내 무너져 내린 논두렁 가래질을 할 시기가 가까워 오고 있다.

집에 한 장밖에 없는 음력표시가 되어 있는 달력을 들여다보면서 옛날 생각을 해 본다.

지경다지기

옛날이나 지금이나 집 즉, 주택이라는 것은 의, 식, 주라고 해서 인간이 살아 나가는데 중요한 역할을 하는 것이다.

현대는 복부인이니 부동산 투기니 하면서 부동산에 열을 올리고 있지만, 옛날에는 자기가 살아갈 집을 마련한다는 소박한 의식이었기 때문에 동네사람들이 모두 자발적으로 도와주곤 했었다.

내가 어릴 때 우리 고장에서는 대개 농사일은 시작하기 전에 집을 짓는 일을 하곤 했었다.

그것도 거창하게 하는 것이 아니라 그동안 틈틈이 박아 놓은 흙벽들을 쌓아서 짖는 아주 초라한 초가삼간이지만 그래도 집을 지을 터만은 단단하게 다져야 되기 때문에 대개 밤에 동네 사람들이 모여서 지경 다지기라는 것을 하곤 했었다.

그 당시에는 시골 인심이라는 게 아주 후해서 집 없이 지내던 사람이 그 동네에서 밥술이나 먹는 집에 찾아 가서 사정을 이야기하고 집터를 조금만 빌려 달라고 하면 대개는 그러라고 허락을 하는 거다.

지금 생각하면 그야말로 호랑이 담배 피우던 시절의 이야기 이지만 실제로 내가 어릴 때 고향에서는 그런 것이 아주 보통으로 여겨지곤 했었다.

터가 준비가 되면 식구대로 나서서 흙벽돌을 박거나 산에 가서 슬며시 석가래감을 베어다가는 껍질을 벗겨서 감추어 두거나 짚으로 이엉을 엮어서 준비를 하면서 땅이 풀릴 때를 기다린다.

땅이 풀리고 아직 농사철이 되기 전에 동네 집집마다 다니면서 며칠 날 밤에 지경을 다지니 와 달라고 사정을 한다.

지경을 다지는 날이 되면 집집마다 한두 명씩 사람들이 모여서 떠들면서 지경이라는 것을 다지는데 이게 상당히 재미가 있다.

우선 가운데에 커다란 돌을 가져다 놓고 그 돌에 동아줄을 여러 가닥 묶어서 어른들이 빙 둘러서서 동아줄을 잡아 당겨 이 돌멩이를 하늘로 치켜들었다가는 쿵하고 내리 치는 거다.

이때 선소리꾼은 북을 두들겨 가면서 사설을 노래로 엮어서 읊는데 대개는 "어느 곳 어느 동네 누구누구가 이번에 새로 집을 지어서 이번에 지경을 밟소!"하면 둘레에 있던 사람들이 "에헤 지경이요!"하며 일제히 후렴을 목청껏 지르면서 동아줄에 맨 돌멩이를 높이 치켜들었다가 쿵하고 내리치곤 한다.

이렇게 집터를 빙빙 돌아다니면서 골고루 꼭꼭 다져서 나중에 집이 기울지 않게 하는 거다.

이러다가도 가끔씩 쉬면서 집주인이 준비한 막걸리로 목을 축여 가면서 다지는데 집의 크기에 따라서 다르지만 큰집을 지으려면 하룻밤에 다 다지는 게 아니라 이틀 혹은 사흘씩 걸리기도 했다.

그리고 이날 준비하는 막걸리와 안주도 그 집의 형편에 맞추어서 준비를 하는데, 못사는 집이 벽돌집을 짓는 경우에는 다소 모자라도 아무도 탓을 하지 않고 그런대로 골고루 나누어 마시곤 하지만, 다소 있는 집이 술이나 안주가 아까워서 조금 밖에 내놓지 않으면 건성건

성 다지는 체만 하고 제대로 지경을 다져 주지 않는 거다.

이 지경이라는 게 집을 지은 후에는 도저히 어쩔 도리가 없는 거고 또 제대로 다지지 않으면 나중에 집이 기울게 되는 등 아주 중요한 일이기 때문에 아무리 자린고비라고 해도 이날만은 모인 사람들이 아주 흡족해 할 정도로 술과 안주를 준비해야 하는 거다.

이제 얼었던 땅이 녹을 계절이 되었다.

휘영청 밝은 달빛 아래 지금은 완전히 사라져 버렸을 지경 다지는 선소리꾼의 북소리와 목청 좋은 사설 소리가 들려오는 듯하다.

앵두나무

내가 자란 고향 옛날 집 앞마당에 묵은 앵두나무가 한그루 있었다. 매년 이른 봄이면 어김없이 꽃을 피웠고, 초여름이면 빨갛게 속이 들여다보이는 투명한 열매를 우리에게 제공해 주었다.

그러나 사실 앵두는 시기만하고 그다지 단맛이 많지 않고 또 아무리 먹어도 씨를 뱉어 버리면 목구멍에 넘어 가는 건 별로였다. 그래도 단것에 주려서 언제나 걸근걸근하던 당시 앵두는 참으로 좋은 군것질거리였다.

아마 앵두가 다른 과실들이 익는 때와 같은 시기에 익는다면 아무도 거들떠보지 않겠지만 초여름 다른 과실들이 아직 익기 훨씬 전에 가장 빨리 익기 때문에 그래도 햇과실이라고 대접 받았지 않았나 생각 된다.

잘 익은 앵두를 따서 깨끗이 씻어 그 당시에는 귀한 설탕을 조금 뿌려서 먹으면 그냥 그대로 먹을 만했었다. 그러나 그냥 먹는 것 보다는 술을 담그면 술 빛깔이 아주 곱기 때문에 술을 담곤 했었다.

앵두나무하면 머리에 떠오르는 게 어릴 때 유행을 하던 유행가 "앵두나무 우물가에 동네 처녀 바람 낫네……"로 시작하는 김정애씨가 부른 '앵두나무 처녀'가 머리에 떠오른다.

그 유행가가 유행 할 당시엔 나는 아직 어려서 뜻도 제대로 알지

못하면서 남들이 부르니까 목이 터져라 큰소리로 부르곤 했던 노래
이다.

지금도 그 노래를 들을 때마다 초가지붕들이 옹기종기 이마를 마
주대고 있는 마을과, 저녁나절이면 동네 우물로 머리에 물동이를 이
고 물 길러오는 아낙네들의 모습이 머리에 떠오른다.

내가 자란 고향이 바로 그런 시골이었기에 더더욱 그런 고정관념
이 머리에 자리 잡고 있는지도 모른다.

지금은 20여 층 고층 아파트가 밀림처럼 들어차 버린 내 고향, 옛
날의 정취라고는 찾아볼 수 없이 변해버린 내 고향이지만 지금도 눈
을 감으면 내 고향은 내가 어릴 때 모습 그대로 남아 있는 거다.

가끔 고향집을 갈 때마다 지금은 흔적도 없이 변해버린 앞마당에
서서 이쯤에 앵두나무가 있었지, 이쯤에 라일락 나무가 있었지, 이
부근에 석류나무가 있었지 하며 옛날 마당에 있던 나무들을 머리에
그려 보곤 한다.

지난번에는 내가 마당에 서서 옛날을 회상하고 있으니까 누님도
어느 틈에 내 곁에 와서 옛날 회상을 하면서 한때를 보냈다.

또 한 가지, 지금은 두 분 다 저 세상으로 가 버리셨지만 아버님이
생존해 계실 때 아버님을 마지막 뵈었을 때 부모님 두 분을 앵두나무
앞에 나란히 서시게 하고 사진을 찍어 드린 것이 있다.

지금도 내 방에 걸려 있는 그 사진을 볼 때마다 두 분 생존시에 못
다 한 효에 대한 후회에 가슴이 쓰려온다.

왜 뜬금없이 앵두나무 타령인고 하니 요즈음 취미로 가꾸고 있는
앵두나무 분재에 화사한 꽃이 피어서 매우 아름답다. 그 화사한 앵두

꽃을 들여다보니 어릴 때 생각이 간절히 나서 또 쓸데없는 잡글을 끄
적여 본다.

　세월은 흐르고, 고향도 덩달아 몰라보게 변해 버리고, 남은 건 머
릿속에 간직되어 있는 변하지 않는 추억뿐인가 보다. 🌸

개백정

매일 아침 산보를 가는 요요기공원에는 이른 아침부터 개 산보를 시키려고 개를 끌고 오는 사람들이 많아서 여기저기서 개 짖는 소리가 들려오곤 해서 그 모습을 보다가 요즈음 사어死語가 된 말 중에 개백정이란 말이 얼핏 머리에 떠올랐다.

지금 같으면 남의 집 개를 마음대로 잡아 간다는 것은 어림 반푼도 없는 이야기이지만 옛날에는 엄연히 존재하던 일로, 아마도 연세가 지긋하신 분들은 어릴 때 직접 보셨든가, 소문을 들으셨든가 한 적이 있으리라고 생각한다.

내가 어릴 때 여름만 되면 심심치 않게 광견병狂犬病이 유행하여 매년 봄이면 광견병 예방주사를 맞히라고 공보하지만, 대개의 경우 귀찮기 때문에 예방주사를 맞히러 가지 않기 때문에 여름이면 광견병 환자가 발생 했다는 소문이 들린다. 그럴 때마다 행정기관에서 허가를 받았다고 하는 개백정들이 들개 박멸이라는 이유로 동네로 돌아다니면서 매어놓고 기르지 않는 개들을 잡아가곤 했었다.

지금 생각을 하면 읍내의 보신탕 업자들이 공무원들을 부추겨서 그 짓을 한 게 아닌가 하는 생각도 들지만 확인 할 방법이 없다.

그들은 공무원도 아니면서 무슨 큰 세도나 있는 것처럼 3~4명이 손에 갈구리나 몽둥이 또는 로프나 쇠사슬을 들고 마차를 끌고 동네를 돌아다니면서 집밖으로 돌아다니는 개들은 보는 대로 잡아 마차에 싣고 가곤 했었다.

간혹 개 주인이 우리집 개를 왜 잡어 가느냐고 항의를 하면 개를 매어놓지 않고 기른 것이 잘못이라고 눈을 부라리면서, 술에 취해서 허옇게 버캐가 긴 입으로 술 냄새를 풍풍 풍겨 가면서 적반하장격으로 개 주인을 닦아세우니 순박하기만 한 시골 사람들은 어쩔 수 없이 당하기만 하곤 했었다.

그 개백정들이 왔다는 소문만나면 집집마다 대문을 걸어 잠근다, 사립문을 닫는다 하면서 개를 매어놓느라고 야단들을 치지만 워낙 강아지 때부터 한 번도 매어놓고 기르지 않아 천방지축으로 돌아다니면서 자란 시골 똥개들은 잠시 동안이라도 매어 있는 게 싫어서 난리발광을 치곤했었다.

가끔 풀어놓은 개를 뒤쫓다가 남의 집 울안으로까지 들어가는 경우가 생겨서 그때마다 그 집 주인과 시비가 벌어지곤 했지만 워낙 목자가 사나운 사람들이 한꺼번에 설치니 대개의 경우 주민들이 지곤 했었다.

그래서 우리 고장에서는 못된 사람을 개백정 같은 놈이라고 하는 욕이 있을 정도로 그 사람들은 일반 사람들이 상대를 못하는 별종으로 치부하곤 했었다.

그들도 자기들이 일반 주민들로 부터 제대로 인간대접을 받지 못하는 사람이라는걸 알고 있었다. 그래서 악착같이 개를 잡아 읍내에 있는 개장국집에 한마리라도 더 팔아야만 수입이 많아지기 때문에 돌아다니는 개만 보면 무슨 수를 쓰더라도 한마리라도 더 잡아가려고 기를 쓰게 마련이었다.

　이제는 완전히 사어가 되어버린 개백정이란 단어.

　삼복더위가 기승을 부리는 요즈음, 보신탕이 천세나는 계절에 아침 산보 길 공원에서 만난 수많은 개들을 보면서 슬며시 그 단어가 머리에 떠올랐다.

노고지리

길고 길던 겨울도 지나고 아지랑이가 아롱거리기 시작하면 밭에 심어 놓은 보리들도 파랗게 자라기 시작한다.

이맘때가 되어 새파랗게 자란 보리밭에는 노고지리(종달새)가 날개를 파닥파닥 해 가면서 한 곳에 멈추어서 자지러지게 울어대고, 양지 쪽에서는 나물 캐는 처녀들의 모습이야말로 봄날 시골의 풍정이 아닌가 하는 생각이 들어간다.

노고지리는 적으로 부터 자기들의 집을 지키기 위해, 적의 시선을 다른 곳으로 돌리기 위한 시위로, 사람들이 자기 집 근처로 오기만 하면 하늘로 날아 올라가서 자지러지게 울다가는 쏜살 같이 보리밭 골로 내려앉곤 한다. 그러나 머리가 비상해서 자기 집근처에 앉는 것이 아니라 될 수 있는 대로 먼 곳에 내려앉아서 사람들의 시선을 그 곳으로 돌리게 만드는 거다.

항상 노고지리가 내려앉는 곳을 찾다 허탕을 치곤하면 나이가 나보다 서너 살 위인 동네 형들이 요령을 가르쳐준다.

그 요령이란 것이 다른 게 아니라, 노고지리가 내려앉은 곳에서 멀찍한 곳을 눈여겨 살펴보라는 것이어서 그대로 하면 어렵지 않게 면 둥우리를 발견을 할 수가 있고, 그 둥우리 안에는 새알이 네댓 개쯤 있곤 했다.

동무들과 참꽃(진달래)을 따 먹거나, 칡을 캐 먹거나, 송기를 만들어 먹으며 다니다가 심심한데 새알 구워 먹자고 의견이 모아지면 제 나름 대로 새집을 찾기 위해서 흩어진다.

가장 횡재를 하는 것은 큼직한 꿩알이지만 이건 아주 재수가 좋은 날이 아니면 좀처럼 찾을 수 없다. 그러니까 만만한 게 노고지리나 산새 알이다.

5~6명이 떼로 보리밭가로 몰려가서 왔다갔다하고 움직이면 틀림 없이 노고지리가 날아 올라가서 시끄럽게 울어댄다. 한참 그렇게 내 버려두면 이놈이 밭으로 내려앉는데 이때 친구들이 우우 몰려가서 노고지리가 앉은 근처를 철저하게 수색한다.

운이 좋으면 새집을 발견 할 수가 있고 그러면 거기에 낳아 놓은 새알을 모조리 꺼내 가지고 근처 밭에서 큼직한 파를 하나 잘라 새알 을 모두 깨어 넣고 불을 피워 파가 새카맣도록 구우면 그 속에 들은 새알이 근사하게 익어 맛이 좋았었다. 매일 이 짓을 하고 다니니까 요령이 생겨서 아예 집에서 나갈 때 소금을 조금 준비해 가지고 다니 곤 했었다.

지금 생각하면 참으로 못할 짓이었다고 후회도 들어가지만 그 당 시에는 조금이라도 더 먹기 위해서 눈에 쌍심지를 켜고 새집을 찾으 려 두리번거리곤 했었다.

겉의 파가 새카맣게 탄 것을 인원수대로 공평하게 잘라서 왕소금 을 조금 뿌려서 먹던 그 맛. 지금도 그 노고지리의 울음소리와 그때 구워먹던 새알의 맛이 아련히 기억이 되는데, 함께 놀던 동무들은 모 두 뿔뿔이 흩어져 버리고 저 세상으로 가 버린 동무들도 있다.

싸이나

지금 이야기는 뒷산 호랑이가 담배를 뻐끔뻐끔 피울 때의 이야기니까 절대로 흉내를 낸다거나하는 일이 없기를 빌면서 또 하나 어릴 때 이야기를 까발려 보고자 한다.

겨울에 시골에서 청년들이 고기는 먹고 싶지만 그렇다고 시도 때도 없이 닭을 잡아먹을 처지도 못되니, 산에 돌아다니는 꿩이 표적인데 이놈의 꿩이 약기가 보통 약은 게 아니라서 좀처럼 잡혀 주지 않는다.

요즈음은 어림도 없는 이야기겠지만 내가 어릴 때 겨울에 읍내의 약국에 가서 "싸이나 좀 주세유"하면 덩어리로 된 싸이나(청산가리)를 팔곤 했었다.

이놈을 사다가 곱게 가루로 만들어 콩에 구멍을 뚫고 그 구멍 속에 귀이개로 가루가 된 싸이나를 넣고 초로 땜을 해 둔다.

그리고는 눈이 오기를 기다리다가 눈이 내리면 이제부터 싸이나를 놓으러 산으로 가는데 그냥 아무데나 독이 든 콩을 뿌려 놓는다고 꿩이 집어 먹는 게 아니다. 먼저도 말을 했지만 꿩이란 놈이 약기가 보통 아니라서 여기저기 콩알이 있어도 절대로 주워 먹지 않는다.

자 이제 부터 꿩과 인간과의 지혜 겨루기가 시작 되는 거다.

눈이 내린 날 아침에 짚을 한 지게 지고 산기슭에 있는 밭으로 가서 밭두렁에 가지고간 짚으로 두어군데 불을 놓는다. 한참 있다가 불이 완전히 꺼진 후 재가 식기를 기다려 검은 재속에 독이든 콩알을 몇 개씩 뿌려 놓고 그 숫자를 정확히 기억을 해둔다.

꿩이란 놈이 온 산이 눈에 덮여 먹이가 없는데 재속에 콩이 들었으니까 이건 안심을 해도 된다고 생각 하고 집어 먹는 거다. 그러나 그 콩을 먹었다고 해서 꿩이 금방 그 자리에서 죽는 게 아니니까 그 다음이 또 대단한 거다.

독이든 싸이나를 뿌려 놓고 나면 매일 아침 날이 밝기도 전부터 어제 싸이나를 놓은 곳에 가서 꿩들이 독이든 콩을 먹었나 안 먹었나를 조사하고 먹었으면 곧바로 산으로 가서 다북솔 밑이라던가 풀섶 등을 가지고 간 작대기로 헤쳐 보면서 꿩을 찾아야 되는 거다.

만약 이때에 제대로 찾지 못하면 엉뚱한 사람이 횡재를 하는 수도 있기 때문에 눈에 불을 켜고 온 산을 이 잡듯 뒤지고 다닌다. 그러다 보면 운이 좋은 날은 다북솔 밑에 죽어서 꽁꽁 얼어붙은 꿩을 발견을 할 때가 있다. 그때 느끼는 두근두근한 기분은 해보지 않은 사람은 상상도 하지 못할 정도로 기분이 째지게 좋은 거다.

돌덩어리 모양으로 딱딱하게 얼어붙은 꿩을 집어 들고 와서는 우선 배를 가르고 내장을 전부 꺼내서 버린다. 그리고 나서는 보통 닭 잡는 식으로 잡아 요리를 해 먹는데 이게 둘이 먹다 하나가 청산가리 중독으로 죽어도 모를 정도로 맛이 좋은 거다.

우리고장에서는 정월 만두 속으로 꿩고기를 제일로 쳤기 때문에 음력 섣달 그믐께가 되면 꿩을 잡기 위해서 너도나도 싸이나를 놓지만, 어느 꿩이 누가 놓은 싸이나를 먹고 죽었다는 보증이 없으니까 눈 밝은 놈이 먼저 발견하면 장땡 한 거다.

그 독성이 강한 청산가리를 이렇게 무방비상태로 사용을 했다니 놀라운 이야기이고, 매년 겨울이면 그 짓을 반복하면서 지냈는데도 겨울에 싸이나로 꿩 잡아먹고 청산가리 중독이 되어 죽었다는 이야기는 들어보지 못했다.

참으로 무지보다 더 무서운 건 없는 법이다. 그야말로 호랑이 담배 피울 때의 이야기인거다.

비석

내가 태어나서 자란 시골의 고유 이름은 비석거리 또는 비선거리라고 하는 마을이었다. 그렇다고 동네 여기저기 비석이 있는 것도 아닌데 도대체 왜 이런 이름이 붙었는지 몰랐고 지금은 거의 잊힌 이름이지만, 옛날에는 모두가 한문식 동네 이름보다는 우리 고유의 동네 이름으로 부르곤 했었다.

그런데 동네에는 아주 옛날 충주로 내려가는 길이 있었다고 하는 곳이 있는데 그곳에 지금은 마멸되어 잘 판독이 되지 않지만 누군가의 송덕비가 하나 있다.

송덕비라고 해도 그럴듯한 송덕비가 아니라 그냥 맨 비석이 삐뚜름하게 서 있는 게 아마 대단치 않았던 사람이 다른 곳으로 전근을 가게 되어 주민들이 그냥 있을 수는 없고 그럴듯한 송덕비를 마련하기에는 돈이 달려서 어느 무덤가에나 있음직한 초라한 송덕비를 세워준 게 아닌가 하는 생각이 들어간다.

보통 송덕비라는 게 이름은 그럴듯하지만 따지고 보면 백성들의 고혈을 짜서 강제적으로 세우는 게 많았고, 비석의 뒷면을 보면 대개가 언제부터 언제까지 이고장의 수장으로 백성들을 위해서 많은 일을 했다는 판에 박은 글귀가 적혀 있기 마련인데 이 비석은 아무것도 적혀 있지 않다.

오늘은 왜 이렇게 장황하게 그 볼품없는 비석을 들먹이냐 하면 지난번에 고향에 갔을 때 옛날을 생각하고 그 비석을 자세히 살펴보니 지금은 죽고 없는 어릴 때 불알친구가 한 낙서가 보였다.

그 낙서를 할 당시는 새마을 운동과 더불어 농촌청년들에게 4-H운동이 활발하게 전개가 되어 마을마다 마을 입구에 무슨 부락 4-H클럽이라고하는 표지판을 만들어 세우게 했었다.

대개의 경우 폐총이 되어버린 옛 무덤가에 버려져 있는 비석을 옮겨다가 겉면을 다듬고 그 위에 무슨 4-H클럽이라고 새겨서 세우거나, 아니면 시멘트로 비석 같이 만들어서 세우곤 했었는데 우리 동네에도 그 열풍이 불어 동네 젊은 청년들이 손쉬운 대로 지금까지 아무도 돌보지 않는 마을안의 비석을 이용하자는 의견들이 돌았다.

날을 잡아서 동네 청년들이 그 비석을 옮길 준비를 하고 모이자 그 비석 바로 앞집에 사는 무당이 손사래를 치며 집에서 뛰어 나와서 그 비석을 옮기면 안 된다고 야단을 하기 시작했다.

청년들은 아무도 돌보지 않는 이까짓 비석이 무슨 가치가 있다고 그러느냐고 대들어도 무당은 입에 거품을 뿜어가면서 그 비석이 있기 때문에 이 동네가 비선거리라는 이름이 생겨났고, 또 이 동네의 수호신과도 같은 것이기 때문에 함부로 옮기거나 훼손을 하면 안 된다는 거였다.

소란이 커지자 다른 사람들도 나와서 공연히 함부로 건드렸다가 동티라도 나는 날이면 귀찮아지니까 다른 것으로 하라고 청년들을 타일렀다.

이쯤 되자 옮기자는 패보다는 다른 걸 찾아보자는 패가 많게 되어 그 비석은 그대로 두기로 결정이 되었는데 친구 하나가 비석을 옮겨 가면 글씨를 새기려고 손에 들고 있던 망치와 정으로 무엇인가 새기기 시작했다.

무엇을 새기나 자세히 보니까 그 당시 우리들이 졸업 한 중학교의 교훈이 사랑. 충성이었는데 이 네 글자를 새기는 거였다.

그것도 정면이 아니라 귀퉁이에 그리 크지도 않게 조금 흠집이 날 정도의 깊이로 금방 뚝딱거려 새기고 나서 득의양양하게 둘레에 서 있던 우리들을 돌아보면서 "어때 잘 새겼지"하곤 씩 웃었다.

그러고 난후 세월이 40년 이상 흘러 이제는 동네에 그때를 기억하는 사람도 거의 없어진 요즈음 고향에 갔다가 지금도 그 자리에 옛날처럼 삐뚜름하게 서 있는 그 비석을 자세히 보니 귀퉁이에 희미하게 사랑 · 충성이라는 글자를 읽을 수 있었다.

새긴 사람은 이미 저 세상으로 가서 없어지고 낙서만은 아직도 남아 있지만, 그 낙서를 자세히 살펴보는 사람도 또 그 낙서의 유래를 아는 사람도 이젠 별로 없다.

세월이란 이렇게 흘러가고 남는 건 추억뿐인가 보다.

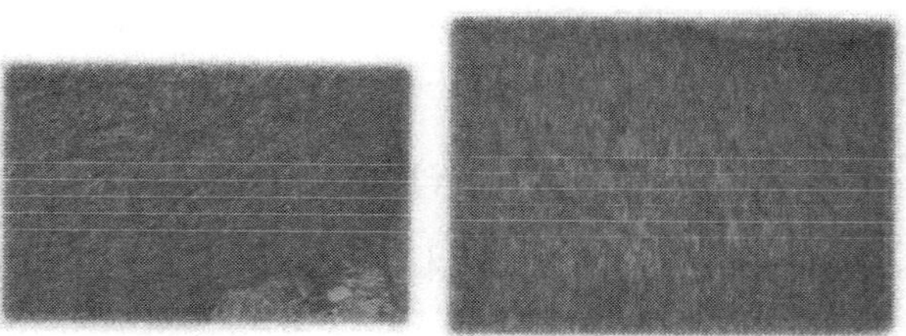

새긴 사람은 이미 저 세상으로 가서 없어지고 낙서만은 아직도 남아 있지만……

잿꾸러미

일전에 영월에서 전통 혼례식이 있었다는 소식을 듣고 국내에 살기만 했으면 틀림없이 가서 어렸을 때 보았던 전통 혼례식을 감회 깊게 보았을 텐데 사는 곳이 멀어 직접 참석은 못하고 사진만 보면서 옛날 생각에 잠겼었다.

그 혼례식이 거행이 되기 며칠 전에 카페에 잿꾸러미란 말을 했더니 잿꾸러미를 모른다고 하는 분이 있어서 영영 사라져 가는 우리 전통 장난에 대해서 자세히 이야기를 하려고 한다.

잿꾸러미란 옛날 시골에서 혼례식을 할 때 신랑이 네 사람이 메는 지붕 없는 교자를 타고 신부댁 마당에 차려진 초례청으로 들어갈 때, 신부집 문밖의 골목길에서 그 동네 장난꾼들이 잿간에서 재를 퍼다가 창호지에 싸서 신랑에게 던지는 행위로, 원래는 신랑에 묻어서 초례청으로 들어오는 악귀를 쫓는 행위라고 하지만 그건 어디까지나 명목뿐이고 신부네 동네 청년들이 자기 동네 신부를 신랑에게 빼앗기는 분풀이를 하기 위해 신랑을 골탕 먹이는 의미가 더욱 컸다고 생각한다.

신랑도 의례 잿꾸러미의 세례를 받을 것을 각오해서 사모관대위에 홑이불이나 담요 같은 것을 뒤집어쓰고 교자위에 앉아 있고, 교자를 메는 사람들도 얼굴에 수건 등을 감고 단단히 채비하고 메고 들어오게 마련이다.

　신부의 동네 청년들 입장에서 보면 신랑 녀석을 골탕 먹이려고 잔뜩 벼르고 기다리고 있었건만 신랑이 담요를 뒤집어쓰고 앉았으니 잿꾸러미를 아무리 던져도 맞지 않으니 화가날수 밖에 없는 노릇이다.

　그러니까 원래 잿꾸러미에는 재만을 싸야 되는데 그 속에 인분 같은걸 섞어 던져 온통 구린내가 진동하도록 하는 패들도 있고, 아예 삼태기에 재를 한삼태기 담아 가지고 신부 집으로 들어가는 골목 지붕위에 숨어 있다가 지붕 밑으로 교자가 지나갈 때 삼태기째로 뒤집어씌우기도 했다.

　삼태기째로 재를 뒤집어썼으니 숨을 쉴 수 없음을 물론이려니와 앞이 보일리가 없으니 교자 위에 앉은 신랑도, 교자를 메고 들어가던 교군들도 모두 죽을 노릇이다.

　초례시간은 되었는데 문밖에서는 아우성소리만 들리고 신랑이 들어오지 않으니 초례가 시작이 되지 않아서 동네 어른들이 나가서 동네청년들을 쫓아 버리고서야 겨우 신랑이 입장하게 된다.

　그때의 신랑의 몰골이란 참으로 가관이었다.

　모처럼 장가든다고 희멀겋게 차리고 왔건만 삼태기로 재를 뒤집어썼으니 아무리 담요로 방비를 하기는 했다고 하지만 눈물에 콧물에 얼굴이 얼룩져 있고 연신 재채기를 해대는 등 볼만 했었다.

　지금과 달리 장난을 칠 기회가 별로 없었던 시절 재미있던 우리 고유의 장난이었다고 생각한다.

　내가 그 장난을 본 게 지금으로 부터 50년 이전의 일이고, 직접 그 장난을 즐기던 당시의 청년들은 모두 70이 넘었으니 이 장난도 시대

의 흐름에 따라서 사라져 가는 우리나라 고유의 풍습 중 하나라고 생

각한다.

자주감자와 감자녹말

비가 오는 창밖을 내다보면서 컴퓨터를 열고 자주 드나드는 카페를 들어가 보니 햇감자 이야기가 있어서 불현듯 어릴 때 생각이 나 몇 자 끄적여 본다.

내 고향에서는 감자라고 하면 모두 자주 감자였고, 지금의 흰 감자는 별로 볼 수가 없었다.

자주 감자란 감자 겉껍질 색깔이 자주색이 나는 감자로 흰 개량종 감자에 비해서 수확이 떨어지기 때문에 지금은 완전히 사라져 버렸다고 하는데 내가 어릴 때는 집집마다 자주 감자가 병에 강하고 맛이 좋다고 많이 심었다. 그래서 감자라고 하면 으레 자주 감자가 머리에 떠오르곤 한다.

어릴 때 보리 이삭이 누릇누릇 익어 가는 초여름이 되면 집집마다 보릿고개가 시작 되는 거다.

때가 되면 감자밭에 가서 감자를 파다가 반쯤 닳아빠진 놋숟가락으로 득득 긁어서 껍질을 벗기고 솥에 넣고 쪄서 밥 대신으로 식구대로 둘러앉아서 먹곤 하던 감자가 바로 자주 감자였다.

큰놈들은 식용으로 쓰지만 잔챙이 감자는 일일이 껍질을 까기도 귀찮으니까 동네 우물 옆에 항아리를 가져다 놓고 항아리에 넣어서 썩혀 감자녹말을 만들었다.

이 감자녹말이라는 게 말로는 대수롭지 않게 들리지만 실제로는 만드는 과정에서 냄새가 아주 고약하고 또 번거롭기 짝이 없는 거다.

그것도 한 집만이 썩히는게 아니라 집집마다 그만그만한 항아리를 동네 공동우물가에 내다 놓고 감자를 썩히니 동네 전체가 구린내가 등천했다.

잔챙이 감자를 항아리에 넣고 물을 부은 다음 위에 짚으로 따리처럼 둘둘 말은 것을 올려놓고 며칠이 지나면 항아리 위로 부글부글 거품 같은 게 떠오르면서 슬슬 썩은 냄새가 나기 시작한다. 그러고도 며칠이 더 지나면 본격적으로 냄새가 나고 감자 껍질이 위로 떠오른다.

조심조심 감자 껍질을 모두 버리고 나서 물을 붓고 손을 넣어서 항아리 안의 물을 휘 저은 다음 녹말이 밑으로 가라앉을 때까지 그대로 두었다가 녹말이 밑으로 침전을 하면 윗물을 조심조심 버리고 다시 새 물을 담은 후에 손으로 휘저어 놓는다.

하루에도 몇 번씩 이 짓을 반복해서 불순물이 없는 흰 녹말만이 항아리 밑에 침전을 하게 되면 항아리에서 꺼내 햇빛에 말린다.

그런데 녹말을 만드는 과정에서 자주 물을 갈아 붓지 않으면 나중에 녹말에서 구린내가 나게 되어 그 녹말로 감자떡을 만들면 조금 구린내가 남게 된다.

어릴 때 여름이면 감자떡을 많이 먹었는데 어느 집의 감자떡이라도 조금은 냄새가 나게 마련이고, 감자떡하면 으레 냄새가 나는 줄 알았는데 요즈음 감자떡은 냄새도 없고 색깔도 예쁘고 맛이 기가 막히게 좋아서 이게 과연 감자녹말로 만든 건가 하는 의아심이 들어간다.

요즈음은 어쩌다 여름에 고향에 가도 감자떡 냄새가 하나도 나지 않는 게 마치 도회지와 같은 마을이 되어 버렸다.

자주감자와 감자 썩히는 냄새, 이것도 세월의 흐름에 따라 사라져 버린 옛날 시골 풍경 중 하나가 아닌가 생각된다.

입춘 立春

이곳은 음력표시가 되어 있는 달력이 흔하지 않아 한국음식재료상에서 얻어온 음력 표시가 된 달력을 자세히 보니 오늘이 입춘날이다.

어릴 때 입춘날이 되면 선친께서 벼루에 먹을 갈아서 대문으로 부터 시작해서 방마다 대들보 그리고 드나드는 문 위는 물론 대청의 기둥, 그리고 광문 부엌문에까지 새로 쓰신 입춘문을 붙이고 다니던 기억이 새롭다.

그 입춘문을 아무시간에나 붙이는 것이 아니라 매년 붙이는 시간이 정해져 있어서 꼭 그 시간에 붙여야 되고, 또 입춘 무렵이면 입춘 추위라고 해서 날이 몹시 추워 밀가루로 멀겋게 풀을 쑤어서 풀비(우리집에서는 이것을 갈이라고 불렀다)로 뒷면에 풀칠을 하면 이게 얼어붙어서 제대로 붙지 않아 애를 먹곤 했었다.

뺨은 얼어서 얼얼하고 춥기는 한데 손은 풀질을 해야 하기 때문에 장갑을 낄 수 없었다. 그래서 손이 시린걸 참을 수가 없어서 꾀를 낸게 불을 담은 화로에 풀 그릇을 올려놓고 들고 다니면서 붙이다가 한번은 일껏 쓰신 입춘문을 태워 버려 혼이 난적도 있었다.

입춘이라고 하면 또 하나 생각이 나는 일이 있다.

우리집이 서울에서 충주로 해서 경상북도 상주로 내려가는 국도3호선 도로변에 있었기 때문에 내가 어릴 때 저녁 무렵이면 하룻밤만 재워 달라고 하는 행객들이 가끔 들어오곤 했었다.

그러면 대개 일꾼들과 함께 저녁대접을 하고 그들 방에서 하룻밤을 재워 아침식사를 제공해서 보내곤 했었다.

하루는 저녁 무렵이었는데 그 많던 식구들이 모두 어디론가 가고 나 혼자서 대청에서 놀고 있는데 지나가던 길손이 행랑채를 지나서 안마당까지 들어와서 하룻밤만 재워 달라고 하기에 지금 집에 아무도 없으니까 나중에 다시 와 달라고 했다. 그랬더니 그냥 나가는 게 아니라 지팡이에 몸은 의지한 채 몸을 좌우로 흔들어 가면서 대청 기둥에 붙어 있는 입춘문을 큰 소리로 읽어 내려가는 거였다.

다앙사앙부우모오처언년수우堂上父母千年壽스을하아자아소온마안세에여엉膝下子孫萬世榮하면서 읽어 내려가더니 나 보고 그 글을 누가 썼느냐고 묻기에 아버님께서 쓰셨다고 했더니 고개를 끄덕끄덕하면서 참 좋은 구절이라고 하는 거였다.

어린 마음에도 이 사람은 글을 배운 학식이 있는 사람인가 보구나 생각했던 게 지금도 기억에 새롭다.

오래전에 시골집을 뜯고 새로 현대식으로 지으면서 어머님께서 옛날 선친께서 쓰신 입춘문을 곱게 뜯어서 액자에 넣어 보관 하셨는데 지금은 그것이 어디에 있는지 알 길이 없다.

부질없는 세월은 흘러 입춘문의 글귀들은 아직도 아련히 기억이 되는데 이제 입춘문을 붙이는 습관도, 그리고 저녁이면 하룻밤만 재워달라고 찾아들던 길손들의 모습도 먼 옛날 이야기가 되어 버렸다.

나 혼자만이 추억을 되씹으면서 옛날을 그리워하면서 지내고 있는 거다. 🌻

내가 일본에서 살게 된 내력

결혼까지의 이야기

내가 집사람과 결혼을 하게 된 것은 우연한 기회에 시작 한 펜팔이 인연이 되어서이다.

겨울이면 언제나 하는 과수원 전지 아르바이트를 하기 위해서 대학시절의 후배 한명을 데리고 금촌이라는 곳에 가서 사과 과수원의 전지 일을 하던 중 눈이 와서 눈이 녹을 때까지 며칠 일을 할 수가 없게 되어 일도 하지 않으면서 빈둥빈둥 놀기가 싫어서 후배와 함께 눈이 녹으면 다시 오겠다고 하고 서울로 돌아오던 길에 타고 있던 버스의 라디오에서 한국인과 펜팔을 원하는 일본의 여고생이 있다고 하는 방송을 들었다. 서울에 내려서 국제우체국 뒤에 있는 펜팔소개 회사에 가서 가입금을 내고 소개받은 것이 집사람이다.

나는 당시 과수원에 관한 책을 읽기 위해서 선친께 일본말을 배우고 있었지만 실력이라는 게 겨우 책에 있는 한문만을 읽어 내려가면서 어렴풋이 이런 말이 쓰여 있구나 하는 정도였다. 그래서 처음 집사람과 펜팔을 시작을 했을 때는 내가 한글로 편지를 써서 선친께 번역을 부탁드려 그것을 다시 내손으로 그려서 보내곤 했었다.

계속 편지를 주고받다가 펜팔을 시작을 한지 4년 후에 대학생이 된 집사람이 서울에 관광을 오게 되어 처음으로 만나게 되었다.

그때에도 통역으로 선친을 모시고 갔으니 젊은 남녀의 대화를 통역을 해주신 선친도 참으로 딱하셨다고 지금은 생각하고 있다.

이러구러 첫 대면이 끝나고 나도 집사람의 인상이 퍽 좋게 생각을 했었고, 선친께서도 퍽 예쁘게 보셨다. 집사람도 내 인상이 별로 나쁘지 않았는지 계속해서 편지를 주고받다가 대학 졸업 후에 대한항공 동경지점에 입사해서 자주 서울에 놀러 왔다가곤 했었다.

그러는 사이에 나는 나이가 결혼 적령기가 되어 여기저기에서 결혼 이야기가 들어 왔지만 번번이 거절하면서 지내고 있었다.

집사람과는 자주 만나는 사이에 정이 들었지만 서로의 입장 때문에 결혼하자는 이야기는 입 밖으로 꺼내지도 못하고 그냥 만나면 이천 집으로 데리고 와서 하룻밤을 재우곤 다시 동경으로 돌려보내곤 했었다.

상상으로는 집사람과 결혼을 했으면 하는 생각은 있었지만 농가의 장남으로 집안의 대를 이어야 한다는 생각에 나 자신도 애써 그런 생각을 지우려고 노력했고 또 어른들에게도 말도 못 꺼내고 지내고 있었다. 그러던 중에 하루는 선친께서 나를 사랑으로 부르시더니 "넌 도대체 장가를 갈 생각이냐 안 갈 생각이냐?"고 물으신다. 그래서 머뭇머뭇하고 있으니까 "네 마음에 두고 있는 여자라도 있는 게냐?"고 또 물으신다.

가만히 생각을 해보니 이런 기회가 아니면 다시는 일본인과 결혼 같은 이야기는 입 밖에 꺼낼 수가 없겠다고 생각하고 "사실은 지금 사귀고 있는 일본 애와 결혼을 했으면 하는 생각은 있지만 지금 제 입장이 그렇지가 못해서 말씀을 못 드리고 있는 겁니다. 조금 더 시간이 지나서 마음이 정리되면 결혼을 하겠습니다"라고 말씀을 드렸더니 잠시 아무말씀도 하시지 않고 담배만 피우시던 선친께서 "그럼 너는 그 애와 꼭 결혼을 하고 싶은 생각이 있는 게냐? 그리고 또 그 애의 생각은 어떠냐?"고 재차 물으신다. "저는 사정만 허락한다면 그 여자와 결혼을 하고 싶다는 생각입니다. 그 애의 생각은 아직 확인을 해보지 않았습니다"고 말씀을 드렸더니 "인간의 일생 만사 중에서 가장 중요한 게 결혼이라는 게다. 너 만약에 그 애와 결혼을 한다면 책임을 질수가 있겠느냐?"고 또 물으신다.

그때 만약에 책임을 못 진다고 하면 이야기는 끝장나는데 설사 내일 책임못질 일이 벌어진다고 하더라도 그때는 책임진다고 할 수 밖에 없는 입장이 아닌가.

"네 책임을 지겠습니다"고 말씀을 드렸더니 "남자가 책임을 진다는 건 대단히 무겁고 또 중요한 거다. 그런데 네가 책임을 진다고하면 애비는 네 어머니와도 이야기를 했지만 너와 그 애와의 결혼을 허가 하겠다"고 말씀을 하신다. 속담에 십 년 묵은 체증이 싹 가신다고 하는 말이 있지만 그때 내 기분은 그것보다 몇백 배 기분이 좋았었다.

그 당시 촌에는 전화가 없을 때여서 다음날 서울로 올라가 동경으로 전화를 해서 나와 결혼을 하자고 했더니 집사람이 첫마디에 그러겠다고 한다.

그래서 1973년에 우리들은 이천에서 결혼식을 올리게 되었다.

결혼은 했지만 내가 농업기술연수차 일본에 가서 1년간 연수를 받기로 되어 있었기 때문에 집사람은 동경에서 나를 기다리고 있었다. 1년간 연수생활을 끝내고 귀국 할 때 집사람을 데리고 귀국해서 전기, 수도, 가스 하나 없는 순 깡촌에서 순 한국식으로 생활을 함께 했다.

아내는 시부모를 모시고 살면서 때가 되면 뒷밭에 나가서 야채를 뜯어다가 반찬을 만들고, 부엌에서 솥에 불을 때서 밥을 짓고, 겨울에 시냇물에 가서 얼음물에 빨래를 빠는 그런 생활을 하는 동안 스트레스가 쌓여서 점점 건강이 좋지 않게 되어갔다.

처음에는 일시적이려니 생각을 했었는데 점점 상태가 나빠져서 지금까지 다니던 이천의 조그만 병원이 아니라 서울의 큰 병원에 가서 진찰을 받으니까 스트레스에서 오는 저혈압으로 스트레스를 풀어주지 않으면 완치가 되지 않는다고 한다.

참으로 딱하기가 짝이 없게 생겼다.

집사람의 스트레스를 풀어 주는 방법으로는 일본으로 보내는 방법밖엔 없는데 일시적으로 친정에 보냈다가 돌아오는 식으로는 도저히 완치가 될 것 같지도 않고, 그렇다고 내가 함께 일본에 가서 살 수도 없는 노릇이고 환장하게 생겼다.

선친이 그 눈치를 채시고 나더러 어떻게 할 것이냐고 물으신다. 집사람의 병명과 치료법등을 자세히 말씀을 드린 후에 "저는 이 집의 장남으로 부모님을 두고 일본으로 갈수는 없는 노릇이고, 그렇다고 일시적으로 친정에 보내는 정도로는 근본적인 치료가 되지 않는다고 하니 아무래도 제가 집사람과 헤어지는 수밖엔 없을 것 같습니다"고 말씀을 드렸더니 그때까지 아무 말씀 없이 담배만 피우시던 선친께서 벽력 같이 고함을 치시면서 "이놈아 네가 처음에 너 처와 결혼을 하고 싶다고 할 때 내가 네게 책임을 질수 있겠냐고 했을 때 넌 책임을 진다고 분명히 내게 말을 했는데, 사내자식의 책임을 지는 방법이 겨우 그런 게냐? 난 그런 식으로 자식 교육 시키지 않았다"고 하신다.

"그럼 어떻게 하면 좋으시겠습니까?"라고 여쭈니까 "네 외에도 아들이 둘이나 더 있다. 그러니까 집안 대 끊길 걱정일랑 말고 네 처를 데리고 일본으로 가거라. 그래서 네 처의 몸이 완전히 나았다고 판단이 서거든 다시 돌아 오거라"고 말씀을 하신다.

그렇게 해서 내가 일본으로 온지 1년 반 후에 선친께서는 간장암으로 세상을 뜨시고 말았다. 당시 일본의 비자를 받기 위해서 한 일이라던가, 선친의 간장암을 고쳐 보려고 당시 일본 정계의 흑막으로 유명하던 S라는 분을 만났던 이야기랑, 그분의 소개로 박대통령 주치의였던 서울대학교 민헌기 박사님과의 만남 등등에 대해서는 다음 기회에 또 이야기를 하고자 한다.

나의 일본의 생활을 이렇게 시작 한 거다.

여권과 비자 발급 이야기

선친의 허락이 떨어지고 나서 우선 집사람과 딸애를 일본으로 보내고 그 다음에 내가 일본으로 가기 위한 수속을 밟는데 이게 보통 힘 드는 게 아니었다.

이번에는 내가 어렵사리 여권과 비자를 받게 된 내력을 이야기해 보겠다.

1970년대 중반만 하더라도 아직 우리나라는 해외여행 자유화가 되기 이전이라서 그 당시 여권을 받아 본 사람이면 잘 알겠지만 여권을 발급 받는다는 것이 보통 힘 드는 게 아니었다.

또 어렵사리 여권을 받아도 발급일로 부터 6개월 이내에 출국을 하지 않으면 또다시 외무부 여권과에 가서 여권의 유효확인을 받아야 되는데, 이게 또 무슨 서류를 가지고 와라, 무슨 서류가 모자란다 하면서 사람의 애를 말리는 거다.

내가 사는 곳이 이천이라서 여권이나 비자 수속을 밟기 위해서 일일이 서울을 드나들기도 힘이 들거니와 한 번에 일이 끝나는 게 아니라 같은 곳을 수도 없이 많이 다녀야 되기 때문에 외무부여권과 근처의 소위 여행사라고하는 브로커들에게 돈은 얼마가 들어도 좋으니 내 여권을 발급 받아 달라고 상담을 했다. 내가 외국에 가려고 하는 이유를 물어보고선 한다는 소리가 그런 사정으로는 여권을 받을 수가 없다고 하며 선뜻 나서는 브로커가 없었다.

그래서 오기가 발동하여 모든 소속을 내가 직접 하였기 때문에 불필요한 경비는 한 푼도 들지 않았다. 우여곡절 끝에 여권은 발급받았지만 이제 부터 본격적으로 힘이 드는 일본 비자를 발급 받는 일이 남아 있었다. 비자도 일본대사관 근처의 난다 긴다 하는 브로커들이 모두들 고개를 설레설레 흔드는 바람에 내가 직접 수속을 했다.

그 당시에는 일본이라는 나라도 퍽 고루한 나라라서 결혼을 하면 여자가 남자네 집에 가서 살아야 된다는 고정관념이 지배하고 있었기 때문에 일본인의 남편인 나를 비롯한 외국적의 남편들에게 장기적으로 일본에 체류를 할 수 있는 비자라는 게 존재하지 않았었다(지금은 부부가 평등하다고 하여 남편들에게 쉽게 장기비자가 발급이 되고 있다).

일본 동경에서는 내처가 어린애를 업고서 매일 아침 출근 시간에 법무성 입구에 가서 일본의 법률의 부당함을 규탄하는 1인 데모를 1개월 정도 했다고 한다.

그러던 어느 날 지위가 높은 분(그분의 성함과 직함은 알지만 혹시 누가 될까봐 밝히지 않는다)이 내 처에게 따라 오라고 하더니 자기 집무실로 데리고 들어가서 사정 이야기를 하라고 하더란다.

그래서 내처가 그분에게 일본은 민주국가이고 거주의 자유는 헌법에도 보장이 되어 있는데 어째서 결혼하면 여자가 남자 측으로 가서 살아야만 되는가?라고 물으면서 나와의 관계를 설명하고 남편이 일본으로 올수 있도록 협조를 해 달라고 했다. 그분 말씀이 당신의 심정은 충분히 이해를 한다. 그러나 현재 일본의 입국 목적에 처와 동거를 하기 위해 발급하는 남편의 장기비자는 존재 하지 않으니까 곤란하다고 하면서 한참 생각을 하더니 편법을 가르쳐 줄 테니 그대로 하라고 이르면서 하는 말이 당신 남편이 서울에서 비자 신청을 하면 틀림없이 그 서류가 나에게 오도록 되어 있다. 그러나 먼저 이야기 한대로 합법적인 비자의 종류가 없으니까 일본국내의 어느 회사와 고용계약을 맺어서 취업을 하는 형식으로 서류를 접수하면 장기 비자를 내어 주겠다고 하는 언질을 주었다고 한다.

말은 쉽지만 얼굴 한번 보지 않은 사람과 고용계약을 맺어줄 회사가 흔하지 않은 거다. 다행히 집사람이 한국에 가기 전까지 대한항공 일본지사 예약센터에서 근무를 했기 때문에(지금은 예약업무를 모두 컴퓨터로 처리를 하지만 그 당시에는 예약센터에서 직접 전화로 예약을 받았다고 한다) 그 당시 친하게 지내던 여행사들을 찾아다니면서 사정이야기를 하였더니, 그중에 주식회사 일한관광日韓觀光이라고 하는 여행사의 사장이 처의 이야기를 듣고 나와의 고용계약서를 작성을 해 주어서 일본에 입국할 수가 있게 되었다.

내가 일본에 입국을 한 후 집사람이 아사히신문朝日新聞에 일본이라는 나라가 얼마나 편협한 국가인가 비판하고, 남녀평등인데도 불구하고 한국인 남편을 일본에 오도록 하기 위해서 얼마나 힘이 들었는가 하는 내용을 자세히 투고했다.

그 투고문이 계제된 신문이 발행이 되고 며칠이 지나자 여기저기에서 전화가 오기 시작하는 거다. 자기들 부부들도 우리 부부와 똑같은 사정인데 지금까지 비자를 받을 길이 없어서 애를 태우고 있는 중인데 자세한 길을 가르쳐 줄 수가 있겠느냐는 전화였다.

그때마다 우리 부부는 그 사람들과 만나서 아주 자세하게 설명해

주었고 일본이라는 국가는 전례前例만 있으면 무엇이건 해결이 되는 나라이기 때문에 그들은 나의 설명대로 수속을 하여 모두들 입국할 수가 있게 되었다.

그렇게 해서 일본에 입국을 한 가정이 열 가정이 되어 여명회黎明會라고 하는 친목회를 만들어서 1년에 몇 번 씩 가족 전부가 모여 즐기곤 했었는데 세월이 지나 그 멤버들 중에도 반 가까이 저 세상으로 가 버리고 말았지만 지금도 남아 있는 사람들끼리 가끔씩 만나서 즐기곤 한다.

이상한 인연들

내가 일본으로 와서 살게 된 후 1년 반쯤 지난 어느 날이었다.

근무를 하던 여행사에서 대한항공에 갈 일이 있어서 밖으로 나가다가 우편함을 열어 보니 나에게 큰누님과 동생의 편지가 두통이나 와 있었다.

보통 같으면 한통씩 오는 편지가 두통이 한꺼번에 온 게 조금 이상했지만 아무생각 없이 편지를 가방에 집어넣고 차를 운전하고 가다가 신호 대기를 하는 도중에 무심코 편지를 뜯어서 읽기 시작을 했다.

그 편지는 큰누님에게서 온 편지로 선친이 간장암이라는 진단이 나왔는데 일본의 마루야마와친이라는 게 잘 듣는다고 하니 그 약을 구해서 급히 귀국하라는 내용이었다. 그때까지는 말로만 듣던 하늘이 노랗게 보이는 감이 들어갔다. 서둘러서 일을 끝내고 회사에 돌아와서 가만히 생각하니 도대체가 믿어지지가 않는 거다.

우선 선친이 간장암이라는 사실 자체가 믿어지지가 않고 또 시판도 하지 않는 마루야마와친이라는 약을 어디서 어떻게 구입을 해야 옳을지가 판단이 서지 않는 거다(요즈음 같으면 컴퓨터로 두들기면 금방 해결이 되는 세상이지만 당시에는 그렇지가 않았었다).

그때 얼핏 머리에 떠오르는 게 당시 일본의 정계에서 대단한 영향력을 행사하고 계시는 분 중에 S라는 분이 계시는데 그분이 휴머니스트로 어려운 사정에 있는 사람들을 잘 도와주고 있다는 소리를 들은 기억이 떠올랐다.

되던 안 되던 물에 빠진 놈이 지푸라기라도 움켜쥔다는 식으로 그분이 회장으로 계신다고 들은 곳으로 전화를 걸었다. 전화를 받은 비서에게 사정이야기를 하고 회장님을 꼭 뵙고 싶다고 했더니 잠시 기다리라고 하다가 잠시 후 비서가 하는 소리가 지금 당장에 그 사무실로 올 수가 있느냐고 했다.

다행히 내가 근무하던 여행사와 그분의 사무실이 그리 멀지 않았으므로 한달음에 그분의 사무실로 갔다. 그분은 마침 미국의 주간지인 타임의 대만인 기자와 기자회견을 하고 있던 중이었는데 그 기자에게 인명은 무엇보다도 중요한 것이니까 기자 회견을 잠시 중단하고 이 젊은이의 이야기를 듣자고 말씀하고 나에게 자세한 이야기를 해 보라고 하신다.

당시 아직 일본에서 생활이 짧았던 까닭에 아주 서투른 일본말로 내가 일본에서 살게 된 내력이랑 한국인의 부모에 대한 효의 개념을 이야기한 후 현재 선친이 간장암으로 위독하다고 하며 나더러 마루야마와친을 가지고 오라고 하는데 어디에서 구해야 하는지를 몰라서 도움을 받기 위해서 왔노라고 했다. 가만히 듣고 있던 그분이 마루야마와친이란 일본의대日本醫大의 교수로 계시는 마루야마박사가 만드는 약인데 현재 시판은 하지 않고 시용품으로 나누어 주고 있는 것으로 아는데 자기는 일본 의대와는 관련이 없어서 미안하지만 도와 줄수가 없고, 그 대신 다까사끼의대高崎醫大의 사또佐藤라고 하는 교수가 있는데 그분이 암의 권위자로 그분의 연구를 돕고 있으므로 당신의 아버지를 일본으로 모시고 올수가 있으면 자기가 책임지고 다까사기 의대에서 치료를 받도록 협조해 줄 수가 있다고 한다.

그러면서 당시 박정희 대통령의 주치의로 게시던 서울대학병원의 민헌기 박사에게 소개장을 써줄 테니 서울에 가거든 그분과 의논을 하라고 하시며 그 자리에서 직접 서울대학교에 전화를 해 내 이야기를 하고 수일 내에 찾아 갈 테니 잘 부탁 한다는 말씀을 해주셨다.

그때 내 이야기를 곁에서 듣고 있던 장이라고 하는 대만인 기자가 나에게 꼭 마루야마 왁친이 필요하냐고 묻는다.

그래서 나는 그 약이 효과가 없다손 치더라도 자식 된 도리로 꼭 그 약을 가지고 가고 싶다고 했더니 잠시 전화를 빌려 달라고 해서 어디론가 중국어로 전화를 걸더니 나보고 자기의 친구가 마루야마교수의 조수로 있는데 그에게 약을 가지고 오라고 부탁했으니 좀 있으면 그 약이 도착할 거니까 안심하라고 말을 한다.

도대체가 어떻게 된 영문인지 예상치도 않던 방향으로 일이 흘러서 마루야마왁친을 그것도 보통은 30일분 밖에는 배포하지 않는 것을 60일분이나 구하게 되었다.

마루야마왁친을 구해 집으로 와서 곧바로 서울로 전화를 해서 큰누님에게 내일 몇 시까지 김포에 도착할 테니 선친이 병원에서 간장암이라고 진찰을 받은 카르테를 가지고 김포로 나오라고 연락했다.

다음날 김포에서 택시를 타고 곧바로 서울대학병원으로 가서 민헌기 박사를 만나 뵙고 선친의 카르테를 보여 주었다. 그분 말씀이 대단히 정확하게 진찰했기 때문에 다시 진찰할 필요가 없을 거라고 하면서 자기의 진단으로는 여명이 길어야 앞으로 3개월 정도 밖에는 없을 것 같다고 한다.

청천벽력 같은 소리에 나는 의자에서 벌떡 일어나서 바닥에 무릎을 꿇고 제 아버지를 의학의 재료로 써 주어도 좋으니까 나중에 원이나 없게 수술만이라도 해 주십사고 사정을 했다. 그러자 그분 말씀이 자기도 부모님을 모시고 있기 때문에 내 심정을 충분히 이해하지만 꼭 그러는 것이 효가 아니며 그 길은 당신 아버님을 위한 행위가 아니라 단순히 당신들 아들딸들의 자기만족을 위한 행위에 불과하다고 하시며 어차피 돌아가실 분에게 왜 불필요한 아픔을 드리려고 하느냐, 그것은 대단한 불효라고 하신다.

그래서 S선생에게 들은 다까사끼의대의 사또교수 이야기를 하면서 만약에 일본에 모시고 가면 어떻겠느냐고 했더니 현재 암에 대한 의학의 수준은 일본이나 한국이나 비슷하다고 하시며 옛날 말에 호랑이도 자기의 굴에서 최후를 맞이한다고 하는데 왜 아버님을 객사시켜드리려고 하느냐고 하시며, 당신이 S선생과 어떤 사이인지는 모르지만 대단한 분과 교류를 하고 있으니 그분과의 인연을 중요시하라고 하며 그분의 부탁이기 때문에 자기로서는 최선을 다해 주고 싶지만 현재 상태로서는 어떻게 해볼 도리가 없다고 하신다.

민 박사님과 헤어져서 집으로 가서 1년 반 만에 뵙는 선친은 나와 헤어질 때의 모습은 간데없고 참으로 초췌하기 짝이 없었다.

마음 같아서는 선친이 돌아가실 때까지만이라도 모시고 싶었지만 그러지 못할 사정으로 다시 일본으로 돌아온 후 1개월 반 후에 선친은 가지고 간 마루야마왁친을 전부 써 보지도 못하신 채 운명을 하시고 말았다.

이 이야기에는 더욱 많은 이야기가 있지만 등장하시는 분들이 모두 실존하시던 분들이라 더는 자세한 표현이 그분들께 누가 되겠기에 생략을 하지만 30년이 지난 지금 생각해보아도 그때 무슨 뱃장으로 전혀 면식도 없는 S선생에게 막말로 천둥에 개 뛰어들듯 찾아 가서 중언부언 도와 달라고 요청을 했는지 아무리 생각해도 알 수가 없다. 또 기자회견을 중단을 하면서까지 내 이야기를 들어 주시고, 생각할 수도 없을 정도로 나를 도와주시려고 노력해 주신 S선생의 마음을 이해하기가 힘이 든다.

이 글을 쓰면서 그때 나에게 너무나도 고맙게 해 주신 S선생도, 중국인 장이라고 하는 타임의 기자도, 그리고 서울대학교의 박정희 대통령의 주치의로 계시던 민헌기 박사님도 모두 이제 세상 분들이 아니라 삼가 그분들의 명복을 빈다. 🌸

유산상속 이야기

선친께서 세상을 뜨셨다는 전화를 받고 부랴부랴 귀국해 보니 이 잘난 불효막심한 아들이지만 소왈 장남이라고 아직까지 염도 하지 않고서 나를 기다리고 있었다.

정신없이 장례를 모시고 나니 만감이 교차를 한다.

선친의 허락하에 일본으로 떠났다고는 하지만 장남으로서 부모님을 모시지 않았다는 죄책감과 그 보다도 선친의 임종을 못 지켜드렸다는 죄의식이 머리에 꽉 차는 거다.

그때 일본 생활을 정리하고 처와 딸을 데리고 다시 귀국할까도 생각해 보았지만 아직 처의 건강이 완전하지 않은 상태에서 귀국을 하면 또 그 다음이 문제가 되는 거였다.

마음의 정리가 되지 않은 상태에서 다시 일본으로 돌아 와 지내면서도 머릿속에는 언제나 고향의 어머님과 선친께서 남겨 놓으신 재산을 어떤 식으로 처리를 하는 것이 현명한 처사인가를 생각하면서 지내고 있었다.

내 마음으로는 이유야 어찌 되었던 결과적으로 불효를 저질렀다는 죄책감에 고향의 재산은 손을 대고 싶지가 않았다. 그러나 내가 그런 생각을 가지고 있다손 치더라도 집사람이 어떻게 생각하고 있는지 몰라서 그 이야기는 입 밖에도 꺼내지 않은 채 어정쩡한 생활을 하던 중에 하루는 집사람이 나에게 할 말이 있다고 한다. 뭐냐고 물었더니 집사람 하는 소리가 이천 재산의 상속을 어떤 식으로 할 생각인지 자세히 설명을 해 달라고 한다.

아하, 선친이 돌아가신지 1년도 되기 전에 상속 이야기를 꺼내는 건가 하는 서운한 생각을 하면서도 애써서 그런 감정을 숨기고 내가 이야기하기 전에 당신은 어떤 식으로 처리했으면 좋겠는지 이야기해 줄 수 있느냐고 물었더니, 자기가 어떤 말을 해도 화를 내지 않는다는 약속을 하면 자기의 본심을 이야기 하겠다고 한다.

화를 내지 않는다고 약속하니까 처가 하는 이야기가 자기는 일본에서 태어나서 자랐지만 당신과 결혼을 하려고 마음먹은 후 부터 한국의 풍습, 가족제도, 그리고 한국인의 효에 대해서 나름대로 공부를 했는데 자기 생각으로는 당신은 아버님께 큰 불효를 했다고 생각을 한다.

그리고 가장 중요한 것은 아버님이 반대하시는 것을 뿌리치고 당신이 일본에 오게 된 것이 아니라, 아버님께서는 당신의 가장 사랑하는 아들을 일본에 보내셨는데 당신은 그런 아버님에 대해서 아무런 보답을 해 드리지 못하지 않았느냐?

또 아버님께서는 나를 당신의 친딸과 같이 사랑해 주셨기 때문에 아버님의 재산을 상속 받으면 평생 죄송스러운 마음으로 살아야 될 것 같은 생각이 들어간다. 그래서 자기 생각으로는 이천의 재산을 당신은 상속을 받지 않는 것이 좋겠다고 생각한다고 하면서 우리 부부는 아직 젊으니까 앞으로 노력하면 먹고 살수야 있지 않겠느냐고 한다.

사실은 처에게 이런 말을 듣기 전에 나 자신도 이천의 재산은 상속 받을 자격이 없다고 생각하면서도 처에게 어떤 형식으로 이런 이야기를 꺼내야 될까 싶어서 혼자 고심을 하고 있던 차에 처가 그런 이야기를 먼저 꺼내주니 고맙기 짝이 없었다.

그 말을 듣고 집사람에게 사실은 나도 당신과 같은 생각이었는데 당신이 뭐라고 할지 몰라서 재산 이야기를 꺼내지 못하고 있던 차라고 말하고 내 생각을 이야기 했다.

내 생각으로는 형제 5남매가 재산 분활을 받는 것 보다는 어머님 앞으로 반을 상속을 시켜 드리고 나머지는 어머님을 모시고 이천집을 지키고 있는 막내 동생에게 상속을 하고 싶다고 했더니 좋은 생각이지만 누님들과 바로 밑의 동생이 당신의 뜻을 따르겠느냐고 묻는다.

하기는 내 뜻이 그렇다고 하더라도 내 밑의 동생이 자기도 같은 형제인데 왜 자기는 빼놓느냐고 하면 곤란하고, 또 아무리 출가외인이라고는 하지만 누님들도 어떤 마음을 가지고 있는지도 모르면서 내 마음만 가지고 일을 처리할 수는 없는 노릇이었다.

나는 마음을 정한 후에도 국내의 형제들에게 재산 이야기는 아무런 언질도 주지 않고 지내다 선친의 소상 때 귀국해서 5남매가 모인 자리에서 의논을 시작했다.

우선 나는 장남으로서의 도리를 다하지 못했으므로 상속권을 전부 포기하겠다고 서두를 꺼내면서 내 생각으로는 재산은 반을 어머님 명의로 상속해 드리고 나머지 반을 어머님 모시고 고향을 지키고 있는 막내에게 상속을 시켜주고 싶다고 말했다. 그러면서 덧붙이기를 대단히 드리기 죄송한 말이지만 누님들도 현재 지내시기에 그리 불편을 느끼시지 않는 형편이니까 상속권을 포기해 달라고 부탁하고 바로 밑의 동생에게는 너는 현재 서울에서 회사를 경영하고 있으니까 그 당시 얼마 되지 않는 고향의 재산 상속을 포기 해 주면 고맙겠다고 했다.

그러자 누님들이 네가 상속을 포기하는 마당에 자기들이 상속을 받겠다는 건 도리가 되지 않으니까 자기들도 상속을 포기하겠다고 기분 좋게 응해 주셨다.

바로 밑의 동생도 형님께서 그런 마음을 가지고 계시다니 자기도 형님의 뜻을 따르겠다고 하면서 상속을 포기하는데 응해 주어서 내 처음 계획대로 재산의 반을 어머님 명의로 상속을 시켜드리고 나머지 반을 막내 동생 앞으로 상속을 시켜 주면서 어머님 앞으로 상속이 된 재산은 나중에 어머님을 끝까지 모신 자식이 상속을 받기로 한다는 약속을 했다.

그 후 전혀 모르고 지내던 충북 괴산의 선조님들의 부동산이 친척들의 도움으로 상속을 받게 되어 바로 밑의 동생에게 상속 시켜 주어 그 애에게도 섭섭함을 달래 줄 수 있게 되었다.

재산을 상속 받고 싶어서 껄떡하다가 못 받았으면 감정이 생기겠지만 스스로 동생에게 물려주고 나니까 지금도 귀국하면 선조님들의 재산이 모두 내 몫으로 되어 있는 듯한 감이 들어서 기분이 좋은 거다.

또 형제간의 우애라는 것도 내 욕심을 전부 차리려고 하면 무너져 버리고, 내가 조금 손해를 본다고 생각을 하면서 행동하면 두터워지는 법이라고 생각한다.

지금은 어머님마저 돌아가시고 말았지만 지금도 내가 귀국하면 막내 동생이 지키고 있는 고향집에서 5남매가(바로 밑의 동생이 췌장암으로

세상을 버린 후에는 제수씨가 반드시 참석을 한다) 모두 모여서 내가 다시 일
본으로 돌아오는 날까지 즐겁게 지내거나 함께 여행을 다니거나 하
고 있다.

나는 이 편이 재산보다도 수백 배 더 소중하고 좋은 거다.

일본 김가 시조와 함께 사는 놈

우리나라에서는 성을 바꾼다는 것은 현재의 민법으로는 아주 특별한 예 이외에는 허가가 나오지 않는 것이고, 옛날 같으면 역적질을 해서 일족이 멸문지화를 당하지 않는 한 있을 수가 없는 일이지만 일본은 그렇지가 않다.

일본에서는 결혼을 하면 남편이 처가에 데릴사위로 들어가지 않는 한 처가 남편의 성을 따르게 되는데 우리집에는 결혼 이후에도 나는 한국 국적을, 처는 일본국적을 그대로 가지고 있기 때문에 두개의 성이 존재했다. 그래서 대문의 표찰에도 두개의 성을 써 놓아야만 하기 때문에 사정을 모르는 사람들이 보면 이집 부부는 정식으로 결혼을 한 부부가 아니라 그냥 동거하는 사이로 오해 받기가 쉬웠다(요즈음에는 일본에도 부부 별성(別姓)이 조금씩 늘어가고 있다).

그래서 32년쯤 전에 처가 도쿄가정재판소에 개성改姓 신청을 냈다. "일본에서는 사회 통념상 결혼을 하면 남편의 성을 따르게 되는데 나는 국제결혼을 했기 때문에 한국 국적인 남편은 김이라는 성을 가지고 있고, 일본 국적을 가진 나는 운노海野라는 성을 가지고 있기 때문에 부부이면서도 성이 다르기 때문에 여러모로 불편하니 나의 성을 운노에서 김으로 바꾸는 것을 허가해 주기 바란다"는 내용이었다.

그 당시에는 지금에 비해서 퍽 고루한 관념이 지배하는 사회였기 때문에 외국인이 일본인으로 귀화를 하려면 일본식 성과 이름을 사용해야만 귀화 허가가 나오는 시절이었다.

그런 시절에 국제결혼을 했으니까 남편의 성을 따르겠다고 성을 바꾸는 것을 허가해 달라는 신청을 했으니 지금 생각해도 참으로 어이없는 일을 시작한 것이었다.

서류를 접수를 시키고 1년쯤 지나니 허가가 나왔다는 연락이 왔다. 처음에는 퍽 힘이 들것이라고 생각하고 잔뜩 벼르고 있다가 시일이 지남에 따라 점차 잊어버리고 있던 차에 허가가 나왔다는 연락을 받고 보니 오히려 이쪽에서 김이 새는 듯한 감이 들었다.

그래서 처는 김이라는 성을 가진 일본인이 된 것이다.

단지 일본에는 본관이라는 제도가 없으니까 그냥 김가인거다. 그래서 내가 웃으면서 김가가 되었으면 본관이 있어야 되는 건데 내가 안동 김가이니까 당신은 안동 김가는 될 수 없는 노릇이고, 그렇다고 아무 본관이나 함부로 썼다가는 그 일족들이 반대를 할 테니까 아주 차제에 본관까지 만드는 게 어떠냐? 당신 국적이 일본이니까 일본 김가로 하거나 또는 본관이란 건 지명을 따서 정하는 거니까 도쿄에 사니까 도쿄 김가 아니면 메구로구에 사니까 메구로 김가가 어떠냐고 장난삼아서 말을 꺼내니까 처가 조금 생각을 하더니 이왕이면 크게 놀겠다고 하면서 일본 김씨의 시조가 되겠다고 한다.

시조이자 마지막인 일본김씨, 이거 아주 재미가 있는 거다. 이래서 나는 일본김씨의 시조와 함께 사는 놈이 되어 버린 거다.

일본이라는 나라는 재미가 있는 나라로 전례만 있으면 그 다음은 그 전례에 맞추기만 하면 모든 일이 술술 풀리게 마련이다. 그래서 지금은 윌리엄이라는 서구적인 성을 가진 일본인도, 모하메드라는 중동지방의 냄새가 물씬 나는 성을 가진 일본인도 흔하게 되어 버렸다.

지금 우리 집에는 두개의 국적 아니 엄격히 말해서 세 개의 국적이 함께 살고 있다. 토종 한국인인 나는 한국국적, 처는 일본국적, 아이들은 한국과 일본의 이중국적. 그래서 일본 이외의 나라를 가족이 함께 여행하려면 두개의 국적이 함께 출입국 수속을 받아야 한다.

어떤 사람들은 일일이 불편하게 그러지 말고 내가 일본국적을 취득하던지 처에게 한국국적을 취득을 하도록 하는 게 편하지 않느냐고 하지만 평생에 효도 한번 못해본 내가 부모님께서 정해 주신 국적과 이름을 바꾸기가 죄스러운 생각이 들고, 그 보다도 지금까지 한국국적으로 살아 온 토종 한국인인 내가 서류상으로 일본인이 되었다고 머릿속까지 바뀔 리도 없는 것이다. 이곳에서 사귀고 있는 모든 사람들이 내 국적이 한국이라는 것을 알면서 사귀고 있는데 별안간 오늘부터 일본인이 되었소, 하기도 찝찝한 거고 또 그 보다 더 중요한 것은 한국 국적이기 때문에 생활상 불편한 점이 있다면 모르되 그렇지도 않은 것을 바꾸기가 귀찮은 거다.

그리고 처의 입장도 마찬가지이다. 내가 한국 국적을 포기하는 것에 저항감을 가지고 있으면서 처에게 무리하게 일본 국적을 포기하고 한국 국적을 취득 하라고 강요하고 싶지도 않은 거다.

중요한 것은 국적 운운 하는 것 보다 다른데 있는 것이 아닐까하는 생각이 들어간다.

우리 집의 국적교육

나는 딸만 셋을 두었다.

아마도 내가 부모님들께 불효를 했기 때문에 삼신할머니께서 나에게 아들을 점지해 주지 않았는지도 모르겠다.

먼저도 썼지만 우리집에는 두개의 국적 아니 엄밀히 말해서 세 개의 국적(?)이 혼재混在를 하고 있다.

나는 한국 국적, 처는 일본 국적, 아이들은 한국과 일본의 이중국적.

본국도 아닌 이곳에서 아이들을 키우면서 가장 먼저 생각한 것이 아이들을 어떻게 교육을 시킬 것인가 하는 문제였다.

성질이 불같이 급하고 화를 잘 내는 내가 곰살맞게 조그만 아이들을 데리고 무엇인가 가르친다는 건 애당초 잘 될 리가 없는 일이고, 아빠인 나보다 엄마와 함께하는 시간이 절대적으로 많은 아이들에게 있어서 아빠의 영향 보다 엄마의 영향을 많이 받는다는 건 당연한 일인 거다.

내가 처에게 지금도 가장 고맙게 생각하고 있는 것은 우리집의 아이들에게 아빠의 나라인 한국에 대해서 자부심을 가지도록 교육을 시켜 주었다는 점이다.

아내는 아이들의 교육은 어릴 때부터 해야 하는 거라고 하면서 아이들이 여름방학이 되면 우리나라의 참모습을 보여준다고 하면서 아이들을 데리고 배낭을 짊어지고 전국 구석구석을 기차와 버스를 타고 여행을 시켰다. 그러면서 국내의 친척들에게 미리 연락을 하면 말도 잘 못하는 자기가 애들만 데리고 여행을 하는 것이 불안하다고 누군가가 안내를 할 텐데 그러면 교육이 제대로 되지 않으니까 연락을 하지 말라고 하고선 전국을 골고루 돌아다니고 나서 일본에 돌아오기 직전에야 고향에 들러서 내 형제들과 만나고 오곤 했었다.

애들이 큰 후에는 방학 때가 되면 국내에서 열리는 해외동포들을 위한 단기어학 연수 또는 고려대학에서 개최하는 한국어 단기강좌에 빠짐없이 참가시켜서 우리말을 배우도록 해 아주 능숙하지는 않지만 우리말과 글을 알도록 했다.

그렇지만 솔직히 말해서 국내의 아이들에 비하면 아주 형편없는 수준이라고 고백한다.

나는 언어교육 보다는 애들에게 국적교육, 즉 자기들이 한국인의 피를 받았다는 것을 어느 곳에서나 누구에게나 떳떳하게 말 할 수 있는 아이들로 키우려고 노력을 했다.

기회가 있을 때마다 우리나라의 역사와 문화에 대해서 이야기를 해 주었고, 우리집의 내력에 관해서 집에 있는 족보를 꺼내놓고 선조들의 이야기나 족보를 보는 법 등을 가르쳐 주었다. 또 가끔 본국에 데리고 들어가서 사촌들과 함께 어울릴 수 있는 기회를 마련해주곤 했었다.

우리 집안에서 아이들의 교육에서 내 역할은 잘못했을 때 아주 엄하게 야단을 치는 역할이었다. 딸들이 고교생일 때도 말을 제대로 듣지 않으면 두들겨 패주었기 때문에 지금도 나를 폭군네라고 웃으면서 말을 하곤 한다.

처도 집안에 무서운 사람이 하나는 있어야 되는 거라고 하면서 나를 부추겨서 아이들을 야단치거나 두들겨 패게 하고선 자기는 애들을 감싸주는 역할만을 골라서 하곤 하니까 나는 악역만 골라 하게하고 자기는 천사 역할만 맡아서 한 것이다.

딸들이 언젠가 기회가 있을 때 식구들이 모두 모여 앉아서 옛날 지나간 이야기를 하다가 언뜻 한다는 소리가 자기들이 사춘기일 때 아빠가 무섭게 굴어서 삐뚤어지지 않고 성장을 할 수 있었다고 하는 말을 듣고 조금은 철이 들었구나 하는 생각을 해 보았다.

일본에 오래 살고 있는 재일동포들은 거의 모두 편리하다는 명목으로 본 이름 이외에 통칭이라고 하는 일본식 이름을 가지고 있다. 그러나 우리집엔 처의 성까지 김으로 바꾸어 버렸기 때문에 딸들도 김이라는 성 이외에는 없는 거다.

지금은 많이 좋아졌다고는 하지만 아직도 외국인에 대한 차별의식이 존재하는 일본사회에서 김이라는 성을 가지고는 남들과 비슷해서는 생존경쟁에서 살아남을 수 없다고 닦달해 세 딸에게 모두 박사학위를 취득하도록 부추기는 것도 집사람이다.

딸애들은 밖에서 남들과 인사를 나눌 때 성이 김이니까 한국사람이냐고 물으면 아버지가 한국인이기 때문에 김이라는 성을 가지고 있으며 국적은 두 가지 다 가지고 있다고 떳떳하게 말을 한다.

비록 우리말은 본국에서 자란 아이들만큼 아주 능숙하게 구사하지 못하지만 자기의 혈통이 어떻다는 것을 떳떳하게 말할 수 있게 된 것이 고맙다. ✽

일본에서 고국을 생각하며

일본의 한글 안내판

이 세상의 모든 사실들은 세월이 지나고 보면 사람들의 뇌리에서 사라져 버리게 마련이다.

다른 사람들이 보면 별로 대단하지 않은 일이라고 해도 당사자에게는 하나하나가 모두 잊을 수 없는 일들이었기 때문에 기억이 생생할 때 기록으로 남겨 두는 것도 좋겠다고 생각하면서 연재를 한다.

요즈음 일본을 여행 해 보신 분들은 보서서 아시겠지만 전철역을 비롯한 공공장소에는 어디에나 한글 안내판이 표기가 되어 있고 조금 대규모의 콤비니에까지도 한글 안내판이 걸려 있어서 편리함을 느끼고 계셨을 것이다.

이와 같은 한글 표기는 내가 처음 일본에 왔을 때는 상상도 할 수 없었던 현상으로서 한글 안내판을 볼 때마다 우리나라의 국력이 신장이 되니까 이런 현상이 나타나고 있구나하는 생각을 하며 지내고 있다.

요즈음은 소위 한류韓流붐이라고 해서 어디를 가나 한글을 쉽게 볼 수가 있지만 일본의 역에 처음으로 한글 표시가 되기 시작 한 것은 정확히 2002년 한일월드컵축구대회 공동 개최 이후 일이다.

그 당시 도쿄도 관광국에서 한일월드컵축구대회 공동 개최를 즈음하여 각국의 언어의 통역을 비롯한 관광 자원봉사자를 모집한다는 신문광고를 보았다. 우리말과 일본말을 자유롭게 구사할 수 있는 내가 일본말을 모르는 본국에서 오는 관광객들에게 조금이라도 도움이 되지 않을까 하는 생각에 응모해 당첨이 되었다.

당첨이 된 자원봉사자들을 한자리에 모아놓고 교육을 시키는 자리에서 도쿄도 관광국의 담당자가 이번 기회에 외국인 관광객들을 좀 더 많이 유치할 수 있는 아이디어를 가진 사람은 발표를 해 보라고 했다. 내가 얼른 손을 쳐들고 "일본에서는 일반적으로 관광객이라고 하면 구미인歐美人들만을 대상으로 알고 있고, 또 그들이 사용하는 언어도 당연히 영어만을 생각하고 있는데 이번의 한일 월드컵축구대회는 문자 글대로 한국과 공동개최를 하는 게 아니냐? 아마도 이번의 대회 기간 중에는 한국에서 많은 관광객들이 오리라고 생각이 되고, 더구나 결승전은 일본에서 치르기로 되어 있기 때문에 만약에 한국이 결승전에 올라온다고 상상을 해 보라, 그러면 아마 한국에서 상상도 할 수 없이 많은 관광객들이 몰려 올 것이라고 생각하는데 일본에는 어디를 가거나 일본어와 영어 안내판은 있지만 중국어나 한글 안내판은 없지 않느냐? 차제에 한글 안내판을 표시하는 게 어떠냐?"는 발언을 했다.

그러자 그 담당자가 고개를 끄덕끄덕하더니 잘 알겠다고 한다. 그 이후 얼마 지나자 일본 전철역에 한글 안내판이 생기기 시작을 했다.

나는 지금도 당시의 그런 결정을 내리게 된 것은 나보다 훨씬 윗사람들의 결정에 의해서 가능했다고 믿지만 적어도 아이디어를 제공한 사람이라는 자부심을 가지고 있다.

요즈음도 돌아다니다 보면 일본인들은 한글을 모르기 때문에 간혹

틀리게 표기가 되어 있는 안내판을 발견을 할 때가 있다. 그러면 담
당자를 찾아 가서 일일이 지적하고 고치도록 지도해주고 있다.

베라쿠오레 만돌린 악단의 고향연주회

내가 이곳에서 사귀고 있는 사람 중에 이노우에미쓰꼬井上光子라고 하는 여성이 있다.

이 여성은 같은 메구로目黑구내의 청소년 건전육성을 목표로 뜻이 맞는 사람들이 모여서 조직을 한 시이쥬꾸椎塾이라고 하는 모임의 같은 멤버이다.

일본에서 쥬꾸塾라고 하는 것은 목적의식이 같은 사람들을 모아서 공동의 관심사에 대해서 공부하는 모임을 말하는 것으로 현재에도 일본의 많은 정치가들을 배출하고 있는 마쓰시타쥬꾸松下塾는 유명한 존재이다.

이 이노우에라고 하는 여성이 도쿄에서 세미프로 만돌린악단인 베라쿠오레라고 하는 악단의 총무를 맡고 있는데 그녀는 시이주꾸의 멤버들과 2번이나 내 고향을 방문을 한 적이 있어서 이천에 대해서는 잘 알고 있는 사람이었다.

그런데 이 베라쿠오레 악단이 해외 연주회를 갖고 싶다는 이야기를 하기에 그러면 모든 경비는 당신들이 부담하는 조건으로 내 고향 이천에 가서 연주회를 한다면 이천에서의 모든 준비는 내가 해 주겠다고 제안을 했다.

마침 이천에서는 제2회 세계 도자기 비엔날레라는 것이 개최되고 있으므로 그 비엔날레를 축하해 준다는 명목이라면 더욱 좋지 않겠느냐고 했더니, 그녀가 악단의 멤버들과 협의를 한끝에 총 30명 중 부득이한 사정으로 참가를 할 수 없는 5명을 빼놓은 25명이 이천에서 연주회를 가지기로 합의되었다.

당일 이천 도자기 축제장인 야외음악당에는 많은 시민들이 모여서 이날 특별히 연주곡목으로 추가한 우리나라의 가곡 봉선화가 연주되자 숙연해졌다. 동요인 고향의 봄을 연주하자 자연스럽게 관중들이 모두 합창을 하게 되어 연주하는 단원들도 합창을 하는 시민들도 한 덩어리가 되어 즐거운 시간을 보낼 수가 있었다.

관객 중에 한국 만돌린협회 부회장 되시는 분이 계셨는데 그분이 말하기를 자기가 지금까지 들어온 만돌린 연주로서는 최고 레벨의 연주인데 어떻게 해서 이런 악단이 서울도 아닌 이천에서 연주회를 갖게 되었느냐고 물었다. 이 악단은 내 친구가 소속된 악단으로 이번 연주도 전액 자기들 부담으로 와서 무료로 연주해 주는 것이라고 했더니 다시 한 번 놀랐다고 한다.

단 한번밖에 실현하지 못한 이천 연주회였지만 고향을 위해서 조금은 뜻있는 일을 했다고 생각하고 있다.

지금도 매년 열리는 연주회에 초대를 받아서 가면 악단 멤버들이 나에게 이천 연주회는 잊을 수 없는 추억 거리가 되었다고 하면서 기회가 있으면 또 한 번 연주회를 가져 보고 싶다고 한다.

당시의 기사가 게재된 이천신문

일본 고교와 고향 고교와의 자매결연

내 집사람 직업이 고교에서, 외국에서 귀국을 했거나 외국인의 자녀들로 일본어를 잘 몰라서 학교수업을 제대로 받을 수가 없는 학생들에게 일본어를 가르치는 일을 하고 있다.

그 중에 도쿄에서 조금 떨어진 요꼬하마橫浜이라는 곳에 있는 가나가와현립학산고교神奈川縣立 白山高校가 있었다.

이 학교는 고교이면서도 학교 내에 도자기 가마를 설치하고 학생들에게 도자기를 가르치고 있는 학교로서 나의 고향이 도자기로 유명한 이천이라는 이야기를 내 집사람에게 듣고 자기네 학교 학생들에게 한국의 도자기를 견학 시킬 수 있는 기회가 있으면 좋겠다는 이야기를 하면서 그 중간역할을 해 줄 수가 없겠느냐는 의뢰를 해 왔다.

내 고향 이천에는 이천실업고등학교(현재는 교명이 이천 제1고등학교로 바뀌었다)라고 하는 학교가 있는데 이곳에는 도예과가 있다는 소리를 고향에 갔을 때 들은 적이 있었다. 내 고향에 이런 학교가 있는데 이왕 학생들에게 한국의 도자기를 견학 시키려고 하는 계획을 가지고 있다면 학생들에게 도자기뿐만이 아니라 역사 공부도 시키고 또 한국이라는 나라를 이해하는데도 도움이 될 것이니까 그곳의 고교와 교류를 해보는 것이 어떻겠느냐는 이야기를 교장에게 했더니 긍정적으로 받아들이겠다고 했다.

곧바로 이천실업고등학교로 연락을 해서 이곳에 이런이런 학교가 있어서 도자기로 유명한 이천의 고교와 교류를 원하고 있는데 내 생각으로는 자라나는 학생들에게 우리나라를 제대로 인식시켜 줄 수 있는 좋은 기회라고 생각을 하는데 그곳의 학생들과 이곳 고교의 학생들 사이에 교류를 시켜볼 생각이 없느냐고 연락을 했다.

당시 이천실업고교의 교장이 나의 중학교와 대학교의 후배라는 점도 있어서 금방 찬성을 한다는 연락이 왔다.

그때 이와 같은 일을 일회성으로 끝낼 것이 아니라 앞으로도 정기적으로 교류를 시키는 데는 자매결연과 같은 관계를 맺도록 하는 것이 좋겠다는 생각에 양교에 그런 의사를 비쳐 보았더니 다행히 양교가 모두 찬성해서 2001년에 양교가 정식적으로 자매결연을 하게 되었다.

그 후 학산고교는 가나가와현 내의 공립고교로는 처음으로 수학여행을 해외로 가기로 하고 그 행선지를 내 고향인 이천으로 정해서 200명의 고교 2년생 학생들이 서울과 이천을 여행하면서 한국의 가정에서 홈스테이를 하기도하고 이천실업고교를 방문해서 함께 즐겁고 유익한 시간을 보낼 수가 있었다.

당시 수학여행에 참가를 했던 학생들의 감상문을 보니 이번의 한국 수학여행 중에서 가장 인상에 남았던 것이 한국 가정에서 홈스테이를 했던 것과 이천실업고교를 방문해서 한국의 고교생들과 교류를 했었던 것이라고 쓰고 있었다. 그걸 보고 적어도 이번 수학여행에 참가를 했던 학생들은 나중에 성인이 된 후에도 우리나라에 대해서 일반 일본인들이 가지고 있는 편견을 가지지 않겠구나 싶어서 이일을 추진한 보람을 느꼈다.

그 후 이천에서는 답례로 학생 20여 명과 교사들이 이곳 고교를 방문해서 우의를 다지곤 했었다. 그러나 이곳 고교생들의 이천으로의 수학여행은 그 후에도 2년간 계속하다가 여러 가지 사정으로 흐지부지해져 버리고 말았다.

이유는 여러 가지가 있기 때문에 모두 밝힐 수는 없지만 어렵게 성사를 시킨 일을 될 수 있는 한 오랫동안 지속시켜 주었으면 하는 아쉬움이 남는다.

지금도 학산고교와 이천제1고교와는 문서상으로는 자매교 관계가 유지가 되고 있지만 실제 교류는 거의 없는 것으로 알고 있다.

당시의 기사가 게재된 이천신문의 스크랩을 첨부한다.

당시의 기사가 게재된 이천신문

절간에 방치 되어 있는 우리나라 사람들의 유골들

내가 살고 있는 메구로구目黑區에 유텐지祐天寺라는 절이 있다.

이 절에는 과거 제2차 세계대전 때 군인, 군속으로 징용을 당해서 남방열도에서 사망한 사람들의 유골과 우끼시마마루浮島丸사건이라고 해서 해방 직후 아오모리현青森縣에 징용 등으로 끌려 와서 고생을 하던 동포들이 해방이 된 조국으로 돌아가기 위해서 배를 타고 가다가 마이쓰루舞鶴이라고 하는 항구에서 원인 모를 폭침을 당하게 되었는데 이때에 희생 된 사람들의 유골, 그리고 숫자는 적지만 과거 일제 때 군속으로 징용을 당하여 남방의 연합군 포로수용소의 포로 감시원(유명한 영화인 콰이강의 다리 등에 나오는 포로 감시원)으로 근무를 하다가 전쟁이 끝난 후 연합군 전범 재판소에서 포로들에게 잔혹행위를 했다는 명목으로 사형판결을 받고 사형을 집행당한 소위 B.C급 전범들의 유골 등이 임시로 안치가 되어 있었다.

이 절에 안치 되어 있는 한국인들의 유골에 관해서는 그간 자주 글로 썼기 때문에 자세한 이야기는 생략을 하고 개략만을 설명을 하고자 한다.

2차 세계대전이 끝나고 반세기 이상이 지났는데도 아직도 해결되지 않은 전쟁의 흔적이 그대로 방치가 되어 있다는데 분개를 한 이지역의 뜻있는 사람들이 자기들이 살고 있는 지역에서 해결되지 않은 채 방치 되어 있는 전쟁의 흔적을 자라나는 후세들에게 알림으로서 전쟁의 비참함을 일깨워 주기 위해 매년 8월 22일이나 24일에 조촐한 추도회를 겸한 위령제를 지내드리고 있다.

날짜를 8월 22일로 정한 것은 이날 우리나라가 일본에게 주권을 빼앗기는 소위 한일늑약이 체결이 된 날로 이날을 잊지 말자는 뜻이었다. 만약에 이날이 일요일일 경우에는 8월 24일로 연기가 되는데 이날은 위에서 말한 우끼시마마루라는 배가 교또현 마이쓰루京都縣 舞鶴라는 항구에서 원인 모를 폭발로 인하여 침몰하여 많은 희생자가 생긴 날이기 때문에 이날로 정한 것이다.

처음 생각으로는 위령제는 수년만 지내면 이곳의 유골들이 모두 고국으로 돌아가게 되어 문제가 모두 해결이 되리라고 생각했다. 위령제가 금년으로 24회를 맞이하게 되었고 그동안 이곳에 안치 되어 있던 유골 중에 국내에 연고자가 있는 유골들은 수차례에 걸쳐서 고국으로 돌아 갈 수가 있었다. 재작년에는 무연고 유골들 중에서도 북한출신의 희생자들의 유골 427위와 아직도 재판이 계류 중인 우끼시마마루浮島丸의 희생자들의 유골 275위를 제외한 무연고 유골들도 천안에 있는 해외동포들의 묘지인 망향의 동산으로 이장을 하게 되어 현재 이곳에는 702위가 그대로 남아 있다.

처음에는 매년 위령제만을 지내드리고 있다가 이 유골들의 문제를 근본적으로 해결을 하는 방법은 유가족들의 품으로 돌아가도록 하는 것이라고 생각하고 전국 각지에서 발간이 되고 있는 지방지에 그 지방 출신으로 현재 이곳에 안치 되어 있는 유골들의 명단을 보내서 신문에 게재를 해 달라는 부탁을 했다. 그 결과 많은 지방신문들이 이에 호응을 보여 게재해 주었고 그 신문들을 본 유가족들이 직접 나에게 연락을 해 오기도 했지만 나는 어디까지나 개인 신분이기 때문에 내가 도와 드릴 수 있는 한계를 느끼고 서울에 있는 정부소속기관인 진상규명추진위원회의 연락처를 가르쳐 주고 그곳으로 연락하도록 지도해 왔었다.

이 기회에 한 가지 분명히 밝혀 두고 싶은 것은 매년 위령제가 끝나고 실행위원장의 인사말을 할 때마다 함께 이일을 진행해 주고 있는 사람들에게 고맙다는 말을 하면 오히려 이곳에 유골들이 방치되게 된 원인을 제공한 것은 자기들의 선조들이기 때문에 이일은 당연히 자기들이 해야 하는 일이라고 하면서 24년간이나 묵묵히 이 일을 계속해 오고 있는 내 주위의 일본인들의 숭고한 정신에 그저 감사를 할 뿐이다.

위령제

납골당앞의 제단 (굳게 닫힌 철문 뒤에 우리 동포들의 유골이 있다)

김옥균 선생의 묘

2004년의 이야기 이다.

하루는 우연히 아사히신문朝日新聞을 보다가 깜짝 놀랐다. 다름이 아니라 도쿄 도심에는 아오야마묘지靑山墓地라고 하는 상당히 큰 묘지가 있는데 이 묘지를 관리하고 있는 도쿄도 생활문화국의 발표라고 하면서 그 곳에 있는 외국인 묘역에 묻혀 있는 묘지들은 장기간 묘지 관리비를 체납했으므로 명년2005년 10월 31일까지 관계자가 출두해서 그간의 관리비를 청산하지 않으면 모두 철거하겠다는 기사였다.

그곳에는 갑신정변으로 유명한 김옥균 선생의 묘가 있으며, 그밖에도 일본의 개명기에 일본을 위해서 힘쓰다가 세상을 버린 외국인들의 묘가 많이 있는데 그 묘들을 모두 철거를 하겠다는 소리이다.

그 기사를 본 이튿날 현지에 가 본즉 외국인묘역에 있는 모든 외국인들의 묘지에는 도쿄도지사 명의로 된 안내판이 세워져 있었다.

한국대사관을 찾아 가서 담당자에게 김옥균 선생의 묘에 관해서 설명을 하고 대사관에서 관리비를 대납을 하는 형식으로 보존을 해야 한다고 역설했다. 또 그 길로 도쿄도를 찾아 가서 생활문화국의 담당자를 만나서 신문기사에 대해 설명을 요구하니 그의 말이 그 묘지의 다른 일본인들의 묘는 관리비를 장기간 체납을 하면 모두 철거를 하는데 외국인 묘역만 지금까지 그러지 않아서 일반 묘지 관계자들로 부터 원성이 들어와 형평을 유지하기 위해서 어쩔 수가 없다는 거다.

그래서 내가 "당신도 알다시피 요꼬하마橫浜에는 외국인묘지가 관광지로 되어 있어서 수많은 관광객들이 찾아오고 있지 않느냐? 왜 도쿄는 아오야마 묘지의 외국인묘역 같은 도심 내에 천혜의 관광자원이 있는데도 이를 활용할 생각을 하지도 않으며, 또 그곳에 묻혀 있는 외국인들은 일본의 여명기에 일본을 위해서 많은 업적을 남기다가 세상을 버린 사람들인데 그들의 묘를 관리비가 체납이 되었다는 이유로 철거한다면 많은 사람들로 부터 역사를 모르는 소아병적인 처사라고 비난을 받을 것인데 그 비난을 받아들일 각오는 되어 있는냐?"고 물었더니 머뭇머뭇하고 대답을 하지 못한다.

아오야마의 묘지(사진에 보이는 흰 팻말이 도쿄도지사의 철거안내문이다).

그 후 동경도는 국내외의 많은 여론 때문에 이곳의 외국인 묘역을 그대로 존속을 하기로 결정을 했다고 한다.

동경에는 이곳 이외에도 또 한곳에 김옥균 선생의 묘가 있는데 그 내력을 조금 설명하겠다.

김옥균 선생은 조국을 근대화 하겠다는 뜻으로 갑신정변을 일으켰지만 뜻을 이루지 못하고 일본에 망명하여 이곳에서 당시의 위정자들에게 갖가지 수모를 받다가 상해로 건너갔다 그곳에서 당시

조선정부의 위정자들이 보낸 자객 홍종우에게 암살을 당했다는 소식을 들은 일본의 친지들이 그의 유체를 일본으로 옮겨 오기 위해서 사람을 보냈지만 청나라 관헌의 경비가 심해서 유체는 가지고 오지 못하고 위패만을 가지고 와 그 위패로 만든 것이 이곳의 묘이다.

또 한곳은 동경대학東京大學 근처에 신죠우사眞淨寺라는 절에 있는데 그 절에 또 하나의 묘가 있다.

眞淨寺의 묘. 우리나라가 주권을 빼앗기기 전에 만들어 졌기 때문에 대조선국김옥균지묘라고 썼는데 2차대전 때 폭격으로 맨 위의 대(大)자가 떨어져 나갔다고 한다.

당시 조정에서는 김옥균선생의 시체를 고국에 가지고 가서 대역죄인이라 하여 육시처참의 형을 가한 후에 목을 종로에 며칠간이고 효시하였다고 한다.

그때 서울에서 사진관을 경영하고 있던 가이군지甲斐軍治라는 일본인이 있었는데 그는 김옥균선생이 생존 시부터 알고 있었는데 그의 인격에 심취한 사람으로 자기의 처를 시켜서 효시한 목에서 머리카락을 몇 개 잘라오도록 했다고 한다.

그 소식을 들은 일본의 우인들이 그 유발遺髮을 가지고 만든 것이 이 절의 묘로서 나중에 김옥균선생에 대한 대역죄인의 죄가 사면되고 복권이 된 후 그의 고향인 충남 아산에 묘를 만들 때 이곳의 묘에서 유발을 나누어 가지고 가서 만들었다고 한다. 🏵

고향 청소년들의 도쿄 나들이

고향의 석탑앞에서

2008년 1월 14일 내 고향 이천에 있는 창전청소년의집이라는 곳에서 청소년 12명과 인솔자 3명이 도쿄에 왔다.

이들이 이곳을 방문하게 된 목적은 크게 두 가지가 있었는데 하나는 일본강점기에 빼앗긴 채 지금도 도쿄의 오꾸라호텔 뒷마당에 방치 되어 있는 내 고향의 문화재인 이천 5층 석탑을 비롯한 도쿄 주변의 우리나라의 문화재들을 직접 견학을 하는 것이고 두 번째는 내가 관계하고 있는 스게까리주구구주민회의管치住區住民會議의 청소년 조직인 윙스Wings와의 교류를 하기 위해서이다.

자라나는 청소년들의 교류를 통해서 상호 이해를 높이고자 이곳 고교와 고향 고교간의 자매결연을 추진하는 한편, 내가 살고 있는 지역의 청소년들과 고향의 청소년들 교류를 추진해 보자고 고향을 방문할 때마다 관계자들을 만나서 이야기를 해 보았지만 경비 등 문제 때문에 실현을 보지 못하고 있다가 이번에 창전문화의집에서 어려운 결단을 내리게 된 거다.

그들은 3박 4일이라는 빠듯한 일정 속에서 일본에 처음으로 한자를 전파시킨 왕인박사의 기념비를 견학을 한 후 도쿄국립박물관의 동양관에 전시되어 있는 우리나라의 문화재들을 둘러보며 분개를 했다. 또 이천 5층 석탑을 보며 반드시 되찾아 가야 되겠다는 의지들을 가지게 되었으며, 일본에서 가장 유명한 도쿄대학을 견학을 하면서 언젠가는 직접 이곳에서 공부를 할 수 있도록 지금부터 열심히 공부를 해야겠다는 생각들을 했다고 했다.

이틀째는 내가 활동을 하고 있는 메구로구目黑區 스게까리주구구민회의菅刈住區住民會議를 방문하여 우선 메구로구립 제1중학교를 방문하여 교장으로부터 학교 현황을 들은 후 이곳 학생들과 함께 직접 수업을 받기도하고 몸짓 발짓으로 서로의 의사를 소통하면서 우의를 다지기도 했다. 또한 메구로 구청을 방문하여 구청장과 면담을 한 후 장소를 스게까리주구센터菅刈住區로 옮겨서 일본의 전통 차 마시는 법을 배우기도하고 이곳의 청소년들과 함께 직접 요리를 만들어서 저녁 식사를 함께 하면서 즐거운 교류를 가졌다.

스게까리주구청소년 조직 Wings와의 교류회

비록 단시간의 교류였지만 헤어질 때는 양쪽의 청소년들이 손을 잡고 서로 눈물을 흘리는 것을 볼 때 젊은 청소년들이기에 마음이 통하는 것도 빠르구나하는 감을 느꼈다.

이곳을 방문했던 학생들 중에 단 몇 명이라도 다음 장에서 거론하고자하는 이천 5층 석탑 반환운동의 중심적인 역할을 할 수 있는 청년들이 탄생하기를 기대해 본다. 더 나가서는 두 나라간의 상호 이해를 다져가는 초석이 되어 주기를 기대해 본다.

일본의 전통 차 마시기 체험

석탑 반환운동

도쿄의 오꾸라호텔이라는 곳에 가면 집고관集古館이라고 하는 개인 박물관이 있는데 이 박물관의 뒤뜰에 내 고향 이천에서 불법으로 옮겨온 5층 석탑이 있다.

처음 이 석탑을 발견하게 된 경위는 2005년 매호 받아 보고 있는 이천신문에 고향의 석탑이 도쿄에 와 있다는 보도를 읽고서였다.

그 기사를 읽으니 전에 고향 친구가 나에게 우에노공원上野公園에서 고향의 석탑을 보았다는 사람의 소리를 들은 적이 있는데 찾아봐 달라는 말을 듣고 우에노 공원을 이 잡듯 뒤지고 그 공원 주변의 수도 없이 많은 절간을 하나하나 뒤져본 기억이 머리에 떠오르는 거였다.

곧바로 이천신문으로 연락을 해서 그 글을 쓴 분의 전화번호를 알아서 그분에게 전화를 걸어서 물어 보니 자기는 자세히 모르고 이천문화원의 사무국장이라는 사람이 잘 알고 있을 거라는 말을 했다.

다시 이천문화원의 사무국장이라는 사람에게 전화로 문의를 하니 자기도 잘은 모르고 얼핏 들은 이야기로는 도쿄의 어느 호텔에 있다는 소리를 들었다고 한다.

전화 후 도쿄에서 호텔로 그럴만한 곳을 물색을 해 보니 오꾸라 호텔이 머리에 떠오르는 거였다.

이곳은 옛날 경복궁의 자선당이라는 건물을 통째로 뜯어다가 자기의 집안에 지어 놓았다가 관동대진재때 소실을 하게 한 장본인인 오꾸라 기하찌로라는 사람이 세운 호텔이었기 때문이었다.

오꾸라 호텔에 가 보니 호텔 앞에 집고관이라고 하는 개인 박물관이 있어서 들어가 볼까 생각하다가 석탑이라면 크기가 커서 실내에는 전시할 수 없겠다고 생각하고 그 건물을 끼고 돌아서 뒷마당으로 가 보니 거기에 석탑이 두기가 있었다.

하나는 내가 찾고자 하던 고향의 석탑이고, 또 하나는 평양 율리사 석탑栗利寺라고 하는 석탑이었다.

누구의 설명을 들을 필요도 없이 첫눈에 이거로구나 하면서 확 들어오는 고향의 석탑.

그 석탑이 이곳으로 오게 된 경위는 1905년 당시 조선총독부가 자기들의 업적을 자랑하기 위해서 소위 시정施政5년 기념 공진회라고 하는 이른바 박람회를 개최할 때 회장을 치장하기 위해서 당시 이천에 있던 이탑(그들의 문헌에는 정토사지(淨土寺址) 5층 석탑이라고 되어 있음)과 안흥사지安興寺址석탑을 회장인 경복궁으로 옮겨 가게 되었다.

그 후 1918년 7월 오꾸라기하찌로는 집고관의 이사로 있던 사까다니 요시로阪谷芳郎라는 자를 시켜 조선총독에게 자기 집에 옮겨다 지은 자선당 치장을 하기 위해서 평양역전에 있던 6각 다층석탑을 달라는 편지를 보내게 했다.

이 편지를 받은 조선총독은 10월에 총무국장이었던 하기다 에쓰조萩田悅造의 이름으로 그 평양 석탑은 역전에 있기 때문에 세인의 눈이 번거로우므로 곤란하고 그 대신 이천에 있다가 현재 경복궁으로 옮겨다 놓은 이천 5층 석탑은 어떠냐는 회답을 보내게 하였다.

이 연락을 받은 사까다니 집고관 이사는 그 탑이라도 좋으니 달라고 하는 연락을 하여 같은 해 10월 24일에 조선총독부는 인천세관장에게 석탑1기를 반출하도록 했으니 편의를 봐주라는 공문을 보내서 내 고향의 석탑이 이곳으로 오게 된 것이다.

그러면 오꾸라 기하찌로라는 인물은 도대체 무슨 인물이기에 그런 권력을 휘두를 수가 있었는가 하면, 그는 무기상인으로 거부가 된후 토건업을 경영하면서 당시 경복궁을 허물고 조선총독부를 지을 때도 청부를 맡았다고 하는 정상배로서 후에 서울에 있는 선린상업고등학교를 설립한 사람이다.

집고관에서 고향의 석탑을 확인한 후 곧 이천신문에 탑을 발견했다는 기사를 보내고 가능하다면 이 석탑 반환운동을 벌여보고 싶다는 의사를 밝혔다.

그 후 고향에 들어가서 이천문화원을 방문하여 석탑반환운동을 거론을 하는 한편 고향의 지인들을 만날 때마다 이 이야기를 꺼냈지만 처음에는 모두가 원칙론으로는 찬성들을 하지만 그 운동이 과연 가능한 거냐는 식의 반응을 보였다.

나는 그들에게 이 운동은 불법적으로 빼앗긴 우리 고장 사람들의 양심을 되찾자는 것으로 지금 이 운동을 벌이지 않으면 후손들이 고향의 문화재를 빼앗긴 선조들도 바보들이지만, 고향의 문화재를 보고도 자기 것을 되돌려달라고 말도 꺼내지 못한 선배들도 형편없는 사람들이라고 평가를 할 것이다.이 운동이 성공하느냐 성공하지 못하느냐는 고향의 여러분들의 일치단결된 행동에 달렸다고 역설하고 다녔다.

　그 후 MBC TV에서 이 석탑이 방영되자 이천에서 관심을 가지기 시작하여 석탑반환추진위원회라는 것이 결성이 되어 본격적인 활동을 시작하여 지금 활발히 운동을 전개하고 있지만 좀처럼 해결의 기미가 보이지 않고 있는 실정이다. 🌸

오꾸라호텔 集古館(이 건물 뒤쪽에 내 고향의 석탑이 있다)

반환운동의 대상인 이천5층석탑

평양 율리사석탑

촌놈 만세

공순이 엄마

금년 구정은 어머님이 돌아가시고 또 바로 밑의 동생이 허무하게 먼저 가고난 후 처음 맞이하는 구정이었다. 혼자가 된 제수씨가 만나고 싶다는 말을 하기에 고향에서 보내기로 하고 귀국해 시골집에서 지냈다.

차례를 지내고 우리 집에서 가장 어른이 된 탓에 동생과 조카들에게 세배를 받고 집 앞 신작로에 나와 옛날을 회상하며 서 있었다.

내가 어릴 때 설날이면 설빔을 입은 동네 조무래기들이 "까치까치 설날은 어저께구요 우리우리 설날은 오늘이래요" 하며 목청껏 노래를 부르면서 세배를 다니느라 소란을 떨며 뛰어다니곤 했다. 하지만 구정이라고 하지만 옛날과 달라 설빔을 입고 세배를 다니거나 집 앞 신작로를 뛰어 다니는 어린아이들이 하나도 없는 쓸쓸하기 짝이 없는 풍경을 바라보며 세월의 흐름을 실감하고 서 있으려니 반가운 얼굴이 하나 눈에 띈다.

저만치에서 공순이 엄마가 어디를 가는 길인지 휘적휘적 걸어오다가 나를 보고 반색을 한다.

지금은 몇 명 남아있지 않은 귀중한 옛날의 비성거리 사람이다.

모처럼 옛날 사람을 만나니 반갑기가 그지없다. 반가운 마음에 집으로 들어와서 잠시 이야기나 하자고 해보건만 바빠서 그럴 새가 없으니까 나중에 보자면서 바삐 걸음을 떼기 시작한다.

옛날 비성거리의 맨 꼭대기 집이 공순네 집이었다.

워낙 작은 동네라 남자 동무들이 적어 어릴 때 언제나 여자애들과 같이 놀았기 때문에 공순네 집에도 매일 놀러 갔다. 그래서 지금도 눈만 감으면 공순네 집의 모습이 눈에 선하게 기억이 난다.

그 집 뒷곁으로 가면 반쯤 무너져가는 헛간이 있었는데 그곳에는 온갖 잡동사니가 쌓여 있어서 어린 마음에 보물섬과도 같은 게 언제나 흥미의 대상이었다.

그건 공순이 아버지가 길거리에서 뭐든지 주워서 쌓아놓곤 했기 때문이었고, 한편으로는 공순아버지가 땜쟁이었기 때문에 별난 게 많았었다고 생각한다.

지금도 선명하게 기억되는 건 여름날 점심때 놀러 가면 커다란 양푼에 시뻘건 밀밥과 상추를 넣고 고추장을 발라 비빈 밥을 온 식구들이 마루에 삥 둘러앉아 먹곤 했다.

그때는 왜 그런 걸 먹는지 이해가 되지 않아 집에 돌아와 어른들에게 물었더니 양식이 없어서 밀밥을 먹는다고 했다. 그런 음식을 먹으면서도 그 집 아이들은 잔병에도 걸리지 않고 잘 자랐으며 부모들도 열심히 일했다.

특히 공순이 엄마는 남자와 같이 걱실걱실한 성격에 덩치도 공순아버지 보다 훨씬 크고 일도 잘했다.

오래간만에 보니 세월의 흐름은 어쩔 수 없는 노릇이라 옛날의 그 덩치는 어디로 가고 쪼글쪼글한 게 많이 늙었다. 하기야 그녀라고 언제까지나 옛 모습을 간직할 수 없겠지만 막상 늙은 모습에 새삼 세월의 흐름을 느꼈다.

자녀들을 모두 도회지로 보내고 혼자 쓸쓸히 지내고 있다고 한다.

그녀를 만나고 나니 법정스님이 쓰신 책에서 읽은 휴정스님의 시가 생각이 난다.

남의 일이지만 오래 건강하게 살기를 바래 본다.

還鄕 (고향에 돌아와)

休靜 (淸虛堂)

三十年來返故鄕 人亡宅廢又村荒
靑山不語春天暮 杜宇一聲來杳茫

一行兒女窺窓紙 鶴髮隣翁問姓名
乳號方通相泣下 碧天如海月三更

삼십년 만에 고향에 돌아오니
사람은 죽고 집은 허물어져
마을이 황량하게 변해버렸다.
청산은 말이 없고 봄하늘 저문데
두견새 한목소리 아득히 들려온다
한떼의 동네아이들
창구멍으로 나그네를 엿보고
백발의 이웃노인
내 이름을 묻는다
어릴 적 이름 알자
서로 눈물짓나니

푸른 하늘 바다 같고
달은 삼경이어라.

갑진 형님

우리 집안에 갑진이라고 하는 나와 먼 친척으로 형님 되는 분이 한 분 계신다.

그분은 키가 자기 말로 대추씨만하다고 할 정도로 작지만 몸 전체가 박달나무로 깎아 만든 방망이 마냥 단단하게 생긴 게 어디 한구석 허름한 틈을 찾아볼 수가 없고 말소리도 깐깐하기 이를 데 없는 분이다.

충북 괴산에 사시면서 우리 집에 무슨 큰일이 있으면 빠지지 않고 오셔서 이런 참견 저런 참견을 하신다.

어릴 때 그 형님이 우리 집에 오시면 꼬장꼬장한 이야기가 듣기 싫어 피해 다니고 그분이 오시는 걸 싫어했다. 그런데 나이를 먹어 가면서 이상하게도 말이 통하는 게 그렇게 다정하게 느껴질 수가 없다.

지난번 어머님 장례 때도 오셔서 모든 장례 절차를 주관하여 남들에게 양반집으로 수를 빠뜨리지 않게 해주셨다.

이제는 연세가 들어 귀가 어둡고 손은 수전증으로 몹시 떨고, 기억력은 쇠잔해졌다고 당신 입으로 말 하시면서도 여전히 꼬장꼬장하기가 대나무쪽 같다.

술이 거나해 지시면 우리들 형제들을 모아놓고 재미있는 얘기를 해주신다며 당신이 어릴 때 시절 얘기를 해주시는데 보통 재미있는 게 아닐뿐더러 인생을 어떻게 살아야 하는가를 가르쳐 주는 것 같아 여러모로 공부가 된다.

한번은 어릴 때 동네에서 자기보다 나이를 두 살이나 더 먹고 덩치가 곱절이나 되도록 크고 힘도 센 아이에게 많이 맞았단다. 맞고 집에 돌아와서 생각하니 힘으로는 이길 재주가 없지만 분하기가 짝이 없어서 이놈을 언젠가는 크게 혼을 내 주리라 마음에 다짐을 하고 있었단다. 며칠 지난 뒤에 그놈 보고 같이 가재 잡으러 산골짜기로 가자고 했더니 이놈이 뭣도 모르고 좋다고 따라 오더란다.

둘이서 인적이 없는 산골짝으로 들어가서 형님이 지렛대로 커다란 바위를 쳐들고 그놈더러 손을 넣어서 가재를 잡으라고 했더니 두 손을 집어넣더란다. 기회를 보다가 지렛대를 쑥 뽑으니 그놈의 손이 바위에 끼어 꼼짝도 못하고 아파서 죽는다며 빨리 지렛대로 바위를 쳐들라고 소리소리 지르더란다.

그걸 보고 손이 바위에 끼어 죽은 놈은 없으니까 걱정하지 말라며 딴짓만 하고 있으니 처음에는 욕을 퍼붓던 놈이 나중에는 사정사정하더란다.

그러나 그때쯤에 그놈의 손을 빼주면 나중에 또 얻어맞겠다 싶어서 넌 아주 혼이 단단히 나야 한다고 하며, 집에 간다고 혼자 휘적휘적 뒤돌아 가는체를 했더니 나도 같이 데려가라고 소리소리 지르더란다.

못들은 체하고 그놈이 보이지 않는 곳까지 가서 한참 있다가 이놈이 어떻게 하고 있나 싶어 몰래 보니까 물속에 털썩 주저앉아 울고 있더란다. 못 본 체하고 한참 지나 다시 가 보니 울다 지쳐 기진맥진한 채 말도 제대로 못할 지경이더란다.

그때 그놈에게 이제부터 또 나를 때리겠느냐고 물었더니 다시는 때리지 않겠다고 하더란다. 그래서 단단히 다짐을 받고 난후에 지렛대로 바위를 들어 올려서 손을 빼주니 손이 마비가 되어 제대로 움직이지도 못하더란다.

그런 곤욕을 치르고도 그놈은 나중에 형님에게 또 당할까봐 두려워 자기 집에 가서도 아무에게도 자기를 이렇게 골탕을 먹였다는 소리를 하지 못했다고 한다.

그 후 부터는 동네에서 무서운 놈이 없어서 지내기가 퍽 편했다고 껄껄거리며 옛날이야기를 하시는 형님도 이젠 연세가 많으셔서 퍽 수척하시다.

아버님이 돌아가신 후 우리 식구들은 생각도 못하고 있을 때 괴산에 있는 선조의 산소 부근 땅 등기를 내야 한다고 가르쳐 주셔서 남의 손에 등기가 나기 직전에 동생 이름으로 등기를 낼 수도 있었다.

평생 남의 것을 탐내지 않고 고지식하게 살아오신 분이기에 더욱 정이 가는지도 모른다.

이제 우리 집안에 유일하게 생존해 계신 양반집 전통을 아시는 형님, 시간이 있으면 그 형님과 같이 지내면서 여러 가지 배우고 싶지만 가능성이 희박하다.

지난번 구정 때도 귀국했지만 직접 찾아뵙지는 못하고 전화로 문안을 드렸더니 부득불 이천까지 나를 만나러 올라오신다고 하셨다. 내가 괴산에 가서 형님을 만나 뵙고 오는 게 도리인줄 잘 알지만 시간이 없어서 그냥 돌아오고 말았다.

앞으로 얼마나 더 사실지 모르지만 부디 오래오래 사시면서 집안

대소가의 모든 일들을 참견하여서 아무것도 모르는 우리 형제들이
남들의 웃음거리가 되지 않도록 지도해 주시기 바라는 마음 간절하다.
　　형님의 만수무강을 빈다.

게걸이 무

아마도 다른 고장의 사람들은 무슨 말인지 모르겠지만 내 고향에는 옛날부터 게걸이 무라는 게 있었다.

정확한 품종명은 모르고 그저 누구나가 게걸이 무, 게걸이 무하고 부르는 순 토종 무였다.

이 게걸이 무는 다른 무와 좀 다른 독특한 무이다.

가을에 처음 수확을 했을 때는 단단하기가 칼이 제대로 들어가지 않을 정도이고, 생기기도 못생긴데다 또 너무 매워서 아무 맛도 없는 무이다. 하지만 이놈으로 물김치를 담갔다가 해를 넘기고 봄이 되어 다른 김장들이 모두 시어빠지고 군둥내가 나서 먹기 거북할 때 꺼내 먹어보면, 그렇게 단단하던 게 단단하지도 무르지도 않을 뿐더러 군둥내도 나지 않아 그야말로 봄철 반찬으로는 퍽 귀중한 존재였다.

요즈음은 세월이 좋아서 봄도 오기 전에 온갖 야채가 흔하니까 봄철 반찬걱정도 옛말이 되었고, 군둥내가 나도록 김장을 많이 담그는 집도 없어졌지만 옛날에야 봄채소가 흔하게 나돌 때까지 김장김치 이외에는 봄철 반찬이 별로 없었다.

가을에 무를 뽑아서 김장을 담그고 몇 개 남겨 무구덩이에 넣었다가 다음해 봄에 밭 귀퉁이에 심으면 장다리가 나오고 꽃이 피어서 씨를 맺게 된다. 그 씨를 받아서 김장 무를 심을 때 같이 심으면 되는데 수확량도 많지 않고, 다른 무처럼 시장성도 없어 그저 자기 집에서 먹을 만큼씩만 재배하는 관계로 유명해지지도 않았다고 본다.

그래도 내가 어릴 때 우리 고향에서는 김장을 담글 때 어김없이 이 게걸이 무 물김치를 꼭 담았다. 하지만 요즈음에는 딱딱하고 별로 맛도 없고, 장소만 차지하는 게걸이 무 물김치를 담그는 집이 점점 없어지고 있다고 한다.

그러나 점점 사라져가고 있는 우리나라 고유의 갖가지 식품들 가운데에서도 우리고향 특유의 게걸이 무는 부디 잘 보존 하였으면 하는 생각이 든다. 잘은 모르지만 이놈을 이용하여 새로운 품종을 육종하면 병에 강하고 맛있는 획기적인 신품종이 개발되지 않을까 싶어진다.

나는 고향에 갈 때마다 친구들에게 게걸이 무를 많이 키우면 언젠가는 인기가 올라 갈 거라고 말을 하지만 모두가 믿어 주지 않는다.

강화도에 가면 순무라는 게 있는데 그게 별로 맛도 없으면서 강화도 특산품이라고 떠들면서 유명세를 받고 있다.

누군가 우리고향 사람이 게걸이 무로 맛있는 반찬을 개발하여 크게 선전을 하면 이놈도 한번 빛을 볼 수 있지 않나하는 부질없는 생각도 해보지만, 거기 까지는 못가더라도 지금은 없어져 버린 이천의 특산인 자채쌀이라던가, 내가 어릴 때 주위에서 흔하게 보던 골참외, 개구리참외, 청참외 등의 전철을 밟지 않았으면 하는 바램이다.

외국에서는 종의 보존이라는 게 있어서 현재의 품종들을 영구히 보존한다고 들었는데 언제나 우리나라에도 이런 제도가 뿌리를 내리려나 생각해 본다.

점점 나이가 들어가며 옛날에 먹던 반찬들이 생각 나 집에 들르기만 하면 늘 게걸이 무 얘기를 하니까 제수께서 친정에서 게걸이 무 물김치를 구해다 주었다. 또 누님 댁에 들르면 언제나 누님 시댁에서 담근 네가 좋아하는 게걸이 무 물김치라고 하시며 내어 주신다.

그런데 어릴 때는 아무런 맛도 느끼지 못하던 게 요즈음 먹어 보면 씹을수록 고소한 게 퍽 맛이 있다. 나이에 따라 입맛도 변해가는 가 보다.

아마도 반은 추억의 맛이려니 생각해본다.

라일락

　매일 아침에 산보를 가는 요요기공원代代木公園에서 산책을 하다가 산책로에서 조금 떨어진 곳에 아주 빈약한 꽃이 눈에 들어 왔다.

　저게 분명히 라일락꽃이로구나 생각하고 가까이 가서 보니 틀림없이 그렇다. 라일락 참으로 오랜만에 불러보는 이름이다.

　순수한 우리나라말로는 수수꽃다리라고 하는 나무로 추운지방에 잘 자라는 나무이기 때문에 내가 사는 이곳 동경에서는 근사한 라일락꽃을 볼 수가 없지만 북해도 지방에 가면 근사한 꽃을 볼 수 있다고 들었다.

　라일락에는 흰 꽃을 피우는 백라일락과 연한 보랏빛 꽃을 피우는 두 가지 라일락이 있다. 그러나 어디서나 흔히 볼 수 있는 건 보랏빛 꽃을 피우는 종류로 솔직히 말해서 꽃 그 자체는 그다지 볼품이 없다.

　그러나 향기는 가히 모든 꽃의 향기 중에서도 가장 진하지 않을까 하는 생각을 한다. 반가운 마음에 얼른 코를 꽃 가까이에 대고 냄새를 맡아 보건만 망가져버린 내 코는 아무런 냄새도 느낄 수가 없다.

　겉으로는 멀쩡해 보여도 오랫동안 화분 알레르기성 비염으로 고생을 했더니 냄새를 전혀 맡지 못하게 되어 비록 코로는 향기를 느끼지 못하지만 마음속으로는 어릴 때의 라일락 향기가 느껴지는 감이 들었다.

지금은 모두 없어지고 말았지만, 내가 어릴 때 우리 집 앞마당에 앵두나무와 라일락나무가 있었다.

봄이 깊어 울타리의 개나리꽃과 산에 진달래꽃이 한물 갈 즈음이면 마당의 라일락이 한껏 향내를 뽐내기 시작했다. 아침에 자고 일어나서 방문을 열면 마당 가득히 라일락 향내가 깔려 있는 게 무엇보다도 좋았었다.

백합은 백합대로 향기가 좋고, 장미는 장미대로 향기가 좋지만, 라일락 향기가 가장 친하게 느껴지는 건 아마도 내 어린 시절의 추억과 함께 향기가 머릿속에 깊숙이 자리 잡고 있기 때문이 아닌가 생각된다.

지금은 고향의 집을 완전히 뜯어 고치고 정원도 서양식으로 만들어서 어릴 때의 기억이 모두 망가지고 말았지만, 그래도 가끔 시골에 가면 내가 어릴 때 즐기던 추억이 하나둘씩 머리에 떠오르곤 한다.

'이맘때는 무슨 장난을 하며 이 자리에서 놀았는데. ……'

'이 자리에는 옛날에 뭐가 있었는데. ……'

고향에 갈 때마다 어릴 때의 추억을 되살리며 혼자서 산으로 들로 돌아다녀 보지만 황당하게 변해버린 주위 모습에, 속된 표현으로 전차에 받친 놈과 같은 게 도대체 이곳이 내 고향 같은 기분이 나지 않고 낯선 고장과 같은 느낌이 자꾸 든다.

그러다가 지금은 거의 없어져버린 나를 기억을 하는 토박이들을 만나면 그렇게 반가울 수가 없는 거다.

지난번 고향집에 들러서도 온통 변해 버리고 말았지만 그래도 내 머리 속에서 어릴 때 철없이 뛰놀던 추억이 한꺼번에 떠오르는 마당에서 지금은 없어지고만 라일락나무의 추억을 되새기면서 멀거니 서

있으려니 누님도 옛날 생각이 나시는지 옆에서 "이 자리에 옛날에 커
다란 라일락 나무가 있었지?" 하고 말씀을 하신다.

이제 부모님들도 두 분 모두 돌아가시고, 5남매 중에서 바로 밑의
동생도 뭐가 그리 바쁜지 서둘러서 저승으로 가 버리고, 고향 집도
변하고, 동네도 변하고, 동네 주위도 변하고, 모두 변해 가는데 변하
지 않는 건 내 마음속에 남아 있는 추억뿐인가 보다.

은비녀

지금은 여인네들이 모두 편리하다는 이유와 촌스럽다는 이유로 우리나라 여인들의 전통적인 쪽머리를 외면하고, 머리를 싹뚝 자르고 파마를 하고 있어서 옛날식으로 쪽을 찐 여인들이란 시골에 사는 허리가 꼬부라진 할머니들뿐이다.

돌아가신 나의 어머니께서는 평생을 쪽을 찌시고 사셨다. 어머니께서는 매일 아침 일찍 일어나셔서 동백기름을 발라서 머리를 정갈하게 빗어 새로 쪽을 찌시고는 염주를 굴리시는 게 하루일과의 시작이셨다.

머리를 빗으시고는 빠진 머리카락을 함부로 버리는 일 없이 한올 한올 모두 종이에 싸서 모았다가는 바늘꽂이 등을 만들어서 자식들에게 나누어 주시곤 해 지금도 내 집에는 어머니의 머리카락을 속에 넣어 만든 바늘꽂이가 하나 있다.

딸들이 연세가 많으셔서 머리를 감으시기 힘드시니 머리를 자르시고 파마를 하시면 여러모로 편하다고 아무리 말을 해도 싱긋이 웃으시며 자르지를 않으셨다.

그런 어머니의 기억 가운데 은비녀에 대한 기억이 새롭다. 내가 아주 어릴 때 어머니 등에 업혀서 뒷머리의 쪽을 손으로 만지면서 놀던 기억 속에도 은비녀의 기억이 아련히 떠오르는걸 보면 어머니가 그

은비녀를 사용하기 시작 한 게 퍽 오래 전 부터라고 생각된다.

할아버지와 할머니가 돌아가셔서 상주가 되셨을 때도, 상주는 금속으로 만든 비녀는 쓸 수 없다는 풍속 때문에 나무로 깎아 만든 비녀를 끼시고 지내시다가도, 상을 벗고 나서는 잘 간수하셨던 은비녀를 다시 꺼내서 치약으로 뽀얗게 닦아서 쓰시곤 하셨다.

연세가 드신 후에 자식들이 은비녀보다는 금비녀가 고급스러워 보인다고 해드렸더니 이천의 시장에 가셨다가 어느 못된 놈에게 지니시고 계시던 금비녀와 금가락지 등 금붙이를 몽땅 사기 당하시곤 마음 아파하시셨다. 그걸 본 딸들이 얼마나 섭섭해 하실까싶어 또 금비녀를 해 드렸더니 이번에는 조심스럽다고 좀처럼 끼시지 않으시고 가끔 서울 딸네 집에 나들이 하실 때나 쓰시고, 일상생활을 하실 때는 계속 은비녀만 사용하셨다.

그래서 나는 금비녀 보다는 항상 눈에 익은 은비녀가 어머니에게 더욱 잘 어울리는 것 같다는 생각이 들곤 했었다.

은비녀와 함께 생각나는 것이, 귀가 가렵다고 하면 쪽에서 은귀이개를 빼어 귀를 후벼주시곤 하던 것이다.

귀개 뿐이 아니라 바느질을 하다가 바늘도 꽂고 하는 게 어릴 때는 도대체 이상해서, 어머니에게 왜 여자들은 머리에 귀이개랑 바늘을 꽂고 지내도 아프지 않느냐고 묻곤 했다.

그렇게 추억이 많이 서려 있는 은비녀를 지난해 어머니가 위독하실 때 병원에서 빼어서 잘 간수 했다고 하는데 경황 중에 어떻게 되었는지 지금은 볼 수가 없다.

아마 제수씨께서 잘 간수를 하셨을 것으로 생각 되지만 그걸 물어

보거나 달라고 말할 수가 없다.

　이젠 영원히 추억 속에 묻혀버린 어머니의 쪽찐 머리와 뽀얀 은비녀.

고향의 흙

　내 방에는 흙이 가득 담긴 조그마한 흰 단지가 하나 있다. 그렇다고 화초를 심어놓은 것도 아니고 그저 하얀 단지 속에 덩그러니 흙만 담겨져 있는 거다.

　그 흙이란 다름 아닌 내가 고향을 생각할 때 가장 먼저 머리에 떠오르고, 어렸을 때 할머니 등에 업혀서 고모님댁에 다니던, 그리고 젊어서 고생고생 하면서 과수원을 하던 곳의 흙이다.

　아직 나이도 별로 먹지 않은 주제에 고향의 흙이네 뭐네 하고 그 무슨 궁상을 떨고 있느냐고 생각하는 사람도 있을는지 모르지만, 몇 년 전엔가 그 땅이 남의 손에 넘어가기 전에 내 땅으로 마지막으로 남아 있을 때, 너무나 애착이 가는 땅이어서 조금 파온 거다.

　흙이라면 어디 흙이나 다름이 없을는지도 모르지만 어릴 때 추억이 얽히고설킨 과수원에 대한 내 집착은 유난히 강한 것이고, 또한 고향을 회상할 때 떼어 놓을 수가 없는 것이 과수원터이기에 그곳이 남의 손에 넘어간다는 게 무엇보다도 견디기 힘들었다.

　상전벽해라고 옛사람들은 말했지만 그야말로 과수원터가 변하는 걸 보고 있노라면 그 말이 절실하게 느껴진다.

　어릴 때 나는 장손이라고 유난히도 어리광을 피웠고, 또 그 어리광을 잘도 받아주시던 할머니는 내가 퍽 컸을 때까지도 업고 다니셨다.

할머니의 등에 업혀서 장등을 넘어서 고모님 댁엘 가던 생각.

국민학교 때 과수원 터에 뽕나무를 잔뜩 심어서 오디가 새카맣게 익을 때면 이천에 사는 동무들이 오디를 따 먹으러 10리길을 걸어서 우리 집에 왔다. 오디를 따 먹으면서 놀다가 석양이 붉게 타는 신작로 길을 "카보이 아리조나 카보이"하는 노래를 불러가며 떼를 지어 뛰어가는걸 바라보던 생각.

내가 퍽 어릴 때 심어 놓은 복숭아나무에서 '천진수밀도'라는 옛날 복숭아가 저절로 열려서 익을 때면 그걸 따먹던 생각.

고모님 댁에 갔다 오다가 빨간 뱀이 있기에 흙덩어리를 던졌더니 그놈이 냅다 쫓아오는 바람에 정신없이 도망을 가던 생각.

어릴 때 추석날이 되면 거북이를 만들기 위해 남의 밭에 들어가서 수수잎을 따가지고 뒷동산에 모여서 거북이를 만들 때 우리 밭에는 들어가면 안 된다고 소리소리 지르며 돌아다니던 생각.

그러나 뭐니뭐니해도 가장 잊혀지지 않는 건 역시 겁도 없이 농사를 지어 보겠다고 학교를 졸업하고 농촌에 뛰어 들어가서 과수원을 할 때의 생각이 아닌가 싶다.

지금생각하면 꿈같이 생각되지만 그때는 힘든 줄도 모르고 잘 참아 냈다고 스스로 놀란다.

결국은 도중에 마음이 변해서 농사를 팽개쳐 버리고 일본까지 와서 살게 되었지만 지금도 그때 찍은 사진들을 볼 때마다 고생스럽던 시절을 회상해보곤 한다.

가끔씩 고향이 그리울 때마다 고향의 흙이 담긴 단지를 들여다보거나 냄새를 맡아보곤 한다. 별다른 냄새가 나는 것도 아니건만 그래도 내 코끝에는 고향의 냄새가 물씬 나는 느낌이 든다.

이젠 고향을 떠나고도 어지간히 세월이 흘러서 잊혀질만도 하건만 세월이 가면 갈수록 더더욱 간절히 생각이 난다.

언제가 될지 모르지만 때가 되어 내가 죽어 땅에 묻힐 때가 되면 내 땅의 흙을 내 뼈 위에 뿌려 달라고 처를 비롯한 가족들에게 부탁했다. 내가 죽은 후에 가족들이 과연 내 마음을 기억하고 내 바램대로 해 줄지는 모르지만, 꼭 그래주길 바란다. 🌳

장독대

어릴 때 우리집 뒤껼의 햇볕이 잘 드는 곳에 있던 장독대에는 크고 작은 장독 20여 개가 크기에 따라서 줄지어 있었다.

어머님은 그 집의 음식 맛은 간장 맛에 달려 있다고 말씀을 하시면서 장독대에 보존되어 있는 장들의 관리에 세심한 주의를 하셨다.

날이 좋을 때는 장독뚜껑을 열어 놓았다가 날만 궂으면 무엇보다도 먼저 장독뚜껑을 덮어야 한다고 들으면서 자랐기 때문에, 나는 소나기라도 내리려고 하면 뒷마당에 널어놓은 빨래를 걷어 들이는 것보다도 가장 먼저 장독대로 뛰어 가서 장독뚜껑을 덮었다.

날이 궂으려고 할 때 장독을 덮으러 가서 맡던 구수하던 그 냄새가 지금도 기억에 아련하다.

크고 작은 항아리에는 오래 묵은 간장, 된장, 고추장들이 담겨 있었고 매년 잘 띄운 메주로 날을 잡아서 햇장을 담그고 항아리에 부정을 타지 말라고 금줄을 치던 옛 풍습.

장독대 뒤에는 집안의 터줏대감을 모신 터줏가리가 있어서 고사떡을 하면 제일 먼저 가져다 놓고 일가족의 번영과 무사안녕을 빌곤 했었다.

그 장독대에 올라가는 돌계단도, 그리고 장독들을 놓았던 널찍한 돌들도, 그리고 항상 젖은 걸레로 행주질을 하시던 반짝반짝 윤이 나던 장독 하나하나도 모두가 확실하게 기억이 되건만 그 장독대도, 어머님도 모두 이젠 추억 속으로 사라져 버린 거다.

지금은 고향집을 현대식으로 뜯어 고치면서 장독대도 없애버렸다. 그래서 가끔 고향에 가도 어릴 때의 추억어린 장독대를 볼 수 없다.

변해 버린 건 장독대뿐이 아니지만, 고향집에 갈 때마다 옛날 장독대가 있던 자리에 서서 눈을 감고 이 자리에는 이렇게 생긴 간장독이 있었고, 그 옆에는 이렇게 생겼던 된장독이 있었는데 하며 기억을 더듬어보곤 한다.

장독대하면 또 생각나는 것이 어릴 때 누님들이 봉숭아물을 들일 때 봉숭아를 따다가 시들시들해지라고 장독대위에 널어놓던 기억이다.

그때 봉숭아물을 들이던 누님들이 이젠 모두 환갑, 진갑이 지나 손자들이 주렁주렁한 할머니가 되었고, 철없이 뛰어놀던 나도 환갑이 되었으니 변하는 게 당연한건지도 모르겠다.

내 바램은 죽기 전에 고국에 돌아가서 시골에 초가집을 짓고 순 한국식으로 살아 보고 싶은 거다.

뒤꼍에는 빈 독일 망정 크기대로 늘어놓은 장독대를 만들고, 조그마하지만 순 한국식의 후원도 만들고, 사랑에는 시원한 장판방에 머릿기름에 찌든 목침도 놓아두고, 여름이면 원두막을 지어놓고 친구들을 불러 모아 장기판을 벌리고, 겨울이면 화롯불에 밤을 구워서 손자들에게 먹여 가면서 옛날에 내가 재미있게 지내던 이야기를 들려주고, 텃밭에는 야채 등을 심어가면서. ……

하지만 내 팔자가 그런 소망이 이루어질 것 같지가 않으니 더더욱 그리워지나 보다. 🌣

홍보면서 배운다

지금은 고인이 되셨지만 나의 어머님은 저녁만 되면 앉아서 졸기를 잘하셨다.

하루 종일 살림살이를 하시기 때문에 저녁때만 되면 고단하셔서 그런다고 이해는 하면서도 어릴 때는 어머니의 그 버릇을 자주 놀리곤 했었다.

가끔 내가 고국에 돌아가서 우리 5남매가 고향집에 모이면 으레 밤늦도록 소싯적 이야기들을 하며 낄낄 거리며 노는데 그럴 때면 으레 어머니는 아랫목에 앉으셔서 꾸벅꾸벅 조시다가는 정신을 차리시고 이 아들, 저 딸의 얼굴을 물끄러미 쳐다보시면서 싱긋이 웃으시다가 어느 틈에 또 꾸벅꾸벅 조시곤 했다.

우리 남매들이 어머니 "앉아서 힘드시게 그러시지 마시고 거기에 누우셔서 들으세요"라고 하면 아니라고 고개를 흔드시면서 계속 고집을 부리시면서 앉아서 조신다.

우리 남매들도 어릴 때부터 어머니의 그런 모습을 보면서 자랐기 때문에 그러려니 하면서 우리들 이야기에 열중하곤 했었다.

그러다가 먼 친척의 이름이라든가 그 친척과의 촌수가 머리에 잘 떠오르지 않게 되면 어머니에게 "어머니 아무 아무개의 이름이 뭐지요?"라던가 "아무개하고 우리하고는 촌수가 어떻게 되지요?" 하고 물으면 금방 대답을 해 주시곤 하신다.

그러면서 우리는 어머니가 조시면서도 이쪽 이야기를 전부 듣고 계시니까 어머니 흉을 보면 안 된다고 하면서 또 우리들 이야기에 열을 올리곤 했었다.

그런데 요즈음 내가 어머니를 닮아 가고 있다.

시도 때도 없이 어디에고 앉기만 하면 병든 병아리 모양으로 꼬박꼬박 졸기를 잘한다. 좀 창피한 일이지만 각종 회의석상에서도 가끔 졸곤 한다.

그런데 이것도 자꾸만 하면 도가 트는 것인지 몰라도 이젠 조는데도 도가 터서 2~3분 깜박 졸지만 남들은 아무도 눈치를 채지 못하게 꼿꼿이 앉아서 조는 재주를 터득하였다.

전에는 아주 가끔 텔레비전을 켜놓고 깜박 졸곤 했었는데 요즈음에는 저녁을 먹고 조금 지나고 나서 그저 궁둥이만 자리에 붙이기만 하면 영락없이 10분 이내에 꾸벅거리곤 한다.

이게 치매의 시초인지는 모르지만 좌우간 나이를 먹어 가면서 괴상한 버릇이 생겨나곤 하는구나 싶다가도 가만히 생각을 하니 이건 내 대에 와서 별안간 생긴 버릇이 아니라 부전자전이 아닌 모전자전이 아닌가 하는 생각을 요즈음 하기 시작을 했다.

그러나 어머님은 돌아가실 때까지 우리 5남매가 낳은 당신의 손자 손녀들의 생년월일, 생시까지 전부 외고 계실 정도로 정신이 좋으셨다. 그래서 설마 내가 알츠하이머병에 걸리지는 않으리라고 확신하면서 지내고 있기는 하지만 확실한 자신은 없다.

이제 점점 밤이 길어가는 계절이 되어 간다. 가끔 내 방에서 텔레비전을 켜놓고 앉아서 꾸벅거리며 졸다가 마누라나 딸들에게 타박을 듣고서는 아하! 나도 이젠 이럴 나이가 되었구나 생각하고 씁쓸한 웃음을 지으며 돌아가신 어머님을 머리에 떠올리곤 한다.

추야장장 긴긴밤에 풀벌레 소리를 벗 삼아 마음의 양식이 될 책을 읽는 것도 좋지만, 컴퓨터를 켜놓고 인터넷으로 고국의 벗들과 호흡을 같이 하는 것도 재미가 있다.

그러나 컴퓨터는 내가 직접 만져야 하기 때문에 텔레비전과 같이 졸수가 없다. 이게 텔레비전과 컴퓨터의 근본적인 차이라고 생각 한다.

자! 오늘밤은 텔레비전을 켜놓고 꾸벅 거리면서 볼까, 아니면 컴퓨터를 통해서 고국의 친구들과 호흡을 같이 해 볼까?

문명의 이기를 마음껏 사용할 수 있는 시대에 살고 있는 것을 신에게 감사한다.

유엔데이

요즈음에도 오늘이 국경일로 남아 있는지는 모르지만, 내가 학교에 다닐 때는 오늘이 유엔데이라고 해서 휴일이었다.

6·25동란 때 유엔군이 우리나라를 구해준 은혜를 잊지 말자고, 유엔의 회원국도 아니면서 전 세계에서 유일하게 유엔창립 기념일을 유엔데이라고 이름을 붙여서 국경일로 정했다고 어릴 때 들었다.

그러나 솔직하게 고백 한다면 유엔군에 대해서 감사하기 보다는 노는 날이 하루 더 늘어서 신난다는 생각밖엔 없었던 게 사실이다.

10월은 3일이 개천절. 9일이 한글날. 그리고 24일이 유엔데이라고 해서 국경일이 3일이나 되어서 공부하기 싫은 나 같이 얼렁뚱땅 학교에 다니는 라이롱 학생들은 정말 신이 났었다.

비단 나만 그랬던 것이 아니라 그 당시의 학생들이라면 누구나 단풍이 곱게 물드는 10월 하순의 휴일은 그야말로 황금 같은 하루였다.

요즈음 같이 공해라는 단어를 모르고 살던 그 당시, 하늘은 한없이 푸르르고 춥지도 덥지도 않은 기온은 그야말로 년 중 가장 좋은 계절이었다.

매년 조금씩 다르기는 하지만 대개 이맘때가 되면 서울근교의 단풍이 가장 멋있게 물드는 시기이다.

보도에는 플라타너스 가로수 낙엽이 바람에 뒹굴고, 고궁 특히 덕수궁에 가면 아름드리 은행나무가 노란색으로 곱게 물들었고, 남산에는 빨간 단풍이 도심의 찌든 공기 속에서도 시민들의 눈을 즐겁게 해주곤 했었다.

이맘때가 되면 여학생과 만나는 장소라곤 빵집밖에 없던 여드름투성이의 고교생들도, 침침한 빵집에서 벗어나서 남산이나 고궁 그리고 교외로 발걸음을 옮기게 마련이었다.

지금도 눈을 감으면 덕수궁 석조전 앞 연못가에 있던 은행나무 밑 벤치에서 당시에 정답게 지내던 여학생과 정답게 이야기를 하다 보면 어깨나 머리 위에 샛노란 은행잎이 떨어지던 게 지금도 눈에 선하게 떠오른다.

그때의 그녀는 행복한 일생을 보내고 있을까? 아마 지금쯤 손자손녀가 주렁주렁 달린 할머니가 되었을 것이다.

요즈음도 가을에 서울에 가는 길이 있으면 어김없이 덕수궁에 들어가서 그때를 회상해 보며 거닐어보곤 한다. 그러나 뭐니뭐니해도 서울 근교의 단풍은 교외의 산으로 가야 제 맛이 났다.

수유리나 우이동 가는 시내버스를 타고, 책을 멋으로 한 권 손에 들고 산으로 올라가면 온 산이 붉은색 누런색으로 단장한 게 참으로 장관이었다.

작정하고 등산을 하러 온 게 아니라서 조금 올라가다가 적당한 곳에 앉아서 멍하니 하늘을 올려다보면서 하루를 보내다 내려오곤 했었다.

지금도 그때 올려다보던 구름 한 점 없이 푸르던 하늘이 나이가 들어가면서 더욱더 선명하게 떠오른다.

대 도시의 근교에 누구나 손쉽게 즐길 수 있는 산이 있는 서울 시
민들은 참으로 행복하다고 생각한다.

영화

내가 국민학교에 입학 한 것이 1953년이니까 바로 6·25동란의 휴전이 성립된 해이다.

학교라고 입학했지만 성한 교실이라곤 세 칸뿐이고 나머지는 모두 폭격에 불타 버려서 저학년低學年생들은 할 수 없이 계단에 모여 앉거나 나무 그늘에 앉아서 청공靑空수업을 받아야 했기 때문에 비오는 날은 자동적으로 휴교여서 학교에 가지 않아도 되었다.

그러던 3학년인가 4학년 때라고 기억이 된다. 하루는 선생님께서 내일은 영화를 보여줄 테니까 학교에 올 때 담요가 있는 사람은 한 장씩 가지고 오라고 하셨다.

이튿날 누런 색깔의 군용 담요 한 장을 끈으로 묶어서 힘들게 짊어지고 10리길을 걸어서 학교에 갔다.

오전 중 수업 시간에 공부는 도대체 머리에 들어가지 않고 오후에 보여준다는 영화에만 신경이 쓰여서 노는 시간에 동무들과 모여 앉아 영화이야기만 하며 오전을 보냈다.

드디어 오후에 줄을 서서 그 당시 이천에서 몇 개 밖에 없었던 온전한 건물인 연초경작조합煙草耕作組合 창고로 갔다. 잎담배를 저장하던 창고였기에 매큼한 냄새가 등천을 했지만 그런 건 아무래도 좋았다.

가지고 간 담요들을 모아서 창고의 창문을 가리고 나니 창고 안은 어두컴컴한데 어린애들이 뭘 안다고 남자반과 여자반을 가운데 새끼 줄을 쳐놓고 따로따로 앉으라고 해서 따로 떨어져 앉았다(우리들은 국민학교 졸업할 때까지 남녀칠세 부동석이라고해서 남자반과 여자반이 달랐다).

심술궂은 남자애들이 여자애들에게 갖가지 물건들은 던지고 소란을 피웠기 때문에 먼지가 심하게 피어올랐다.

그때 본 영화의 제목 같은 건 생각이 나지 않지만 전쟁영화인데 정찰기를 탄 형제가 적기에 쫓기는 장면들이 어렴풋이 생각이 난다. 그러나 그 영화 장면보다도 더욱 선명하게 기억을 하는 것은 변사의 목소리이다.

"혀엉니임 저어는 머언저 가압니다아~(형님 저는 먼저 갑니다)" 하며 갖가지 기교를 부려 가면서 쉴 새 없이 떠들던 변사의 목소리가 아직도 선명하게 기억이 된다.

우리들은 눈으로 화면을 쫓아가면서 귀로는 열심히 떠드는 변사의 말소리를 한마디라도 놓칠세라 열심히 들으며 손에 땀을 쥐고 보다가 주인공이 무사히 적기의 추격을 뿌리치고 귀환을 하는 장면이 되자 모두 일어서서 만세를 부르면서 펄쩍펄쩍 뛰는 바람에 바닥에서 먼지가 너무 나 화면이 보이지 않을 정도였다.

내가 토키 없는 변사가 있는 영화를 본 것은 이것이 유일한 영화이다.

호랑이 담배 피우던 시절의 이야기 같지만 내가 이런 경험을 할 수 있었다는 게 얼마나 다행인지 모른다.

그 이후 영화를 좋아하게 되어 서울의 고등학교로 진학한 후에는 부모님께서 비싼 학비를 대어 주시던 공부는 뒷전으로 미뤄놓고 영화를 보는데 열을 올리곤 했었다.

지금도 그 당시 청소년 출입금지인데도 슬며시 들어가서 본 영화, 또는 보고 싶었지만 돈이 없어서 보지 못하고 제목만을 기억하는 영화 등을 텔레비전에서 방영하면 모두 비디오로 수록해서 곁에 놓아 두고 심심할 때마다 꺼내서 보며 지낸다.

이렇게 모아둔 영화의 비디오테이프가 수십 편이니, 그중에는 가끔 꺼내보는 것도 있고 어떤 것은 한 번도 보지 않고 그대로 쌓아 두니까 세월이 지날수록 화질이 떨어지고 있지만, 그 당시에는 비디오 밖엔 다른 방법이 없어서 그냥 가지고 있었다.

그러던 것이 요즈음엔 기술이 일진월보日進月步하게 되어 DVD라고 하는 새로운 기술이 생겨나서 그걸로 녹화해두면 경년열화를 방지하고 언제까지나 선명한 화면을 볼 수가 있다고 한다.

그렇지만 한편으로 생각해보면 지금도 그리 자주 꺼내 보지 않는 영화 테이프를 언제 보겠다고 수선을 피워가면서 DVD로 재녹화를 하나 싶어 망설이고 있었다.

그러는 중에 취미가 비슷한 국민학교 동창 친구에게서 전화가 왔는데 지금까지 수록해서 보관하고 있는 영화의 비디오테이프를 모두 DVD로 바꿔야 되겠다고 하기에 나도 또 병이 도지려고 한다.

나날이 진보해가는 기술이라 지금 모두 DVD로 바꿔도 또 몇 년 후에는 새로운 기술이 개발 되면 어쩌나 하는 걱정이 앞서기는 하지만 그때는 그때고 우선은 이 시점에서 최신 기술인 DVD로 모두 재녹화를 해야 될 듯하다.

덕분에 며칠을 또 끙끙거리면서 할 소일거리가 생겼으니 그 친구에게 고맙다고나 해야 하는 건가?

우리의 맹세

내가 국민학교에 다닐 때 교실 정면 칠판 위에는 태극기와 우리의 맹세라는 게 걸려 있었고 학교에서 무슨 행사를 할 때마다 그걸 반복해서 제창해서 나도 모르는 사이에 기억하게 되었다.

'우리는 대한민국의 아들딸 죽음으로 나라를 지키자.'

'우리는 강철 같이 단결하여 공산 침략자를 물리치자.'

'우리는 백두산 영봉에 태극기를 날리고 남북통일을 완수 하자.'

이게 우리의 맹세이다.

요즈음 젊은이들이 들으면 무슨 놈의 정신 빠진 소리냐고 코웃음을 칠지 모르지만 내가 국민학교에 입학한 것이 바로 두 번 다시 일어나서는 안 될 6·25동란이 휴전이라고 하는 의미 없는 결말을 맺은 바로 그해였다.

그 당시 대통령이었던 이승만 박사는 작전권도 없으면서도 국군 단독으로라도 북진을 하겠다고 미국에 대들고 있었고, 전국 곳곳에서는 "통일이 아니면 죽음을 달라"며 북진통일이라는 구호를 내걸고 관제 데모를 하는 그런 시대였다.

이런 시대였기 때문에 우리들은 교실에 걸려 있는 우리의 맹세를 뜻도 제대로 모르면서 앵무새와 같이 달달 외우고 있었다.

내가 왜 뜬금없이 이 이야기를 장황하게 꺼내느냐하면 며칠 전에 동아일보 인터넷에 들어가서 보니까 최근에 미국의 자료 보존실에서 새로 발굴한 것이라고 하며 6 · 25동란시의 사진을 올린 것이 있었다.

내가 어릴 때 6 · 25동란을 겪으면서 본 기억과 비슷한 광경들이어서 나중에 보고 싶을 때마다 꺼내서 보려고 내 컴퓨터에 다운로드를 해두고 나니 고등학교 동창친구가 이튿날 또 같은 사진을 그가 운영하는 카페에 올렸다.

그 사진들을 보니 어릴 때 부모님들의 손을 잡고 혹독하게도 춥던 겨울날 눈길을 걸어서 피난을 나가던 1 · 4 후퇴 때의 기억이 새로워진다.

내가 태어나서 자란 집이 국도 3호선으로 서울에서 충주를 지나서 상주까지 내려가는 신작로가에 있었다. 그래서 전쟁의 참상을 누구보다도 자세히 볼 수가 있었기 때문에 그때 본 광경들이 지금까지도 머리에서 사라지지 않고 남아 있게 되었다.

세상의 모든 것은 세월이 지나면 점점 기억에서 사라져가기 마련이고, 또 시대가 지나면 가치관도 바뀌기 마련이라지만 우리 민족이 언제까지나 잊어서는 안 되는 것이 바로 6 · 25동란의 참상이 아닌가 생각한다.

최근에는 6 · 25동란을 한국전쟁이라고 부르는 사람들이 많아졌고 매스컴에서도 그렇게 부르고 있다. 그러나 전쟁이란 국가와 국가 간에 무력에 의한 충돌을 일컬어 전쟁이라고 한다고 배웠다.

그래서 우리는 학교에 다닐 때 북한을 정식 국가로 인정을 하지 않기 때문에 전쟁이라는 용어를 쓰지 않고 동란이라는 용어를 쓴다고 선생님께 배웠다.

그런데 언제부터인지 한국전쟁 한국전쟁하는 호칭이 자리박음을 하게 되었다. 미국에서 Korea War라고 하니까, 일본에서 조선전쟁이라고 하니까 우리도 덩달아서 한국전쟁이라고 하는 건가?

요즈음 과거청산이네, 민족정기 바로 세우기네 뭐네 하면서 과거 일제 때의 모든 것들을 속속들이 까뒤집어 가면서도 6·25에 대해서는 의식적으로 잊으려고 하는 것 같은 감이 들어간다.

헤아릴 수 없을 만큼 많은 인명 피해와 재산 피해를 남겼고 수많은 이산가족들의 가슴에 아픔을 남겨준 북괴의 불법 남침에 의한 6·25동란을 상대방이 동족이라서 관대하게 대해 줘야 된다는 말인가?

나는 애국자도, 아무것도 아니다.

다만 지난날 참담했던 시절 사진들을 보면서 작금의 우리나라 현실을 생각해보니 언뜻 어릴 때 외우던 우리의 맹세가 머리에 떠올랐다.

이젠 나이가 든 사람들의 기억에서 조차 가물거릴 완전히 사어死語가 되어버린, 그리고 젊은 사람들이 들으면 정신 나간 사람들의 주문과도 같이 되어버린 우리의 맹세.

그러나 어서 통일이 되었으면 하는 바람만은 우리 민족 모두의 염원으로 남아 있는 것이 아닌가 생각한다.

오전반 오후반

나는 국민학교에 입학했지만 동란 중에 학교에 성한 교실이라곤 단지 세 칸 밖에 없어서 저학년들은 모두 계단이나 나무그늘 밑에서 청공수업靑空授業을 받지 않으면 안 되었다.

이 지경이 되니까 학부모들 모두가 집에서 수수깡을 가져 온다, 석가래감을 가져온다, 또 며칠씩 노력동원을 온다 하면서 자식들을 위해서 고생고생해서 겨우 지붕만 있는 가건물을 지어 주어서 겨우 비를 피할 수 있었다.

이 교실이라는 게 참으로 가관이었다. 이쪽 끝에서 저쪽 끝까지 칸막이라고는 하나 없이 휑하니 뚫려 있는데, 반마다 옹기종기 흙바닥에 가마니를 깔고 모여 앉아 공부를 하니까 그야말로 여름밤에 논에서 개구리 떼들이 울어대는 꼴이었다.

또, 노는 시간이 되면 장난꾸러기 남자애들이 이쪽 끝에서 저쪽 끝까지 제멋대로 뛰어 다니곤 하니 흙먼지가 말 할 수 없을 정도로 피어오르곤 했었다. 그런데 이 가교실마저 제대로 없어서 할 수 없이 2부제 수업을 해야 했다.

집에서 학교까지 10리 길인데 아침반이면 아침을 먹고 학교에 갔다가 점심때 집에 돌아와서 그날 하루를 마음 놓고 뛰어 놀 수가 있어서 좋았지만, 오후반이 되면 일찍 점심을 먹고 11시쯤 집을 나와 걸어서 학교에 가게 되니까 오전 중에도 제대로 놀 수 없이 학교를 가야 했고, 또 집에 돌아오면 저녁때가 되었기 때문에 마음 놓고 놀 수 없었다.

그래서 언제나 오전반이었으면 좋을 텐데 하는 마음이었지만 그건 불가능한 일이었기 때문에 오후반만 되면 학교에 가기 싫어서 이리저리 궁리를 해보곤 했었다.

공연히 아프지도 않은 배가 아프다고 떼를 써 보기도 하건만 언제나 어머니께 탄로 나서 애꿎은 군밤만 하나 더 얻어맞던가, 종아리를 맞고 잔뜩 화가 나 학교에 가곤 했었다.

그때는 버스가 있기는 하지만 아주 귀한 것이어서 그걸 타고 학교에 간다는 건 생각조차 할 수 없는 일이어서 죽자고 걸어서 가야만 했다.

동무와 둘이서 터벅터벅 걸어서 10리 길을 걷는 건 보통날도 힘이 들었지만 비라도 내리는 날이면 그야말로 죽을 맛이었다.

장남이 비를 맞는 게 안 됐다고 생각을 하셨는지 아버님이 서울에 가셔서 사다 주신 미군들이 쓰던 군용우비를 조그맣게 줄여서 만든 우비를 입고 머리에는 삿갓을 쓰고 집을 떠나지만, 모양은 우비지만 비가 줄줄 새기 때문에 반도 못가서 온몸이 비에 젖어서 여름인데도 덜덜 떨렸다. 겨우 학교에 도착해도 나중에 어떻게 집에 돌아갈까 생각 하느라 제대로 공부가 될 리 없었다.

2부제 수업은 내가 4학년 때 미군들이 새 건물을 지어 주었고, 또 학교가 두 곳으로 분교를 하는 바람에 없어졌다. 그래서 원하던 대로 매일 오전반이 되어 아침에 학교에 갈수 있게 되었고, 매일 오전반이니까 오전 중에 학교에 다녀와서 오후 내내 들로 산으로 돌아다니면서 놀 수 있어서 그렇게 좋을 수가 없었다.

나는 이런 환경 아래서 국민학교 시절을 보냈다. 그렇기 때문에 나에게 있어서는 6·25동란의 기억은 무엇보다도 선명하게 머리에 남아 있다. 아니 나만 그런 게 아니라 가끔 만나는 국민학교 동창들과도 이야기를 해 보면 다른 친구들도 모두들 그렇다고 한다.

이와 같은 비극이 두 번 다시 일어나지 않도록 우리 민족 모두가 노력을 하지 않으면 안 된다고 생각을 하는데 작금의 국내 현실은 자꾸만 나를 불안하게 만들고 있다. ✻

보릿고개

요즈음엔 완전히 사어死語가 되어버린 말 가운데에 보릿고개란 말이 있다.

우스갯소리로 요즈음 어린이들에게 옛날에는 밥도 제대로 못 먹었다고 말을 하니까 그 아이가 하는 말이 "그럼 라면이라도 끓여 먹으면 되지 않느냐"고 하는 말이 있다고 한다.

그만큼 요즈음 아이들에게 있어서 배고픔이란 게 무엇인지 모를 정도로 우리나라가 부유해 졌다는 소리라고 생각 할 때는 기쁘기도 하지만, 한편으로는 이렇게 과거를 깡그리 잊어버려도 되는 건가 하는 생각이 들어간다.

실제로 북녘 땅에 살고 있는 우리 동포들은 요즈음도 굶주림을 참지 못해서 목숨 걸고 중국으로 도망 나오고 있다는 소식을 들을 때마다 6·25동란 직후의 우리나라의 현실이 머릿속에 되살아나곤 한다.

그 당시에는 매년 보리가 누릇누릇 해질 무렵이면 어김없이 보리고개라는 반갑지 않은 단어가 신문지상에 자주 오르곤 했었다.

시골의 어느 부락에 집단적으로 절량농가가 발생을 했다는 신문보도가 눈에 띄었고, 우리 마을에만 해도 꽤 많은 집들이 양식이 떨어져서 동네에서 밥술이나 먹는 집에 가서 겨우 보리쌀을 한 됫박이나 두 됫박 꾸어 오거나, 나중에 일을 해 주기로 하고 품값으로 보리

쌀을 미리 얻어다가 들에서 뜯어온 나물을 잔뜩 넣고 죽을 끓여 먹으면서 가을이 오기를 기다리며 지내야 했던 것이다.

그들 가난한 농부들에게 있어서 점심은 으레 굶어야 되는 것이었다.

긴긴 날 점심을 굶고 논밭에 나가서 일을 하려니 그 고생이 오죽이나 했겠는가?

그들은 이렇게 배고픈 설움을 숙명으로 여기고 체념 한 채 대를 물려가면서 살았다.

내가 어릴 때 우리 동네에도 함께 자란 어릴 때 동무들 중에도 국민학교만 졸업을 하고 서울로 식모살이를 떠나거나 공장으로 일을 하러 간 동무들이 있었다.

남의집살이를 하면서 또는 공장의 열악한 근무 조건 속에서 모진 고생을 하면서 한푼 두푼 받은 월급은 꼬박꼬박 시골집으로 보내 남은 식구들을 부양을 하거나 동생들의 학비를 대어주던 어릴 때의 동무들을 생각하면 지금도 마음이 아파진다.

이렇게 천형으로만 여기고 살던 가난의 굴레를 벗어난 것은 지금 젊은이들이 수구꼴통이라고 폄하하는 세대들이 주린 배를 움켜쥐고 일사불란하게 피눈물 나는 노력 덕분이다.

그렇다. 지금의 구세대들은 누천년에 걸쳐서 이 나라를 천형과 같이 내려 누르고 있던 가난이라는 굴레를, 보릿고개의 그 배고픔을 물리치고 지금의 풍요를 일구어낸 세대들이다.

이것만은 누가 뭐라고 하더라도 떳떳하게 자랑할 수가 있다고 나는 확신한다.

그러나 최근의 젊은이들은 나이를 먹었다는 것과 자기들과 이상이 맞지 않는다는 이유만으로 이들 세대가 과거에 이루어 놓은 업적은 깡그리 잊어버리고, 아니 무시해 버리고 대화가 안 통하느니, 수구 꼴통이니 하면서 폄하 하고 있다.

시대가 이러니 모두 그런 건 아니지만 개중에는 제 부모들에게 대하는 태도도 옛날과는 상상도 못할 정도로 변한 자식들도 있다고 한다.

이젠 모든 경제권을 자식들에게 물려주고 쓸쓸히 지난날을 반추해 가면서 지내는 노인들이 모처럼 자식들에게 듣기 싫은 소리라도 하면 금방 나오는 말이 "아니 우리들에게 뭘 잘해 주셨다고 큰소릴 하시는 겁니까?" 하는 억장이 무너지는 소리나 듣기 십상이라는 것이다.

그렇다. 그 노인들은 젊은 자식들에게 남들처럼 호의호식을 시켜 주지도 못했고, 달라는 대로 푹푹 돈을 주지는 못했을런지 모르지만 적어도 옛날과 같이 배는 곯리지 않고 키우지 않았는가?

그런데도 왜 자식들에게 죄인과 같은 취급을 받아야만 하는 걸까?

모두 가슴에 손을 얹고 생각해보자. 과연 이대로 가도 좋은 것 인가를!

나는 젊었을 때 아들을 점지 해 주시지 않은 삼신할머니를 원망도 많이 했었지만 요즈음에 와서 다시 생각해보니 오히려 아들이 없는 편이 훨씬 마음 편하게 지낼 수가 있는 게 아닌가 하는 생각하게 되어 반대로 삼신할머니에게 감사드리고 싶은 생각이 들어갈 때가 있다. ✿

차장 車掌

요즈음은 시내버스가 모두 운전기사 혼자서 운행을 하는 원맨카 one man car들이지만 옛날에는 반드시 차장이라고도 하고 안내양이라고도 하는 사람이 타서 버스가 정류장에 도착 하면 문을 열고 닫는 일이나 요금을 받으며 타고 내리는 손님들을 도와주는 일을 하곤 했었다. 이 차장들을 1950년대 말 까지는 남자들이 하고 있었다.

"마포, 마포 내릴 손님 안기소오(안 계십니까) 내릴 손님은 빨리빨리 내리 소오(내리세요)"하고 말을 길게 빼며 혹시 나이가 든 손님이 조금이라도 굼뜬 행동을 하면 난폭하게 굴곤 했었다.

그러던 것이 1960년대에 들어서자 모두 여자 안내원으로 바뀌었다. 요즈음에는 상상도 하지 못할 장시간 근무와 열악한 근무조건 때문에 간혹 달리는 버스에서도 문간에 기대어 졸고 있는 앳된 차장들을 볼 수가 있었다.

새카맣게 때가 끼고 터진 손등을 한 앳된 차장들을 보면 어릴 때 한 마을에서 함께 놀며 자란 여자동무 생각이 나곤 했었다.

그녀는 집이 가난해서 국민학교만 간신히 졸업을 하고 서울로 일을 하러 올라갔다. 언젠가 추석명절 때 시골에 내려 온 그녀를 만나서 무슨 일을 하고 있느냐고 물었더니 한참을 머뭇거린 후에 차장을 한다고 하면서 자기가 고생을 한 이야기를 들려주었다.

하루에 12시간 이상씩 승차 근무를 해야 하는데 그게 보통 힘이 드는 게 아니라고 한다. 그러고도 밤늦게 운행을 마치고 차고에 들어오면 세차 등을 해야 하기 때문에 잠을 잘 시간이 더욱 적어진다고 했다.

그러나 그런 힘든 일 같은 건 참을 수가 있다고 했다. 가장 참기 힘든 건 소위 삥땅조사라고 해서 손님들에게 받은 돈을 슬쩍 감추지 않았나 해서 몸수색을 당 하는 일이라고 했다.

그렇게 힘이 들면 처우개선을 요구하거나 요구가 먹혀 들어가지 않으면 단체행동을 하면 되지 않느냐고 했더니 어이가 없다는 표정으로 한참 나를 쳐다보다가 하는 소리가 "그 이튿날로 차장 짓을 그만두고 싶으면 무슨 짓은 못하겠느냐"고 하면서 회사에 잘못 보이면 당장 내일부터 근무하지 말라고 하면서 해고를 당한다고 한다.

수요공급의 원칙에 의해서 차장을 하려고 하는 사람은 많고 일자리는 적으니 모가지가 붙어 있으려면 온갖 고생을 참고라도 근무해야 하는 것이다.

삥땅 얘기가 나오니 또 생각이 나는 게 차장 뒤에 앉아서 차장이 삥땅을 뜯나 감시를 하는 감시원이 있었다.

허구한 날 차장 뒤에 앉아서 오르고 내리는 사람들의 수를 헤아려야 하는 직업이니 그들도 수월한 직업은 아니었다는 생각이 든다.

그러다가 승강계단에 사람이 밟으면 도수가 자동적으로 계산이 되는 도수계라는 게 등장을 했다. 어쩌다가 노인들이 버스를 잘못 타서 도로 내리려고 하면 차장이 앙칼진 목소리로 "도수계 밟지 말고 내리라"고 소리를 지른다.

　정지해 있는 상태에도 그 가파르고 높은 계단을 오르내리기 힘든 판에 떠나려고 움직이는 차에서 계단을 한 계단 밟지 않고 내리려고 하니 노인들에게 보통 어려운 게 아니었다.

　가끔 발을 잘못 디뎌서 떠나던 차에서 굴러 떨어지는 사고가 일어나고 그럴 때마다 차장들이 잘못했다고 처벌의 대상이 되곤 했었다.

　만원이 되어 더 이상 손님을 태울 수가 없는데도 한사람이라도 더 태우려고 문에 곡예 하듯 매달려 가다 가끔 떨어져 희생이 되곤 하던 차장들. 차에 매달려 가야 되기 때문에 말로 "오라이"라고 소리를 질러도 운전수가 제대로 알아듣지 못하니까 버스의 벽을 주먹으로 쾅쾅 때려서 신호를 보내던 차장들.

　요즈음도 서울에 가서 시내버스를 보면 그 당시 차장들이 주먹으로 탕탕 두드리던 소리가 들리는 감이 든다.

시발 자동차

요즈음은 우리나라가 세계 몇 번째의 자동차 생산국이라고 말을 하지만 옛날 6·25동란 직후에는 자동차 같은 것은 감히 만들 생각조차 할 수가 없었다.

내가 어릴 때 경복궁에서 열렸던 해방 10주년 기념 산업박람회라는 것이 열렸었는데 부모님들의 손을 잡고 그 박람회 구경을 갔더니 거기에 검은 색깔의 시발자동차라는 게 한대 전시 되어 있었다.

엔진은 모두 미군들에게서 불하 받은 고물 지프를 이용하여 드럼통을 두드리고, 철판을 용접해서 만든 것이 바로 시발이라는 이름의 자동차였다.

이런 이야기를 쓰면 지금도 "시바ㄹ"이라고 엔진 앞에 쓰여진 지프형의 자동차를 기억하시는 분들이 많이 계실 줄 생각한다.

그 당시 서울 시내에 굴러다니는 자동차라는 자동차는 모두 미군들에게서 불하 받은 고물 자동차를 개조해서 택시도 만들고, 합승도 만들고, 버스도 만들고, 트럭도 만들어서 사용하던 시대였다.

내 기억이 정확한지는 모르지만 시발이라는 자동차는 신진 자동차라는 곳에서 만들었다고 기억 하고 있다. 미군들이 쓰다 불하를 한 고물 자동차를 개조해서 만든 자동차를 가지고 국산 제1호 자동차라고 선전 하던 것이 지금도 기억난다. 당시 워낙 자동차가 귀할 때라서 시발자동차는 미처 만들 틈도 없이 팔렸다고 했다.

지금은 생각할 수 없을 정도로 숫자가 적기는 했었지만 서울 시내에 굴러다니는 택시들은 거의가 시발택시 일색이었다. 5·16군사혁명 이후 일본의 닛산 자동차가 새나라 자동차라는 이름으로 들어오고, 그 뒤에 도요다 자동차의 코로나가 들어올 때 까지 그야말로 시발택시 독점상태였다.

시발택시 일색이었던 서울 거리에 새나라 자동차와 그 뒤를 따라서 들어온 일본 도요다의 코로나 자동차의 멋있는 모습과 산뜻한 색깔은 참으로 멋있었다.

소형 자동차라면 으레 검은 색깔의 본넷이 높은 지프형의 자동차만으로 알고 있었는데 새나라 자동차닷도산의 유선형 차체와 화사한 색깔은 경이의 대상이었다.

그 당시에는 세계 자동차의 흐름이 어떤지 외국에서는 어떤 자동차가 인기가 있는지 하는 것은 일부 부자 집 아이들 같으면 몰라도, 일반 국민들에게 있어서는 강 건너 불구경 같은 이야기로 우선 매일매일의 생활을 해결하는 것이 선결 문제였다.

하루 품값을 받아 가지고 오다가 쌀가게에 들러서 봉지에 쌀을 몇 홉 사 오거나 또는 밀가루 한 봉지 사다가 온 가족들이 저녁을 끓여 먹으며 지내는 사람들에게 자동차라는 건 상상조차 할 수 없는 물건이었다.

그로부터 40년이라는 세월이 흐르니 이젠 서울 시내뿐만 아니라 전국 어디를 가도 자동차가 넘쳐 시도 때도 없이 체증으로 움직일 수가 없게 되어 버렸다.

요즈음 가끔 도쿄에서도 볼 수가 있는 우리나라제 자동차를 보고 격세지감을 느끼며 옛날을 회상해 보았다.

기동차

　지난날 서울에는 동대문에서 뚝섬과 광나루로 가는 기동차라는 게 있었다. 이 기동차를 주로 이용하는 손님들은 학생들과 회사원들, 그리고는 야채를 광우리에 담아 가지고 팔러 다니는 야채장수 아줌마들이었다.

　그래서 여름만 되면 기동차 속에도 똥파리들이 우글거리고 있었기 때문에 파리똥으로 희게 페인트칠을 한 벽이 새카만 점투성이가 되어 있었다.

　지금에야 뚝섬도 광나루도 도심이 되어 야채 밭 같은 건 하나도 없어져 버렸지만 옛날 내가 고등학교에 다닐 때만 해도 뚝섬 근처는 건물이라곤 하나도 없고 야채밭뿐이었고, 광나루 근처에는 미나리 밭이 많았었다.

　그래서 아줌마들이 밭에서 야채를 받아 광우리에 담아 머리에 이고 기동차를 타고 시내로 와 골목골목 다니면서 팔곤 해서 기동차 안은 아침 등교시간이나 출근시간이 지나면 언제나 광우리들로 가득하곤 했었다.

　이 기동차를 생각하자면 무엇보다도 먼저 생각이 나는 것이 당시 청계천변에 있던 무허가 판자촌이다. 양옆으로 겨우 기동차가 지나다닐 공간만을 비워 놓고는 판잣집이 다닥다닥 붙어 있었다. 조금 거짓말을 보태면 기동차에서 손을 뻗으면 민가 집에 손이 닿을 정도라고나 할까? 가끔 이 판자촌에 불이라도 나면 기동차가 운행을 중지할 수밖에 없는 그런 마을이 동대문에서 부터 영미다리까지 뻗어 있었다.

나는 고등학교에 다닐 때 이 기동차를 타고 여름에 뚝섬이나 광나루로 미역을 감으러 다니곤 했었다. 당시 서울 시민들이 가장 자주 가던 수영장이 뚝섬이나 광나루였다.

당시의 주머니 사정으로 해수욕을 간다는 건 굉장한 사치였기 때문에 보통 시민들은 뚝섬이나 광나루에 모여 수영하는 것으로 더위를 식히곤 했었기 때문에 여름만 되면 대단히 복잡했었다.

뚝섬은 기동차 종점에서 걸어서 그다지 멀지 않았지만 장소가 좁고 또 수심도 깊었으며 사람들이 너무 복작거려서 뚝섬 보다는 광나루 쪽으로 자주 다니곤 했었다.

광나루는 기동차 종점에서 내려서 광나루다리(광진교)를 건너가다 보면 다리 중간쯤에 밑으로 내려가는 계단이 있는데 그 계단으로 내려가면 넓은 백사장이 있었고 수심이 얕아 수영하기가 썩 좋았다.

그때 수영을 하다보면 강 한복판을 외국인들이 모터보트를 타거나 수상스키를 하면서 신나게 질주하곤 했었다.

긴긴날 돈을 아끼느라고 점심도 굶어 가면서 수영을 하다가 지쳐서 백사장에 누워 있다가 강 복판을 신나게 질주를 하는 그들을 바라보면서 저들은 도대체 우리와 무엇이 다르기에 저렇게 사치스러운 생활을 할 수가 있을까 하는 생각을 하곤 했었다.

허기가 지도록 수영을 하다가 또다시 만원으로 복작거리는 기동차를 타고 하숙집으로 돌아오느라면 언제 수영을 했는가 싶게 온몸은 땀으로 목욕을 한 듯 했었다.

언젠가 서울에 들렀을 때 워커힐 호텔에 묵으면서 바라보니 옛날 걸어 다니던 광나루다리 옆에는 새로 만든 넓은 다리가 놓여 있고, 수영을 하던 백사장 수영장도 없어져 버렸다.

그러나 옛날 고등학교, 대학교시절에 저 근처에서 친구들과 수영을 하면서 놀았는데하는 생각을 하며 시간 가는 줄 모르고 강변을 내려다보고 있으려니 상전벽해桑田碧海라는 옛말이 머리에 떠올랐다.

불알친구

며칠 전의 일이었다.

오전 11시쯤 집에서 딸과 함께 텔레비전을 보고 있는데 전화가 울려서 받아보니 영어를 말할 줄 아느냐고 묻는다.

가끔 집사람에게 외국인 생도들이 영어로 전화를 하기 때문에 이 전화도 집사람에게 온 전화인가보다 하고 옆에 있던 딸에게 받아보라고 전화기를 건네주었더니 잠시 이야기를 한 후 나를 바꿔주면서 미국에 사는 아빠 친구인데 아빠와 이야기를 하고 싶다고 한다고 한다.

전화를 받아 들고 우리말로 "여보세요"라고 했더니 저쪽에서 "야! 네가 창진이니? 나 박돈하다"라고 한다.

나는 그 소릴 듣는 순간 지금 나이가 어떻게 되었으며, 옆에 딸이 듣고 있다는 건 까맣게 잊어버리고 어릴 때처럼 "야! 뭐야? 네가 돈하새끼니?"라고 했더니 "그래 내가 바로 그 돈하다"라고 한다.

박돈하. 그와 나는 국민학교와 중학교 동창이다. 그는 대학교를 졸업하고 미국으로 이민 가서 지금은 필라델피아에 살고 있다고 한다. 나는 가끔 귀국해서 국민학교 동창 친구들을 만날 때마다 그의 소식을 묻곤 했지만 서로 사는 나라가 다르다 보니 만날 기회가 없었던 것이다.

나이가 환갑이 된 사람들이 전화에 대고 "이 새끼 저 새끼"하는게 마치 국민학교 학생들이 전화를 하는 꼴이다. 어떻게 내 집 전화번호를 알았느냐고 했더니 국내에 살고 있는 친구에게 물어봤더니 가르쳐 주더라고 하면서 반가워서 어쩔 줄 모른다.

그와 통화를 하면서 열심히 그의 변해 버린 얼굴을 머릿속으로 그려 보건만 머리에 떠오르는 건 국민학교 다닐 때의 모습과 그와 마지막으로 만났을 때의 모습뿐으로 지금 그의 모습이 상상이 되지 않는다.

그도 그럴 것이 그와 마지막으로 만난 것이 1970년대 초반으로 벌써 30년 이상이라는 세월이 흘러갔으니 그의 모습이 상상 될 리 없는 것이 당연한지도 모른다.

그는 나에게 전화를 걸면서 달랑 한 장뿐인 국민학교 졸업사진을 꺼내 들고 앉아서 전화를 하고 있다고 하면서 옛날 친구들의 근황을 묻는다.

그도 고국을 떠나서 살고 있기 때문에 어릴 때 친구들이 그립기가 그지없다고 하면서 이렇게 전화로라도 목소리를 들으니 대단히 기쁘다는 말을 자꾸만 반복 한다.

나야 외국에 산다고 해도 바로 옆 나라에 살고 있기 때문에 친구들이 그리울 때는 언제라도 속담에 상말로 "고자 처가 집 드나들듯"자주 귀국을 해서 어릴 때 친구들과 만나 회포를 풀 수 있지만 그는 멀리 살고 있기 때문에 자주 귀국을 하지 못한다고 했다.

몇 십 년 만에 전화 통화를 해도 금방 이 새끼 저 새끼하고 쌍욕이 튀어 나오는 그런 사이가 바로 불알친구라는 것이 아닐까?

남들이 들으면 늙은이들이 주책을 떨고 있다고 눈을 하얗게 뜨면서 욕을 하겠지만 우린 이런 사이의 친구가 더없이 소중한 것이다. 그런 어릴 때의 친구들과 만나서 밤을 새워가면서 옛날이야기를 하는 재미 그건 무엇과도 바꿀 수 없는 재미라고 생각 한다.

이제 또 12월 13일이면 그런 국민학교 동창회 망년회가 고향에서 열린다고 한다.

금년에도 만사를 제쳐 놓고 참석해서 어릴 때의 동무들과 만나서 실컷 쌍욕지거리를 하고 올 생각을 하니 벌써부터 어릴 때 설날을 기다리는 심정이다.

이명래 고약

지금도 이런 이름의 고약을 약방에서 팔고 있는지 모르지만 내가 어릴 때 가장 애용(?)을 한 가정 상비약중의 하나가 바로 이명래 고약이었다.

원체 운동신경이 둔해서 잘 넘어졌고 넘어질 때마다 무릎을 깨거나, 풀숲을 돌아다니다가 풀잎에 긁혀서 장단지에 상처가 나면 열심히 빨간약(머큐롬이라고도 하고 일본말로 아까찡끼라고도 한다)을 시뻘겋게 바르곤 했지만 반드시 덧나곤 했다.

해마다 정월 보름날이면 부스럼 생기지 말라고 부름을 열심히 깨물고는 창문을 열고 목청껏 "부름 나가라"고 외치곤 했지만 그 효력이라곤 하나 없이 어디고 조그만 상처만 나면 꼭 덧나 사람을 고생시키곤 했었다.

아주 어릴 때는 이명래 고약이라는 것도 없어서 부스럼이 나면 아픈 걸 참고 곪게 내버려 두었다가 고모님이 붙잡아 놓고는 손으로 짜거나 할머니가 입으로 빨아내고 거기에 밀가루떡을 만들어 붙여두면 고름이 줄줄 나오다가 며칠 후면 났는데 이게 사람이 죽을 노릇이었다.

가뜩이나 아픈 거라면 못 참는 성미인데 부스럼으로 벌겋게 곪아서 성을 내고 있는 곳을 짜대니 못 견디게 아프기 때문에 온통 발광을 부리다가 발로 고모님 코를 걸어차서 코피를 쏟기 일쑤였다.

그래서 내 부스럼을 짜는 날이면 할머니, 어머니, 누님들, 고모님 이렇게 집안의 여자들이 총 동원 되어 대청에다 눕혀 놓고는 꼼짝 못하게 사지를 한사람씩 찍어 누르곤 고모님이 소매를 걷어붙이고는 인정사정없이 짜는 거다.

이때마다 사람 죽는다고 돼지 잡는 소릴 동네방네 다 들리도록 질러대는 등 소란을 피우곤 했기 때문에 고름을 다 짜고 밖에 놀러 나가면 동무들이 너 오늘 또 부스럼 짰구나 하고 놀리곤 했었다.

할머니는 손자 아파하니까 손으로 짜지 않고 입으로 그 더러운 고름을 빨아내 주셨지만 속에 고름이 남아 있어서 자꾸만 재발을 하곤 했었다.

부스럼을 짜고 그냥 두면 구멍이 막혀서 또다시 곪기 때문에 그곳에 밀가루 반죽을 붙여 두는 것인데 퍽 성가셨다. 잠시도 가만히 있지 못하는 성미인지라 뛰어 돌아다니다 보면 어느새 밀가루떡이 떨어져 버리고 고름을 짠 구멍이 막혀 버려서 또 고생을 하곤 했었다. 그러던 것이 국민학교에 들어갈 즈음이 되니까 이명래 고약이라는 게 생겼다.

종기가 생기면 고약을 조금 떼어 한지(창호지)에 붙이고 불에 쬐어서 눅진눅진하게 만들어 고름을 다 짠 후에 환부에 붙여 두면 고약 자체가 끈적끈적해서 떨어지지 않기 때문에 뛰어 놀아도 괜찮아서 참으로 편했다. 또 이명래 고약에는 근빼는 약이라는 게 들어 있어서 악성종기에 잘 듣는다고 했다.

그 당시에는 요즈음과 달리 헌데도 많았고 부스럼도 많아서 고약의 인기가 좋았고 수요가 많았기 때문에 이명래 고약 이외에도 중림

동 고약. 됴고약(조고약), 이고약 등 비슷비슷한 이름의 고약들이 많았
었다.

요즈음에는 옛날처럼 종기를 앓는 애들도 없지만 만약에 있다고
해도 예전처럼 애들을 잡아 놓고 종기를 짜면 그놈들이 눈을 하얗게
뜨고 야만인이라고 욕을 할지도 모른다. 지금도 종아리 여기저기에
남아 있는 부스럼 흉터를 들여다보면서 옛날을 회상해 보았다.

그때 대청에 눕혀 놓고 발광을 못하도록 사지를 찍어 누르며 부스
럼을 짜주시던 분들 중에 이젠 누님 두 분을 빼놓고는 모두 저 세상
으로 가셨다.

어른이나 애들이나 여기저기에 시커먼 고약을 덕지덕지 붙이고 다
니던 그 시절이 다시금 그리워진다.

증명사진

사람이 제 스스로 나이를 먹었다고 인정하는 데는 상당한 용기가 필요하다고 생각 한다.

일전에 동경소방청東京消防廳으로부터 재해시災害時인명구조 보런티어 등록증의 갱신시기가 되었으니 증명사진을 두 장만 보내달라는 연락을 받고 집 근처에 있는 증명사진 자동촬영기에 가서 사진을 찍었다.

보통 때는 매지 않던 넥타이까지 매고 몇 번이고 거울을 보면서 수염도 깎고 모양을 내고 촬영하기 전에 다시 거울을 보면서 머리에 빗질을 하고 마음을 가다듬고 기계 앞에 앉아서 사진을 찍고 나와 한참 기다리니 증명사진이 인화 되어 나왔다.

그 사진을 보는 순간 어어… '이 할배가 누구지?'하는 감이 들었다.

매일 아침 수염을 깎을 때 마다 거울을 들여다보면 조금씩 엷어져 가는 앞머리의 숱이나 얼굴에 늘어나는 검버섯의 숫자에 대해서 신경이 쓰이기는 했지만 설마 내 얼굴이 이렇게 나이 먹은 할배의 얼굴로 변해 버린 줄은 생각지도 않고 지내왔던 것이다.

뭐 그렇다고 내가 30~40대의 젊은이의 얼굴이거니 생각 하지는 않더라도, 그래도 남 보기에 내 나이보다 한참 젊어 보이리라는 자신이 있었는데……

실제로 국민학교 동창 친구들을 만나거나 어릴 때 동무들을 만날 때마다 나보고 조금도 나이를 먹지 않았다는 둥, 하나도 안 변했다고 하는 말이 퍽 듣기가 좋았었는데 나도 그들과 똑같이 늙어버린 것 같아 기가 막혀진다.

그러고 보니 매 5년마다 갱신하는 여권 사진을 볼 때마다 조금씩 나이가 들어가는 자신의 모습에 신경 쓰이기는 했었다.

처음 일본에 들어올 때 본국에서 받아 온 여권에 붙은 사진이야 20대의 사진이니까 접어 두기로 하더라도 그 후 5년마다 착실히 나이를 먹어가고 있는 자신의 사진들을 보면 한 인간이 나이 먹어 늙어가는 과정을 정기적으로 찍어둔 것 같은 감이 들어간다.

실제로 여권사진과 같은 목적이 아니라면 정기적으로 자기의 독사진을 찍어두는 사람이 별로 많지 않으리라 생각 한다.

그런 의미에서 나는 외국에 살기 때문에 언제나 유효한 여권을 소지하고 있어야하기 때문에 본의 아니더라도 정기적으로 얼굴의 기록을 남길 수가 있지 않았나 싶다.

오래간만에 생각 난 김에 지금까지 여권들을 모두 꺼내 놓고 5년마다 변해온 자신의 얼굴을 들여다보면서 이 여권을 소지하고 외국에 다닐 때는 이런 일이 있었고, 또 이 여권을 소지하고 외국에 다닐 때는 이런 일이 있었구나, 하는 것을 머릿속으로 회상해 보았다.

더 늙기 전에 딸들이 모두 모이면 가족 모두의 기념사진이라도 찍어둬야겠다. 그리고 언제가 될는지 몰라도 나의 영정 사진도…….

이런 생각을 하면 죽을 날짜를 잡아둔 사람과 같은 생각이 들지 모르지만 언제가 될는지 몰라도 미리미리 준비를 해두는 것이 좋지 않을까?

　먼 훗날 외손주들이 내 사진을 볼 기회가 있다면 늙고 꾀죄죄하다고 느끼지 않고 우리 외할아버지 참 잘 생겼다고 느낄 수 있도록 말이다. 🐾

통행금지

우리나라에서 통행금지 제도가 사라진 것은 훨씬 뒤의 일로서 내가 고등학교에 다닐 때만해도 아직 서릿발 같은 통행금지라는 게 있어서 12시만 되면 일부 특별히 허가를 받은 사람 제외하고는 모두 통행이 금지 되곤 했었다.

그래서 저녁에 친구들과 한잔 마시던 사람들도 11시가 넘으면 집에 돌아갈 준비를 서둘러야 했고, 시내에서는 귀가를 서두르는 사람들의 택시를 타기 위한 경쟁이 매일 밤 대단했었다. 그러다가 결국 택시를 못 잡고 통금시간을 넘기게 되면 시내 여관에 들어가서 하룻밤을 지내곤 하는 게 당시의 풍물이었다.

당시에는 집집마다 전화가 있는 것도 아닌 시대여서 남편이 또는 아버지가 귀가를 하지 않으면 집으로 연락할 방법이 없어 집에 남아 있는 가족들이 밤새도록 걱정하면서 밤을 새워야 하기 때문에 될 수 있으면 일찌감치 집으로 돌아가곤 했었다.

그러나 불륜의 하룻밤을 지내려고 하는 사람들에게는 반대로 이게 대단히 편리한 변명의 구실이 되었던 것도 사실이었다.

집에는 친구들과 한잔 하다가 통금시간을 넘겨 할 수없이 여관에서 자고 들어 왔다고 거짓말을 하지만 사실은 묘령의 여인과 밤새도록 여관에서 재미를 보는 그런 남자들에게는 통금이란 어느 모로 보면 참 편리했었으리라는 생각이 들어간다.

매일 밤 12시가 조금 넘으면 방범대원들과 취객들 사이의 술래잡기가 시작이 되어 호루라기 소리와 골목길을 뛰어서 도망가는 발자국 소리가 들려오곤 했었다.

그도 그럴 것이 통금위반으로 잡히면 무조건 파출소로 연행 되었다가 경찰서로 이송되어 유치장에서 하룻밤을 보내고 이튿날 아침이 되어야 벌금을 물고 석방이 되는 판이니, 모처럼 친구들과 한잔 걸치고 기분 좋게 집 근처까지 왔다가 통금 싸이렌이 울리게 되면 도둑놈 모양으로 살금살금 골목길을 골라 집으로 서둘러 가다가 운수 나쁘게 방범대원들에게 발견되면 걸음아 나살려라 하는 식으로 냅다 뛰었다.

통행금지 제도는 제주도와 해안을 끼지 않은 충청북도만은 다른 지방에 비해서 일찍 해제 되었다.

내 고향인 경기도 이천의 장호원이라고 하는 곳과 충청북도 음성군 사이에는 조그만 다리를 사이에 두고 한쪽은 12시 이후엔 통행금지가 실시가 되고 한쪽은 통행금지가 없으니까 술꾼들이 초저녁에는 이천 쪽에서 술을 마시다가 11시가 넘으면 모두 고성방가를 해가며 떼로 다리 건너 음성 쪽으로 자리를 옮겨 밤새도록 술을 마시곤 했었다고 한다.

그 바람에 음성 쪽의 술집은 밤새도록 니나노 소리로 흥청대는데 비해서 이천 쪽은 12시만 넘으면 개가 핥아놓은 밥그릇 모양으로 되어 버리니까 이천 쪽의 술집 주인들 불평이 대단했었다고 들었다.

고등학교 시절 친구 집에서 놀다가 통행금지 시간이 지나서 괴괴

한 골목길을 혼자 걸어서 하숙집으로 오다 보면 낮의 번잡함이 거짓말 같은 게 흡사 유령이라도 나올 것 같은 감이 들곤 했었다.

년 말이 되니까 가끔 통행금지 시간이 넘어서 하숙집으로 돌아오다가 방범대원들과 숨바꼭질을 하던 기억이 새롭다.

지금 식으로 생각한다면 개인의 권리를 국가가 제한했다고 아우성치겠지만 과거에는 하나같이 우리나라는 아직 전쟁을 하는 나라이기 때문에 그 정도의 불편은 국민각자가 참아야 한다는 생각이 일반적이었다. 때문에 이 제도 자체에 대한 반대 내지는 불만은 많았겠지만 모두가 잘 참았다고 생각 한다.

창경원

지금은 옛 이름대로 창경궁이라는 이름으로 복원이 되었지만 내가 고등학교를 다닐 때는 창경원이라는 이름으로 궁궐이라고 하기 보다는 유원지와도 같은 곳이었다.

과천으로 옮기기까지 상당한 기간 동안 동물원, 식물원이 있었고 연못위에는 케이블카가 운행을 했었으며 각종 놀이 시설이 비좁은 공간에 자리하고 있었다.

내가 창경원을 처음 구경 한 것은 국민학교 다닐 때였다. 그때는 촌놈들에게 서울구경은 동무들 사이에 한참 동안 자랑거리가 되었던 시절이었다. 그중에도 창경원 동물원 이야기나 유원지에서 타본 장난감 비행기 이야기는 동무들에게 대단한 자랑거리였다.

요즈음 유원지의 각종 놀이시설에 익숙해진 아이들 눈에는 촌스럽기 그지없고 또 아무런 재미도 없겠지만 그 당시에는 그런 시설도 없었던 시절이라 대단한 성황을 이뤄 한 번 타려면 상당한 시간을 기다려야 했던 걸로 기억 한다.

언젠가 지난날의 흘러간 사진들 속에 창경원 사진들이 있어서 반갑게 보았는데 그 가운데 장난감 비행기 사진도 있었다.

그러나 창경원이라고 하면 동물원과 함께 머리에 떠오르는 게 밤 벚꽃 놀이다. 해마다 벚꽃이 피는 시기가 되면 각종 장식전등으로 휘

황찬란하게 장식 한 벚꽃 아래서 밤늦도록 밤벚꽃놀이를 하며 소란
을 부리곤 했었다.

고등학교 때 친구들과 밤벚꽃 놀이를 가 본 일이 있었는데 그때의
감상으로는 그저 사람들이 많았다는 생각과 분위기가 대단히 시끄럽
고 어수선 했다는 인상 밖에는 남은 것이 없다.

지난번에 서울에 갔을 때 묵은 호텔이 명동 로얄호텔이어서 거기
서 부터 창경원까지 아침 일찍 산보를 겸해서 걸어가 보았다.

많이 변해버린 종로거리를 걸으면서 옛날에 이쯤에 무엇이 있었고
이쯤에는 유명한 빵집이 있어서 옛날 고등학생 때 박박 깎은 머리로
자주 드나들었는데…… 하는 추억을 더듬어 가면서 걷다 보니 나도
모르게 창경원 앞까지 오게 되었다.

아침 이른 시간이어서 인지 정문인 홍화문은 활짝 열려 있는데 지
키는 사람이 아무도 없기에 만약에 지키는 사람이 나타나서 뭐라고
한다면 그때 입장료를 내리라 생각하고 슬머시 들어가 보았다.

궁궐 복원을 하는지 여기저기 공사를 벌리고 있는 게 보이는데 그
래도 옛날 생각을 해가며 이쪽으로 돌아가면 무슨 동물들의 우리가
있었고 이쪽으로 돌아가면 새 종류의 우리들이 있었는데 하는 생각
을 하면서 한참 동안 거닐다 나왔다.

지금은 흔적도 없이 변해버렸지만 내 기억 속에는 지금도 각종 동
물들의 냄새가 물씬 나는 듯했고, 연못위로는 케이블카가 천천히 운
행을 하는 감이 들어갔다. 🌸

운크라

오늘 나에게 온 우편물 가운데 유네스코에서 연말을 맞이하여 기부를 부탁한다는 우편물이 들어 있었다. 이 우편물을 보니 어릴 때 우리나라를 도와주던 운크라라고 하는 국제기구가 생각났다. 지금은 이 말이 무슨 말인지 모르는 사람들이 많은 걸로 안다.

나도 정확한 영문 스펠을 몰라서 사전을 꺼내보니 동아출판사 발행 국어사전에는 아예 수록이 되어 있지 않아서 다시 교문사 발행 뉴에이지 새 국어사전을 꺼내 찾아보니 수록이 되어 있어 처음으로 정확한 스펠을 알 수 있었다.

운크라(UNKRA United Nations Korean Reconstruction Agency. 유엔 한국 부흥단)라고 하는 것은 6·25동란 직후 전쟁으로 폐허가 되어버린 한국을 원조해 주기 위해 1950년12월 유엔총회 결의로 설립 되어 한국의 부흥을 위해서 많은 원조를 해 주다가 1958년에 해체 된 국제기구였다.

그 당시 한국은 세계에서 가장 가난한 나라 중 하나였다.

전쟁으로 잿더미가 되어버린 국토에서 국민들은 아무런 희망도 가지지 못한 채 굶주림 속에서 하루하루 지내고 있었다. 그런 우리나라를 도와주기 위해서 국제연합의 산하기관으로 운크라가 설립 되어 많은 원조를 해주어 우리나라 전후戰後 부흥에 도움을 주었다.

지금도 생생하게 기억이 나는 것은 내가 국민학교 때 누님들이 학교에서 받아온 짙은 풀색이 나는 새 국어 교과서 뒷 페이지에 "이 교과서는 운크라의 원조에 의한 기계와 종이로 만든 교과서 입니다.여러분들도 열심히 공부를 해서 은혜에 보답을 합시다"라고 인쇄 되어 있는 문구이다.

그로부터 반세기가 지난 지금까지도 다른 것은 모두 잊어버렸으면서도 유독 그 문구와, 그때 그 교과서에서 모윤숙씨의 애국시 "국군는 죽어서 말한다"라는 시를 뜻도 모르고 읽었던 것이 어렴풋이 기억난다.

물론 이 시는 너무나 유명한 시이고, 매년 6·25동란 기념일이면 인용 되는 시이기 때문에 지금이야 전부 기억 하지만 처음 누님의 국어책에서 읽은 이 시는 뜻을 정확히 몰라도 굉장히 길면서도 무언가 가슴 뭉클한 감이 있었다는 것을 지금도 기억 하는 걸 보면 상당히 인상 깊었다고 생각한다.

이제 우리나라는 전과 달리 살만해 졌다. 그러나 지구상에는 아직도 지난날 우리가 겪었던 그 참담했던 시절과 똑같은 비참한 생활을 계속하고 있는 나라가 많다.

어른들의 잘못된 정치 때문에, 전쟁 때문에, 환경 문제 등등 여러 가지 원인이 있다고 생각하지만, 어느 곳이나 재해가 발생을 했을 때 가장 먼저 희생되는 것은 어린이들이 아닌가 생각 한다.

왕년의 명우 오드리 헵번은 만년에 아프리카의 기아 박멸을 위해서 헌신적인 노력을 했다. 우리 모두가 그녀와 같은 활동은 하지 못한다고 하더라도 우리가 어려울 때 도움을 받았던 과거의 은혜에 보답하는 의미에서 하루 동안 만이라도 검소한 생활을 하며 조금씩 절약해 성금을 만들어 유니세이프 같은 기관에 기부를 하면 어떨까?

국민 모두가 그런 생각을 하고 자연스럽게 행동으로 나타낼 때 우리나라의 국제적인 위상이 올라가며, 훨씬 풍요하고 살맛나는 나라가 되는 것이 아닐까 생각해 본다.

벙어리 장갑

요즈음 서울은 퍽 춥다고 한다. 그러나 이야기를 들어보니 춥다고 는 하지만 내가 어릴 때 추위에 비하면 약과로구나 하는 생각이 든 다. 그때는 참으로 추웠다.

지금은 한강에 다리가 많으니까 그럴 필요가 없지만 내가 고등학 교에 다닐 때만 하더라도 지금의 말죽거리에서 서울로 오가는 트럭 들이 꽁꽁 언 한강의 얼음위로 건너다니기도 했고, 얼음위에 구멍을 뚫고 강태공들이 잉어를 낚곤 했었다. 또한 한강 백사장에는 여기저 기 모래를 웅덩이 모양으로 파 한강물을 끌어들인 후 얼려서 스케이 트장을 만들어서 영업을 하곤 했었다.

그때를 경험해본 나로서는 한강물도 얼지 않는 요즈음 서울의 추 위는 그때 비하면 정말 약과라는 생각이 들어가는 거다.

춥다고 하면 어릴 때 누님들이 떠주던 벙어리장갑이 생각난다. 그 때는 겨울이 되면 장갑을 사서 주는 게 아니라 스웨터 같은 것을 푼 헌 털실로 일일이 장갑을 떠줘서 그걸 끼고 겨울을 나곤 했었다.

매년 추위가 시작되어 누님들에게 장갑을 떠달라고 조르면 손가락 을 하나하나 만들기 귀찮으니까 벙어리장갑을 떠주곤 했다. 그러면 서 핑계가 손가락이 따로따로 떨어진 장갑보다는 벙어리장갑이 더 따뜻하니까 좋다고 하는 것이다. 그러나 벙어리장갑은 멋도 없을 뿐 아니라 그것을 끼고 밖에서 장난을 할 수 없어 불편하기 짝이 없어 싫었다. 그리고 가장 싫은 건 벙어리장갑을 끼고 밖에 나가면 동무들이 계집애라고 놀려대는 거다.

그래서 언제나 그 계절이 되면 누님들의 심부름도 잘하고 말도 잘 듣는 등 아양을 떨면서 올해는 벙어리장갑이 아닌 손가락이 있는 장갑을 떠 달라고 칭얼거리곤 했다.

그러면 언제나 "너 어차피 장갑 한 켤레 가지고는 온 겨울을 지낼 수 없는 거니까 다음에 또 떠 줄때는 손가락 있는 걸로 떠줄테니 이번에 좀 가만히 있어라"고 한다.

허기는 워낙 장난이 심하니까 걸핏하면 장갑에 구멍이 나 한해 겨울을 날려면 적어도 두 켤레 이상의 장갑이 필요하고, 그때마다 누님들이 떠줘야 하기 때문에 일일이 제대로 된 장갑을 떠줄려면 귀찮기 짝이 없는 것이었다.

또 언제나 미운 짓만 골라서 하는 밉쌀 맞는 동생에게 큰소리를 칠 수 있고, 내가 고분고분한 건 장갑이 필요할 때뿐이니 누님들도 이 절호의 기회를 함부로 넘겨 버릴 수 없는지 두고두고 유세를 떤다.

그래도 한편으론 손등 부분에 여러 가지 장식을 넣은 장갑은 언제나 동무들에게 자랑거리가 되어서 으쓱 할 수가 있었기 때문에 해마다 누님들에게 새 장갑을 떠달라고 조르곤 했었다.

또 장갑 하면 생각이 나는 게 칠칠치 못하게 장갑을 잘 잃어버리니까 잃어버리지 말라고 양쪽 장갑에 털실로 끈을 만들어 묶어준 것이다. 그런데 이 끈이라는 게 여간 불편한 게 아니다.

가만히 목뒤에 있기만 하면 좋으련만 뛰고 뒹굴고 난리를 부리다

보면 끈이 궁둥이에도 걸치고 뒷종아리에도 걸리고 해서 귀찮기 짝이 없었다. 그렇다고 끈을 끊고 쓰다가는 영락없이 한쪽 장갑을 잃어버리곤 하니까 귀찮더라도 참는 수밖엔 없었다.

지금 생각해 보아도 나는 자랄 때에 요즈음 애들과는 달리 퍽 개궂게 큰 것만은 틀림없는 사실이라고 스스로 인정 하지 않으면 안 된다.

언젠가 누님들과 옛날 어릴 때 이야기를 하다가 요즈음 애들은 너무 조용하다고 했더니 누님들이 눈을 하얗게 뜨면서 하시는 말이 "요즈음 애들이 옛날 너같이 개궂고 장난이 심하면 어떻게 키우니?"라고 하신다.

이젠 매년 장갑을 떠 주시던 누님들도 손주가 주렁주렁한데, 손주들의 장갑은 아예 떠 줄 생각도 하지 않는다. 아마 장갑 뜨는 건 그때에 아주 질려 버렸는지도 모르는 일이다. 그러나 지금도 가만히 생각을 해 보면 어릴 때의 그 벙어리장갑이 아련하게 생각이 난다. 🐾

윷놀이와 제기차기

어제는 내가 사는 근처의 소학교일본의 국민학교에서 한국의 정월에 대해 이야기를 해 달라는 의뢰가 와서 한복을 입고 가서 애들에게 1시간 동안 한국 정월의 음식, 풍습, 놀이 등을 이야기 해주고 왔다.

모처럼 정월이기에 이곳의 애들은 여자들의 한복 치마저고리는 텔레비전 등에서 가끔 볼 수가 있었을 것이고 또 실물도 가끔 볼 수가 있었겠지만, 남자들이 한복을 입은 모습은 볼 기회가 없을 것이라고 생각해서 장롱 속에 간직해 두었던 한복을 꺼내 입고 간 것이다.

내가 생각한대로 이곳 애들도 그렇고 학교 선생님들도, 또 수업 참관을 하러온 부모들도 모두 처음 본다면서 환호성을 질러 한복 덕분에 요즈음 유행하는 욘사마 기분이 된 느낌이었다.

애들도 요즈음 텔레비전의 영향으로 한국에 대한 관심이 대단히 많아졌다.

내가 이야기를 해준 학년은 4학년으로, 우선 그들에게 한국의 설날 차례, 세배 등 전통 예법에서 부터 떡국에 관한 이야기를 해주었다. 애들은 사전에 여러 가지 문헌을 통해서 한국 정월의 풍습, 음식, 놀이 등에 관해서 연구했지만 직접 볼 기회도 없고, 직접 설명을 들을 기회가 없어서 이해하기 힘들었다고 하면서 자기들이 연구하는 과정에서 궁금했던 점을 많이 질문하였다. 나는 마지막으로 정월의 전통 놀이인 윷놀이, 제기차기, 널뛰기 등을 가르쳐 주었다.

놀이를 말로만 설명해서는 애들이 이해가 힘들 것 같아서 하루 전 날 일부러 윷과 말판을 만들고, 제기를 만들어서 아이들에게 가르쳐 주니까 재미있다고 금방 관심을 나타냈다. 역시 애들은 새로운 것에 대한 흥미가 어른들보다 예민하구나 하는 생각을 했다.

나는 평소에도 점점 사라져가고 있는 우리나라의 전통 놀이를 이 곳 아이들에게 가르쳐볼까 하는 욕심에서 소학교에 갈 때마다, 그리 고 소학생들을 여름방학 때 캠프에 데리고 갈 때마다 내가 어릴 때 하던 한국의 놀이를 가르쳐주곤 했었는데 이번에는 윷놀이와 제기 차기를 가르쳐 주기로 한 것이다.

내가 어릴 때는 지금과 같이 놀이도구가 흔하지 않던 시절이라서 가장 손쉽게 할 수 있는 놀이가 딱지치기, 구슬치기, 제기차기 등이었다.

그 중에도 제기차기는 참으로 많이 했었다. 그때는 너나 할 것 없 이 모두가 고무신을 신고 다녔기 때문에 제기를 차려면 발이 아프지 말라고 두꺼운 종이(그때 우리들은 곽대기라고 불렀다)를 신발에 끼우고 찼 다.

온 몸을, 때로는 입까지 씰룩거려 가며 함께 제기를 차던 어릴 때 동무들을 상상해가면서 환갑이 된 할아버지가 아이들 틈에 어울려 제기를 찼다. 반세기만에 차보는 제기였지만 그래도 아이들은 잘 찬 다고 박수를 보내주었다. 어릴 때 하던 놀이라서 오랫동안 하지 않았 어도 몸이 기억을 하고 있었나 보다.

이제부터 당분간은 공원에서 아이들 윷놀이 하는 모습과 제기차기 하는 모습을 볼 수가 있으려니 생각하니 흐뭇한 생각이 들어간다.

나는 어릴 때부터 한국이라는 나라에 대해서 이해를 하면 어른이
된 후에도 우리나라에 대해 나쁜 감정을 가질 리가 없을 거라고 믿는
다. 또 내가 어릴 때 하던 장난이 이곳의 아이들에게 남게 된다면 더
바랄 나위가 없을 것 같은 심정이다.

누룽지

최근에는 거의 모든 가정에서 편리한 전기밥솥으로 끼니마다 밥을 지으니까 누룽지를 보기 힘들어졌다. 또 요즈음 아이들은 주전부리거리가 많고 흔해 옛날같이 누룽지에 연연하지 않겠지만 내가 어릴 때는 누룽지라고 하면 최고의 주전부리거리였다.

우선 누룽지라고 하면 머리에 떠오르는 것이 부엌에 걸려 있던 반질반질 길이든 무쇠 솥이다. 어느 집에나 부엌에 들어가면 크기에 따라서 큰솥, 중솥 그리고 옹솥이 나란히 걸려 있었다. 그 무쇠 솥에 나무를 때서 밥을 짓는데, 때만 되면 흰 김이 무럭무럭 나던 것이 지금도 눈에 선하다.

때가 되어 밥을 풀 즈음이면 누룽지 생각에 사내놈이 부엌에 들어가서 어머니나 부엌아줌마에게 누룽지를 긁어 달라고 칭얼대곤 했었다.

누룽지는 세 가지의 맛이 있다고 생각한다. 첫째로는 밥을 푼 후 바로 긁어서 아직 따뜻한 기운이 돌때에 손에 들고 먹는 고소한 맛. 두 번째는 누룽지에 물을 부은 후에 불을 조금 더 때어서 숭늉과 함께 먹는 물 누룽지의 구수한 맛. 그리고 세 번째는 누룽지를 바싹 말려서 뻥튀기는 기계에 튀겨서 먹는 사각사각한 맛이 그것이다.

누룽지 중에서 가장 맛이 있는 누룽지는 팥밥을 했을 때의 팥밥 누룽지다. 요즈음 애들은 팥밥 누룽지의 맛을 알리가 없겠지만 가히 누룽지 중의 제왕이라고 할만큼 맛이 좋았기 때문에, 팥밥 누룽지의 고소한 그 맛은 언제까지나 잊을 수가 없는 것이다. 팥을 맷돌에 드르륵 타서 밥을 지으면 솥 밑에 팥밥 누룽지가 만들어지는 데 이게 사람 환장 하게 맛이 있다.

그 다음이 콩밥 누룽지, 그 다음이 보통 쌀밥 누룽지이고 가장 맛이 없는 게 꽁보리밥 누룽지이다.

내가 어릴 때 시골에는 여름만 되면 보리 고개라는 것이 있어서 때를 거르는 사람들도 있었고, 때를 거르지 않는다고 해도 어느 집에서나 새카만 꽁보리밥을 먹었다.

우리 집에서도 남들이 모두 보리밥을 먹는데 하얀 밥을 먹으면 욕을 먹는다고 매일 보리밥을 먹었는데, 밥을 지을 때 가운데에만 조금 쌀을 넣고 밥을 지어 어른들 진지와 도시락을 푸고 나면 나머지는 새카만 꽁보리밥이었다.

이 꽁보리밥 누룽지는 고소한 맛도 없고 차지지도 않아 별로 맛이 없기 때문에 긁어서 한데 모아 햇빛에 바싹 말려 장날 장에 가지고 가서 뻥튀기는 사람에게 튀겨다 먹곤 했었다. 누룽지를 뻥튀기로 튀기면 요즈음의 스낵 과자와 같이 파삭파삭한 게 고소한 맛이 있어서 좋았었다.

나는 이 나이가 되어도 가장 좋아하는 게 숭늉과 숭늉에 들은 물 누룽지이다. 서울에 갈 때마다 누님들은 내가 좋아 하니까 일부러 누룽지 만드는 기계를 사다 놓고 누룽지를 눌려서 주시고 숭늉과 물 누룽지를 만들어 주시곤 한다.

친구들도 외국에서 그리던 것이니 입맛 나는 대로 먹어 보라고 옛날 음식을 잘 한다는 곳에 데리고 다니면서, 숭늉과 물 누룽지를 먹게 하곤 하지만 입이 고급이 되어서 그런지 도통 어릴 때의 맛이 나지 않는다.

그러던 것이 지난 년 말에 서울에 들렀을 때 고마운 분의 안내로 순 한국식 식당에 간적이 있었는데 그 집에서 주는 숭늉은 내가 어릴 때 먹었던 숭늉 맛이었다. 얼마나 반갑던지……

반찬들이 입에 맞아서 배불리 먹고 난 후인데도 물 누룽지를 욕심껏 먹어 배가 불러 식식거리면서도 젓가락을 놓기 싫어 이것저것 집적거리면서 이곳을 안내해 주신 내외분께 고마움을 표했다.

나이가 듬직한 사람이 점잖지 못하게 누룽지 이야기를 하니 조금 부끄러운 생각이 들어가지만 어릴 때 먹던 것이라서 생각이 간절해 끄적거려 보았다.

특히 오늘 같이 찬비가 오는 날은 구진한 생각에 과자를 이것저것 집적거려 보지만 아무래도 어릴 때 즐기던 누룽지 생각이 머리에 맴돈다.

애광원

지난날 이천의 기억 속에서 사라지지 않는 것 중에 하나가 애광원이었다. 불과 몇 년 전까지만 해도 옛날 애광원 자리의 뾰죽 건물 흔적이 몇 채 남아 있었는데 요즈음 보니까 거의 없어져 버렸다.

그래도 사라져가는 어린 시절의 고향 기억이기에 지난번에 한국에 들어갔을 때 우정 애광원 자리에 가서 마지막으로 남은 거의 허물어져 가는 건물의 사진을 찍어 왔다.

애광원이라고 하면 6·25동란의 전쟁고아들을 모아서 키우던 시설이었다. 한때에는 상당한 규모였는데 김광수라는 원장이 국회의원으로 출마를 하였다가 낙선이 된 후 슬그머니 사라져 버렸다고 기억된다.

언젠가 누구의 책에서 보니 어릴 때 자기가 이천의 애광원에서 자랐다고 하는 글을 읽고 반가웠었다. 그만큼 시설 면에서도, 수용 아동수에서도 상당히 큰 고아원이었다고 생각이 된다.

그 당시 애광원의 아동들도 국민학교 4학년까지 같은 학교에 다니다가 남천국민학교가 새로 생기는 바람에 그곳으로 전학을 가는 바람에 헤어졌지만, 또다시 중학교에서는 우리들과 같은 학교를 다녔기 때문에 학교 동창생들이 많았다.

지금도 기억에 남는 것은 점심시간이 되면 모두 도시락을 꺼내 먹는데 그 애들은 밖에 나가서 양지쪽에서 놀던가 운동장에서 놀곤 했었다.

그 당시에는 아직 급식제도라는 것이 없었기 때문에 다른 동무들이 도시락을 가지고 와서 점심을 먹을 때 옆에 있기 싫어 밖에서 놀곤 했었다.

애광원 애들과 싸움을 하면 뒤가 무섭기 짝이 없었다. 처음에는 혼자 싸움을 하다가 힘이 달리면 자기보다 나이가 위이거나 힘센 놈을 데리고 와서 소위 짜고 팼다.

아마도 그 애들만의 소외감이랄까 평소의 열등감을 그런 식으로 분출 시키는 모양이었다. 그래서 싸움할 일이 있어도 그애들과는 하지 않으니까 자연 안하무인으로 남들을 괴롭히곤 했었다.

또 한 가지 애광원이라고 하면 성냥공장이 생각나는데 고아들의 인력을 이용해서 성냥을 만들었다고 비난도 많았지만 그 당시 성냥이 귀할 때 애광 성냥은 인기가 좋았다.

특히 이천장날이면 난쟁이 성냥장수가 "성냥의 조종은 애광성냥" 하면서 팔던 생각이 난다. 지금과 같이 성냥 곽에 들어 있는 성냥이 아니라 성냥 알만 됫박으로 수북하게 담아 얼마 하는 식으로 팔던 애광성냥이었다.

잘은 몰라도 당시 이천에서 만드는 제품이라고는 이 애광성냥 밖에 없었기 때문에 해방 10주년 기념 박람회를 서울에서 개최할 때 이천에서 유일하게 출품이 되었던 게 애광성냥이 아닌가 생각이 된다.

고향을 생각하면서 눈만 감으면 수려선의 선로길 옆 조그만 동산 위에 지어졌던 애광원 건물이 눈에 선하게 떠오른다. 지금은 애광원의 건물들도, 수려선 궤도도 모두 사라져 버리고 남은 건 추억이 되고 말았다.

지금은 모두 인생의 황혼길에 접어들었을 그 당시 애광원에서 자라던 국민학교 동창들이 그립다. 🌸

뜨개질

요즈음 우리 집에는 뜨개질이 대 유행을 하고 있다.

집사람은 집사람대로, 딸애는 딸애대로 나는 나대로 제각기 자기의 뜨개질감을 가지고 둘러 앉아서 뜨개질을 하고 있다.

바쁘다는 핑계로 최근에는 한동안 하지 않았지만 아이들이 어릴 때는 겨울만 되면 집사람이 털실을 사다가 아이들 모자나 마후라 그리고 때로는 세타들을 떠서 입히곤 했었다. 지금까지는 그건 집사람이나 하는 일로 생각을 하고 소 닭 보듯 지내다가 며칠 전에는 심심하기에 뜨개질을 하는 집사람에게 장난삼아 나도 뜨개질 할 줄 안다고 말을 꺼냈더니, 한번 해보라고 자꾸만 부추기기에 못이기는 체하고 몇 바늘 떠 보여 주었더니 아주 잘한다고 칭찬을 하면서 그러지 말고 자기 생일 선물로 모자를 하나 떠 달라고 조르기 시작 했다.

옛말에 "잘 한다 잘 한다하면 포도청 문고리도 빼 온다"는 말과 같이 옆에서 자꾸만 부추기니까 처음에는 그냥 장난삼아 어릴 때 생각을 하고 말을 꺼냈는데, 부추기는데에 못 이겨서 본격적으로 뜨게질을 시작을 했더니 심심풀이로 퍽 재미있고 정신을 집중하는데 도움이 되었다.

그렇게 뜨개질을 시작하면서 또다시 마음은 어릴 때 누님들이 뜨개질 할 때 훼방을 놀던 시절로 돌아간다.

　그때는 타래로 되어 있는 털실을 사다가 두 사람이 마주 앉아서 한 사람은 양손으로 풀어주고 한사람은 공 모양으로 둥글게 감아야 되는데, 누님들이 뜨개질을 시작을 할 때면 으레 내가 풀어 주는 역할을 해야 하기 때문에 밖에 놀러 가고 싶어서 마음이 움찔움찔 하면서도 그 일을 하곤 했었다. 그래도 그 덕분에 매년 겨울이면 장갑이나 모자, 스웨터 등을 떠주니까 귀찮다고 도망 갈수만도 없는 거였다.

　뜨개질하면 또 생각이 나는 게 새 털실이 비싸 자주 사다가 쓸 수가 없으니까 미군들이 신던 무지무지하게 큰 헌털 양말을 사다가 깨끗하게 빨아서 그 양말의 목 부분을 풀어 다른 것을 뜨곤 했었다.

　그 털양말을 풀면 라면과 같이 털실이 꼬불꼬불한데 이것을 주전자에 물을 끓여 그 속으로 통과시키면서 김을 쏘여 꼿꼿하게 펴서 쓰곤 했었는데 그 털실이라는 게 때로는 아주 삭아서 눈만 한번 치켜떠도 실이 끊어지곤 했던 기억도 난다.

　얼음판에 가서 썰매를 타며 놀다가 얼음에 빠져 발을 온통 적셔가지고 집에 돌아와서 아랫목에 깔려 있는 이불에 발을 넣고 몸을 녹이고 있을 때 윗목에 있는 누님들이 하다가 놓아둔 뜨개질 거리는 심심풀이로서 그야말로 매력적이 아닐 수 없는 거였다.

　누님들이 한껏 기교를 부려 모양을 넣어 가며 뜨다 둔 것을 슬며시 다가가서 처음에는 나중에 혼날 생각을 하고 그냥 보기만 하다가 결국은 손을 대보고 싶은 유혹을 뿌리치지 못하고 손에 들고 되나마나 떠보기 시작한다.

　한번 시작하면 재미가 있어져 나중에 혼날 생각은 하면서도 얼른 그만두지를 못하곤 해서 나중에 그걸 발견한 누님들은 자기들 뜨개질 거리를 버려 놓았다고 야단치면서 내가 장난 한 부분을 풀어서 다시 뜨곤 했었다.

벌써 50여 년의 세월이 흘렀건만 손은 그때의 감각을 어렴풋이 기억해서 뜨개질을 시작해 보니 제법 똑바로 뜰 수 있었다.

남자 중늙은이가 멀건히 앉아서 뜨개질을 하고 있는 모습을 상상해 보아도 별로 멋있는 모습이 아닌 줄 잘 알면서도 심심풀이로 시작한 뜨개질이 집사람의 모자와 목도리를 하나씩 떠 주었다. 지금은 네팔에 파견 나가 있는 딸애 목도리를 뜨고 있는데 과연 이 목도리를 받으면 뭐라고 할런지 모르겠다.

옛날 내가 어릴 때 듣던, 지금은 세상을 버린 옛날 가수들이 불렀던 흘러간 유행가를 오디오로 들어가면서 한 코 한 코 뜨개질을 하고 있노라면 타임머신이 한순간에 50여 년을 되돌아간 듯한 느낌이 들어간다.

아! 철모르고 뛰놀던 그 옛날이 다시금 그리워진다.

똥폼

내 고등학교 동창 친구 중에 L이라는 놈이 있는데 이놈이 생긴 건 얄상하고 귀엽게 생겼는데 하는 짓이 도대체 귀엽지가 않았다.

키는 난장이 똥자루만한 놈이 그냥 두면 그냥저냥 괜찮은 얼굴을 항상 미술실에 있는 베토벤의 석고상 마냥으로 잔뜩 찌푸리고 내천자川와 석삼자三를 그리고 다니는데, 하고 다니는 짓이 또한 가관이었다.

허구한 날 모자는 벗어서 가방에 구겨 넣고 다니는데 그 가방도 끈을 제대로 들고 다니는 게 아니라 언제나 허리춤에 끼고 다녔다. 또한 허리를 쭈욱 펴고 다녀도 될 것을 가뜩이나 작은 키에 허리를 구부리고 양손을 춘하추동 계절에 관계없이 쓰봉 포켓에 쑤서 넣고, 웃옷의 단추는 으레 한두 개 풀어놓고 다리를 쫙 벌리고 팔자 걸음으로 어깨를 좌우로 흔들며 다니는데 이게 바로 그의 트레이드마크가 되어 버렸다.

몇 해 전엔가 동창회 송년회에서 오래간만에 그놈을 만나서 악동 몇 놈이 그놈을 앞에 놓고 "너 인마 고등학교 다닐 때 어땠는지 기억하니?" "나야 그때나 이때나 항상 미남으로 멋이 있지 않았니?" "으이그 저런 대가리로 공부를 했으니까 제대로 될 리가 있었겠나. 네 부모님께서 너 같은 놈 학비 대시느라고 참 고생이 많으셨겠다" 하면

서 그놈의 트레이드 마크였던 폼을 흉내 내니 모두들 배를 잡고 웃는다.

그놈도 함께 웃다가 한다는 소리가 "소작小鵲이 대붕大鵬의 뜻을 어찌 알랴, 는 말대로 너희 같은 놈들은 그 시절을 그냥 아무 생각도 없이 히히덕거리면서 지나고 말았겠지만 나는 그 당시에도 인생의 번뇌에 대해서 연구를 하느라고 얼굴을 펴고 다닐 여가가 없었던 거라구" "말이나 못해야 떡이나 사주지, 저놈 옛날과 하나도 변한 거 없네" 그러자 그놈이 눈을 꿈뻑거리더니 나를 가리키며 한다는 소리가 "저놈은 우리 친구 중에서 아주 빼버리자. 자주 얼굴도 내뵈지 않는 놈이 가끔씩 나타나서는 쓸데없는 소리나 하고 있단 말이다" "왜 엉아가 가끔씩 나타나서 네놈의 과거를 들추니까 부끄럽니? 그러게 그때 잘하고 다닐걸 그랬다는 후회 같은 게 들어가지? 그래도 네놈 자식들 만나거든 지금까지 얘기는 쏙 빼버리고, 네 아버지는 참으로 조숙해서 고등학교에 다닐 때에 벌써 인생의 번뇌에 대해서 연구하느라 허구헌날 얼굴 펼 날이 없었단다, 라고 말해줄게" "망할 놈"

고등학교를 졸업 한 후 벌써 세상이 네 번 반을 바뀔 세월이 흘러서 꿈 많고 해맑던 얼굴엔 주름살이 깊어지고 머리가 허옇게 된 지금도 만나기만하면 이놈 저놈 하면서 지낼 수 있는 사이, 그런 사이가 바로 동창이 아닌가 하는 생각이 들어간다.

지난해까지 동창회에서 보이던 얼굴이 보이지 않기에 곁에 있는 친구에게 물어보니 뭐가 그리 급했는지 일찌감치 판을 걷고 저 세상으로 떠났다고 한다.

점점 숫자가 줄어가는 동창들. 언제까지나 건강하길 빌어 본다.

진달래 화전과 쑥버무리

오래간만에 진달래가 피는 계절에 고향에 가게 되었다.

이번 고향길에는 바램이 두 가지 있었는데 하나는 오랫동안 듣지 못하던 뻐꾸기 소리와 종달새 소리를 들을 수 있었으면 하는 것과 또 하나는 진달래 화전과 쑥버무리를 만들어 먹는 일이었다. 보통 같으면 두 가지 모두 이루기 힘든 바램이다.

뻐꾸기와 종달새의 울음소리는 내가 자란 동네 그 자체가 완전히 도시와 같이 변해버려 종달새도, 뻐꾸기도 씨가 말라 버렸으니 그 소리를 들으려면 아직 개발이 덜 된 곳으로 가야 들을 수 있게 되어 버렸는데 워낙 촉박한 일정 때문에 포기 할 수밖에 없었다.

그리고 또 하나는 고향집이라고 하더라도 일가 중에 가장 대하기 곤란한 시아주범이라는 사람이 동생네 집에 가서 제수씨에게 나 이 것 해 주시오, 저것 해 주시오하는 주문을 할 수 없는 일이 아닌가. 다행히 우리 집은 그런 스스럼이 별로 없기 때문에 다소 편하기는 하지만 그렇다고 해도 시아주범과 제수와의 관계가 아닌가?

내가 고향에 가면 언제나 모이는 형제자매들 중에 이번에는 호주에 사는 아들집에 다니러 가신 작은 누님 내외분을 뺀 나머지 형제들이 모두 모여 잡담들을 하는 자리에서 진달래 화전 이야기와 쑥버무리 이야기를 했다. 그랬더니 큰누님께서 우리 오래간만에 그거 한번

진달래 화전

해먹자고 하는 말 한마디에 급거 꿈이 실현 된 것이다.

화전이라는 건 될 수 있는 대로 많은 사람이 웃고 떠들면서 먹어야 제 맛이 나는 법이라며, 항상 친하게 지내는 내 친구 두 사람까지 불러서 함께 먹으며 즐거운 한 때를 보낼 수 있었다.

큰누님과 제수씨 두 분이 열심이 구워내는 화전에 꿀을 찍어 먹으면서 쑥버무리가 얼른 익기를 기다리는 뿌듯한 이 기분. 참으로 오래간만에 다시 먹어본 우리 집 전통의 맛이 나는 진달래 화전과 쑥버무리. 어릴 때와 똑같은 맛과 기분이었다.

누님 그리고 두 분 제수씨들 덕분에 정말로 오래간만에 어릴 때 고향을 느낄 수가 있었다. 진심으로 감사를 드리고 싶다.

부모님이 모두 돌아가신 후 이제는 우리 집안의 전통적인 맛이 사라졌구나 하는 아쉬움이 있었는데 다행히 내 제수씨가 어머니께 음식 솜씨를 제대로 배웠기 때문에 우리 집 전통의 맛을 유지하게 되어 고향 갈 때마다 입이 호사를 하곤 한다.

쑥버무리

　앞에서도 말한 대로 일가 중에 가장 대하기 곤란한 일가가 시아주버니임에도 내가 고향에 가기만하면 몰려오는 형제들을 한 번도 눈살 찌푸리지 않고 언제나 반갑게 맞아주고 또 내가 마음 편하게 지낼 수 있도록 애써 주시는 제수씨가 항상 고맙다. 🌸

어머님의 편지

조금 시간이 나기에 내가 어릴 때 할아버지께서 거처하시던, 사랑과 같이 사용하고 있는 내 방을 정리하다가 옛날 받은 편지들 중에서 어머님의 편지를 발견하고 편지를 꺼내 읽어 보니 다시금 어머님 생각이 간절해졌다.

옛날식 철자법으로 띄어쓰기도 없이 쓰신 어머님의 편지는 구구절절 이 못난 자식 걱정으로 꽉 차 있는 느낌이었다. 생각해 보니 그간 어머님의 편지를 꽤 많이 받았다고 생각되는데 남아 있는 것은 단 3통 밖에 없다.

평소 부모님 특히 어머님께 한 번도 제대로 자식 노릇을 못해 드렸고 항상 못난 자식을 그리워하시게 만든 불효가 다시금 마음을 아프게 만든다.

애초 농사꾼 놈이 외국인과 결혼 한 자체가 불효의 시작이 되었지만 일본에 살게 된 후 가끔 고국에 들를 때면 어머님께서 "넌 언제쯤 귀국을 할 생각이냐?"고 조용히 물으시곤 하셨다.

그때마다 적당한 거짓말이 머리에 떠오르지 않아 "좀 더 있다가 귀국할 생각입니다"라고 얼버무려 대답하곤 했지만 어머님께서는 내 속을 훤히 꿰뚫어 보시고 계셨던 것이다.

처음에는 아버님과 의논을 하셔서 내보내기는 하셨다고 하지만 가장 사랑 하시던 장남을 외국에 보내 놓으시고 항상 그리워 하시면서도 한 번도 그런 내색을 하시지 않으시고 언제나 "이곳 에미는 잘 지내고 있으니까 아무 걱정하지 말거라"며 오히려 외국에서 혼자 지내고 있는 나를 걱정해 주시곤 하셨다.

언젠가 어머님께서 돌아가시기 전에 귀국을 했을 때 어머님께서 골절을 하셔서 거동이 불편하시기에 내가 마당에 있는 자동차까지 업어 드린 적이 있었다.

그때 아주 가벼워지신 어머님의 체중이 마음에 걸려서 한참 혼이 난 적이 있었다. 이렇게 가벼워지실 때까지 과연 나는 어머님을 위해서 무엇을 해 드렸나 생각하니 마음이 심란했다.

이제 어머님이 돌아 가신지도 13년이 지나고 보니 불효에 대한 후회만 쌓여 가고 어머님의 흔적은 점점 사라져 가는 감이 들어간다.

지금 집에는 어머님께서 생전에 매일 아침에 일어나시면 정갈하게 머리를 빗으시고(어머님은 돌아가실 때까지 전통적인 쪽을 찌셨었다), 빠진 머리카락을 한 올도 헛되이 버리지 않고 모아서 만들어 주신 바늘쌈지와, 치매 방지에 손놀림이 좋다고 신문지에 껴들어 오는 광고지를 잘라서 식탁에 놓고 생선 뼈 등을 골라 넣게 만든 주머니가 있다. 어머니는 또한 담배갑 속에 들은 은박지를 모아서 뜨거운 냄비 등을 식탁에 직접 놓았을 때 식탁이 망가지지 말라고 냄비 방석을 만들어서 5남매에게 골고루 나누어 주시기도 하셨다. 나는 내게 주신 어머님의 솜씨들을 소중히 간직하고 있으면서 가끔씩 꺼내 보곤 했지만 이제부터는 어머님의 편지를 스캔으로 떠서 컴퓨터에 올려놓고 가끔씩 읽어 보면서 어머님 생각을 하려 한다.

언젠가 내가 죽고 나면 딸들이 내 유품을 정리하면서 "우리 아빠는 참 별난 것들을 애지중지 하면서 살았던 사람이다"라고 말 할 거다.

어릴 때 어른들이 "너도 나중에 애들을 낳아서 키워 보면 애비 에미의 마음을 알 수 있을 거다"라고 하시던 말씀이 내가 자식을 키우고 또 손주를 보고 하니까 틀림없는 말씀이로구나하고 생각이 든다.

자린고비

우리 집의 유일한 난방기구인 가스온풍히터의 먼지를 털어서 비닐 주머니에 넣어 보관 했다.

동경의 기온이 모질게 춥지 않은 덕택으로 우리 집에는 난방기구라곤 앞에 말한 가스온풍히터 하나 밖에 가지지 않고 지낸지 10여 년에 이르고 있다.

이런 말을 하면 주변머리가 없는 사람이라고 흉볼지 모르지만 견디는 데까지 견뎌보고 정 못 참겠으면 새로운 난방기구를 준비하리라고 생각하면서 지낸지가 벌써 10년에 이른 것이다.

가끔 전자제품이나 난방기구등을 팔고 있는 가게 앞을 지날 때면 우리 집에도 저런 신형 난방기구를 설치하면 좋겠구나 싶은 부러운 마음은 가지고 있었지만 아직 멀쩡하게 쓸 수 있는 기구를 버리고 새로 장만한다는 게 선뜻 마음 내키지 않았다.

그리고 보니 지금 쓰고 있는 세탁기는 20여 년 전에 누님들이 우리 집에 오셨을 때 기념이라고 사주신 것을 쓰고 있고, 선풍기는 처가 집에서 쓰던 고물을 지금도 매년 꺼내서 사용 하고 있다.

우리나라와는 달리 이곳은 여름에 습도가 높고 소위 열대야라고 해서 밤에 기온이 높기 때문에 잠을 설치기가 일쑤여서 우리도 에어컨을 달자고 집사람에게 조르면 한다는 소리가 "아이들이 어릴 때 여름에 땀을 흘리지 않으면 신체에 땀구멍이 제대로 발달하지 않아 나중에 체온조절이 제대로 되지 않으니 괴롭더라도 참고 지내자"고 말하곤 했었다.

다행하게도 내가 살고 있는 집이 고지대에 위치해 있고, 또 주변이 거주전용지구라서 3층 이상 건물을 지을 수 없는 지역의 3층이기 때문에 여름에는 창문을 열어 놓으면 시원한 바람이 들어와 그런대로 견딜 수가 있다.

지난해에는 "이제 아이들도 모두 성장을 해서 땀구멍도 제대로 형성이 되었을 것이고, 또 결혼을 한다거나 지방에서 근무를 한다거나 하는 등 따로따로 흩어질 때가 되었으니까 우리 집에도 에어컨을 달자"고 하니까 또 한다는 소리가 "아직 선풍기가 제대로 돌아가고 있으니까 저게 고장이 나면 우리 집에도 에어컨을 달자"고 한다.

아마 우리 집과 같은 사람들만 있으면 모든 메이커들이 도산을 하고 말겠지만, 금년에는 지난번의 대지진과 해일의 영향으로 원자력 발전소가 사고를 일으켜서 예년과 같은 전력소비를 한다면 여름에 전력이 절대량 부족을 할 것이고 따라서 계획 정전이 불가피 할 것이라고 보도 하고 있다.

우리 부부는 텔레비전으로 그 보도를 보면서 에어컨에 길든 사람들은 금년 여름 나기가 퍽 힘이 들겠다고 하면서 지금까지 에어컨 설치하지 않기를 잘했다고 낄낄거렸다.

이런 걸 옛말에 자린고비라고 하나보다 하는 생각을 하면서 지내는 요즈음이다. 🌰

친구네 이발소

지난번 1년 만에 고향에 들러 보았더니 가장 변한 것 가운데 하나가 초등학교(지금은 초등학교라고들 하지만 나는 국민학교를 졸업했기 때문에 지금도 국민학교라는 말이 입에 굳어서 국민학교라고 한다) 동창생인 친구가 하던 이발소를 폐업해 버린 거였다.

그는 집이 가난해서 국민학교만 졸업을 하고 읍내에 있는 이발소에 사환으로 취직해서 잔심부름을 하다가, 조금 나이를 먹고는 손님들 머리 감겨 주는 일을 배우고 또 얼마간의 세월이 지난 후에는 바리캉으로 가장 간단한 학생들의 빡빡 머리를 깎기 시작하다가, 그 다음에 또 세월이 흐른 후에는 가위를 들고 손님들의 머리를 깎기 시작하기 까지 줄곧 한곳에서 성실하게 근무하고 있었다.

우리들이 고등학교에 다닐 때 방학이면 몰려다니면서 놀기만 할 때 그는 매일 이발소에서 고된 일을 하다가도 제가 일을 하는 이발소 앞으로 우리들이 지나가면 문을 빼꼼히 열고 우리들을 보면서 환하게 웃는 얼굴로 "잘들 지내니?" 하면서 먼저 아는 체를 하곤 했었다.

당시에는 모두 가난했을 때라서 가정 형편상 국민학교만 졸업하고 곧바로 생활전선에 뛰어들어 일을 배우는 친구들이 더러 있었다. 다른 친구들은 자격지심 때문에 학교에 다니는 우리들을 피하곤 했는데 이 친구만은 언제나 웃는 얼굴로 먼저 아는 체해서 모두에게 인기가 있었다.

그는 사람이 성실해서 한 이발소에 오랫동안 근무해 그간 모은 돈으로 조그마한 자기 이발소를 하나 차리더니 그 자리에서 40여 년이나 줄 곳 변함없이 이발소 경영을 하고 있었다.

처음에 빌려서 시작한 이발소를 자기 명의로 사더니 그 이발소가 있던 터를 몽땅 사서 고향이 한참 발전할 때에 그곳에 4층 건물을 지어 모두 임대를 주면서 1층 가장 가운데에는 여전히 이발소를 차리고 하루에 한사람 또는 두 사람씩 오는 단골손님들을 상대로 영업을 계속하고 있었다.

건물 전체에서 매달 들어오는 임대료만도 상당한 금액이 되고 또 손님도 없는 이발소를 하느니 차라리 그 자리를 세 주는 편이 몸도 편하고 수입도 월등할거라고 하면서 식구들은 이제 제발 이발소를 그만두라고 떼를 썼지만 "내가 할 수 있는 일은 이 일밖에 없는데 이 일마저 그만두면 심심해서 어떻게 하느냐"고 하면서 매일 손님도 없는 이발소를 열어 놓곤 했다.

그래서 그의 이발소는 우리 친구들에게 있어서 사랑방 같은 존재가 되어 누구나 시간만 있으면 이발소에 가서 농담으로 시간을 때우곤 했었다.

그도 매일 오는 친구들과 싫은 얼굴 하나 하지 않고 정답게 마주앉아 이야기를 하다가 손님이 오면 이발의자에 앉히고 일을 시작하곤 했었다.

이발의자도 아주 구식인 의자이고 이발을 끝낸 후에 머리를 감는 것도 요즈음 신식으로 의자에 앉은 채로 하는 것이 아니라 옛날식으로 이발의자에서 내려와서 벽 쪽으로 조금 걸어가서 머리를 길게 빼고 감도록 되어 있다. 한 가지 현대화가 된 것은 옛날식으로 난로위에서 더운물을 함석으로 만든 조루로 떠서 머리를 감기는 것이 아니라 보일러와 샤워 꼭지 같은 물을 뿜어주는 시설을 갖추었다는 점뿐, 나머지는 박물관에 가져다 놓을 정도의 구식을 그대로 사용을 하고 있었다.

그래서 그의 이발소에는 시간이 아주 천천히 흐르는 듯 했고 그 집에 단골로 머리를 깎으러 오는 손님들도 모두 그 동네에서 몇 십 년씩 함께 살면서 서로 농담하며 지내는 사람들 뿐, 뜨내기손님은 아예 들어올 생각조차도 하지 않았다.

하기는 요즈음 젊은 애들은 이발소에 가서 머리를 깎는 것이 아니라 미장원에 가서 머리를 깎는다고 하니까, 친구의 이발소는 아예 경쟁 상대조차 되지 않고 또 경쟁을 하려는 생각조차 없는 존재였다.

한번은 농담 삼아서 "애 이곳은 자리도 좋고 하니 시설도 근대식으로 꾸미고 이쁜 아가씨들도 고용해서 손님들이 많이 오도록 하면 어떠니?"하고 물으니 그가 한다는 소리가 "몇 푼 더 벌려고 그 고생을 하니? 요즈음 사람 쓰기가 얼마나 힘든 줄 아니? 그러기 보다는 집세도 나가지 않으니까 혼자서 심심파적으로 하면서 이렇게 너희들과 농담 하면서 지내는 게 얼마나 좋은지 아니?"라고 아주 달관한 사람과 같은 이야기를 해서 감동을 받은 적이 있었다.

주인이 이런 생각을 가지고 있으니까 자연히 그의 이발소는 동네 사랑방이 되어 친구들과 만나자는 약속이 없어도 이발소에 가서 한참 앉아 있으면 심심해서 어슬렁거리며 모이는 친구들이 한둘 모이고, 또 그렇지 않으면 전화로 내가 지금 이발소에 있으니까 그리로 오라고하면 우우하고 몰려오곤 했었다.

친구들과 만나기 위해서 일일이 다방이나 음식점 같은 곳에 다니기도 귀찮은 터에 친구의 이발소는 아예 사랑방 구실을 하고 있었다.

저번에 귀국해서도 으레 지금도 그가 그 자리에서 여전히 이발소를 하고 있으려니 하는 마음에 누구에게도 물어 보지도 않고 이발소에 가 보았더니 눈에 익은 대우이발관이라는 간판은 사라지고 낯선 음식점 간판이 걸려 있다.

친구들에게 물어보니 성장한 아들들과 부인이 이제 제발 나이도 있고 하니 그만하라고 졸라서 어쩔 수없이 이발소를 그만두고 그 자리를 음식점 하는 사람에게 세 주고 몇 달 집에서 놀다가 좀이 쑤셔서 못 견디겠다고 근처 물류창고에 심심풀이 삼아 월급쟁이로 나간다고 한다.

세월의 흐름에 밀려 사라져 가는 것이 어디 친구네 이발소 하나 뿐일까마는, 이렇게 해서 내 고향에 대한 이미지 가운데 또 하나가 사라져 버렸구나 생각하니 섭섭하기 짝이 없다.

광복절날 추억

엊그제가 광복절날이었다. 광복절 날이면 생각나는 게 있다.

해마다 광복절이 되면 내가 다니던 국민학교 교정에서 이천읍내의 모든 학교 학생들이 모여서 기념식을 했다. 날씨가 더워서 죽겠는데 학생들을 몇 시간씩 뙤약볕 아래에 세워 놓고 당시 이천에서 한가닥 하는 기관장들의 기념사가 계속 된다.

말이나 잘하면 그래도 듣기가 지루하지 않을 텐데, 어린 내가 들어도 무슨 놈의 이야기인지 알맹이도 없는 이야기를 "에에, 아아, 으으, 그래설라무네" 등등 똑같은 말을 반복하면서 사람을 고생시키는 데는 환장을 할 노릇이었다.

매년 그러니까 조금 머리가 큰 후에는 꾀가 생겨서 6·25기념식, 제헌절, 광복절 등 더운 계절에 하는 기념식에서는 순번을 정해서 한 놈씩 쓰러졌다.

연설을 듣다가 한 놈이 픽하고 쓰러지면 얼른 곁에 있던 두 놈 중에 한 놈은 들쳐 없고 한 놈은 받쳐 주면서 교실로 들어간다. 선생도 따라들어 오면서 "괜찮으냐?" 물어보면서 얼른 주전자에 우물물을 떠다가 머리에 끼얹어 주라고 이른다.

쓰러진 놈은 눈을 게슴츠레하게 뜨고선 공연히 할딱거리고 있다가 선생이 나가면 발딱 일어나서 한다는 소리가 "야 인마, 네놈들은 누구 덕분에 시원한 교실에 들어와 있는 줄 알어? 빨리 우물에 가서 시원한 물을 떠오란 말이다"라고 명령을 한다.

이런저런 농담을 하면서 지내다가 밖에서 "흙 다시 만져 보자 바닷물도 춤을 춘다. ……" 하는 광복절 노래가 시작이 되면 아아 이제서야 끝나는구나 하면서 밖에 있던 동무들에게 미안한 생각이 들었다. 그래서 주전자, 바케스 등등 물을 담을 수 있는 도구란 도구에는 모두 시원한 우물물을 떠다가 놓고 동무들이 기념식이 끝나고 들어올 때를 기다리곤 했었다.

중학교에 들어가고 나서는 정식적인 기념식은 위에 쓴 세 번 밖에 없었지만 그 당시에는 "재일동포 북송반대 궐기대회"라는 것이 시도 때도 없이 자주 벌어졌지만 그때는 국민학교를 졸업하고 중학교에 들어갔기 때문에 열사병 흉내를 내고 쓰러지는 작전도 더 이상 써 먹을 수가 없었다. 또 궐기대회가 끝나면 이천 시내를 한 바퀴 행진하고 수여선 이천역 앞 광장에서 헤어지는 통에 점점 죽을 맛이었다.

가끔 이천 장날 궐기대회를 끝내고 시내행진을 할 때면 시골 동네에서 장에 왔던 아주머니들이 "아무개야 아무개야" 하면서 자기 동네 학생의 이름을 부르면 곁에 있던 놈이 "야 인마, 느네 엄마가 부르는데 왜 대답을 하지 않는거야?"하고 놀리면 이름 불린 학생은 부끄러워서 죽으려고 하면서 놀린 놈을 한방 쥐어박고, 그러자니 자연히 줄이 흐트러져서 선배들에게 혼이 나던 광경이 지금도 생생히 기억난다.

촌놈 잔치의 구상

나는 촌에서 태어나서 촌에서 자랐으니까 자타가 공인을 하는 완전무결한 족보가 있는 순종 촌놈이다.

자기가 촌놈이란 걸 애써 숨기고 도시인인척 하면서 살고 있는 사람들도 있겠지만 나는 촌놈이란 걸 무슨 훈장 비슷하게 생각하고 누구에게나 거리낌 없이 그리고 부끄러움 없이 촌놈이라고 나댄다.

내가 자란 마을은 신작로 길가에 있는 조그마한 마을이다. 저녁이면 초가지붕위에 박꽃이 하얗게 피고 집집마다 굴뚝에서 연기가 올라와 비가 내리려고 날이 꾸물거릴 때면 동네 위에 띠와 같이 맴도는 그런 동네다.

해가 지고 나면 집집마다 마당에 모깃불을 피워놓고 여인네들은 다림질을 하거나 찐 옥수수를 먹거나 참외를 깎아 먹으면서 손에 쥔 부채로 열심히 모기를 쫓으며 손주들에게 옛날이야기를 해주며 시간을 보낸다. 남정네들은 새끼를 꼬거나 멍석을 놓거나 하면서 구수한 이야기들을 하고, 아이들은 개똥벌레를 잡아서 호박꽃에 넣어서 호롱이라고 가지고 놀거나, 안산에 어른어른하는 도깨비불을 바라보고는 겁이 나서 불알이 바짝 오글어 들면서도 악동들은 모이기만하면 오늘밤에 누구네 참외밭에 서리를 갈까 모의를 하는 그런 마을이었다.

조그맣고 볼품 하나 없는 동네가 지금도 내 형제들이 모여 앉기만 하면 끝도 없이 되풀이 되는 추억의 고향이다.

조카 녀석들이 고모나 큰아버지들은 모여 앉기만 하면 신이야 넋이야 하면서 죽이 맞아서 옛날 어릴 때의 추억담을 끝도 없이 지껄여 대는 게 이상하게 생각되는지 하루는 "고모님 그 이야기는 저도 몇 번이나 들은 적이 있는데 자꾸만 해도 그래도 재미가 있어요?" 하며 눈을 똥그랗게 뜨고 묻는다.

그래, 허기는 네 말이 맞다 하는 생각을 하면서도 "고모나 큰아빠가 어렸을 때는 지금과 같이 마을이 크지도 않았고, 또 동네 사람들은 순박해서 한동네 사람이면 모두 친척 같은 느낌이 들곤 했단 말이다. 그런 면에서 너는 이 다음에 커서 네 아들들이나 조카들에게 무슨 추억을 지금 고모나 큰아빠 같이 말 해 줄 수가 있을까 생각하면 삭막한 마을에서 자라는 네가 시대의 흐름에 의해 어쩔 수 없구나 싶으면서도 안됐다는 생각이 들어갈 때가 있구나" 하고 말을 하니 녀석은 이해하기 힘든 얼굴로 멀끔히 쳐다보다가는 제방으로 들어가서 컴퓨터를 두드리기 시작했다.

죽을 날짜를 받아 놓은 것은 아니지만, 죽기 전에 내가 꼭 한번 해보고 싶은 것은 언젠가 날짜를 잡아 옛날 같은 마을에서 자란 동무들, 또는 옛날 내가 자랄 때를 기억하는 동네사람들 중에 생존해 있는 분들을 한자리에 모아 놓고 근사하게 잔치를 하고 함께 자란 동무들과 옛날식 놀이를 하면서 하루를 보내는 일이다.

동네가 워낙 코딱지 만큼밖에 하지 않는 조그마한 마을이고 더우기 내가 자랄 때 겪은 6·25동란 직후는 가난과 열악한 의료시설 때문에 어린애들의 사망률이 퍽 높았기 때문에 어릴 때 내 동무들도 많이 희생당했다.

그래서 어릴 때 동무가 몇 명밖에 남지 않았지만, 남아 있는 인원들도 부른다고 전부 모일 것도 아니어서 선뜻 실현되지 않는다.

그 몇 명 되지 않는 귀중한 할머니, 할아버지들이 한데 모여 어린애들 모양으로 술래잡기를 한다고 뛰어 다니거나 공기를 한다고 땅바닥에 철퍼덕 앉아서 놀거나, 고무줄을 한다고 펄쩍 펄쩍 뛰면서 입을 벌리고 웃다가 틀니를 떨어뜨리고는 남이 볼세라 얼른 주워서 손으로 쓱쓱 대강 닦아서 입에 넣고 그래도 부끄러우니까 헤헤헤 하고 어설피 웃고, 이런 광경을 눈치 빠른 신문기자가 빠트리지 않고 사진을 찍어 될 만한 사진 한 장 건졌다고 씨익 웃는 그런 놀이마당 말이다.

아마 이런 엉뚱한 생각을 하는 것도 지금이니까 가능한 것이지 앞으로 몇 년만 더 지나면 나보다 나이가 든 분들은 모두 저 세상으로 갔거나 설사 살아남아 있다고 하더라도 진짜로 할머니, 할아버지가 되어서 뛰어 놀라고 해도 놀지도 못 할 것이고 또 함부로 놀라고 부추겼다가 이곳저곳 고장이라도 나는 날에는 치료비가 농담 아닐 정도로 들 것이라고 생각된다.

지난번에는 고향에 들린 김에 지금 고향에 살고 있는 나이가 형뻘되는 두 사람을 만나 오래간만에 한잔 하자고 자리를 마련해서 술을 마시다가 경비는 내가 전부 부담을 할 테니 한번 그런 잔치를 열어 보는 게 어떠냐고 말을 꺼내 보니 반대는 하지 않지만 그렇다고 별로 반기는 눈치도 아니면서, 그런 잔치를 하면 옛날 살던 사람들이 모이기는 모일까? 하는 말을 한다.

그들은 그 마을에서 태어나서 지금까지 쭈욱 살고 있으니까 나와 같이 옛날 어릴 때 나를 기억하는 사람들에 대한 애틋한 마음이 없나 보다.

상전벽해라는 옛말과 같이 지금은 20여 층짜리 고층아파트가 수십 동 난립하였고 하루 종일 집 밖에 서 있어봐야 얼굴 아는 사람을 하나 둘 정도밖엔 만날 수 없는 마을로 변해 버렸지만 그래도 거기가 내 고향이다.

가끔 찾아가는 고향에서 아침 산책을 하면서 어릴 때 놀던 곳에 가서 눈을 감으면 어릴 때 내 모습이 선명히 머리에 떠오른다.

동경의 한국 촌놈

설날과 고무신

오늘이 구정이라고는 하지만 이곳은 구정을 지내지 않는 나라이기 때문에 '개 보름 지내듯' 쓸쓸하기 짝이 없이 여느 날이나 다름없이 근무해야 한다.

그래도 명색이 명절이고, 어릴 때 추억이 되살아나서 어제 저녁에 퇴근길에 길이 밀리는 걸 무릅쓰고 집사람과 신오꾸보新大久保라는 곳에 있는 한국음식재료점에 갔다. 그곳에서 가래떡을 사가지고 와 떡국을 끓여 정월 초하룻날 아침에 먹기는 했지만 도대체 설날 기분이 나지 않는다.

그래도 구정날이라고 딸애들에게 세배를 시키고 나서 어릴 때 어머니께서 마련해 주신 설빔을 입던 기억을 되살려 한복을 꺼내 입고 고무신을 신으니 얄팍한 고무신을 통해 차가운 지면의 냉기가 발에 전해 온다.

길거리에서 스쳐지나가는 사람들이 처음 보는 신기한 차림에 모두 한 번씩 뒤돌아보는 게 과히 싫지 않게 느껴진다. 한복을 입고 고무신을 신고 거리를 걸으면서 발바닥에 전해오는 냉기를 느끼니 어릴 적 겨울에 고무신을 신고 학교를 다닐 때 몹시도 발이 시리던 기억이 머리에 떠오른다.

점점 나이를 먹어 가면서 기억이 옅어져야 할 텐데, 웬일인지 해가

지날수록 점점 또렷하게 기억이 새로워지니 이게 도대체 무슨 까닭인지 모르겠다.

고향을 멀리 떠나서 혼자 지내니까 그럴거고, 지금의 생활이 어릴 때의 환경과 달라 그리리라 생각하지만, 그래도 가끔 느닷없이 어릴 때의 갖가지 추억이 머리에 떠오를 때면 마음을 걷잡을 수 없어진다.

어릴 때 나는 퍽 어리광 꾸러기이고 늦자랐다고 생각된다. 오랜만에 장손이 태어났다고 모두, 특히 할머니가 너무 위하고 키운 탓에 도대체 버릇이라고는 없고, 아무 때나 생떼를 잘 부리곤 했다.

지금도 생각이 나는 건 가래떡을 무슨 이유에서인지 바가지떡이라고 하면서 그게 먹고 싶으면 시도 때도 없이 바가지떡 달라고 어눌한 말로 생떼를 부리던 게 기억난다. 그러면 어머니가 절구에 조금 만들어서 주시곤 했다.

옛날 집에서 방앗간을 할 때 정월이면 으레 기계떡을 하는데, 기계가 고장이 나서 떡에 시커멓게 기름투성이가 된 가래떡을 만들어 놓아도 별로 불평을 하지 않던 순박한 인심이 그렇게 좋을 수가 없었다.

가래떡하면 특히 기억이 나는 게, 윗방에 있는 항아리에 물을 부어 넣고 거기에 가래떡을 넣어서 보관을 하는데 가끔 그걸 꺼내다가 화롯불에 구워서 조청을 발라 먹던가 기름간장을 발라서 먹던 맛을 잊을 수가 없다.

질그릇 화로에 석쇠를 올려놓고 거기에 가래떡을 구워 먹던 그 맛이 어디 요즈음 과자에 견줄 수가 있겠는가 말이다.

나는 내가 촌에서 태어났고 촌에서 자란 것이 퍽 다행한 일이라고 생각 하면서 생활한다. 촌에서 자랐기에 푸근한 옛날 시골 인심을 체

험 할 수가 있었고 또 남달리 많은 추억을 간직 할 수가 있기 때문이
다.

콘크리트 정글과 같은 대도회지에서 자라나는 우리 집의 애들을
보며 저 애들이 지금 내 나이가 되면 무슨 추억을 기억할까 생각하면
나는 내 아이들 보다 퍽 풍성한 인생을 지냈다고 생각 된다.

오늘 같은 날은 어릴 때의 추억을 같이 간직하고 있는 벗과 술잔이
라도 기울이고 싶은 생각이 간절해진다.

무청 씨레기를 엮으며

일기예보에는 오늘 점심 이후에 눈이나 비가 내릴 것이라고 하더니 아침까지도 개었던 하늘이 구름이 낮게 끼기 시작한다.

어제 내가 공원에서 가꾼 배추와 무를 수확했는데 이게 생각했던 것 보다 훨씬 잘되어 무는 길이가 40센티나 되는 놈도 있어서 모두들 깜짝 놀랐다.

동경 한복판, 한 평의 땅값이 일화日貨로 수백만 원을 넘게 하는 땅에다가 검정콩, 가지, 배추, 무 등 속의 야채를 심을 수가 있다는 건 굉장한 행복이라고 스스로 생각 한다.

농약을 안 뿌리고 화학비료를 조금밖에 주지 않고 기른 야채라서 신선하기로 한다면 더 이상 신선한 야채가 없을 정도로 신선하다. 그런 무와 배추를 주구住區쎈터에 가지고 가서 가져가라고 했더니 모두들 어린애와 같이 좋아들 한다. 그들이 좋아하는 모습을 보니 역시 가꾸길 잘했다는 생각이 들어가는 게 어쩐지 어깨가 으쓱해졌다.

그들에게 무청도 깨끗하니까 버리지 말고 무쳐서 먹으라고 이르고 돌아와서 보니 밭에 무청이 여기저기 흩어져 있다. 이놈을 엮어서 말렸다가 국을 끓여먹으면 좋겠다고 생각하고 오늘은 일삼아 밭에 남은 무에서 떡잎을 제치고 어제 밭에 흩어졌던 무청을 골라보니 꽤 많은 양이 되었다.

마침 공원과에서 가져다준 짚도 있겠다, 엮는 거야 옛날 한 가닥 하던 솜씨가 있으니까 주차장에 판자를 깔고 털썩 주저앉아서 이놈들을 엮기 시작했다.

시래기를 엮고 앉아 있으려니 마음은 또다시 어릴 때로 한달음에 달려가 버린다.

어릴 때 늦가을이면 김장 무를 뽑아다가 다듬고 나면 지천으로 흔한 게 무청과 배춧잎 이었다. 이것들을 길게 엮어서 뒷 헛간의 추녀 밑에 매달아 말렸다가 겨울에 국도 끓여먹고 정월 대보름날 시래기 무침도 해 먹던 생각이 간절히 난다.

그 시래기를 매달아 말리던 뒷 헛간은 옛날에 헐려 없어졌지만, 내 머리 속에는 서까래 하나하나까지 모두 기억하고 있다.

농촌을 떠나면서 이제는 내 생전에 두 번 다시 못해보리라고 생각을 하던 시래기 엮기! 그걸 동경 한복판에서 다시 해 볼 수 있다는 건 그야말로 기적이라고 밖에 생각 할 수 없다. 누구에겐가 막 어린애와 같이 자랑을 해보고 싶지만 내 마음을 알아주는 사람이 있어야지 자랑을 하지. ……

일본사람들에게 말을 해본들 "아 그 지저분한 걸 먹으려고 엮어서 말리느냐"고 하면서 네 나라는 얼마나 가난했기에 시래기까지 먹느냐고 생각 할 거고. ……

가을이 깊어지자 은행을 주워다가 깨끗하게 씻어서 나누어주고, 이천에서 가져다 심은 검정콩을 털었다. 이건 완전히 농촌생활과 같은 맛을 즐기면서 생활을 하고 있다.

고향을 떠나 동경에 살러오면서 내 생전에 다시는 농촌의 맛을 볼

수가 없으리라고 체념했었는데 내가 사는 곳에 공원이 생겨 그 공원
관리를 하게 되면서 다시 옛날의 추억을 되살릴 수 있으니 행복하다
고 할 수밖엔. ……

참외, 수박 따기

　공원의 밭에 참외와 수박을 심어 놓고 매일 아침마다 공들여 물을 준다, 수분을 시킨다, 하며 애지중지 하다 보니 수박이고 참외가 열매를 맺었다.

　열매가 커가는 모습을 바라보면서 지내다가 이젠 익었을 때가 되었겠지 하고 두드려 보니 도대체 그게 그 소리여서 도저히 짐작이 서지 않는다.

　그도 그럴 것이 내가 참외밭이나 수박밭에서 참외와 수박을 두드려 보는 게 30여 년만이니 그 옛날의 감각을 하루아침에 되살린다는 건 도대체 불가능한 일이 아닌가 싶었다.

　작년에 이어 금년에는 밭을 조금 더 늘리고 참외와 수박을 심어보고 싶어서 찾아 다녔더니 수박은 접목을 한 묘목이 쉽게 손에 들어왔지만 참외는 씨를 구하기조차 힘이 들었다.

　씨앗을 파는 곳에 가서 참외씨가 있느냐고 물어보면 젊은 종업원들은 참외라는 말조차도 모른다.

　허기는 이곳 일본에서는 참외 보다는 더욱 달고 향기가 있는 멜론으로 모두 바뀌어 이젠 참외를 심는 사람도 없다. 참외라고는 아주 드물게 그것도 일 년에 운이 좋으면 한 번 정도 야채전문점에 나오게 되어 버렸으니 그들을 상대로 동경 한복판에서 참외씨를 구하는 자체가 이상하게 생각될지도 모르는 일이다.

사람의 심리란 게 이상해서 손에 들어오지 않으니 점점 더 생각이 나게 마련이어서 만나는 사람마다 붙잡고 그 이야기를 했더니 한사람이 요꼬하마까지 가서 참외씨를 사다 주었다.

어렵사리 겨우 씨를 구해 파종을 했더니 이게 제대로 발아가 되지 않아 끝탕을 끓이고 있다가 친하게 다니는 한국음식점에 들렀더니 그 집 여주인이 지난번에 한국에 가서 사왔다고 하면서 참외씨와 고추씨를 한 봉지 씩 내어준다.

그러고 보니 그전에 왔을 때 자랑삼아 밭 이야기를 하고 참외씨가 없어서 걱정이라는 말을 했더니 서울 가는 길에 잊지 않고 사온 거다.

그 씨를 폿트에 심어 육묘를 해 밭에 내어 심기는 했지만 원채 늦어서 이제 심어도 열매가 열릴까하고 적정을 해가면서 열심이 돌봐주었더니 덩굴이 뻗고 꽃이 피더니 올망졸망 열매가 열린 거다.

하루가 다르게 커가는 참외와 수박을 바라보면 마음은 어릴 때로 되돌아간다. 어릴 때 너무나도 참외를 좋아해서 매년 밭에 가득 심어 놓고 따다 먹던 생각으로.

처음에는 익은 참외를 고를 줄 몰라서 참외가 익을 때가 되면 고모부님께 부탁해서 따곤 했었다. 그러던 게 점차 익숙해져서 혼자서도 손으로 두들겨 보고 판정하는 방법을 터득하여 해마다 따먹곤 했었다.

그때는 참 잘 구별을 했었는데 30년이 지난 오늘에 그걸 다시 시도해보니 도대체 그게 그 소리여서 짐작이 서지를 않는다. 그래도 '어림이 짐작이요 서울이 북쪽'이라고 어림잡아 수박 한 개와 참외 한 개를 따놓고 그냥 있기가 좀이 쑤서 친한 사람들을 불러서 밤에 수박과 참외 파티를 열려고 했다. 겁도 없이…….

제발 제대로 익어서 모두들에게 나의 무뎌지지 않은 기술을 자랑하고 싶은데 그게 내 마음대로 될 것인지는 오늘밤에 판가름 나게 생겼다.

어젯밤에 평소 친하게 지내고 있는 시이숙椎塾의 멤버들이, 늘 우리들에게 본격적인 중화요리를 만들어주는 곽 선생의 부인과 딸이 일본에 왔는데 그동안 항상 신세만 졌으니 이번에는 우리들이 대접하자고 해 저녁을 먹기로 하였다. 그 자리에서 수박과 참외 이야기가 화제가 되어 자랑을 좀 했더니 오늘 꽤 많이 모인다고 한다.

사람들은 모인다고 했는데 정작 따놓은 수박이 맹탕이라면 얼른 청과점에 가서 비슷한 놈으로 사다가 바꿔치기를 하는 게 망신당하지 않는 일이라고 생각하고 칼로 삼각형으로 따보니 생각보다 새빨갛게 잘 익었다.

역시 30년 만에 두드려본 소리지만 어릴 때의 감각이 아직은 조금 남아있구나, 싶은 생각이 들어간다. 안심을 하고 있으려니 별안간 소나기가 아주 심하게 내리기 시작한다. 만나자고 한 약속이 저녁 7시니까 그때까지는 개이겠지 하는 생각으로 느긋하게 집에서 저녁을 먹고 공원에 내려오니 멤버들이 하나둘 모이기 시작한다.

10여 명이 모여서 왁자지껄 떠들면서 밭에서 딴 수박과, 모자랄 것 같아서 청과점에서 사온 수박을 쪼개놓고 즐거운 한때를 보낼 수가 있었다. 다행이 크기는 작아도 맛은 일본에서 가장 유명한 산지에서 생산된 수박보다도 맛있다고 해서 한껏 우쭐 할 수 있었다.

동경 한복판의 평당 수백만 원이 넘는 토지에서 만든 수박이니 맛이 좋을 수밖에 없다고 하면서 귀중한 체험을 하게 해주어 고맙다는 말을 여러 번 들었다.

그들에게 있어서도 이 지역에서 밭을 만들고 수박을 심어 그 자리에서 직접 먹어 본다는 건 꿈에도 생각 못하던 일이 아니겠는가? 근래에 드문 참으로 재미있는 한때를 보낼 수가 있었다.

좌우간에 공원 만만세다.

월동준비

제법 날씨가 싸늘해져 가고 있다.

이곳은 서울보다는 대개 1개월 정도 계절의 차이가 나고, 또 겨울에도 그다지 춥지 않기 때문에 아직도 은행나무잎이 푸르게 견디고 있기는 하지만 그래도 계절이 가을인지라 벗나무 잎들은 계속 떨어져서 청소하기가 퍽 귀찮아진 요즈음이다.

시골 같으면 요즈음 겨우살이 준비에 대단히 바쁘겠지만 금년에는 공원에서 콩 농사도 하지 않아서 콩 타작할 일도 없고, 그렇다고 그냥 있기가 심심해서 그저께는 밭에 나가서 무잎을 제쳐다가 시래기를 엮어 추녀 밑에 걸어 놓고 보니 한결 가을 기분이 난다.

공원에는 감나무 네 그루가 있는데 금년에는 감들이 많이 열렸다. 새빨갛게 익은 감들이 단감이라면 좋으련만 모두 떫은 감이고, 또 씨알도 잘아서 따기만 힘들었지 별로 이용 가치가 없기는 하지만 그래도 가을인데 그냥 넘기기가 뭣해서 어제는 일부러 사다리를 감을 땄다. 높은데 있는 건 올라가기 겁이 나서 그냥 얕은 데에 있는 것으로 손이 닿는 것만을 땄는데도 빠께스로 다섯 빠께스나 되었다.

이 감들을 관리 사무실로 가져다가 험집이 없는 놈들은 따로 골라서 연시를 만들기 위해서 스티로폴 상자에 담아서 창고에 옮겨 놓고 그 다음에는 곶감을 만들고 또 침을 담그기로 했다.

감을 깎아서 꿰미에 꼬여서 추녀 끝에 매달아 놓으니 소학교 학생들이 "야! 김상이 금년에도 또 곶감을 만들어 걸었다"고 재잘 거리며 지나간다.

개중에 숫기가 좋은 놈들이 일부러 관리사무실에 들어와서 "김상, 저 곶감 언제쯤이면 먹을 수가 있게 되는 겁니까?"하고 묻기에 "글쎄다 1개월쯤 지나면 반쯤 마른 곶감이 될 거다"라고 대답을 해 줬더니 지금부터 예약을 해 놓을 테니 나중에 먹게 해 달라고 하는 아이들도 있었다.

그놈들을 그냥 보내기가 뭣해서 "지금부터 이 남은 감 침 담그는데 도와주겠느냐"고 했더니 침을 담그는 게 뭐냐고 묻는다.

침을 담근다는 건 떫은 감을 그릇에 담아 놓고 소주를 뿌려 놓으면 나중에 떫은맛이 없어져 먹을 수 있게 되는데 그걸 침을 담근다고 한다"고 가르쳐 주니까 모두들 란도셀을 벗어놓고 돕겠다고 대든다.

커다란 플라스틱 통을 가져다가 그 속에 비닐봉지를 깔고 감들을 나란히 놓은 다음에 소주를 분무기로 뿌리고 그 위에 다시 감을 나란히 놓고 또 소주를 뿌리는 작업을 아이들과 함께 했다.

도심에서 자라는 아이들이라 이런 과정을 경험 해 본적이 없기 때문에 신기해하며 열심히 도와준다.

아마도 이 애들이 어른이 된 후에라도 가을에 빨간 감을 볼 때마다 어릴 때 공원에서 한 오늘 경험을 기억 하리라고 생각해 본다. 욕심 같아서는 그 추억의 한 모퉁이에 나까지도 기억해 주었으면 좋겠다고 생각하지만 그건 무리한 욕심일 게다.

어린애들이 모두 집에 돌아간 후에 뒷정리를 하면서 이게 바로 금년의 월동준비를 하고 있는 거구나 하는 생각이 들었다.

떫은 감을 그릇에 담아 놓고 소주를 뿌려 놓으면 나중에 떫은맛
이 없어져서 먹을 수가 있게 되는데 그걸 침을 담근다고 한다"고
가르쳐 주니까 모두들 란도셀을 벗어놓고 도왔다.

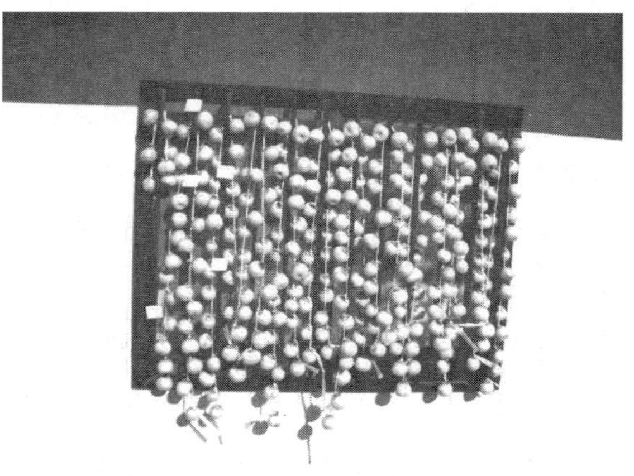

감을 깎아서 꿰미에 꼬여서 추녀 끝에 매달아 놓으니 소학교 학생
들이 "야! 김상이 금년에도 또 곶감을 만들어 걸었다"고 재잘 거리
며 지나간다.

벼농사와 메뚜기

처음 공원을 개원 할 때 동네 아이들과 함께 만들어 놓은 도토리연못에서 흐르는 실개천에, 지난 6월 근교의 논에 가서 모내기를 끝내고 남은 모를 농부들에게 조금 얻어다가 심었더니 이게 이삭이 나오고 꽃이 피더니 요즈음엔 제법 고개를 숙이기 시작하고 있다.

공원에 놀러오는 아이들은 모두 도심에서 태어난 아이들이기 때문에 벼가 어떻게 생겼는지 잘 몰라 이게 벼라는 것이고, 너희들이 매일 먹는 쌀의 원료가 되는 것이라고 팻말을 붙이고 설명을 해 주니까 신기한 듯 바라보곤 한다.

학교의 선생들도 자기들이 미처 생각을 하지 못하던 것인데 공원에서 이런 교재를 만들어 주어서 고맙다고 하면서 아이들을 데리고 와서 견학을 하곤 했다.

이 실개천에는 일체 농약을 사용하지 않기 때문에 잠자리의 애벌레가 무수히 번식해서 공원에는 잠자리떼가 하늘하늘 떼로 날아다닌다. 그러나 벼가 있으면 으레 메뚜기가 있어야 구색이 맞는 법이다.

일전에는 일부러 차를 타고 30킬로쯤 떨어진 농촌에 가서 메뚜기를 잡아 비닐봉지에 담아 와서 풀어 놓았다. 지금까지는 잠자리만 뒤쫓아 다니며 잡던 아이들이 이젠 메뚜기가 생겨서 아주 신이 나 엎어지고 제켜지면서 메뚜기 잡기에 열을 올리고 있다.

얼마 되지도 않는 메뚜기가 금방 씨가 마르는 게 아닌가 걱정도 되지만 씨가 마르면 이 가을이 다 가기 전에 또 한 봉다리 잡아다가 풀어 놓으면 되겠지 하는 생각에 느긋하게 바라만 보고 있는 것이다.

메뚜기 잡는 거야 어릴 때 숙달되어, 그야말로 도사가 되었으니까 문제가 없지만, 그 아까운 메뚜기를 볶아먹지 않고 풀어놓을 생각을 하니 조금 아까운 생각이 들어간다.

내가 어릴 때 내 고향에는 이맘때가 되면 메뚜기가 지천으로 흔해서 매일 학교에 다녀오면 메뚜기 사냥을 하는 것이 일과였다.

이곳에 살면서도 가을만 되면 옛날 생각이 나서 집의 애들이 어릴 때는 매년 차에 태워 촌으로 가서 메뚜기를 잡아오곤 했었다.

이곳 농촌에서는 다행히 농약을 그다지 심하게 사용을 하지 않아 메뚜기가 숫자는 적지만 그래도 남아 있는데, 내 고향에는 농약 때문에 메뚜기를 거의 볼 수 없다고 한다.

다행히 집사람도 어릴 때 촌에서 자란 사람이기 때문에 잡아온 메뚜기를 징그럽다고 야단을 치는 게 아니라 날개를 모두 따고 기름에 볶아준다.

애들도 처음에는 징그럽다고 펄쩍 뛰더니 엄마와 아빠가 맛있다고 하면서 집어 먹으니까 조심조심 먹어 보더니 이게 보기와는 달리 맛이 있다고 곧잘 집어 먹곤 했다.

이젠 딸애들도 모두 성인이 되어 메뚜기 잡으러 가자고 해 봤자 따라나설 애가 하나도 없겠기에 그냥 혼자만 슬며시 시골까지 가서 잡아다가 공원에 풀어놓고는 동네 아이들에게 선심을 쓰고 있다.

세배

　우리 집에서 지금까지도 지키고 있는 우리나라의 풍습 가운데에 가장 중요한 것이 설날 떡국을 먹는 일과 아이들에게 세배를 시키는 일이다.

　그러는 나를 보고 집사람은 과거 조선시대의 양반이 몰락 한 채로 지금까지 그것도 일본 땅 구석에서 연명을 하고 있어 여러모로 힘들어 죽겠다고 하면서 웃곤 한다.

　다른 것은 모두 팽개쳐 버린 마당에 왜 유독 세배만은 고집 하냐면 내가 어릴 때 가장 기다려지는 날이 추석과 설날이었는데 그 중에도 설날은 세배를 하면 세뱃돈은 받을 수가 있어서 그렇게 좋을 수 없었다.

　한해를 시작하는 설날, 금년 일 년도 가족 모두가 무사히 지내자고 하는 결의를 다짐하는 의미와, 일본에 살고는 있지만 아이들에게 무언가 한국의 풍습을 가르쳐주고 싶은 마음에서, 내가 어릴 때 가장 즐거웠던 게 세배를 하고 세뱃돈을 받던 일이었기에 나는 아이들이 아주 어릴 때부터 설날이면 으레 아침에 떡국을 먹고 집사람과 나란히 앉아 아이들의 세배를 받고 세뱃돈을 주어 오고 있었다.

　이이들의 입장에서 봐도 절을 꾸벅하고 나면 수입이 생기니까 귀찮다거나 싫어하지 않고 시키는 대로 하더니 이젠 아예 습관이 되어 설날만 되면 빨리 세배 받으라고 재촉 할 정도가 되었다.

작년까지는 세 명의 딸애들이 차례로 세배를 했는데 금년엔 작년에 시집을 간 큰 딸애는 파견 나가 있던 네팔에서 일시 귀국했지만 설날은 시댁에서 지내고 초이튿날 온다고 해서 두 딸애에게서만 세배를 받았다.

작년까지는 제 집에서 동생들과 어울려서 웃고 떠들며 지냈는데 금년부터는 시댁에서 시부모와 함께 설날을 맞이하는 큰애가 어쩐지 안쓰러운 생각이 들지만 그게 여자의 숙명이거니 하며 지낼 수밖에 없었다.

이튿날 제 신랑과 함께 와서 세배를 받으라고 하며 둘이서 절을 할 준비를 한다. 일본인의 풍속에는 세배를 하는 풍속이 없기에 내가 의아한 얼굴로 쳐다보니 딸애가 말한다.

"아빠, 오늘은 한국식으로 아빠, 엄마에게 세배를 해야 한다는 것과 세배를 할 때 새해 복 많이 받으십시오라고 한다는 것을 교육 시켰다구요." 사위가 서투른 몸짓으로 큰절을 하고 나더니 어눌한 한국말로 "새해 봉마니 바드세요" 한다.

딸에게 "작년까지는 너에게 세뱃돈을 주었지만 금년에는 너도 결혼을 해서 어른이 되었으니까 금년에는 세뱃돈을 안 준다"고 했더니 "결혼을 했어도 아빠의 딸은 변함이 없으니까 세뱃돈을 주세요"라고 조른다.

내가 웃으면서 미리 준비를 해 두었던 세뱃돈을 꺼내 주니까 딸애가 백을 뒤적거리더니 "아빠 그동안 제가 아빠께 용돈을 한 번도 드린 적이 없는데 이거 아빠께 처음으로 드리는 용돈이에요"라고 하면서 내가 준비했던 세뱃돈보다 훨씬 액수가 많은 돈을 나에게 준다. "난 괜찮으니까 이건 네 엄마에게 드려라"고했더니 "엄마에게도 따로 준비를 했으니까 안심하세요"라고 한다.

점심으로 준비한 떡국과 한국식 정월요리를 들면서 사위에게 "너는 한국인의 피를 받은 사람과 결혼을 했으니까 많이는 몰라도 한국의 문화와 풍습을 배우려고 노력을 해야 하고, 또 네 처의 사고방식이 100% 일본사람과 다를 때가 있더라도 이해를 해야 한다"고 말 하니까 그도 "네, 저도 그러려고 노력하고 있으니까 안심하시기 바랍니다"라고 대답 한다.

금년 정초에는 좋은 일이 있었으니까 금년은 좋은 한 해가 되려나?

큰아버지 유골

어제 낮 12시쯤에 휴대전화가 울렸다. 전화에 찍힌 발신자의 전화 번호를 보니 낯선 전화번호이기에 일본말로 대응을 하니 한국말을 아느냐고 한다.

얼른 우리말로 안다고 하니까 내가 재작년에 국내의 각 지방 신문 사에 보낸 유텐지에 있는 유골의 가족을 찾는다는 기사를 읽고 전화 를 한다고 한다.

내가 재작년2005년 여름에 전국 각지의 지방신문에 의뢰문을 보내 기는 했지만 그로부터 2년 가까이나 된 지금에서야 전화가 왔다는 사실이 얼른 이해가 되지 않아서 주저주저 했더니 실은 신문기사는 퍽 오래전에 보았는데 그 후 연락을 한다고 하면서 이렇게 늦어졌다 고 하면서 자기소개를 한다.

그의 이야기를 종합해 보니 그는 이곳의 대학원에서 유학을 하고 있었는데 박사학위를 받고 곧 귀국하게 되었다고 하면서, 자기 어머 니가 일본에서 나에게 연락을 해보라고 했는데 지금껏 미루어 왔다 는 것이다.

2005년 7월에 여수신문에 여수 여천지방의 유골에 대한 연고자를 찾는다는 의뢰를 보냈는데, 그때의 여수신문 기사를 어머니가 보았 다는 것이고 또 자기는 최근에 인터넷으로 다시 검색해서 보았다고 했다.

유골은 자기 큰아버지의 유골이며, 자기의 아버지도 10여 년 전에 세상을 버리셨는데 아버지가 생전에 자기의 어머니에게 자기 형님이 일제 때 징용으로 끌려가서 희생을 당했다는 말을 한 적이 있어서 어머니가 그 신문의 기사를 보고 나를 찾아가 보라고 했다는 것이다.

그러면 왜 좀 더 빨리 찾아오지 않고 이제야 연락을 하느냐고 했더니 지금까지는 도쿄 유학을 하고 있었기 때문에 공부를 하느라고 시간적인 여유가 별로 없었고, 또 언젠가 연락하면 되겠지 하는 생각에 늦장을 부리다가 이번에 학위도 받았고 또 신병치료차 급히 귀국하지 않으면 안 되는 입장이 되어 지금 전화로 연락 한다고 했다.

전화로 긴 이야기를 해 봐야 서로 금방 납득이 가는 것도 아니고 해서 저녁 때 만나자는 약속을 하고 전화를 끊었다.

그와 약속된 시간에 만나서 지금 시간에는 절에 가도 납골당에 들어갈 수가 없는데 그래도 납골당 밖이라도 가 보겠냐고 했더니 그러겠다고 해 안내를 했다.

어두컴컴한 절간 복도에서 납골당을 향하여 재배를 올리는 그의 모습을 보며 희생 당한지 62년이 지나서야 겨우 친족인 조카의 절을 받는 유골의 심정이 어떨까 생각하면서 역시 이 일을 하기 잘했다는 생각이 들어갔다.

이곳에 안치되어 있는 유골들의 친족들과 형제들은 거의 모두 세상을 버리고 가장 가까운 친족이 조카들인데 오늘 만난 청년과 같이 자기 아버지가 생전에 자기의 부인에게 형님의 이름을 알려 주었기 때문에 지금에라도 찾을 수가 있었지 그렇지 않았다면 영영 찾을 길이 없어지고 마는 것이 아닌가하는 생각을 해 볼 때, 왜 양국정부가 지금까지 이 문제를 적극적으로 해결을 하지 않고 방관을 했는지 울분이 치밀어 오른다.

그에게 내일 본국에 귀국을 하거든 곧바로 정부기관인 희생자 진상규명위원회라는 곳에 가서 유가족임을 밝히고, 현재 진행하고 있는 유가족이 판명이 된 유골의 본국반환에 빠지지 않도록 하라고 단단히 일렀다.

이렇게 해서 억울하게 희생된 유골이 또 한분 본국으로 돌아갈 수 있게 되었다고 생각하니 퍽 다행이라는 생각이 들었다.

모내기

도심 한복판에 살면서 무슨 놈의 모내기 타령이냐고 생각하시는 분들이 많으실 걸로 생각된다.

실은 내가 관리를 하는 공원에 조그만 연못을 만들고 그 연못에서 하수로까지 실개천을 만들었는데 이 실개천 옆에 처음에는 창포를 심으려고 두 평 정도의 논을 만들었는데 이곳에 작년에도 벼를 심었다. 그래서 가을이면 메뚜기들을 볼 수도 있었는데 금년에 또 모내기를 하기로 했다.

도심에 살고 있으니까 정확히 언제쯤 모내기를 하는지 알 수가 없어서 10여 일 쯤 전에 아마 이맘때면 작년에 모를 얻으러 갔던 논에 모내기를 했겠지 하는 생각에 승용차를 타고 공원에서 40킬로쯤 떨어진 논에 가 보았더니 아직 모내기를 하지 않았다.

도리 없이 빈손으로 돌아오는데 갈 때에도 그랬지만 올 때에도 차가 밀려서 많은 고생을 했다. 우리나라나 이곳이나 도로란 도로는 모두 자동차의 홍수로 시도때도없이 밀려서 고생을 한다.

그렇다고 금년에는 그냥 넘기기도 뭣하고 하여 어제는 오토바이를 타고 먼젓번에 갔던 논과는 다른 논에 다시 가 보았다. 오토바이는 승용차와 달라서 길이 밀려도 그다지 영향을 받지 않기 때문에 승용차 보다 훨씬 빠르다. 논에 가 보았더니 마침 일요일 날이라서 식구들이 총동원 되어서 모내기를 하고 있었다.

조그만 트럭에서 열심히 모를 내려 논두렁으로 옮기고 있는 농부에게 가서 공손히 인사를 하고 "도쿄에서 왔는데 내가 관리를 하는 공원에서 어린이들에게 정서교육을 위해서 매년 모내기를 조금씩 하고 있는데 금년에도 하려고 그러니 모를 조금만 나누어 줄 수가 있겠느냐"고 물었더니 "얼마나 필요하냐"고 되묻는다.

"아주 조금이면 됩니다. 지금 모내기를 하는 모를 달라는 게 아니라 모내기를 끝내고 논 구텡이에 뜬 모를 하기 위해서 남겨둔 모를 조금만 주시면 됩니다"고 했더니 나를 보고 "당신 도쿄에서 왔다고 하는데도 논농사를 아주 잘 알고 있다"고 하면서 웃는다.

"나는 지금 살기는 도쿄에 살고 있지만 한국사람으로 한국에서 농사를 지어본 경험이 있기 때문에 잘 안다"고 했더니 "한국사람이 어떻게 일본 어린이들의 정서교육을 위해 모내기를 하느냐"고 다시 묻는다.

바쁘게 일을 하고 있는 사람을 붙잡고 이야기를 길게 끌 수도 없는 노릇이어서 나도 차에서 모를 내려 논두렁까지 옮기는 일을 거들어 가면서 그 농부와 내가 관리하는 공원에 대해서 설명을 해 주니까 아주 감동을 했다고 하면서 모는 필요한 만큼 가져가라고 한다.

먼저 모내기를 끝낸 논 귀퉁이에 남겨 두었던 모를 한웅큼 얻어 가면서 그 농부에게 가을에 메뚜기를 잡으러 오겠다고 했더니 메뚜기는 뭣 하려고 그러냐고 묻기에 일부는 오늘 가지고 가는 벼를 심은 곳에 풀어 놓고 아이들에게 메뚜기 잡기를 시킬 생각이고, 많이 잡으면 나머지는 볶아 먹으려고 한다고 했더니 재미있다고 하면서 또 오라고 한다.

딸애들이 어릴 때에 가을이면 차에 태워 메뚜기를 잡으러 갔던 일이 있었지만 애들이 큰 후에는 혼자 가기도 뭣하고 해서 오랫동안 메뚜기 잡기를 하지 않았는데 금년 가을에는 본격적으로 다시 시작해야 되겠다.

한자 교육

　현재 일본에서 내가 밥을 먹고 사는 방법 중 하나로 우리말과 일본 말의 번역도 들어 있다.

　외국에서 먹고 살려니까 더운밥 찬밥 가릴 여유가 없었다는 게 가장 큰 이유였고, 또 본국에서 온 사람들이 일본어를 몰라서 관공서에 제출해야 될 서류를 제대로 작성 하지 못해서 불이익을 당하거나 할 경우에 대신 작성을 해 주는 업무를 취급하기도 하고, 우리나라 사람이 이곳에서 범죄행위를 해 재판을 받는 과정에서 일본말을 모르는 사람들을 위한 법정통역 등을 전문으로 하는 회사를 설립해서 운영 했다. 요즈음은 바쁘다는 핑계로 다른 업무는 그만두고 우리말을 일본말로 번역 하거나 일본말을 우리말로 번역 하는 일만은 지금도 여가를 봐가며 쉬엄쉬엄 하고 있다.

　그러면서 느낀 점이 요즈음 본국에서 한자를 폐지하고 한글 전용을 하였기 때문에 힘들고 어려운 한자 공부를 하는 시간에 다른 공부를 할 수 있게 되어 좋은 점도 있을지 모르지만 반대로 여러 가지 불편한 점도 있다는 사실을 발견하게 되었다.

　물론 세종대왕께서 창제하신 한글은 세계적으로 가장 편리한 문자임에 틀림이 없고 나도 이점은 충분히 인정 한다. 실제로 컴퓨터를 사용해 보면 한글이야말로 참으로 편리한 문자로구나 하는 느낌을 하루에도 몇 번 씩 느끼곤 한다.

그러나 우리나라는 좋던 싫던 오랫동안 중국문화의 영향권에 속해 있었고 한글이 창제가 되기 이전은 물론, 창제가 된 후에도 오랫동안 한자를 주로 사용해 왔다. 또한 우리들이 무의식중에 사용하는 우리말의 관용구 중에 한문을 기초로 한 관용구가 대단히 많은 비율을 차지하고 있다.

한글로 작성된 문장은 전후관계를 살펴보면 금방 뜻을 알 수가 있지만 한 단어만 써놓고 이게 무슨 뜻이냐고 물으면 두 가지 또는 세 가지 의미로 해석이 되기 때문에 알아볼 도리가 없게 되어 버리는 것이다.

최근에 나에게 일본어로 변역을 부탁해온 어느 기관에서 발급한 문서 중에 "인정을 한다"라는 문구가 있었는데 "認定"이라고 해야 맞을 것을 "人證"이라고 쓴 문장이 있었고 발급번호 가 "제 몇호"라는 것을 "第"라고 써야할 곳을 "弟"라고 썼다.

물론 두 가지 모두 우리말로는 똑같이 발음을 할 수 있다. 그러나 한자로 "人證"이라는 단어는 우리말에는 없고, "弟"라는 글자는 아우 제라고 해서 동생을 가리키는 말이다.

그리고 요즈음 의뢰가 많은 호적등본을 보면 이름이나 지명이 모두 한글로 표기가 되어 있어서 번역을 하는데 대단히 곤란을 받게 된다.

물론 국내에서는 호적등본이 한글로 되어 있어도 아무런 불편을 느끼지 않겠지만 적어도 자기 할아버지의 함자만큼은 한자로 어떻게 쓴다는 것을 알아 두도록 하는 것이 좋지 않을까 생각을 하게 된다.

본국에서 일본의 대학 혹은 대학원에 유학을 온 젊은 학생들이 나에게 "선생님, 일본글은 한자투성이 인데 저는 한자를 몰라서 참으로 불편 합니다. 한자를 간단히 마스터 할 수 있는 좋은 방법 좀 가르쳐 주십시오"하는 말을 자주 듣는다.

그때마다 내가 그들에게 하는 말이 "파스칼이라는 사람의 말에 기하학에는 왕도가 없다고 했는데 한자야 말로 왕도가 없는 것이다. 알다시피 한자는 일정한 법칙이나 공식이 있는 것이 아니라 한 자, 한 자가 뜻이 있는 글자이니까 한 자, 한 자를 익혀야 하는 것이다. 그러니까 일본에서 상용을 하는 한자가 2,000자 이내니까 하루에 몇 자씩 익혀 나가는 방법 밖에는 없는 것이다"고 말을 하면 "어휴 그걸 언제 다 익혀요? 그럴 시간이 있으면 영어 단어를 하나라도 더 외우는 게 유리 하겠네요"라고 한다.

글쎄, 요즈음은 전 세계적으로 영어의 영향력이 한자의 영향력보다 훨씬 위니까 애써서 한자를 공부하는 대신에 영어를 공부하는 것이 유리하다고 생각 할지도 모른다.

그러나 자기나라의 옛 문헌을 일반적으로 교육 받은 사람들이 읽을 수 없는 교육은 어딘가 잘못된 교육이 아닐까?

나는 다행히 국민학교에 들어가기 전에 할아버지 밑에서 종아리를 맞아 가면서 한자를 배웠다.

그 당시에 배운 한자 덕택으로 일본에 살면서 한자 때문에 크게 고생하지 않으니 얼마나 다행인지 모르겠다.

잠자리

나에게 가을의 색깔을 표현해 보라고 한다면 나는 서슴없이 파란색과 노란색과 빨간색으로 표현할 것 같다.

끝없이 푸르른 하늘, 들판 가득히 출렁거리는 잘 익은 벼들의 황금색 물결, 그리고 잿빛 초가지붕에 널어 말리던 새빨간 고추의 그 빛깔. 특히 가을의 빨간색을 생각하면 잊을 수 없는 게 고추잠자리이다.

여름내 답사리 밑에서 혀를 대자오치나 빼어 물고 헐떡거리며 혹시나 삼복에 보신탕 신세가 되지 않을까 전전긍긍하던 멍멍이도 가을바람이 불기 시작 하면 생기가 돌게 마련이어서 쫄랑거리며 돌아다니는 게 훨씬 기운차 보이게 마련이다.

동구 밖 전깃줄엔 제비들이 떼로 몰려 앉아서 강남 갈 준비들을 하느라고 여념이 없을 즈음이면 농촌에서는 아이들 손이라도 빌리고 싶을 정도로 바쁘기 그지없는 계절이 된다.

짧은 가을 해를 원망해 가면서 가을걷이에 눈 코 뜰 사이 없이 볶아대다 보면 어느새 저녁때가 된다. 저녁노을이 붉게 물들고 아이들이 소를 몰고 집으로 돌아갈 즈음이면 하늘 가득히 고추잠자리가 하늘하늘 난다. 고추잠자리가 한, 두 마리가 날면 별로 볼품이 없지만 하늘 가득히 떼를 지어 나르면 그건 하나의 그림이 된다.

학교에 다녀와서 책보를 마루에 팽개치고 곧장 들판으로 뛰어나가서 돌아다니다 저녁때가 되어서야 메뚜기를 잡아 꽁기에 꿰어 들고 집으로 돌아오면서 보아온 풍경. 붉게 물든 저녁노을 아래 집집마다 저녁 짓는 연기가 동네위에 띠처럼 떠 있고 하늘엔 가득히 고추잠자리떼가 날던 풍경, 그걸 어찌 잊을 수가 있단 말인가?

어린 시절의 그 풍경을 잊지 못해서 내가 관리를 하는 공원에 원래는 없던 조그만 연못과 실개천을 만들어 놓고 시골 흉내를 내었더니 거기에 잠자리들이 산란을 해서 매년 이맘때가 되면 잠자리들이 하늘하늘 날아다니고 그걸 잡으려고 아이들이 잠자리채를 들고 뛰어 다니는 풍경은 이젠 이 공원의 풍물이 되었다.

저녁 무렵 하늘하늘 날고 있는 잠자리를 잡어 보겠다고 뛰어 다니는 아이들을 보면서 저 아이들이 이 다음에 내 나이가 되어 자기들의 어릴 적을 돌아 볼 때 지금 이 공원에서 잠자리를 잡던 기억이 소중한 추억으로 남으리라고 생각하면서 "도심에서 자라는 어린이들에게 마음의 고향을 만들어 주자"는 우리들의 활동이 헛되지는 않았구나 하는 생각을 하게 된다.

잠자리를 잡아 본 경험이 없는 도심의 아이들 중에는 그냥 뛰어 다니기만 하면 잡히는 줄 알고 헐떡거리면서 뛰어 다니다가 한 마리도 잡지 못하고 시무룩해져 있는 아이들이 있다.

그러면 그 애에게 다가가서 "김상은 잠자리 잡는 선수니까 내가 잡아 줄테니 잠자리채를 이리 내 봐라"고 해서 빌려 가지곤 어렵지 않게 한 마리 잡아주곤 한다.

그러면 아이들은 물론이고 함께 온 젊은 엄마들까지도 솜씨가 대단하다고 손바닥을 두드려 가면서 감탄을 한다.

　그럼 "내 솜씨야 50여 년 전에 갈고 닦은 솜씨인데 세월이 흘렀다고 녹이 쓸 리가 없지 않은가" 생각 하면서 속으로 으쓱하기도 한다.

　할배가 어린애들 사이에서 잠자리채를 휘두르는 모습을 보고 동료들은 "이 공원에서 가장 신이 나서 뛰어 다니는 사람은 김상이다"라고 놀리곤 하지만 그 소리가 마냥 싫지만은 않다.

벼베기

가을은 확실히 수확의 계절인가 보다. 내가 관리하는 공원에서도 오늘 동네 꼬마들과 벼베기를 했다.

벼베기라고 하지만 불과 50여 포기 밖에 없는 벼를 가지고 벼베기를 했다하면 웃을 일이지만 마음만은 수천 평의 논에서 벼베기를 하는 것보다도 더욱 뿌듯함을 느낄 수가 있었다. 도심 한복판에서 무슨 벼베기 운운 하는가하고 의아하게 생각 하시는 분들이 많으실 것 같아 조금 설명을 하겠다.

촌에서 자란 나에게 있어서 가을은 무엇보다도 풍성한 계절이었고, 들판 가득히 벼가 누렇게 익어가는 논가 신작로에 피어 있는 코스모스를 잊을 수가 없어 매년 모내기 흉내를 내고 있는 것이다.

모내기철에 50여 킬로쯤 떨어진 시골에 가서 모내기를 하고 남은 모를 얻어다가 아이들과 함께 심었는데 작년에는 참새들이 극성을 부리더니 금년에는 참새 피해도 없이 제법 누렇게 익어서 오늘 벼베기를 했다. 다만, 금년에는 메뚜기가 한창 잡힐 때 네팔과 부탄으로 여행을 갔다. 그래서 메뚜기를 잡아다가 풀어놓지 못해서 공원에서 메뚜기를 잡을 기회를 아이들에게 경험을 시킬 수 없어서 조금 섭섭했다. 할 수 없다고 생각 하고 있었는데 작년에 메뚜기를 잡아본 경험이 있는 아이가 금년엔 왜 메뚜기가 없느냐고 묻기에 사실대로 이야기를 해 주었더니 그럼 작년에 잡은 메뚜기도 김상이 일부러 시골에 가서 잡아다가 풀어 놓은 거냐고 묻는다.

공연히 정직한체하는 바람에 아이들의 꿈을 짓밟아 놓은 게 아닌가하는 생각도 해 보았다.

아이들에게 장화를 신고 물에 들어가서 한 명당 두 포기씩 벼베기를 경험을 하게 했더니 모두들 처음이기 때문에 눈이 반짝반짝해 가며 좋아들 한다.

함께 온 엄마들도 해보고 싶지만 아이들을 위해서 참는다고 하면서 내년에는 좀 더 면적을 늘릴 수가 없느냐고 물으며, 도심 한복판에서 벼베기를 한다는 건 꿈과 같은 이야기인데 텔레비전 방송국에 연락을 했으면 좋은 선전이 되었을 텐데 아깝다고 한다.

벼를 작은 단으로 묶어 매달면서 나중에 탈곡 할 때도 와서 도와줄거냐고 물어 봤더니 모두들 꼭 오겠다고 약속한다. 작년에는 아이들 몇 명과 맥주병으로 두들겨서 탈곡했는데 금년엔 무슨 방법으로 탈곡을 할까 지금부터 궁리를 해야겠다. 언제나 열심히 와서 도와주던 아이 하나가 "김상 작년에 수확한 벼는 어떻게 했어요?"하고 묻는다.

"어, 그거 관리사무실 책상 서랍 어디에 있을 거다, 왜 그걸로 밥을 해 먹고 싶으냐?"고 물었더니 "그 쌀로 지은 밥을 꼭 한번 먹어보고 싶어요"라고 한다.

"이건 벼이고 밥을 해 먹기 위해서는 정미라는 걸 해야 밥을 지어 먹을 수가 있는데 그게 퍽 힘든 단다. 그러나 한번 연구를 해보자"고 말을 하고 나니 십 여 웅큼밖에 안 되는 벼를 정미를 하는 방법을 또 연구를 해야겠다.

정말로 이곳에서 생산된 쌀로 밥을 지어 먹을 수가 있으면 얼마나 좋을까하는 생각을 해 보았다. 🍂

내가 관리하는 공원에서도 오늘 동네 꼬마들과 벼베기를 한다.

도심의 모내기와 필모 떡

공원 한 귀퉁이에 동네 아이들과 함께 만든 도토리 연못과 실개천 옆에 창포를 심기 위해서 약 한 평 정도의 논 비슷한 걸 만들어 놓고 처음에는 창포를 심었었다. 그 후 논으로 이용 하는 공간에 오늘은 동네 꼬맹이들을 모아서 모내기를 했다.

대도시 한복판에서 자라는 아이들이 모내기를 경험해 본다는 것은 꿈과 같은 이야기라서 평소보다 많은 아이들이 모여서 어설픈 솜씨로 모내기 흉내를 냈다.

작년까지는 모내기철이 되면 근교의 논으로 가서 모내기를 끝내고 논 귀퉁이에 조금 남겨 놓은 모를 얻어다가 심었었는데, 금년엔 작년에 수확한 벼를 포트에 뿌려 본격적인 못자리로 부터 준비하기 시작해서 오늘 모내기를 한 것이다.

평소에 질퍽거리는 논에 들어가 본적이 없는 아이들에게 신발을 벗고 맨발로 논에 들어가게 했더니 발이 간지럽다고 야단들을 하면서도 재미있어 한다.

비록 규모는 작지만 흉내는 모두 낸다고 못줄도 만들어서 논두렁에서 못줄을 잡게 하고, 못줄을 잡은 어른에게 한 줄을 모두 심고 못줄을 넘길 때는 큰소리로 "넘어 간다" 해야 한다고 가르쳐 주었다. 한 아이마다 두 폭 씩 모를 심게 했더니 당사자인 아이들보다도 젊은 엄마들이 좋아 하면서 자기들도 해보고 싶다고 하지만, 그렇다고 심어 놓은 벼를 뽑고 다시 심을 수도 없는 노릇이어서 엄마들은 구경만하다가 모내기를 끝냈다. 너무 서운해 하기에 내가 '필모 떡'이라는 게 있으니까 그때에 도와 달라고 해더니 그 '필모 떡'이라는 게 뭐냐고 묻는다.

처음에는 창포를 심으려고 두 평 정도의 논을 만들었는데 이곳에 벼를 심었다.

한국의 내 고향에서는 모내기가 끝나면 금년에도 논농사 가운데 가장 중요한 모내기가 끝이 났다는 안심과, 풍년을 기원하며 그동안 모내기로 수고 한 일꾼들의 노고에 감사하는 의미에서 논임자가 저녁때 일이 모두 끝난 후에 떡과 술로 간단히 일꾼들을 대접 하는 거라고 설명했다. 모내기가 끝난 후 피자를 구워 아이들에게 먹이려고 준비할 계획이니 엄마들은 그때 도와 달라고 부탁했다.

모내기를 끝내고 아이 엄마들의 도움을 받으며 공원에 설치된 화덕에서 피자를 구워서 필모 떡이 아닌 필모 피자를 먹었다. 집으로 돌아가는 아이들에게 공원의 밭에서 수확한 야채를 조금씩 나누어 주면서 "오늘 품값이니까 집에 가지고 가서 엄마에게 저녁반찬으로 만들어 달래서 먹어라"고 했더니 모두들 좋아라고 한다.

　오늘 모였던 아이들이 이 다음에 어른이 된 후에도 어릴 때 이 공원에서 경험한 갖가지 추억들을 마음속에 간직하기 바라면서 오늘도 아이들과 어울려서 하루를 보냈다. 🌸

금줄

근대화의 물결에 밀려 사라져 버린 우리 고유 풍속 중에 금줄이라는 것이 있다.

내가 어릴 때만 하더라도 동네 누구네 집에 아이를 낳으면 반드시 대문에 금줄을 쳤다. 사내아이면 고추, 숯, 솔가지 여자아이면 숯과 솔가지를 짚으로 왼새끼를 꼬아서 매달았다.

사내아이를 낳은 집에서는 신이 나서 고추를 끼운 금줄을 만들어 내다 걸었지만 여자아이를 낳은 집에서는 시무룩한 얼굴로 내다걸던 것을 본 것이 기억에 삼삼하다.

금줄의 본래의 의미는 태어난 아이에게 잡귀가 범접 하지 말 것과 부정을 타지 말라는 뜻에서 매달았었다. 그래서 금줄이 쳐져 있으면 같은 동네사람이라도 부정탄다고 해서 함부로 드나들지 않는 것이다.

금줄에 얽힌 재미있는 이야기가 있다.

내가 어릴 때 가끔 밀주조사를 나오는 때가있었다. 그럴 때 집에 누룩이 있거나 밀주를 담근 집에서는 서둘러서 대문에 금줄을 쳐놓는다. 그러면 밀주단속을 나온 단속원이 그 집에 들어가지 않았다.

그러나 너무 자주 이 수법을 써먹으니까 나중에는 금줄이 쳐져 있는 집을 집중적으로 단속을 한다는 이야기가 돌기도 했었다.

아무튼 조상들의 슬기가 어린 우리 민족 고유의 풍습이 사라져 간

아마 모르기는 해도 일본 전국에서 출산 후에 집 문에 금줄을 매단 집은 우리 집 뿐 아닌가 하는 생각에 실실 웃으면서 매달았다.

다는 게 서글픈 생각이 든다.

왜 이렇게 금줄 이야기를 장황하게 하느냐 하면 큰딸애가 사내아이를 출산했기 때문이다.

병원에서 퇴원 해 집에서 산후 조리를 하고 있는 딸아이 옆에서 새근새근 자고 있는 어린 애를 들여다보다가 날짜는 조금 지났지만 우리 풍습대로 금줄을 만들어 매어 놓고 싶은 생각이 나기 시작했다.

원래는 아이가 태어나자마자 금줄을 매는법이지만 날짜가 조금 지났으면 어떠랴 싶어서 오늘 준비를 해서 문에 내다 걸었다.

본래대로 하자면 짚으로 왼새끼를 꼬아서 매달아야 되는데 이곳에서 짚을 구할 수 없어서 비닐끈으로 왼새끼를 꼬아서 흉내를 냈다.

고추도 마른 고추를 구할 길이 없어서 우리나라 반찬가게에 가서 붉은 물고추를 사다가 대신했다.

아마 모르기는 해도 일본 전국에서 출산 후에 집 문에 금줄을 매단 집은 우리 집 뿐 아닌가 하는 생각에 혼자서 실실 웃으면서 매달았다.

가만히 생각을 하면 나는 그동안 이곳에 없는 우리 풍습을 여러 가지로 시도하면서 지내고 있다.

지금 아이를 낳은 큰딸애가 대학 입시를 볼 때에는 대학 정문에다 우리식으로 갱엿을 붙인 적이 있다.

　또 근처 소학교(우리나라의 초등학교) 어린이들에게 우리나라의 윷놀이를 가르쳐 주었더니 지금도 곧잘 윷놀이를 즐기고 있다.

　아마 며칠간은 우리 집 앞 복도를 오가는 아파트의 주민들이 금줄을 보며 도대체 무슨 일이 벌어졌나하고 궁금해 할 것이라 생각한다.

메구로 구립도서관

내가 살고 있는 메루로구目黑區에는 7군데의 구립도서관이 있어서 구민이면 등록만 하면 누구나 한꺼번에 20권까지의 책이나 CD 등을 2주일간 빌려 볼 수가 있다.

이 구립 도서관에 가면 일본에서 발행된 도서 이외에도 영어, 불어, 독일어, 중국어 도서들과 함께 한글로 된 우리나라에서 발간 된 책들도 비치되어 있다.

한글 도서를 비치하기 시작을 하기 시작을 했을 때는 한글을 이해하는 도서관 직원이 없어서 도서 분류와 카드 작성 등을 도와주곤 했었는데 요즈음에는 한류 붐의 영향으로 직원 중에 한글을 이해하는 직원이 생겨서 자체적으로 해결한다.

메구로 구립도서관에 한글 도서를 비치하게 된 동기는 90년대 초에 내가 메구로 구립도서관 국제화추진위원으로 있을 때 구내에 거주하는 외국인들의 편리를 도모하기 위하여 구립도서관에 외국어 도서를 비치하기 위한 간담회를 한 적이 있었다. 그 간담회에 참석해 구내에 거주하는 외국인중에는 한국인의 비율이 압도적으로 많으니까 한글도서를 반드시 비치해야 된다고 우겨서 실현을 보게 된 것이다.

그러나 따지고 보면 구내에 거주하고 있는 재일 한국인의 숫자는 다른 외국인들 보다 많지만 한글을 읽을 수 있는 1세들은 거의 생존

하지 않고 있는 실정이고, 이곳에서 태어난 2세나 3세들은 한글을 이해하지 못하는 사람들이 많은 실정이다. 또 본국에서 건너온 동포의 숫자는 다른 구와 달리 그다지 많지 않은 현실이므로 어렵사리 한글 도서를 비치하기는 했지만 거의 빌려가는 사람이 없었다. 한글도서를 비치해야 된다고 우긴 책임이 있는 나는 시간이 있는 대로 도서관을 순회하면서 우리나라 도서들을 빌려다 1주일쯤 지나 반환하는 등, 한글 도서의 대출 기록을 늘리기 위해서 노력을 해 왔다.

요즈음도 도서관에 갈 때마다 한글도서가 어느 정도 권수가 늘었는가를 꼼꼼히 살펴보곤 하지만 거의 늘지 않고 있는 실정이다.

처음 외국어 도서를 비치하기 시작 했을 때는 숫자적으로 비슷하던 중국어 도서와 유럽제국의 언어로 된 도서는 이용 빈도가 높기 때문에 도서의 숫자가 자꾸만 늘어가고 있는데 반해 한글 도서는 별로 늘지 않고 있는 것이다.

한글 도서들도 다른 나라 도서들처럼 대출빈도가 늘어서 자꾸만 새로운 도서를 구입하게 되었으면 하는 기대감에 요즈음 같이 할일이 별로 없을 때는 전에 읽었던 책을 다시 빌려다가 읽으며 지내고 있다.

무리한 기대일지는 몰라도 한글도서의 숫자가 중국어나 영어로 된 도서의 숫자보다 월등히 많아지고 또 빈번히 대출이 되는 날이 오기를 기대해 보지만 내가 사는 구의 도서관에서는 무리일까?

황당한 이야기

매일 아침 산보를 하는 요요기공원代代木公園의 큼직한 공중변소 앞에 "이곳에서 모월, 모일, 모시 경에 살인사건이 발생 했는데 혹시 목격한 사람이 있으면 수사에 협력을 해 달라"고 하는 경찰서에서 만든 간판이 세워져 있는 것을 보면서도 그려려니 하고 지냈다.

오늘은 아침 산보길에 매일 운동을 해서 몸이 가볍기가 팔랑개비와 같지만 나이는 70을 훨씬 넘긴 할머니 두 분이 그 간판 앞에서 주고 받는 이야기를 우연히 듣고 하도 황당해서 혼자서 한참 쓴웃음을 지었다.

"아 글쎄, 여기서 살인 사건이 났다는 군요"

"글쎄 말이네요. 점점 세상 살기가 무서워져 가고 있다구요"

"누가 아니래요. 그러니까 모두들 조심을 해야 한다구요"

"그래도 우리와 같은 늙은이들을 누가 해치겠어요?"

"그건 모르는 소리라구요, 요즈음은 자기와 아무런 이해관계도 없는 사람을 발작적으로 해친다고 한다구요."

"그렇다고 해도 우리나이에 주의를 한다고 해도 무얼 어떻게 해야 좋을지 모르지 않아요?"

"그래서 저는요, 비상용으로 조그만 칼을 꼭 가지고 다닌다구요"

"넷!? 칼을요? 그렇지만 그게 만약의 경우에 얼마나 도움이 되겠어요?”

“그렇지도 않을 거라구요, 비상시에 그걸 꺼내 들면 상대방도 놀라서 나를 해치지 못할 것 아니에요?”

“글쎄요, 허지만 그런 조그만 칼이 과연 도움이 될까요? 더 큰 거라면 몰라도……”

“크면 걸리적거리고 또 남들이 보면 부끄럽지 않아요? 그러니까 작은 것으로도 충분하다구요”

“그래도 저는 이왕에 지참을 한다면 아예 닛뽄도 日本刀를 하나 허리춤에 차고나 다닐까? 그렇게 조그만 것으로는 안심이 안 되네요 하하하”

“좌우간 피차 주의 합시다”

이상이 두 할머니의 대화였다.

매일 아침 체조를 하는 곳에서 얼마 떨어지지 않은 곳에서 두 할머니가 이야기를 하고 있었는데 목청이 워낙 커서 근처 누구나 들을 수 있어서 할머니들의 이야기를 본의 아니게 전부 듣게 된 것이다.

그렇다. 점점 사회가 혼란스러워져 가고 있다고 모두 걱정하고 있다. 하지만 아무리 그렇다고 하더라도 나이가 70을 훨씬 넘긴 할머니를 해치려고 하는 사람이 있을 리가 없고, 건장하기가 웬만한 젊은이들 뺨 칠만큼 건장한 그 할머니들을 해치려고 함부로 덤비다가는 오히려 가해자가 당할지도 모를 정도의 할머니들 대화이기에 이상한 생각이 들어가는 것이다.

그 할머니가 지참을 하고 있다는 칼이라는 게 과연 얼마나 큰지는 몰라도 만약에 어떤 몹쓸 놈이 그 칼을 가지고 다닌다는 할머니를 해치려고 덤비다가 할머니가 괴춤에서 칼을 빼 들면 범인은 어떤 얼굴을 할까 싶어 체조를 하면서 실성한 놈 모양 혼자서 히죽히죽 웃었다.

우리나라나 이곳 일본이나 점점 인심이 각박해져 가고 치안이 문란해져 모두가 걱정들을 하고 있다.

옛날에는 상상도 할 수 없었던 범죄가 요즈음은 횡행을 하고 있으니까 좀 전 할머니들과 같은 대화가 나오게 마련이다.

요 · 순과 같은 시대를 바라는 건 아니다. 그렇지만 모두가 마음 놓고 아무 걱정 없이 살 수 있는 그런 시대가 앞으로도 계속 되길 바란다.

이야기에 나오는 공중변소

살인사건 수사협력 간판

천국의 **동생에게** 보내는 편지

동생을 먼저 떠나보내는 마음

넌 아주 무정한 놈이다
어쩜 그렇게도 모든 인연을
아무 미련도 없이 훌훌 털어버리고
너만 혼자서 가려고 하느냐 말이다.

넌 아주 냉정한 놈이다
어쩜 그렇게도 사랑하는
가족과 형제들의 슬픔일랑
모른 체하고 외면 할 수가 있단 말이냐.

넌 아주 괘씸한 놈이다
이 세상의 모든 일에는
순서라는 게 있는 법인데
어쩜 그렇게도 싹 무시 할 수가 있단 말이냐.

넌 아주 나쁜 놈이다
너를 아는 모든 사람들
특히 네가 가장 사랑하던 가족과

형제들을 비통하게 만든
넌 아주 못된 놈이다.

그래도, 그래도
정말로는
이 좋은 세상을 살면서
고생만하다가 가는
넌 참으로 불쌍한 놈이다.
하느님 이런 놈을 왜 그리도 빨리
부르셔야 하나요?
세상엔 내 동생 보다 훨씬 더 나쁜 놈들이
헤아릴 수 없이 많은 것 같이 생각되는데
왜 그놈만 그렇게 빨리 부르셔야 하나요?

1998년 11월 3일

천국의 경진에게

나에게 너무나도 커다란 슬픔을, 그것도 두 번씩이나 안겨주었던 1998년도 이젠 오늘과 내일 밖에 남지가 않았구나.

네가 반듯이 누워 있는 남한강공원묘지는 퍽 춥겠지?

그동안 아버님과 어머님은 뵈었겠지?

천국에서 부모님과 다시 만나 뵈어 퍽 반가웠겠지?

그렇지만 두 분께 넌 뭐가 급해서 그리도 빨리 왔느냐고 퍽 야단을 맞았을 거라고 생각한다.

아주 된통 야단을 맞아도 싸다고 나도 생각한다.

경진아

넌 운명을 하기 직전까지 잘 돌아가지도 않는 혀로 열심히 기도했으니 아마 너의 간절한 기도는 꼭 이루어졌으리라 믿어 의심치 않는다.

나는 잘 모르지만 천국이라는 곳은 이승의 모든 근심과 괴로움이 존재하지 않는 평화스러운 곳이라고 멋대로 생각을 하고 있는데 과연 그런 곳이니?

이젠 옛날 공부 할 때의 그 고생도, 잘 되지도 않는 사업을 하면서 항상 자금에 쪼들리느라고 당하던 괴로움도, 그 밖에도 많고 많던 이승에서의 모든 괴로움에서 깨끗이 해방이 되었겠지?

이승에서 너무나 많은 고생을 했으니까 천국에서는 편안할거라고 믿는다.

너를 그렇게 허무하게 떠나보내고 나니 그동안 형으로서 너에게 아무 도움도 주지 못했던 나 자신의 무능함이 다시금 뼈저리게 뉘우쳐 지는구나.

48년이라는 짧은 생을 살면서 남아있는 사람들의 가슴에 너만큼 커다란 슬픔을 남기고 가기도 퍽 힘이 들거라고 생각해 보았다.

너를 아는 모든 사람들 중에서 아마도 너를 못된 놈이라고 욕하면서 그놈 잘 죽었다고 하는 사람은 아마 한 사람도 없을 줄 믿는다.

너의 어릴 때 친구들이 너의 마지막 길은 자기들의 손으로 운구를 한다고 밤을 하얗게 새우며 슬퍼하는 모습과, 네 묘를 달고질을 하면서 모두 울면서 주머니에서 돈을 꺼내 선소리꾼의 통속에 자진하여 넣어 주면서 슬퍼하는 모습을 너는 아마 모를 것이다.

창환이와 일현이는 삼우제날 너의 종교 때문에 가족들이 네 무덤에 술을 부어주지 않는다면서 나중에 자기들 손으로 부어주려고 소주를 준비해 가지고 왔더라.

얼마나 마음씨 고운 친구들이냐?

경진아

너를 눈물로 보내 놓고도 살아있는 남은 형제들은 그냥 그런대로 삶을 유지하는걸 보면 너에게 미안하다고 해야 할지, 뭐라고 해야 할지 모르겠구나.

나는 네 장례를 마치고 일본에 돌아온 후 지금까지 모든 일에 정신 집중이 되지 않고 매일 멍하니 지내고 있구나.

아마 당분간은 이런 상태가 계속이 되지 않을까 생각되는구나.

그래도 살아있는 남은 형제들은 언젠가 다시 모여서 네가 살았을 때와 같이 또다시 지나간 옛날 비성거리 이야기들을 해가면서 웃고 지내겠지만 그러는 가운데도 언제나 이가 빠진 그릇과도 같이 네가 없는 허전함을 잊지 못하며 살아가리라는 생각이 드는구나.

너도 잘 알고 있었듯이 우리들 5남매는 정말 사이가 좋았고, 또 그걸 자랑으로 생각하면서 지내왔다.

언제나 만나면 즐거웠고 밤을 새워가면서도 웃음이 끊일 새가 없는 그런 5남매였는데, 그중에서 언제나 형제들을 잘 웃기던 네가 빠져버렸다는 사실이 좀처럼 현실로 믿어지지가 않는구나.

네가 병석에서 몇 번이고 형제들이 우애 있게 살아야 된다고 말했듯이 남아있는 형제들은 그런대로 우애 있게 살아가려고 생각하고 있다.

남아있는 4남매가 모여서 우스운 이야기를 하면서 웃다가도 문득 네 생각을 하고는 눈을 붉히지나 않을 런지 모르겠구나.

지난여름, 어머님 장례를 모시고 생각하기를 두 분 누님들이야 시댁에서 장례를 모실 것이니 다음 차례는 내 차례인가 했었는데, 네가 나보다 먼저 가고 말았다는 생각을 하니 무어라고 표현하기 힘든 비통함과 허전함에서 헤어나기가 힘이 드는구나.

불효막급한 말이지만 나를 낳아주시고 길러주신 어머님이 돌아가셨을 때는 어머니니까 나보다 먼저 돌아가시는구나하며 덤덤히 받아들였는데 네가 나보다 먼저 가 버리고나니 무어라고 표현할 수 없는 비통함이 머리에 꽉 차 당분간은 헤어날 수가 없을 것 같구나.

경진아

또 네가 보고플 때면 쓸데없는 글을 또 끄적거리마.

천국에 계신 아버님 어머님, 그리고 뵈올 수가 있다면 할아버님 할머님(아마 너는 잘 기억 하지 못하니까 찾아뵙기가 퍽 힘이 들지도 모르지만)께도 안부 전해주기 바란다.

잘 자거라.

1998년 12월 30일

슬픈 한해를 보내며 형이

천국의 경진에게

이제 네가 그렇게 급히 천국으로 올라간 지도 한 달이 되었구나.

그동안 한 달간 추운 땅속에서 고생이 많았지?

퍽 춥지?

그래도 너의 유택은 햇볕이 잘 드는 곳이니까 낮에는 따뜻하리라 생각이 되지만, 길고 긴 겨울밤 찬바람이 몰아칠 때엔 퍽 추울 텐데 생각하면 안쓰럽기 짝이 없구나.

이승엔 그동안 해가 바뀌어 새해가 되었구나.

섣달 그믐날과 똑 같은 태양이 떠오르고 섣달 그믐날의 이튿날인데 유난히 새해라고 하는 게 이상할 정도로 멍한 채 새해를 맞이했다.

그간 너의 가족, 즉 네가 가장 사랑하던 네 처와 성한이는 여전히 슬픔 속에서도 그럭저럭 지내고 있으며 네 처는 네 대신 회사에 나가서 일을 배우고 있다고 하지만 아마도 퍽 어려운가 보더라.

경험도 없는데다 더구나 여자가 회사를 운영해 나간다는 게 아마도 내 생각에는 불가능 하다고 싶은데 어떻게 할 의향인지는 모르겠다.

성한이는 내가 들은 바로는 열심히 공부를 하고 있다고 하는데 내년에 제가 원하는 대학에 무사히 합격했으면 좋으련만 어떻게 될지 걱정이구나.

그 외의 다른 형제들은 모두 그럭저럭 지내고 있으며 작은 누님댁의 막내인 한의가 오늘(1월16일) 결혼을 했다.

아직 어린애로만 생각하고 있었는데 벌써 결혼 할 나이가 되었다니 그만큼 우리들이 나이를 먹었다는 얘기가 되는 게 어쩐지 서글픈 생각이 드는구나.

어떠니?

천국이라는 곳에 대해선 아무것도 아는 게 없으니 그곳 사정이 어떤지 도통 짐작을 할 수가 없구나.

다만 네가 그렇게도 열심히 기도를 했으니까 아마도 너만은 좋은 곳에서 아무 근심 걱정이 없이 편안히 지내고 있으리라 믿어 의심치 않지만 말이다.

사람이라는 게 태어나고 또 죽어가는 게 모두가 신의 의지이고 자연의 섭리라고는 생각하지만, 어리석은 인간의 마음에 내 가족만은 될 수 있으면 오래오래 살기를 원하는 게 모두들의 바람인데 작년에는 두 번이나 그런 바람이 무너져 버리고 말았구나.

이제 한 달이라는 시간이 지났으니 내 마음도 어느 정도 안정을 되찾아야 할 텐데 아직도 쇼크가 완전히 가시지 않은 상태이구나.

매사에 정신 집중이 되지 않고 멍하니 지내고 있으니 걱정이구나.

얼마 있으면 구정이고, 구정 때는 잠시 또 서울에 다녀올까 생각중이다.

어머님과 네가 간 후 첫 구정이고 또 네 처가 만났으면 하는 의사가 있는 것 같아 잠시 들어가려고 생각하고 있다.

네 처도 지금까지 아무것도 모르며 지내다가 별안간 혼자가 되어서 모든 걸 결정 하지 않으면 안 되게 되었으니 어떻게 하는 게 옳게 결정을 하는 건지 모르고 망설이는 게 많으리라 생각된다.

지난번에 전화로 잠시 말을 할 기회가 있었는데 그때 내가 네 처에게 "매사를 형제들과 의논해서 결정을 하면 의논을 한 일에 대해서는 형제들이 공동으로 문제 해결을 위해 노력을 하겠고, 책임을 져주겠지만 혼자 결정을 한 일에 대해서는 형제들이 책임져 줄 수가 없으니 그 점을 명심하고 아무리 작은 일이라도 형제들과 의논을 하라"고 말을 했는데 어떻게 생각하고 있는지 모르겠다.

좌우간 네 처도 현명한 사람이니까 모든 문제를 형제들과 의논하면서 잘 해나갈 줄로 믿으니까 너도 너무 걱정하지 않아도 좋으리라 생각된다.

그러니까 너도 천국에서 잘 되길 지원해 주길 바란다.

경진아.

추운 겨울이 지나면 따듯한 봄이 오니까 조금만 더 참거라.

그럼 다음에 또 쓰기로 하고 오늘은 이만 줄이겠다.

잘 자거라.

1999년 1월 16일

네가 간지 꼭 한 달이 되는 날 형이

경진아

　오늘은 하루 종일 할 일이 하나도 없어서 매일하는 아르바이트도 오늘은 쉬는 날이었거든 재단법인 일한문화교류기금 도서관에 가서 한국 신문 몇 종류 읽고 책을 세 권 빌려 왔다.

　한국 신문을 집에서 직접 받아 볼까도 생각했지만, 구독료도 아깝고 또 매일매일 국내의 혼란스러운 갖가지 사건들을 접해야 한다는 게 싫어서 가끔씩 국내 신문을 읽을 수 있는 도서관에 가서 읽곤 한다.

　솔직히 말해서 요즈음 시간이 넘쳐 주체 할 수 없을 정도로 많은 생활을 하고 있거든.

　오늘 빌려온 책 중에 바다출판사에서 출판한 권형술이라는 사람이 쓴 『편지』라는 소설이 있었는데 퍽 재미있게 읽었다.

　내용은 서울근교의 수목원의 연구원으로 있는 조환유라는 남자와 대학에서 강사를 하면서 박사학위 공부를 하는 이정인이라는 여자의 사랑이야기인데 남자가 결혼 1년여 만에 악성뇌종양으로 사랑하는 여자를 혼자 남겨 둔 채 저 세상으로 갔는데 그가 죽고 난 후에 제 처에게 편지를 보낸다는 내용이었다.

　물론 죽은 사람이 편지를 보낼 수 없는 일이지만 제가 가장 사랑하던 여자가 자기가 죽은 후에 혼자 비통해 할까봐 정한 날짜에 배달이 되도록 시골 역의 역무원을 통해서 편지를 보낸다는 내용이었다.

사랑하던 사람이 저 세상으로 떠난 후에 돌연 그 사람에게서 편지가 온다면 우선은 놀라고 기분이 나쁠 수도 있겠지만 너무나도 사랑하는 아내를 혼자 남겨두고 떠나가는 남자의 마음으로는 그렇게라도 하고 싶었겠지 하고 이해 해보았다.

젊은 두 사람의 사랑 얘기도 좋았지만 가장 사랑하는 신혼초의 처를 혼자 남기고 저 세상으로 가는 남자 주인공의 폭넓은 사랑에 나도 모르게 눈물이 나더구나.

이 소설을 읽으며 너를 생각하면서 많이 울었다.

중늙은이가 주책없이 소설을 읽으면서 눈물을 찔끔거렸다면 우스운 말이지만, 아직도 가끔 소설을 읽으면서 눈물을 흘리곤 하는걸 보면 철이 덜 들었나 하고 혼자 생각할 때가 가끔 있지만 이번엔 너를 생각하며 눈물을 흘리면서 읽었다.

소설의 내용과 너의 처지가, 사랑하는 처를 남기고 떠나는 것이 같고 유복자로 남자 아이를 하나 남겼다는 건 다르지만 좌우간 아들을 하나 남겼다는 점이 같아서 읽기 시작한지 불과 4시간 만에 전부 읽어 버렸다.

옛날부터 마음에 드는 책이 있으면 무지무지한 스피드로 읽어버리는 게 내 버릇이라서 어떨 때는 하루에 소설을 3권씩 읽기도 했었는데 요즈음도 그 버릇이 완전히 없어지지 않아서 오늘도 두 권이나 읽어 버렸구나.

책이라는 건 많이 읽어서 손해날 일이 없다고 생각하여 될 수 있으면 많이 읽으려고 노력하면서 지내고 있다.

일일이 구입해서 읽으려면 책값이 보통이 아니라서 시간 있을 때마다 공공 도서관에 가서 책을 빌려다 읽곤 한단다.

내가 사는 區의 도서관에는 지난날 내가 주장을 해서 한국의 책들이 비치가 되어 있기는 하지만 종류도 적고 또 어렵사리 비치를 해 놓았는데도 빌려다 읽는 사람들이 없어서 시간이 있을 때마다 몇 번씩 빌려다가 대출카드에 도장이 많이 찍히도록 하지만 한글도서는 인기가 없는 도서로 낙인 찍혀서 이젠 새로운 책을 구입하지 않는구나.

다행히 멀지 않은 곳에 한국대사관 공보부 도서관과 일한문화재단 도서관이 있어서 거기가면 책들을 빌릴 수가 있고, 또 대사관 가는 길목에 있는 동경도립도서관에 가면 한국의 신문들을 읽을 수가 있어서 자주 이용을 하곤 한다.

단지 요즈음은 옛날과 달라서 책을 읽어도 건성으로 읽게 되고, 그 내용이 금방 머리에 들어오지 않는구나.

나이 탓으로 뇌의 기능이 저하가 된 것이겠지만 서글픈 생각이 들어가는구나.

경진아

이제 얼마 있으면 구정이 되는구나.

어릴 때 그렇게 기다려지던 설날이지만 금년에는 또 다른 감회로 맞이해야할 것 같구나.

어머님이 돌아가시고 또 네가 간 후 첫 구정이라서 한국에 또 들어가려고 생각하고 있다만 마음이 무겁구나.

이젠 형제들이 모여 앉아서 어릴 때 비성거리 이야기를 한대도 이가 빠진 것 마냥 허전 하겠지?

그냥 그렇게 허전해 하면서 살다가 나도 언젠가는 네 뒤를 따라가는 게 아닐까?

머칠 전에 사후 몸속의 장기를 기증하는 카드를 새로 만들어서 지참을 하였다.

벌써 부터 각막과 신장은 기증을 하려고 생각해 수속을 하였지만 그 이외의 장기도 다른 사람에게 도움이 된다면 모두 기증하려고 한다.

만약에 이다음에 내가 일본에서 죽는다면 모두 태워질 거고, 또 내가 한국에서 죽는다면 그냥 땅속에서 썩어버릴 것을 생각하면 그 장기가 없어서 고생을 하는 사람들에게 조금이라도 도움을 주는 게 좋지 않을까 생각했다.

그러나 내가 B형 간염 항체를 가지고 있기 때문에 과연 내 장기가 다른 사람에게 이식이 될지도 모르는 일이지만……

그럼 오늘은 이만 쓰겠다.

네 처가 혼자 살기 퍽 힘이 들 테니까 천국에서라도 보살펴주기 바라고, 네 아들이 무사히 원하는 대학에 입학이 되도록 돌봐 주기 바란다.

안녕

1999년 1월 30일

경진에게

설날 너를 만나고 온지도 벌써 열흘이 되어 가고 있구나.

이번에 가 보았더니 너의 무덤도 비석이 세워져 있는 게 제법 묘다운 모습을 보여주고 있더구나.

그러나 아직 떼도 제대로 덮이지 않은 새 무덤을 보며 아직도 네가 죽어서 이곳에 묻혀 있다는 사실이 현실로 받아들여지지 않는 기분이 들더구나.

네 동생 성진이가 그래도 사람이 된 놈이라서 조상님들의 차례를 지낸 다음에 네 차례도 지냈는데 잘 받아먹었는지 모르겠구나. 차례를 지낸다고 죽은 영혼이 받아먹기야 할까마는 그래도 성진이가 자발적으로 지내겠다고 하는 마음이 너무나도 고맙더구나.

여느 설날과 마찬가지로 차례를 지내고 아이들의 세배를 받으며, 작년까지만 해도 어머님께서 제일 먼저 세배를 받으셨는데 금년에는 안 계셔서 섭섭했다. 어느 틈에 내가 제일 먼저 세배를 받아야할 차례가 되었더구나.

그러나 네 자리가 비어 있어서 더더욱 섭섭했으며, 나중에 형제들이 모여서 화투를 치면서 놀 때도 몇 번이나 네 말을 하며 슬픔을 달랬단다.

네가 있었으면 이럴 때 이렇게 웃었을 거라는 둥, 이럴 때는 이런 표정을 했을 거라는 둥 해가면서 말이다.

그리고 언제나 하는 말이지만 너는 짧은 인생을 살고 가기는 했지만 참으로 좋은 친구들을 사귀다 갔다고 생각한다.

이번에 이천에 간 김에 네 친구들과 만나서 고맙다는 말이라도 하려고 했었는데 그게 내 성의가 모자라는 탓에 못 만나고 나중에 전화만이라도 하려고 전화를 했더니 창환이와 일현이가 설날 네 무덤에 성묘를 갔다 왔다고 하더라,

보통 친하다는 사람들도 만나는 기회가 멀어지면 서로 적조하게 되는 법인데 그 애들은 네가 저승에 간 후에도 너를 잊지 않고 그 먼 네 무덤까지 갔다고 하는데 얼마나 고마웠는지 모르겠더구나.

이 다음에 이천에 갈 때에는 내 친구들을 조금 덜 만나더라도 네 친구들을 우선적으로 만나고 와야겠다고 생각했다.

이번에 가 보았더니 네 처가 네가 생전에 경영하던 회사를 경영한다고 하는데 도통 마음이 놓이지를 않는구나.

남자도 아닌 여자가 경험도 없이 사업을 한다고 하는데 내가 보기에는 가능성이 적은 것 같은 게 걱정이 되는구나.

미국의 김 사장이라는 사람의 말만 듣고 해본다고 하는 것 같은데 공연히 큰 손해를 보는 게 아닌가 하는 생각이 들더구나.

또 한 가지는 내가 그렇게 보아서 그런지는 몰라도 성한이가 전보다 풀기가 죽은 게 영 기운이 없어 보이더라.

그놈도 대학 입시 공부에 여념이 없을 시기이고, 이런 시기일수록 부모, 특히 엄마가 옆에서 잘 돌보아 주어야 할 시기라고 생각되는데 엄마는 회사에 갔다 와서는 곧 피곤하다고 누워 버리면 그놈이 공부

를 제대로 할 수가 있을까 걱정이 되더구나.

모처럼 쓰는 편지에 공연히 걱정거리만 써서 미안하다만 나의 걱정을 솔직히 적어 보는구나.

경진아.

이번에 오랫동안 망설이던 끝에 새 컴퓨터를 사서 처음 네게 편지를 쓰고 있다. 지금까지 써오던 기종보다 훨씬 성능이 우수한 기종이지만 아직 손에 익지 않아 쓰기가 거북하구나.

곧 숙달이 되리라 생각하면서도 집의 경제사정을 생각하여 벼르고 별러서 비싼 기계를 샀는데 언제까지나 제대로 사용을 하지 못한다면 공연한 낭비를 한 게 아닌가 싶어 마음이 조급해지는구나.

오늘은 저녁때 언제나 가는 주구주민회의에서 회합이 있어서 갔다오니 전에 너하고 같이 한 번 온 일이 있던 서울의 송사장에게서 팩스가 왔더구나.

3월에 동경에 오는데 통역을 부탁하고 싶다고 하기에 공짜로는 안되고 비지니스로 해 줄 수가 있다고 전화로 말을 했다.

생전에 너와의 관계를 생각한다면 공짜로 해주고도 싶지만 언제까지나 그럴 수도 없는 일이라고 생각하고 좀 섭섭하겠지만 냉정하게 말 했다.

경진아

이제 조금만 있으면 봄이 되는구나.

그때까지 퍽 춥겠지만 잘 참고 견디기 바란다.

그럼 오늘은 이만 쓰겠다.

잘 있거라,

1999년 2월 27일

경진아

사람이란 누구나 세월이 흐르면 자기도 모르는 사이에 슬픔도 많이 잊어버리게 마련인가 보구나.

작년 이맘때 네가 병원에 입원을 하고 있는걸 보았을 때, 그리고 네가 세상을 떠났을 때는 그렇게도 가슴이 아프고 매일매일 네 생각이 났는데 한 해가 지나고 보니 너에겐 섭섭한 소리지만 많이 잊어지게 되고 말았구나.

사람들이 슬픔을 잊지 않는다면 그것도 큰일이라고 생각 하면서도 너무나 빨리 잊어가는 내 자신이 박정한 것 같아 너에게 미안한 마음이 드는구나.

네가 저 세상에 가고 난 직후에는 네 생각에 자주 너에게 글을 쓰곤 했었는데 지금 생각해보니 퍽 오랫동안 쓰지를 않고 지냈구나 하는 생각이 드는구나.

지난 17일 서울에서는 대학입시 시험일이라고 하기에 오늘 네 아들 성한이와 네 조카인 인한이가 어떻게 시험을 치렀는가 걱정이 되어 전화를 했다.

모두들 좋은 성적을 얻어서 지원하는 대학에 무사히 입학이 되었으면 좋으련만 어떨 런지 모르겠구나.

네 집에 전화를 했더니 네 처가 전화를 받기에 자주 전화를 하지 못해서 미안하다고 하면서 성한이가 시험을 잘 보았느냐는 말과 함께 회사는 요즈음 잘 되느냐고 물었더니 잘 안 된다고 하더구나.

처음부터 경험도 없으면서, 그리고 여자의 몸으로 사업을 한다는 게 마음이 놓이지 않아서 말렸건만 듣지 않고 일 년 동안 버티어 왔는데 말을 하지 않아도 내 생각으로는 많이 손해를 보지 않았는가 싶구나.

내가 도움도 못주는 주제에 미주알고주알 묻기도 뭣하고 하여 말은 하지 않고 지내면서도 항상 마음속으로 걱정을 하고 있었는데……

오늘은 작은 누님에게서 전화가 왔는데 요즈음 부쩍 네 생각이 난다고 하면서 훌쩍거리더구나.

오는 12월 15일이 네 1주기이기에 나는 14일 날 서울에 가려고 예정을 세우고 있다. 다른 때 같으면 서울에 가기 전에는 언제나 마음이 들뜨게 마련이었는데 이번엔 너의 1주기에 가는 것이어서 마음이 무겁구나.

그리고 내년 1월 11일에는 너도 알고 있는 내 친구 성재가 재혼을 한다고 해서 또 들어가려고 생각하고 있다.

그놈도 팔자가 기구하여 조강지처와 백년해로를 못하고 지난해 헤어지고 말더니 혼자서는 살 수 없어서 재혼을 한다고 하는데 앞으로 여러 가지 힘들 거라고 생각한다.

신선놀음에 도끼자루 썩는 줄 모른다고 넉넉하지 못한 살림에 자주 서울 드나들다가 살림이 거덜이 날런 지도 모르지만 이번만은 꼭 들어가야 될 길이라고 생각이 드는구나.

그러나 한편으로 이번 길이 네 1주기가 아니라 환갑잔치에 들어가는 길이라면 얼마나 기분이 가벼울까 생각해 보기도 한다.

오랜만에 쓰는 글에 이것저것 생각나는 대로 써 보았다.

그럼 오늘은 이만 줄이겠다.

잘 있거라.

1999년 11월 20일

경진아

형이라고 하는 게 참으로 박정하다고 생각하고 있을 줄 안다.

네가 그렇게 서둘러서 가고 난 직후에는 자주 네 생각을 하면서 지냈는데 네가 간지 불과 5년밖에 세월이 흐르지 않았는데 미안한 얘기지만 점점 너에 대한 애틋한 감정도 무디어가고 있음을 숨길 수가 없구나.

그간 네 처는 직접 경영하던 회사를 그만두고 다른 회사에 근무를 한다고 들었으며, 성한이는 영국 국적을 취득한 후에 지금은 한국의 남자가 당연히 완수해야하는 병역의 의무를 다하기 위해 공군에 지원해 청주에서 근무하고 있다고 들었다.

내가 알기에는 영국 국적을 취득하면 병역이 면제가 되는 줄 알고 있었고 또 부선망독자父先亡獨子는 병역이 면제가 되는 줄 알고 있는데도 입대를 했다고 하는구나.

그러나 한편으로 생각해보면 젊었을 때의 고생은 돈을 주고 사서라도 시킨다고 하는 말과 같이 그 애의 일생에 많은 도움이 되리라고 생각한다.

그러나 걱정이 되는 건 다니던 전문대학을 중퇴했다고 하는구나.

앞으로 어떤 인생을 걸어갈지는 그 애가 결정을 할 일이지만, 학교만은 졸업을 해주었으면 생각하고 있었는데……

소위 큰애비라는 게 제 코가 대자오치라는 핑계로 성한이를 하나도 챙겨주지 못하고 있으면서 네 처에게 미주알고주알 묻기도 미안하여 아무 말도 하지 않고 지내고 있다.

요즈음은 큰누이가 호주의 귀영이네 집에 가서 지내고, 작은누이가 시어머님이 중풍으로 누워 지내기 때문에 간병을 하기 위해서 대포리로 이사 가는 바람에 서울에는 네 처밖엔 없게 되어 버렸구나.

그래서 이젠 서울엘 가도 호텔에서 묵을 수밖에는 없게 되어 버렸다.

우리 집 애들 가운데 미아는 지금 박사학위 공부하러 나고야대학의 대학원에 내려가서 공부하고 있고, 유미는 일본 청년 해외협력대라는 곳의 파견으로 해외에 나가기 위한 공부를 하고 있다. 수미는 게이오기슈구대학慶應義塾大學 법과에 다니고 있는데 금년에 경험삼아 쳐 본 사법시험에 47점이면 합격을 하는 데 45점을 받아서 2점 차이로 낙방을 하고 말았구나.

그러나 어느 모로 본다면 인생을 너무나 쉽게 생각하는 자만심이 생기지 않게 하기 위해서는 금년에 불합격을 한 것이 오히려 전화위복이라고 생각을 할 수가 있는지도 모르겠구나그애는 이제 겨우 대학 3학년이거든.

나는 근처 공원의 관리인으로 일하고 있고, 네 형수는 일본어선생으로 둘이서 벌어서 간신히 생활을 하고 있는 형편이구나.

공원을 제멋대로 개간을 해 밭을 만들어서 그 밭에 갖가지 채소를 심어먹는 재미가 상당히 있고, 또 공원 때문에 근처 소학교의 아이들에게 그런대로 인식이 되어가는 것도 보람이 있구나.

작년에는 네 형수가 강사로 다니는 이곳의 고등학교와 이천의 옛

날 이천농고와 자매결연을 맺어 200여 명의 학생들이 이천에 수학여
행을 가도록 주선을 했고, 오는 9월에는 이곳의 만도린앙상블을 이
천에 데리고 가서 연주회를 개최하려고 하고 있다.

　나이가 먹어갈수록 고향에 대한 향수가 짙어지기만 하니까 고향을
위해서 무언가 내가 할 수 있는 일을 찾아 조금이라도 도와주고 싶은
마음이 간절하구나.

　경진아

　그래, 네가 간지도 벌써 5년이란 세월이 흘러버리고 말았구나.

　솔직히 말해서 처음에는 못 견디도록 네가 보고 싶었는데 요즈음
에는 그저 그러려니 생각 하게 되어 버리고 말았구나.

　망각이란 게 어느 모로 본다면 편리한지도 모르지만 그래도 너를
너무 빨리 잊어버리고 지내는 내 자신이 너에게 미안하구나.

　요즈음은 나이를 먹어서 그런지, 조금은 철이란 게 들어서 그런지
몰라도 늙어서 추해지지 않는 삶을 살아가는 방법에 대해서 쓴 책들
을 읽으며 지내고 있다.

　우리의 전통적인 가족관계가 붕괴해 가고 있고, 특히 내 경우에는
일본에서 애들을 키웠기 때문에 우리나라의 전통적인 가족개념이란
게 도대체 먹혀들지를 않은 상태이니 나중에 늙어서 추해지지 않기
위해서는 지금부터 여러 가지 준비를 해두지 않으면 안 될 것 같구나.

　오래간만에 끄적거리는 글이 점점 지리멸멸해가는 감이 들어가는
구나.

　그럼 나중에 기회 있는 대로 또 쓰마.

2003년 7월 4일

경진에게

그래 추석에는 어떻게 지냈니?

네 처가 예수교신자이고 또 네가 신자였기에 우리민족 고유의 의식인 차례 같은 것은 없었겠지만 그래도 섭섭지 않게 지냈겠지?

네 처가 사람이 좋아서 지금도 무슨 큰일이 있으면 성진이네 집을 드나들고 있는 것을 보면 신통하기 짝이 없구나.

소위 형이라는 게 너무도 오랫동안 너를 까맣게 잊고 지내서 뭐라고 미안하다는 말을 해야 옳을지 모르겠구나.

언젠가도 말을 했지만 사람이란 세월이 지나면 모든 것을 잊게 마련이기 때문에 감정도 무디어지겠지만 가장 큰 원인은 그동안 내가 너무 무심하게 지냈다는 것 이외에는 적당한 변명이 머리에 떠오르지 않는구나.

가끔 고국에 갈 때 마다 네 무덤에 가면 마음속으로 지금쯤은 백골만 남았겠지 하는 생각을 해 보곤 하면서 네 얼굴을 머릿속에 그려 보면서 추연한 마음을 달래곤 하지만 그것도 돌아서면 또 까맣게 잊고 살아왔구나.

네가 가고 없는 동안 내 주변에도 많은 변화가 있었구나.

첫 번째로는 너에게 보고가 늦었지만 미아가 작년 7월에 결혼을 했구나.

신랑은 동경대학을 나온 사람으로 같은 JICA에 근무를 하는 사람인데 사람이 좋아 보이더라.

한 가지 미아의 시아버지가 췌장암으로 지난 6월에 세상을 버려서 미아에게 시아버지가 좀 더 오래 살아 주었으면 하는 바람이 있었지만 어쩔 수가 없는 일이 아니겠니?

미아는 현재 네팔에 파견근무를 하고 있는데 10월에 임기만료로 귀국 할 예정으로 있다.

그 애가 네팔에 있는 동안 그곳을 여행을 하고자 집사람과 19일 간 타이, 네팔, 부탄을 여행하고 돌아 왔다.

둘째인 유미는 지금 대학원에서 석사학위 공부를 하고 있는데 중국의 소수민족이 연구 테마라서 자주 중국의 산간벽지를 여행하고 있단다.

현재도 45일간의 일정으로 중국의 소수민족부락 여행을 하고 있단다.

참, 무엇보다도 너에게 이야기를 해야 할 것은 다름이 아니라 셋째 수미가 지난 9월 13일에 있었던 사법시험최종합격자 합격을 했구나.

그것도 최연소 합격자중에 한사람으로 말이다.

옛날 같으면 과거급제를 했다고 난리를 칠만한 일이라고 생각을 한다.

이제 1년간의 사법연수를 마치면 검사와 변호사로 진로가 갈리게 되는데 수미는 검사를 희망을 하고 있는데 어떻게 될지 모르겠구나.

그렇지만 지금까지 그 애는 제가 하고 싶다고 생각한 것을 기어코 성취를 해야만 하는 성격이었고 또 운도 그렇게 따라 주었으니까 1

년 후에도 그 애의 희망이 성취 되리라고 생각한다.

또 앞으로 언제 이렇게 중언부언할 기회가 있을지는 모르지만 될 수 있으면 자주 이렇게 내 마음을 너에게 써보려고 생각은 하고 있겠다.

그럼 잘 지내라.

2007년 10월 1일

해설

과거와 대면하는 기억의 자리, 그 울림의 현장

문오주(문학평론가)

1.

　김창진 선생의 『동경에서 보내는 찬샘 이야기』는 우리 과거와 뿌리에 대한 증언이자 고백이다. 이 책 전체를 관통하는 것은 고향에 대한 선생의 추억과 기억 그리고 사람들이다. 선생의 기억은 어떤 풍요롭고 충만한 실존의 인상만큼 더욱더 생생하다.

　과거를 기억하고 반추하여 재생산 하는 것은 문학이 감당해야 할 중요한 몫이다. 그러나 그 이야기를 단순한 사실의 기억 이상으로 재생하는 것은 쉽지 않다. 하지만 선생의 『동경에서 보내는 찬샘 이야기』는 이천의 조그마한 시골마을에서 태어난 '나'가 자라온 그 공간과, 그 공간을 떠나 외국(일본)에서 살아가는 이국인이라는 현실이야기를 진행시켜 완성도가 여간 높지 않다. 과거와 연관된 사건이나 풍습의 꼼꼼하기 그지없는 만화경적인 추적이나, 인물에 대한 탐사의 깊이는 문학적 내공이 상당한 수준에 이르렀음을 느낄 수 있다.

> 동네 사람들이 돌아갈 때 대문을 잠그려고 나갔다가 올려다 본 겨울 하늘의 그 찬란하던 별들을 지금도 잊을 수가 없고, 먼 데서 달을 쳐다보며 짖어대던 동네 개들의 개 짖는 소리가 아직도 귀에 쟁쟁한 것 같은데 속절없는 세월은 많이도 흘러갔다.
>
> —「축음기(유성기)」 중에서

'대문을 잠그려고 나갔다가 올려다 본 겨울 하늘의 그 찬란하던 별들'과 '먼 데서 달을 쳐다보며 짖어대던 동네 개들의 개 짖는 소리'의 조합은 놀랍도록 정교한 내면적 울림과 그리움을 자아내고 있다.

흔히 우리는 어떤 기억이나 과거를 찾으려 할 때 자신의 몸과 마음으로 찾으려 하지 않고 얄팍한 생각과 얕은 지능으로만 찾으려 되작거린다. 하지만 과거와 맞서는 김창진 선생의 모습은 사뭇 다르다. 그래서 독자들이 과거속의 사물들이 지니고 있는 아주 사소한 현실성에 대해 다시 한 번 깊이 생각해보게 만들고 있다.

이 책에서 선생이 그토록 그리워하는 우리 고유의 가족서사는 이미 공동체적 유대와 사회적 지속의 상상력을 잃고 붕괴와 해체의 이야기를 통해서만 그 자신의 존재를 역설적으로 보여주고 있는 것이 현실이다. 무한 경쟁 사회의 압력이 고스란히 전이된 학교의 황폐화와 재앙의 상상력, 종말론적 세상을 암시하는 서사에 이제 다들 얼마간 익숙할 정도다.

하지만 선생은 이런 현실은 아랑곳없이 기억과 몸의 세포 속에 고스란히 온존하고 있는 우리의 과거를 고스란히 재생해 우리 앞에 펼쳐놓고 있는데, 놀랍도록 선연한 감각과 이해를 바탕으로 하고 있어 그 개별적이고 구체적인 모습이 마치 암각화처럼 선명하다.

> 지금도 귓가에 쟁쟁한 건 "우여라 워이 워이" 하며 애절하게 새를 쫓던 처녀들의 목소리이고, 눈에 선한 건 저녁나절 집집마다 저녁 짓는 연기가 피어오르고 한 짐 잔뜩 꼴짐을 지고 소를 몰고 돌아오는 농부들의 모습과, 붉게 타오르는 저녁노을 아래 초가지붕 위에 널어 말리던 새빨간 고추와 하늘 가득히 날던 고추잠자리의 추억이다.
>
> —「샘막(새보기)」중에서

> 밑에는 꼬투리가 맺혀 있고 위에는 꽃이 피어 있는 걸 장다리라고 하는데 아직 꽃이 피기 전에는 장다리를 통째로 꺾어서 껍질을 벗기고 씹어 먹고, 꽃이 피기 시작한 후에는 아직 여물지 않은 꼬투리를 따 먹으면 조금 매큼하면서도 들팟하고 싱싱한 맛이 있어 남의 밭에 들어가 양쪽 주머니에 하나 가득 따 넣고 다니며 먹곤 했었다.
>
> —「장다리」중에서

한폭의 그림을 보는 것 같은 이 장면은 선생이 수십 년 동안 몸으로 체득하고 있던 기억 속에서 온전히 뽑아내어 우리 앞에 뽑아 낸 과거의 실타래이다. 그 무엇보다도 꾸밈없이 소박하면서도 과거의 향수가 짙은 이런 표현들이 책 속에서 끊임없이 독자들의 발목을 잡고 과거가 베푸는 도취를 맛보게 하고 있다. 그래서 읽는 내내 입가에 미소가 떠나지 않고, 눈가에는 촉촉한 이슬이 맺히고, 머리에는 오래 전 어떤 기억이 떠나지 않고, 가슴에는 눅진한 그리움이 계속 떠돌기 마련이다. 한편으로는 과거의 잿빛 때문에 새삼스럽게 차분하게 가라앉아 세상은 기대할 것도 없지만 잃어버릴 것 또한 없다는 것을 깨닫기도 한다.

이 책에서는 또한 우리시대의 상호부조와 연대 공간으로서 마을의 공적 영역이 붕괴되기 직전 모습을 정겹고 훈훈하게 보여주고 있다. 현대인들은 현실을 살아가며 탈락과 배제의 불안, 심화되는 개인의 고립 공포 앞에서 떨고 있다. 이 책은 이런 현실에 대한 부드러운 위무이며 연민이나 공감의 능력과 관련된 사람 마음의 영토와 기본적 책무가 무엇인가를 돌아보게 만든다. 뿐만 아니라 고단한 현실을 살아온 우리 과거에 대한 가감 없는 증언을 보며 고개가 끄덕여지는 공감의 순간들을 찾아낼 수 있게 하고 있다.

> 지금 집에는 어머님께서 생전에 매일 아침에 일어나시면 정갈하게 머리를 빗으시고(어머님은 돌아가실 때까지 전통적인 쪽을 찌셨었다), 빠진 머리카락을 한 올도 헛되이 버리지 않고 모아서 만들어 주신 바늘쌈지와, 치매 방지에 손놀림이 좋다고 신문지에 껴들어 오는 광고지를 잘라서 식탁에 놓고 생선 뼈 등을 골라 넣게 만든 주머니가 있다. 어머니는 또한 담배 갑 속에 들은 은박지를 모아서 뜨거운 냄비 등을 식탁에 직접 놓았을 때 식탁이 망가지지 말라고 냄비 방석을 만들어서

5남매에게 골고루 나누어 주시기도 하셨다. 나는 내게 주신 어머님의 솜씨들을 소중히 간직하고 있으면서 가끔씩 꺼내 보곤 했지만 이제 부터는 어머님의 편지를 스캔으로 떠서 컴퓨터에 올려놓고 가끔씩 읽어 보면서 어머님 생각을 하려 한다.

— 「어머님의 편지」 중에서

잿꾸러미란 옛날 시골에서 혼례식을 할 때 신랑이 네 사람이 메는 지붕 없는 교자를 타고 신부댁 마당에 차려진 초례청으로 들어갈 때, 신부집 문밖의 골목길에서 그 동네 장난꾼들이 잿간에서 재를 퍼다가 창호지에 싸서 신랑에게 던지는 행위로, 원래는 신랑에 묻어서 초례청으로 들어오는 악귀를 쫓는 행위라고 하지만 그건 어디까지나 명목뿐이고 신부네 동네 청년들이 자기 동네 신부를 신랑에게 빼앗기는 분풀이를 하기 위해 신랑을 골탕 먹이는 의미가 더욱 컸다고 생각한다.

— 「잿꾸러미」 중에서

두 명이서 마주 잡고 하는데 두 사람의 호흡이 일치하지 않으면 제대로 되지 않는다. 젖은 창호지를 문살에 대고 마른 수건으로 토닥토닥해가며 문살에 제대로 붙도록 한 후 입에 물을 한입 물고 방금 바른 창호지에 확 뿜는다. 그러고 나서 햇빛에 말리면 반듯하고 쭈글쭈글 한 곳 없이 팽팽하게 완성 되는 거다.

— 「종이장수와 창호지」 중에서

2.

김창진 선생은 과거를 기억하고 들여다보는 그 공감의 시선으로 고달프고 막막한 현재를 살아가는 우리시대의 현실을 다양한 지점에서 이야기하고 있다. 지난 세월에 대한 뛰어난 사실감의 언어로 고백되어 있는 이 수필집은 과거에 대한 현재의 절박한 호소이면서 고백과 고해의 편지이다. 그래서 읽다보면 열리지 않은 창으로 침묵하는 현실을 바라보며 쓰는 간절한 구원의 호소와도 같은 울림을 느낄 수 있다. 고립무원과 같은 단절감의 공포 속에서 떨고 있는 현재의 우리에게 사람들도 서로 붙잡고 믿음을 감당하며 살 수 있었던 시절도 있었다는 것을 강하게 환기시키고 있다.

> 해가 지고 나면 집집마다 마당에 모깃불을 피워놓고 여인네들은 다림질을 하거나 찐 옥수수를 먹거나 참외를 깎아 먹으면서 손에 쥔 부채로 열심히 모기를 쫓으며 손주들에게 옛날이야기를 해주며 시간을 보낸다. 남정네들은 새끼를 꼬거나 멍석을 놓거나 하면서 구수한 이야기들을 하고, 아이들은 개똥벌레를 잡아서 호박꽃에 넣어서 호롱이라고 가지고 놀거나, 안산에 어른어른하는 도깨비불을 바라보고 겁이 나서 불알이 바짝 오그라들면서도 악동들은 모이기만하면 오늘밤에 누구네 참외밭에 서리 갈까 모의를 하는 그런 마을이었다.
>
> —「촌놈 잔치의 구상」 중에서

선생의 글은 일상의 작고 사소한 것에서도 작은 희망과 선의를 나누던 그때 그 시간의 온기를 다시 기억하게 만든다. 그렇기에 이미 너무 멀리 와 버린 것이 아닌가? 싶어, 자포자기하는 우리에게 이 글이 더없이 아프고 간곡하게 들리는 것인지도 모른다.

> 요즈음 내가 관리하고 있는 공원에 어린이들과 함께 만든 도토리 연못과 실개천에 개똥벌레를 번식시키기 위한 활동을 하고 있다. 언제가 될는지 모르지만 공원에서 개똥벌레들이 신비로운 빛을 발하며 날아다니고, 그것을 보기 위해서 많은 사람들이 모여드는 날을 기다리며 열심히 노력한다.
>
> —「개똥벌레」 중에서

선생은 이 책을 통해 우리의 과거를 재현하려고 하지만 그 보다도 더 근본적인, 즉 그 재현과 공감을 가능케 하는 사람사이의 정과 근본적인 윤리의 자리를 다양한 이야기를 통해서 묻고 있다. 선생은 또한 더 중요한 것은 추상적인 윤리의 해답이 아니라 공감과 연만의 정과 윤리가 사라진 지점에서 우리가 다시 무엇인가를 발견해야 하는 것을 끊임없이 되묻고 있다.

> 그 흙이란 다름 아닌 내가 고향을 생각할 때 가장 먼저 머리에 떠오르고, 어렸을 때 할머니 등에 업혀서 고모님댁에 다니던, 그리고 젊어서 고생고생 하면서 과수원을 하던 곳의 흙이다.
>
> —「고향의 흙」 중에서

　　밤이 이슥하여 떡이 쪄지면 우선 터주가리에다 터주귀신
에게 일 년간의 평안과 풍년을 할머니가 정성껏 빌고 나서는
각방과 부뚜막, 우물, 헛간, 광, 외양간, 심지어는 변소에까지
떡을 가져다 놓고 일 년간 무사하게 지낼 수 있게 보살펴준
데 대한 고마움을 표시함과 동시에 가내의 안녕을 빈다.

―「고사떡」 중에서

　　지난 시대에 관한 증언이란 과거에 대한 기억의 대상화와 과거 기
억의 한계를 수락하는 그 과정에서 '나'라는 치열한 자기 성찰이 선행
되고 있음을 짐작하기는 어려운 일이 아니다. 그리고 이로부터 우리
가 터부시한 지난 시대에 대한 의미 있는 반성을 이어갈 수 도 있을
것이다.

　　우리의 과거에 대한 사실적 보고를 넘어 '나'의 자기치유 시간과 섬
세하게 겹쳐지는 지점이야말로 이 수필집의 보기 드문 미덕이라고
할 수 있다.

　　봄이면 뻐꾸기, 종달새의 울음소리, 까투리를 찾는 장끼의
울음소리, 여름이면 밤새도록 귀찮게 울어대는 개구리들의
울음소리, 매미들의 단조로운 울음소리, 시원하게 내리 쏟아
지는 소낙비 소리, 가을이면 풀벌레들의 애절한 울음소리,
집집마다 자채논에 새보는 소리, 겨울이면 참나무 숲을 지나
가는 바람소리, 부엉이 울음소리, 문풍지소리, 다듬이질소리
등등.

―「뻐꾸기」 중에서

　　나이떡이란 설날 떡국과 마찬가지로 이걸 먹어야만 정식

으로 나이를 한살 더 먹는 거라고 해서, 이날 나이 숫자대로
송편을 먹는 것으로 어릴 때는 나도 얼른 나이를 먹어 나이
떡을 많이 먹었으면 하는 생각을 매년 하곤 했었다.
—「나이떡」 중에서

번데기하면 어릴 때 집에서 누에를 처 가지고 뒤 헛간에
솥을 걸고 물을 끓여 가면서 거기에 누에고치를 넣어서 명주
실을 뽑을 때 그 솥 옆에 앉아서 물리지도 않고 주워 먹던 생
각이 간절하다.
—「번데기」 중에서

그래서 봄부터 가을까지 신작로에서만 놀던 아이들은 가
을에 벼만 베면 곧바로 논을 말려서 널찍한 논바닥 그라운드
를 만들어서 공도차고, 자치기도 하며 장치기, 찜뽕이라고
하는 야구를 변형시킨 놀이들을 하면서 놀았다.
—「논바닥 그라운드」 중에서

팔매질도 손으로 하면 멀리 가지 못하므로 짚으로 새끼를
꼬아서 팔매줄이라는 것을 만들어서 거기에 돌을 끼워서 빙
글빙글 돌리다가 한쪽 끈을 놓으면 멀리 날아가는 기구를 만
들어 서로 돌멩이들을 날리는 거다.
—「정월 대보름」 중에서

이 대목은 이 수필집 전체에서 가지는 기억의 상징적 함의와는 다
른 선생이 우리에게 들려주는 그 언어만으로도 어떤 감흥에 젖게 만
든다.

선생의 글에서 삶의 형편에서 전혀 나을 게 없는 사람들이 주변의

안쓰러운 모습을 보며 자신의 조그마한 힘을 보태는 모습에서 유대
와 정의 가능성을 확인하는 일은 가슴 뭉클하다. 나아가 이들의 눈물
을 닦아 주는 '조선 어미'의 품을 느낄 수 있다. 그 '조선 어미'들의 목
멘 노랫소리가 고향산천의 정경과 잘 어우러져 아픔을 위로하고 정
을 나누며 측은지심의 도리를 다할 줄 알던 지난 시절을 그리워하게
만들고 있다.

> 머리를 빗으시고는 빠진 머리카락을 함부로 버리는 일 없
> 이 한올한올 모두 종이에 싸서 모았다가는 바늘꽂이 등을 만
> 들어서 자식들에게 나누어 주시곤 해 지금도 내 집에는 어머
> 니의 머리카락을 속에 넣어 만든 바늘꽂이가 하나 있다.
>
> —「은비녀」 중에서

> 날이 궂으려고 할 때 장독을 덮으러 가서 맡던 구수하던
> 그 냄새가 지금도 기억에 아련하다. 크고 작은 항아리에는
> 오래 묵은 간장, 된장, 고추장들이 담겨 있었고 매년 잘 띄운
> 메주로 날을 잡아서 햇장을 담그고 항아리에 부정을 타지 말
> 라고 금줄을 치던 옛 풍습.
> 장독대 뒤에는 집안의 터줏대감을 모신 터줏가리가 있어
> 서 고사떡을 하면 제일 먼저 가져다 놓고 일가족의 번영과
> 무사안녕을 빌곤 했었다. 그 장독대에 올라가는 돌계단도,
> 그리고 장독들을 놓았던 널찍한 돌들도, 그리고 항상 젖은
> 걸레로 행주질을 하시던 반짝반짝 윤이 나던 장독 하나하나
> 도 모두가 확실하게 기억이 되건만 그 장독대도, 어머님도
> 모두 이젠 추억 속으로 사라져 버린 거다.
>
> —「장독대」 중에서

3.

　선생은 과거 고향 고향사람들의 사연이나 됨됨이에 전율하고 반응하면서 그 삶들에 대한 극진한 관심과 애정을 드러내고 있다. 정형화된 인물이나 문학의 화법에 대한 반발처럼 김창진 선생이 들려주는 생생한 육성의 강도는 기존 문학의 전통 안에서도 특별한 바가 있다.

　그는 집이 가난해서 국민학교만 졸업하고 읍내에 있는 이발소에 사환으로 취직해서 잔심부름을 하다가, 조금 나이를 먹고는 손님들 머리 감겨 주는 일을 배우고 또 얼마간의 세월이 지난 후에는 바리캉으로 가장 간단한 학생들의 빡빡 머리를 깎기 시작하다가, 그 다음에 또 세월이 흐른 후에는 가위를 들고 손님들의 머리를 깎기 시작하기 까지 줄곧 한곳에서 성실하게 근무하고 있었다.

—「친구네 이발소」 중에서

　이발의자도 아주 구식인 의자이고 이발을 끝낸 후에 머리를 감는 것도 요즈음 신식으로 의자에 앉은 채로 하는 것이 아니라 옛날식으로 이발의자에서 내려와서 벽 쪽으로 조금 걸어가서 머리를 길게 빼고 감도록 되어 있다. 한 가지 현대화가 된 것은 옛날식으로 난로위에서 더운물을 함석으로 만든 조루로 떠서 머리를 감기는 것이 아니라 보일러와 샤워 꼭지 같은 물을 뿜어주는 시설을 갖추었다는 점 뿐, 나머지는 박물관에 가져다 놓을 정도의 구식을 그대로 사용을 하고 있었다.

—「친구네 이발소」 중에서

고향 산천과 그 구성원을 이루는 인물들에 대한 선생의 육성과 관심은 인간 현실의 구체를 더욱 폭넓은 연관과 맥락 속에서 이해하도록 만들고 있다. 문학의 사사화나 왜소화에 대한 우려가 터무니없이 근거 없는 것은 아니지만, 이 책에서는 과거 우리에 대한 뿌리 깊은 애정과 각박해진 현실과의 긴장 관계를 유지하면서도 고백의 영토를 넓히기 위한 분투의 흔적을 발견하는 것이 어렵지 않다.

돌아보면 현대화에 대한 환멸과 거부, 과거의 망각에 대한 반발, 반인간적인 시선에 대한 못마땅함 등에 이르기까지 다양한 시각과 감각을 동반해서 점점 희미해져 가는 과거와 당당하게 맞서는 것이 다름 아닌 바로 이 책이다.

> 짧은 가을 해를 원망해 가면서 가을걷이에 눈 코 뜰 사이 없이 볶아대다 보면 어느새 저녁때가 된다. 저녁노을이 붉게 물들고 아이들이 소를 몰고 집으로 돌아갈 즈음이면 하늘 가득히 고추잠자리가 하늘하늘 난다. 고추잠자리가 한, 두 마리가 날면 별로 볼품이 없지만 하늘 가득히 떼를 지어 나르면 그건 하나의 그림이 된다.
> 학교에 다녀와서 책보를 마루에 팽개치고 곧장 들판으로 뛰어나가서 돌아다니다 저녁때가 되어서야 메뚜기를 잡아 꽁기에 꿰어 들고 집으로 돌아오면서 보아온 풍경. 붉게 물든 저녁노을 아래 집집마다 저녁 짓는 연기가 동네위에 띠처럼 떠 있고 하늘엔 가득히 고추잠자리떼가 날던 풍경, 그걸 어찌 잊을 수가 있단 말인가?
> 어린 시절의 그 풍경을 잊지 못해서 내가 관리를 하는 공원에 원래는 없던 조그만 연못과 실개천을 만들어 놓고 시골

흉내를 내었더니 거기에 잠자리들이 산란을 해서 매년 이맘
때가 되면 잠자리들이 하늘하늘 날아다니고 그걸 잡으려고
아이들이 잠자리채를 들고 뛰어 다니는 풍경은 이젠 이 공원
의 풍물이 되었다.

—「잠자리」 중에서

이곳에 안치되어 있는 유골들의 친족들과 형제들은 거의
모두 세상을 버리고 가장 가까운 친족이 조카들인데 오늘 만
난 청년과 같이 자기 아버지가 생전에 자기의 부인에게 형님
의 이름을 알려 주었기 때문에 지금에라도 찾을 수가 있었지
그렇지 않았다면 영영 찾을 길이 없어지고 마는 것이 아닌가
하는 생각을 해 볼 때, 왜 양국정부가 지금까지 이 문제를 적
극적으로 해결을 하지 않고 방관을 했는지 울분이 치밀어 오
른다.

—「큰아버지의 유골」 중에서

따뜻한 정을 나누던 정겹던 그 시절과 고향, 그리고 온갖 사람들의
사연을 폭넓게 넘나드는 이 책의 또 다른 재미는 바로 우리 옛 풍속
과 음식에 관한 기억을 더듬는 장면들이다.

그리고 나머지는 계속 수분을 증발시켜 커다란 쟁반에 밀
가루나 콩가루를 뿌리고 거기에 한 국자씩 떠놓고 추운 밖에
놓아두었다가 한참 지나 꾸덕꾸덕해지면 손으로 얄팍하게
늘려 딱딱하게 굳히는데 이것을 갱연이라고 했다.

—「엿 만들기」 중에서

누룽지는 세 가지의 맛이 있다고 생각한다. 첫째로는 밥을 푼 후 바로 긁어서 아직 따뜻한 기운이 돌때에 손에 들고 먹는 고소한 맛. 두 번째는 누룽지에 물을 부은 후에 불을 조금 더 때어서 숭늉과 함께 먹는 물 누룽지의 구수한 맛. 그리고 세 번째는 누룽지를 바싹 말려서 뻥튀기는 기계에 튀겨서 먹는 사각사각한 맛이 그것이다.

—「누룽지」 중에서

잔챙이 감자를 항아리에 넣고 물을 부은 다음 위에 짚으로 똬리처럼 둘둘 말은 것을 올려놓고 며칠이 지나면 항아리 위로 부글부글 거품 같은 게 떠오르면서 슬슬 썩은 냄새가 나기 시작한다. 그러고도 며칠이 더 지나면 본격적으로 냄새가 나고 감자 껍질이 위로 떠오른다.

조심조심 감자 껍질을 모두 버리고 나서 물을 붓고 손을 넣어서 항아리 안의 물을 휘 저은 다음 녹말이 밑으로 가라앉을 때까지 그대로 두었다가 녹말이 밑으로 침전을 하면 윗물을 조심조심 버리고 다시 새 물을 담은 후에 손으로 휘저어 놓는다.

하루에도 몇 번씩 이 짓을 반복해서 불순물이 없는 흰 녹말만이 항아리 밑에 침전을 하게 되면 항아리에서 꺼내 햇빛에 말린다.

—「자주 감자와 감자 녹말」 중에서

우선 가운데에 커다란 돌을 가져다 놓고 그 돌에 동아줄을 여러 가닥 묶어서 어른들이 빙 둘러서서 동아줄을 잡아 당겨 이 돌멩이를 하늘로 치켜들었다가는 쿵하고 내리 치는 거다.

—「지경 다지기」 중에서

　우선 화덕에 불을 지피고 석탄을 넣고 아이들에게 풍구질을 하라고 시키고는 장도리로 솥을 두드려 구멍 난 곳을 찾아 구멍을 커다랗게 키우고는 벌겋게 피워진 화덕에 흑연으로 만든 도가니를 얹어 놓고 그 속에 무쇠를 넣어 녹인다.

―「땜쟁이」 중에서

　다리미질을 할 빨래를 뒤꼍 풀밭에 널어서 축축하게 한 뒤에 조선다리미라고 하는 둥그런 무쇠로 만든 다리미 위에 숯불을 피워 올려놓고 때때로 부채로 부쳐가면서 한 사람은 두 손으로 빨래를 붙잡고, 한 사람은 왼손과 발가락으로 빨래를 붙잡고 오른손으로 잽싸게 다리는 건다.

―「봉숭아」 중에서

　그 다음에는 왕겨 불 위로 그 실을 통과시키면서 풀이 마르도록 한다. 그때 잘못 실을 손으로 만지면 손이 베여 아주 조심해야 하는 거다. 이때 작업을 하는 사람들 손이 맞지 않으면 실이 늘어져서 불에 타버리고 또 너무 서둘다 보면 제대로 풀이 마르지 않아서 실이 얼래에 엉겨 묻곤 한다.

―「연싸움」 중에서

　지난날 서울에는 동대문에서 뚝섬과 광나루로 가는 기동차라는 게 있었다. 이 기동차를 주로 이용하는 손님들은 학생들과 회사원들, 그리고는 야채를 광우리에 담아 가지고 팔러 다니는 야채장수 아줌마들이었다.

―「기동차」 중에서

　지금은 한강에 다리가 많으니까 그럴 필요가 없지만 내가

고등학교에 다닐 때만 하더라도 지금의 말죽거리에서 서울
로 오가는 트럭들이 꽁꽁 언 한강의 얼음위로 건너다니기도
했고, 얼음위에 구멍을 뚫고 강태공들이 잉어를 낚곤 했었
다. 또한 한강 백사장에는 여기저기 모래를 웅덩이 모양으로
파 한강물을 끌어들인 후 얼려서 스케이트장을 만들어서 영
업을 하곤 했었다.

—「벙어리 장갑」 중에서

4.

물론 수필미학에 충실하면서도 단순히 형식적인 모색에 그치는 것
이 아니라 물신화 된 현실에 대한 또 다른 발견과 인식에 대한 심화
가 요구되는 대목도 없지 않다. 하지만 그 누구보다도 사실에 충실한
김창진 선생의 내면 고백을 이어가는 가운데 무력한 개인들이 감내
하고 있는 존재의 덧없음이나 강팍한 현실을 환기해내고 있다는 것
은 시사하는 바가 적지 않다. 이때 '나'가 고백하고 있는 과거의 사실
들은 이미 그 자체로 그리움과 망각, 그리고 없음과의 힘겨운 사투를
벌인 결과물이다. 그래서 '고백'의 기록이 그 무엇보다도 값진 것이
다. 고백의 힘겨움은 고백할 수 없다는 것을 고백해야 한다는 점에
있다. 그래서 『동경에서 보내는 찬샘이야기』를 읽는 동안 우리는
이 고백의 아포리아를 단서로 삼아 과거의 기억과 대면하는 우리 삶
의 자리를 좀 더 근본적으로 성찰할 수 있는 계기가 될 수 있다.

그래서 김창진 선생의 다음과 같은 구상이 하루 빨리 현실이 될 수

있기를 간절히 소망해보는 것이다.

그 몇 명 되지 않는 귀중한 할머니, 할아버지들이 한데 모
여 어린애들 모양으로 술래잡기를 한다고 뛰어 다니거나 공
기를 한다고 땅바닥에 철퍼덕 앉아서 놀거나, 고무줄을 한다
고 펄쩍 펄쩍 뛰면서 입을 벌리고 웃다가 틀니를 떨어뜨리고
는 남이 볼세라 얼른 주워서 손으로 쓱쓱 대강 닦아서 입에
넣고 그래도 부끄러우니까 헤헤헤 하고 어설피 웃고, 이런
광경을 눈치 빠른 신문기자가 빠트리지 않고 사진을 찍어 될
만한 사진 한 장 건졌다고 씨익 웃는 그런 놀이마당 말이다.
—「촌놈 잔치의 구상」 중에서

경력

경기도 이천에서 1945년 2월 6일 출생

학력 : 건국대학교 원예과 졸업

일본 거주력 : 1976년부터 일본에서 거주

현직업 : 東京 KSC대표

경력 : 재일본대한민국거류민단 도쿄도 메구로지부 부단장

(在日本大韓民國居留民團東京都 目黑支部 副團長)

도쿄 지방법원 법정통역인(東京 地方法院 法廷通譯人)

도쿄도 메구로구 청소년위원(東京都 目黑區 靑少年委員)

도쿄도 메구로구 도시계획 심의위원(東京都 目黑區 都市計劃 審議委員)

도쿄도 메구로구 스게까리주구주민회의 부회장겸 사무국장

(東京都 目黑區 菅刈住區住民會議 副會長兼 事務局長)

NPO법인 스게까리넷트21 부이사장(NPO法人 菅Net21 副理事長)

E-mail : ksc@msa.biglobe.ne.jp

동경에서 보내는 찬샘이야기

| 초판 1쇄 인쇄일 | | 2013년 4월 01일 |
| 초판 1쇄 발행일 | | 2013년 4월 02일 |

지은이		김창진
펴낸이		정구형
출판이사		김성달
편집이사		박지연
편집/디자인		정유진 신수빈 윤지영
마케팅		정찬용 권준기
영업관리		한미애 심소영 김소연
인쇄처		월드문화사
펴낸곳		**새미**

등록일 2005 03 14 제25100−2009−8호
서울시 강동구 성내동 447−11 현영빌딩 2층
Tel 442−4623 Fax 442−4625
www.kookhak.co.kr
kookhak2001@hanmail.net

| ISBN | | 978−89−5628−614−3 *03800 |
| 가격 | | 17,000원 |

* 저자와의 협의하에 인지는 생략합니다.
새미는 **국학자료원** 의 자회사입니다.
잘못된 책은 구입하신 곳에서 교환하여 드립니다.